Areia

Wolfgang Herrndorf

Areia

Tradução de
Claudia Abeling

TORDSILHAS

Copyright © 2011 Rowohlt Berlin Verlag GmbH, Berlin
Copyright da tradução © 2012 Tordesilhas

Publicado originalmente sob o título *Sand*.

Todos os direitos reservados. Nenhuma parte desta edição pode ser utilizada ou reproduzida – em qualquer meio ou forma, seja mecânico ou eletrônico –, nem apropriada ou estocada em sistema de banco de dados, sem a expressa autorização da editora.

O texto deste livro foi fixado conforme o acordo ortográfico vigente no Brasil desde 1º de janeiro de 2009.

EDIÇÃO UTILIZADA PARA ESTA TRADUÇÃO Wolfgang Herrndorf, *Sand*, Reinbeck bei Hamburg, Rowohlt, 2011
PREPARAÇÃO Margaret Presser
REVISÃO Otacílio Nunes e Cacilda Guerra
CAPA Andrea Vilela

1ª edição, 2013

Dados Internacionais de Catalogação na Publicação (CIP)
(Câmara Brasileira do Livro, SP, Brasil)

Herrndorf, Wolfgang, 1965- .
Areia / Wolfgang Herrndorf; tradução de Cláudia Abeling. São Paulo: Tordesilhas, 2013.
Título original: Sand.
ISBN 978-85-64406-59-9

1. Ficção alemã I. Título.

13-03751   CDD-833

Índice para catálogo sistemático:
1. Ficção : Literatura alemã 833

2013
Tordesilhas é um selo da Alaúde Editorial Ltda.
Rua Hildebrando Thomaz de Carvalho, 60
04012-120 – São Paulo – SP
www.tordesilhaslivros.com.br

Sumário

Areia 7
Agradecimentos 438

Livro Um: O mar

1. Targat à beira-mar

> "Todo ano – e sem nos preocuparmos com vidas ou dinheiro – enviamos um navio até a África, a fim de encontrar resposta para as perguntas: Quem são vocês? O que dizem suas leis? Que língua vocês falam? Mas eles nunca mandam um navio até nós."
>
> Heródoto

Um homem de torso nu e com os braços esticados para os lados, como um crucificado, estava em pé sobre o muro de tijolos de barro. Segurava uma chave de fenda enferrujada numa das mãos e um galão azul de plástico na outra. Seu olhar recaía sobre barracas e barracões, montanhas de lixo e toldos de plástico e seguia pelo deserto infinito até chegar a um ponto no horizonte no qual o sol logo teria de despontar.

Quando chegou a hora, ele bateu a chave de fenda contra o galão de plástico e gritou:

– Meus filhos! Meus filhos!

As paredes das barracas voltadas para o leste acenderam-se num laranja-claro. O ritmo oco, monótono, pousou sobre as vielas cinza-chumbo. Figuras enroladas em véus feito múmias despertavam nas fossas e valas, os lábios ressecados formulando palavras em louvor e glória ao único deus. Três cachorros mergulharam a língua numa poça lamacenta. Durante toda a noite, a temperatura não baixou dos trinta graus.

Sem se importar com isso, o sol erguera-se acima do horizonte e brilhava sobre vivos e mortos, crentes e não crentes, miseráveis e ricos. Brilhava sobre chapas onduladas, aglomerados de madeira e papelão, sobre tamargueiras e imundície e sobre uma barreira de trinta metros de lixo, que separava dos demais bairros da cidade o Bairro do Sal e a área desabitada. Uma quantidade inacreditável de garrafas plásticas e sucata de automóveis resplandecia sob sua luz. Montes de carcaças de baterias, telhas quebradas, bugigangas diversas, excrementos viscosos e cadáveres de animais. Ultrapassando a barreira, o sol iluminava as primeiras casas da Ville Nouvelle, construções esparsas de dois andares no estilo espanhol, e os minaretes frágeis das áreas adjacentes ao centro. Em silêncio, deslizava pela pista do aeroporto militar, pela asa de um Mirage 5 abandonado, pelo *suq*, o mercado tradicional, e pelos prédios administrativos vizinhos de Targat. Sua luz brilhava sobre as portas de metal de pequenas oficinas e atravessava as venezianas do Comissariado Central, a essa hora ainda vazio, subia a rua do porto ladeada pelos arbustos de esparto, escorria pelo prédio de vinte andares do hotel Sheraton e, pouco antes das seis, alcançava o mar suavemente sombreado pelas montanhas da costa. Era a manhã de 23 de agosto de 1972.

O vento não soprava, as ondas não batiam. O mar se alongava, feito uma chapa de blindagem, até o horizonte. Um grande navio de cruzeiro com chaminé amarela e uma corrente de luzes apagadas dormia no ancoradouro; sobre a balaustrada, taças de champanhe vazias.

A riqueza, como nosso amigo com o galão azul de plástico costumava dizer, a riqueza é de todos. Vão buscá-la.

2. O Comissariado Central

> "Você sabe o que aconteceu com os gregos? O homossexualismo os destruiu. Claro, Aristóteles era gay, todos nós sabemos, e Sócrates também era. Você sabe o que aconteceu com os romanos? Os últimos seis imperadores romanos eram bichas."
>
> Nixon

Polidório tinha um Q.I. de 102, calculado segundo um teste para os alunos franceses de doze a treze anos. Eles encontraram o teste no comissariado, como papel de embrulho para os formulários impressos em Marselha, e o responderam a lápis, um depois do outro, no tempo estipulado. Polidório estava bastante embriagado. Canisades também. Tinha sido a longa noite dos arquivos.

Duas vezes por ano, os corredores ficavam atolados de montes de papel, que eram revisados sem muita atenção e depois queimados no pátio, uma tarefa cansativa, que muitas vezes durava até o amanhecer e que tradicionalmente era deixada para os novatos. Ninguém sabia explicar por que determinadas pastas eram jogadas fora e outras eram guardadas. A administração havia sido recebida dos franceses assim como se recebe um gesto de cortesia, e o esforço burocrático não era nem um pouco proporcional à serventia da coisa. Poucos dos acusados sabiam ler e escrever, os processos judiciais eram sumários.

No meio da noite, a luz acabou na delegacia de polícia. Polidório e Canisades ficaram horas à procura de alguém que tivesse uma chave quádrupla para a caixa de força. Durante um tempo eles prosseguiram à luz de velas, e, sob o efeito da maconha e do álcool, o cansaço transformou-se em euforia. Eles fizeram uma guerra de bolas de papel amassado no pátio e apostaram corrida com os arquivos de rodinhas pelos corredores. Canisades disse que era Emerson Fittipaldi; com um cigarro, Polidório pôs fogo num monte de lixo; um pacote de formulários para documentos de identidade especiais da época colonial caiu de dentro de uma pasta suspensa. Eles colocaram os formulários na máquina de escrever, datilografaram nomes inventados e, juntos, à luz do novo dia, foram cambaleando com eles ao bordel ("Investigador especial do Comitê dos Bons Costumes, meu nome é Bédeux").

E, antes, o funesto teste de Q.I. Mais tarde, Polidório só conseguiria se lembrar vagamente da maioria dos acontecimentos dessa noite fatídica. O resultado do teste, porém, ficou gravado. Cento e dois.

– Álcool, estresse, falta de luz! – disse Canisades, com uma negra de peitos pequenos sobre cada joelho. – Isso lá é desculpa? Vamos arredondar logo para 100.

O resultado de Canisades tinha sido bem mais alto. Polidório não conseguia se lembrar quanto mais alto. Mas o número dele próprio parecia cimentado em sua memória. Embora tivesse certeza de que sóbrio faria mais pontos – não mais do que Canisades, mas de qualquer maneira mais –, ele se lembrava disso todas as vezes que não conseguia entender alguma coisa. Quando se esforçava mais que os outros para compreender algo, quando demorava uma fração de segundo a mais que seus colegas para rir de uma piada.

Polidório sempre se considerara uma pessoa sensata e capaz. Agora, ao olhar para trás, não sabia em que essa convicção se baseava. Passara pela escola, pelo estágio e pelas provas de habilitação profissional sem grandes dificuldades, mas era só. Sempre mediano, sempre normal. E o número também não dizia nada de diferente: mediano.

A ideia de não ser nada especial assola a maioria das pessoas uma vez na vida, não raro por volta do fim da escola ou no começo da formação profissional, e aflige mais as mais inteligentes do que as menos inteligentes. Mas nem todas sofrem na mesma medida. Quem não se acostumou suficientemente durante a infância com os ideais de mérito pessoal e excelência talvez aceite a constatação da mediocridade inexpressiva como um nariz grosso demais ou um cabelo muito fino. Muitos outros reagem a isso com os conhecidos movimentos de fuga, que podem ir de roupas excêntricas e vida excêntrica a uma procura ávida pelo próprio eu, que se supõe estar dentro de si mesmo como um oculto tesouro magnífico, que a solícita psicanálise oferece até ao último dos imbecis. E os sensíveis reagem com uma depressão.

Alguns dias depois de Canisades ter relatado os maravilhosos acontecimentos da noite a todos os colegas e conhecidos, Polidório postou-se diante de seu escaninho de número 703 e percebeu que algum engraçadinho, de posse de uma esferográfica, tinha feito do 7 um 1 e do 3 um 2.

Durante vinte e oito anos ele não desperdiçara nem um pensamento com o nível e a possibilidade de medir sua inteligência – agora, às vezes ele não pensava em outra coisa.

3. Café e enxaqueca

> "Um maluco, claro, um desses com as calças cagadas e que nota uma porção de sentimentos especiais dentro de si, esse sempre se sai bem."
>
> Joseph Conrad

– E isso me interessa? Vá contar pra outro, conte pra quem quiser, mas não pra mim.

Polidório tinha se servido de café e o mexia com a esferográfica. As venezianas azuis estavam fechadas, à exceção de uma pequena fresta, por causa do calor do meio-dia.

– E você não pode simplesmente entrar aqui arrastando alguém. Máquinas de holerites! Você nem sabe o que é isso. E isso não me interessa. A única coisa que me interessa é: *Onde* foi que aconteceu? Aconteceu em Tindirma. *Quem* é o responsável? Então, meta isso num saco e suma. Não, não abra a boca. Pare de falar. Você está falando há uma hora. Me escute.

Mas o gordo não escutou. Estava em pé diante da escrivaninha de Polidório com um uniforme mal-ajambrado, fazendo o que todos faziam por aqui. Quando não queriam cooperar, começavam a falar qualquer bobagem. Se eram questionados a respeito, respondiam outra besteira.

Polidório não lhe ofereceu café nem cadeira e o tratava por "você", embora o homem fosse trinta anos mais velho e de mesmo nível hierárquico. Métodos seguros para magoar essa gente. Mas o gordo parecia imune a isso. Sem se abalar, ele continuava falando sobre a aposentadoria que estava próxima, viagens com o carro da empresa, jardinagem e carência de vitaminas. Pela quarta ou quinta vez explicou a mistura do combustível e seu conceito sobre o transporte de presos, falou de justiça, acaso e vontade superior. Apontou para as janelas em frente (deserto, mar), para a porta (o longo caminho pelo Bairro do Sal), para o ventilador com defeito (Alá), e chutou o pacote que estava no chão (a causa de todo o mal).

A causa de todo o mal era um garoto de mãos e pés amarrados, de nome Amadou, que o gordo havia capturado no deserto entre Targat e Tindirma, um fato que só surgiu muito no final de sua infinita torrente de palavras.

Polidório quis saber se ele já ouvira falar em jurisdição, e como resposta ouviu que o sucesso no trabalho policial é uma questão de técnica. Ele perguntou o que a técnica tinha que ver com o local do acontecido, e como resposta ouviu como era difícil praticar a agricultura nas proximidades dos oásis. Polidório perguntou o que a agricultura tinha que ver com isso e o gordo falou em desabastecimento de comida, areia varrida pelo vento, falta de água e inveja dos vizinhos, de um lado; e riqueza, cérebros eletrônicos e grande organização policial, de outro. Lançou mais um olhar para a máquina de holerites defeituosa, observou ao redor com um deleite fingido e, como não havia nenhuma cadeira por perto, sentou-se sobre o preso, sem interromper seu discurso nem por um segundo.

– Agora, silêncio – disse Polidório. – Silêncio. Me escute. – Planou as mãos espalmadas por um instante sobre o tampo da escrivaninha, antes de apoiá-las sobre dez dedos, decidido, à direita e à esquerda da xícara de café. O gordo repetiu sua última frase. Havia dois botões faltando em sua calça. E gotas de suor balançavam de maneira ritmada nos lóbulos de suas orelhas. Subitamente, Polidório esqueceu o que queria falar. Sentiu um leve latejamento nas têmporas.

Seu olhar caiu sobre as centenas de bolhinhas que tinham surgido quando remexeu a xícara e que agora se juntavam num tapete de pequenos círculos. Quando a rotação se tornou mais fraca, as bolhinhas foram para a borda da xícara, onde se amontoaram numa parede em forma de anel. O interior de cada bolhinha continha uma cabeça pequena, que o olhava com os olhos apertados, nas bolhinhas pequenas uma cabeça pequena, nas médias uma cabeça média e nas grandes uma cabeça grande. O auditório se movimentava com uma sincronia militar e em alguns segundos caiu num tipo de rigidez mortal. Em seguida, todas as cabeças se tornaram subitamente maiores, e, quando Polidório soprou, um quarto de seu público morreu.

Vales-combustível, areia do deserto, febre aftosa. Altas taxas de natalidade, rebeldes, palácio presidencial. Polidório sabia a que o gordo *não* estava se referindo. Mas ele não sabia a que ele estava se referindo. A transferência de um suspeito para Targat não fazia sentido. Talvez, ele pensou, o gordo fosse vagamente conhecido de seu assento provisório momentâneo e quisesse evitar desdobramentos pessoais. Mas talvez a viagem a trabalho até a costa fosse apenas isso. Ou quem sabe ele tinha negócios a fazer por aqui. Talvez quisesse ver a zona do porto. E, com certeza, era também por dinheiro. Era tudo por dinheiro, para todos. É bem provável que ele quisesse vender algumas coisas. Não seria o primeiro xerife de vila trazendo até o *suq* uma máquina de escrever, folhas em branco ou uma arma de serviço como compensação por falta de salário. E se não fosse por dinheiro era por questão de família. Talvez ele tivesse um filho aqui e quisesse lhe fazer uma visita. Ou uma filha gorda em idade de se casar. Talvez ele quisesse ir ao bordel. Talvez sua filha gorda também trabalhasse no bordel e ele quisesse lhe vender sua arma de serviço. Tudo isso era possível.

Um ruído abafado de despertador interrompeu seus pensamentos. Polidório tirou um grande embrulho de pano da gaveta inferior e bateu com a mão aberta num lugar específico, que só ele conhecia. O ruído cessou. Pegou uma caixa de aspirinas da mesma gaveta e disse, nervoso:

– Agora chega. Se mande daqui. Se mande pro seu oásis e leve isto junto.

Retirou dois comprimidos do *blister*. Ainda não era dor de cabeça, mas, se não tomasse nenhum remédio agora, ela começaria em exatamente meia hora. Todos os dias às quatro. A causa dessas crises periódicas continuava desconhecida. O último médico segurou as chapas contra a luz, falou em variações da norma e indicou um psicólogo para Polidório. O psicólogo receitou remédios e o farmacêutico, que nunca ouvira falar desses remédios, levou-o a um homem sábio. O homem sábio pesava quarenta quilos, estava deitado na rua, todo enrolado em panos, e vendeu a Polidório um pedaço de papel com uma lista de evocações que tinham de ser colocadas debaixo da cama, à noite. Por fim, sua mulher lhe trouxe da França uma caixa hospitalar de aspirina.

Não se tratava de nada emocional. Polidório recusava-se a acreditar que fosse algo emocional. Que emoção era aquela que todos os dias, exatamente na mesma hora, provocava dores excruciantes? Quatro da tarde não era nada especial. Não podia ser por causa do trabalho, as dores apareciam também nos dias de folga. Chegavam às quatro e ficavam até a hora de dormir. Polidório era jovem, de constituição atlética, e não se alimentava de modo diferente de como se alimentara na Europa. Bem perto do Sheraton havia uma loja de produtos importados, ele não usava a água local nem para escovar os dentes. O clima? Por que então ele não tinha dores de cabeça durante as vinte e quatro horas do dia?

Nas horas solitárias da noite, quando o bafo do calor chegava até ele através da tela do mosquiteiro, quando o mar desconhecido batia nas rochas desconhecidas e os insetos se esbaldavam debaixo de sua cama, ele parecia saber que não era nada físico nem emocional. Era o país em si. Na França, ele nunca sentiu dor de cabeça. Depois de dois dias na África, elas começaram.

Colocou os comprimidos na boca, engoliu-os com dois goles de café e sentiu a pressão suave no esôfago. Era seu ritual diário, e o incomodou ser testemunhado sem constrangimento pelo gordo tagarela à sua frente. Enquanto guardava a embalagem novamente na gaveta, disse:

– Ou será que parecemos um balcão para os problemas de merda do interior? Se mande pro seu oásis. Paspalho.

Silêncio. Idiota. Ele esperou pela reação, e a reação veio com atraso de um segundo: o gordo arregalou seus olhinhos, fez um "o" com a boca e balançou a mão mole na altura do ombro. E continuou a falar. Oásis, estado das ruas, máquina de holerite.

Fazia dois meses que Polidório assumira seu trabalho. E havia dois meses que seu único desejo era voltar para a Europa. Já no dia de sua chegada ele descobriu (e pagou essa descoberta com uma máquina fotográfica) que seu conhecimento sobre as pessoas não se aplicava a rostos estranhos. Seu avô era árabe, mas emigrara cedo para Marselha. Polidório tinha passaporte francês e depois da separação dos pais cresceu na Suíça com a mãe. Frequentou a escola em Biel e a faculdade em Paris. Passava o tempo livre em cafés, cinemas e quadras de tênis. As pessoas gostavam dele, mas quando havia confusão ele era chamado de *pied noir**. Se tivesse um saque melhor, talvez pudesse ter-se profissionalizado. Mas virou policial.

Como tantas coisas em sua vida, foi por acaso. Ele estava acompanhando um amigo na prova de admissão. O amigo foi recusado, Polidório não. Durante os anos de formação, a sociedade mudou sem que ele tivesse notado muito. Não era um homem com ideias políticas. Não lia jornais. Os parisienses de Maio de 68 e os lunáticos de Nanterre lhe despertavam tão pouco interesse quanto o lado contrário, que tentava se manter respirando. Justiça e leis eram para ele praticamen-

---

* Em francês, "pé negro", termo usado para se referir aos franceses que vieram das colônias africanas. (N. da E.)

te a mesma coisa. Não gostava dos cabeludos, mas principalmente por motivos estéticos. Tinha lido dez páginas de Sartre. Quando sua primeira namorada o deixou, ela lhe escreveu dizendo ser mais fácil defini-lo por aquilo que ele não era do que por aquilo que era.

Casou-se com a segunda namorada. Isso foi em maio de 1969, e ele não a amava. Ela engravidou imediatamente. O primeiro ano foi um inferno. Quando recebeu uma oferta de emprego nas antigas colônias devido a seus conhecimentos de árabe, aceitou de pronto. Livros de fotos reluzentes sobre desertos lindíssimos, esculturas de madeira primitivas em cristaleiras, o discurso sobre as raízes. Ele não fazia a menor ideia do que era a África.

O que o impressionou mais que qualquer outra coisa foi o cheiro estranho no aeroporto. Depois, a solidão das primeiras semanas, antes da chegada da família. Uma foto no jornal diário: Thévenet no monte Ventoux. Cartão-postal de um amigo: Alpes cobertos de neve. O cheiro, as terríveis dores de cabeça. Polidório começou a parar na rua quando alguém falava um francês puro, sem um balbucio asmático. A visão dos turistas, sua descontração, as mulheres animadas e loiras. Pediu para voltar, e o Estado francês riu da sua cara. A cada semana ele se tornava mais sentimental. Turistas franceses, jornais franceses, produtos franceses. Mesmo os vagabundos e os cabeludos sempre em bandos, que seguiam das montanhas para os vales em fila indiana e com cinquenta gramas de baseado na bolsa, para depois serem algemados por ele, preenchiam-no com um tipo de emoção. Eles eram idiotas. Mas eram idiotas europeus.

O gordo continuava a falar. Polidório empurrou a xícara de café para o lado. Sabia que estava cometendo um erro. Apoiou as duas mão nos cantos da mesa, inclinou o tronco para a frente e vislumbrou o abismo.

– Vinte dólares, certo?

O jovem amarrado parecia ter adormecido sob o peso do gordo.

– O senhor comissário está falando com você! – disse o gordo, e deu um tabefe na orelha do preso.

– Vinte dólares e uma cesta de verduras? – Polidório repetiu.

– O quê?

– Sim, você!

– Sim o quê, chefe?

– Um punhado de dólares e uma cesta de verduras. Foi por isso que você matou quatro pessoas em Tindirma?

– O quê? – O pacote começou a recobrar a vida. – Quatro pessoas onde?

– Quatro pessoas em Tindirma. Quatro brancos.

– Nunca na vida estive em Tindirma, chefe. Juro!

4. MS Kungsholm

> "Conquistas no campo sexual produziam em Ellsberg a mesma satisfação infantil e a mesma urgência de comunicá-las que informações confidenciais sobre tecnologia nuclear. Certa vez, ele descreveu seu novo amor para as pessoas da corporação RAND com as seguintes palavras: 'Ela tem um espaço entre cada um dos dentes'."
>
> Andrew Hunt

Poucas pessoas podem ser descritas com uma única frase. Em geral, precisamos de várias; para pessoas comuns, muitas vezes nem um romance é suficiente. Helen Gliese, de *short* branco, blusa branca, chapéu de sol branco e óculos escuros imensos, que estava apoiada na balaustrada do *MS Kungsholm* e mascava chicletes com a boca semiaberta enquanto observava a movimentação frenética das pessoas na margem que se aproximava, podia ser descrita com duas palavras: bonita e burra. Essa descrição bastaria para enviar um estranho ao porto e ter certeza de que ele encontraria a pessoa certa entre centenas de viajantes.

O espantoso, porém, não era a brevidade da explicação. O espantoso era que essa descrição não batia em quase nada. Helen não era bonita. Era uma coleção de lugares-comuns estéticos, um excesso de cuidados corporais e de esforços para acompanhar a moda, mas bonita no verdadeiro sentido, não. Ela era alguém para ser observado de longe. Algumas fotos suas poderiam ter sido estampadas em capas de revistas – uma sensação de suavidade, frieza e grandes linhas. Mas logo que a foto começava a ganhar vida as pessoas se sentiam estranhamente confusas. A expressão facial de Helen estava mal sincronizada consigo mesma. O sibilar arrastado, contínuo de sua voz dava a impressão de uma atriz de seriados vespertinos, em cujas marcações de roteiro alguém tivesse escrito "rica e vazia", seus movimentos de braços e de mãos pareciam a paródia de um homossexual, e tudo isso, mais um excesso de maquiagem e uma roupa estranha, podia fazer com que quem a visse pela primeira vez não se desse conta, durante vários minutos – ou horas ou dias –, de que quase tudo o que ela dizia era lógico e bem pensado. Seus pensamentos eram absolutamente claros e ela os formulava sem esforço. Mais surpreendente ainda era ler suas cartas.

Em outras palavras, Helen era o exato oposto de burra, e se não era o oposto de bonita estava muito distante de uma noção clássica de beleza; mas isso não mudava o fato de que a história de ser recepcionada no porto funcionava. Ou teria funcionado. Era a primeira visita de Helen à África, e ninguém a recepcionou.

5. O ato de um maluco

> "Ele nos aconselhou a partir imediatamente e se prontificou a nos acompanhar e nos proteger de traição. Esse gesto amistoso de um velho berbere astuto para com dois estranhos, completamente indefesos, me comoveu profundamente."
>
> Rider Haggard

O acusado chamava-se Amadou Amadou. Todos os indícios depunham contra ele, e a soma dos indícios era uma sentença de morte. Amadou tinha vinte e um ou vinte e dois anos, era um jovem magro que morava ou tinha morado com os pais e avós e contava uma dúzia de irmãos e irmãs a duas ruas de distância do local do crime, uma comuna agrária no oásis Tindirma.

A comuna era constituída majoritariamente de americanos, alguns franceses, espanhóis e alemães, uma polonesa e um libanês, no total as mulheres eram o dobro dos homens. A maioria deles tinha se conhecido em meados dos anos 1960 na região costeira ao redor de Targat e por acaso ficou sabendo da existência de uma casa de aluguel baixo, com dois andares e um pequeno lote de terra, no oásis distante a vinte quilômetros. Era o sonho de uma vida natural, autodeterminada, uma ideia de auto-organização social e coisas assim. Ninguém da comuna tinha nenhuma experiência com aquele tipo de utopia. No começo eles viviam de um campo irrigado com muito esforço e de bugigangas simples, que compravam dos nativos e exportavam para o Primeiro Mundo; mais tarde, vez ou outra eram acrescidas ao comércio substâncias ilegais.

Os membros da comuna – a princípio olhados com desconfiança, cabeludos, falantes e meio perdidos na vida – conquistaram relativamente rápido, com seu jeito aberto e disposição para ajudar, a boa vontade dos vizinhos. Cordiais e generosos, eles esticaram as mãos para o lado oposto, e de início o lado oposto segurou-as com hesitação, mas depois de modo surpreendentemente firme e caloroso. Adornos diferentes foram admirados, cabelos tocados, alimentos permutados. Era o tempo das grandes conversas, das longas discussões e das fraternidades insinuadas. Aconteceram pequenas festas e as primeiras inquietações. No decorrer do verão, o número de visitas não convidadas, que tentavam tirar proveito econômico da comuna, tornou-se impossível de administrar. Serviços médicos, domésticos e sexuais eram exigidos e parcialmente cumpridos. O resultado foi uma corrente de discussões cansativas, tidas como mal-entendidos internos da comuna. Em consequência, as pessoas começaram a se retrair em relação aos nativos, primeiro de maneira isolada e depois sistematicamente, mantendo apenas uma relação comercial e finalmente levantando em mais um metro o muro que circundava o terreno. Graças a uma maioria conquistada por apenas dois votos não foram colocados cacos de vidro sobre o cimento fresco da última fileira de tijolos do muro. Isso tudo aconteceu no decorrer de poucos meses.

As duas figuras mais proeminentes da comuna eram o herdeiro industrial escocês Edgar Fowler III e o ex-soldado francês e desocupado Jean Bekurtz. Num de seus momentos sóbrios, eles tiveram a ideia da comuna, com seu entusiasmo contagiante recrutaram os membros – entre eles um número considerável de mulheres bonitas – e criaram um esboço muito tosco daquilo que chamavam de sua filosofia.

Mas o deserto mudou rapidamente as convicções. Se no início as pessoas se situavam na zona cinzenta de um marxismo aberto a discussões, pouco tempo depois multiplicavam-se os palitinhos de incenso pela casa. Entre Kerouac e Castañeda, embolorava meio metro de Trótski, e a ideia de um capital humano unido entre si de maneira duradoura ("Isso é só uma metáfora") fracassou por resistência de mulheres insensatas. No momento de nossa história, a comuna tinha encolhido ao ponto de uma minúscula coletividade econômica funcional – e, tudo indica, apenas ligeiramente mais próspera que na época de sua criação.

Para que o desenrolar da ação e todo o resto se torne compreensível, é necessária aqui uma breve explicação sobre a que estamos nos referindo quando dizemos *o oásis*.

Pesquisas arqueológicas não encontraram indícios de povoamento do lugar em tempos remotos. Ainda por volta de 1850 Tindirma era a reunião de três casebres de barro e um deplorável reservatório de água nas encostas de uma pequena formação rochosa que se erguia, isolada, em meio ao deserto. Geólogos falam de uma elevação de forma cônica de origem vulcânica. O ponto mais alto fica cerca de duzentos e cinquenta metros acima do nível do mar, e mesmo em dias claros não oferece outra paisagem senão areia, que um vento contínuo vindo da costa moldou na forma de um infinito campo de dunas. Apenas o horizonte do lado ocidental é debruado por certa nebulosidade verde e azul.

Situado na intersecção de duas rotas secundárias de caravanas, o oásis deve seu crescimento aos combates sangrentos pelo reino de Massina. Membros dos fulas, dispersos, que chegavam aqui vindos do sul, com nada nas mãos, principalmente sem animais, seminus e semiesfomeados, conseguiram realizar a passagem do nomadismo para a agricultura. Três cabanas de barro se transformaram em cinquenta, que se encarapitavam entre acácias desgrenhadas e palmeiras-africanas nas encostas mais planas das rochas.

A vida é dura, e, como muitos dos emigrantes compulsórios, os fulas chamam o parco pedaço de terra que administram segundo o lugar de onde fugiram: Nouveau Tindirma. No decorrer de uma geração, o número de infelizes decuplica.

Não há uma historiografia desse tempo, nem como registro escrito nem como relato oral confiável. O primeiro documento em forma de imagem é uma fotografia em preto e branco dos anos 1920 de homens com rostos cheios de cicatrizes. Com o olhar baço e apertados num quadrado preto, eles estão sobre a carroceria de um Thornycroft BX, que está entrando na rua principal recém-aplainada de Tindirma, ainda pouco distinguível da paisagem circundante. Ao fundo, vemos uma primeira construção de dois andares.

No final dos anos 1930, dois acontecimentos transformaram radicalmente Tindirma. O primeiro foi a chegada do engenheiro suíço Lukas Imhof, que estava perdido. Seu carro tinha sofrido uma pane e os nativos o impediram de repará-lo. Nos meses seguintes, praticamente sem acessórios e contando apenas com a ajuda de alguns *haratin*, Imhof perfurou ao lado do rochedo Kaafaahi um poço de quarenta metros de profundidade que passou a suprir o oásis com abundância de água. Em seguida, num ato festivo, Imhof recebe duas velas de motor limpas (álbum de família, foto quadrada).

O segundo é a eclosão da guerra civil no sul, que coloca Tindirma numa situação estrategicamente favorável para o contrabando de armas e suprimentos. Apenas uma ou duas famílias continuam trabalhando em seus campos de painço. As demais se lançam no trabalho noturno e inundam a coletividade com uma riqueza desconhecida e as pistas do sul, com corpos sem vida.

Quase ao mesmo tempo, vêm de Targat as primeiras famílias de comerciantes árabes. Europeus de óculos escuros e com a nuca raspada cuidadosamente andam em carros verde-oliva por Tindirma, e em 1938 a administração central instala um primeiro posto policial. O aparecimento da força do Estado a princípio não altera muito o cotidiano. Quem aprecia a vida tranquila e pode se dar ao luxo mantém um exército particular; a polícia luta principalmente pela própria segurança.

A transição de um grupamento sem lei para um semicivilizado se completa apenas com o deslocamento da guerra civil no sul e no oeste. A região, saturada de armas, torna-se receptiva a outras mercadorias. Ex-reis do contrabando investem na infraestrutura, surgem alguns bares e o primeiro hotel. Em meados dos anos 1950, um pequeno cinema funciona durante algum tempo. Uma rua asfaltada se estende por algumas centenas de metros pelo centro do oásis, até que perde o vigor e se estende para a costa, onde se infiltra na areia. Duas pequenas mesquitas apontam seus minaretes em forma de dedo em direção ao céu amarelo. A religião exerce uma influência moderada sobre a vida da coletividade, fortalece os fracos e os fiéis e reforça hábitos e civilização por meio da clareza do pensamento divino, pela escolarização e pela charia.

Paralelamente à implantação de órgãos estatais e religiosos, são contínuas as tentativas de rebatizar o lugar a fim de esquecer o passado negro, mas nenhuma denominação diferente de Tindirma consegue se firmar entre os nativos ou entre os árabes, ou os dois ou três cartógrafos que tomaram conhecimento do povoado em 1972.

Na quarta-feira 23 de agosto de 1972, segundo testemunhas oculares, aconteceu o seguinte: Amadou Amadou, dirigindo bêbado um carro azul-claro, enferrujado, que não era seu, entrou no pátio da comuna situada perto do *suq*. Segundo afirmam de maneira idêntica cinco membros da comuna, lá ele ofereceu serviços que não foram especificados; em seguida, numa casa de chá, fez um discurso tão liberal quanto anatomicamente incorreto sobre a sexualidade (quatro testemunhas oculares) e iniciou conversas filosóficas sobre o relacionamento sexual (uma testemunha). Mais tarde, continuou a se servir de álcool na cozinha, supostamente sem ser visto, e por fim circulou pela área segurando uma arma – que apareceu do nada –, à procura de objetos de valor. Um *microsystem hi-fi* estéreo na sala comunitária foi a primeira coisa que chamou sua atenção, mas ele não conseguiu transportá-lo sozinho. Uma integrante feminina da comuna, chamada para carregar as caixas até o carro, negou-se, visto que o aparelho ainda não estava totalmente quitado; por isso, Amadou atirou em seu rosto. Em seguida, atirou em mais dois membros da comuna que tentaram desarmá-lo (com palavras ou como?). Continuando a revista ao imóvel (agora arrastando a arma atrás de si, presa numa corda como se fosse um cachorro), ele topou com uma mala de palha que estaria lotada de dinheiro (cédulas de moeda desconhecida). Amadou deixou todo o resto de lado e tentou fugir rapidamente da casa com a mala de palha. Nisso ele perdeu uma sandália, que caiu num vão da escada, atirou em mais um membro da comuna que estava num armário e ainda se apossou de um cesto cheio de frutas na cozinha. De trinta a quarenta testemunhas oculares, vindas atrás dos tiros no pátio, viram Amadou quando ele, para dispersar a multidão, atirou para o ar, jogou-se dentro do Toyota e saiu dali rumo à rua da costa. Na metade do caminho, no meio do deserto, ficou sem gasolina e foi preso por um pequeno e gordo xerife de vilarejo, que um pouco mais tarde se apresentou com o suspeito no escritório de Polidório. Na hora da prisão, Amadou calçava apenas uma sandália. A mala de palha com o dinheiro não foi encontrada, mas o cesto de frutas estava sobre o banco do passageiro do Toyota azul-claro, no meio do deserto. A Mauser, ainda quente, estava no porta-luvas. Uma bala compatível com a arma foi encontrada mais tarde no pátio e guardada. Encontrou-se uma sandália no vão da escada e ela era absolutamente igual à usada por Amadou.

Em seu depoimento, Amadou não respondeu a nenhuma das acusações levantadas contra ele. Negou o ato como um todo. Isso não era algo incomum. Num país onde a palavra de um homem ainda valia alguma coisa, quase não havia confissões. A declaração-padrão de todos os acusados em qualquer investigação era que todas as acusações apresentadas eram inventadas e eles se sentiam profundamente feridos em sua honra. Quando um culpado ou acusado fazia o esforço de inventar uma versão própria para a contravenção, em geral não se preocupava com detalhes. Amadou não era exceção. Ele não pensou em organizar os fatos logicamente em sua criação fantasiosa. Como a sandália foi parar no vão da escada da comuna? Como a bala apareceu no quintal? Como quarenta testemunhas oculares o reconheciam sem nenhuma dúvida? Amadou dava de ombros. Nem com a maior boa vontade ele era capaz de explicar isso e também não entendia por que essas perguntas eram feitas exatamente a ele. Respondê-las não seria tarefa da polícia? Ele apontou para um aparelho elétrico qualquer (telex, máquina de café) e pediu para ser submetido ao detector de mentiras. Jurando pelo único e verdadeiro Deus, explicou que só podia afirmar o que tinha acontecido *de verdade*, e para isso estava totalmente à disposição. Ele, Amadou Amadou, saíra para dar um passeio no deserto. O tempo estava muito agradável e o passeio durou várias horas. (Isso não era tão improvável como parecia à primeira vista. Muitos moradores do oásis ainda tinham no contrabando sua segunda ocupação.) Nisso, ele perdeu uma sandália num arbusto de espinhos. Em seguida, encontrou perto da estrada um Toyota azul-claro abandonado, sentou-se no carro destrancado porque no banco do passageiro havia um delicioso cesto de frutas, e ele, Amadou, brincou com a ideia de comer um pouco dessas frutas, pois estava com muita fome. Isso era algo pelo qual ele podia ser repreendido, pois as frutas não eram suas. Isso ele se dispunha a confessar. Nesse momento, porém, ele foi preso pela polícia, que surgira como num passe de mágica, e foi trazido a Targat. Sobre uma pistola no porta-luvas ele não fazia a mínima ideia.

Ele repetiu esse relato durante quatro dias seguidos, sem alterar nem uma palavra. Apenas uma vez, na noite do quarto dia e estando muito cansado, Amadou disse que tinha jogado a mala de palha pela janela durante a fuga; mas ele renegou a frase depois de alguns minutos e mais tarde não quis voltar a ela. E, se não o deixassem dormir, ele não iria dizer mais nada.

O fato de as vítimas serem estrangeiras tornava tudo infinitamente mais complicado. Polidório tinha conduzido o inquérito apenas no primeiro dia, no segundo e no terceiro Canisades fez tentativas tímidas de devolver o caso a Tindirma; de súbito, porém, o Ministério do Interior resolveu interferir, e o caso foi transferido para o funcionário mais antigo, Karimi.

Um membro do governo estava nos Estados Unidos havia alguns dias negociando uma aliança militar e ajuda desenvolvimentista, quando o massacre apareceu com muitos detalhes na imprensa americana, algo incomum. A Europa também acompanhava os acontecimentos, embora não houvesse nenhum europeu entre as vítimas. Questionamentos desagradáveis foram dirigidos à capital (do embaixador francês, do embaixador americano, de uma revista informativa alemã), e a consequência disso tudo foi que Karimi e um promotor tiveram de se instalar num hotel em Tindirma. A justificativa oficial era a necessidade de repassar a investigação mais uma vez; na verdade, a intenção era alimentar os jornalistas acorridos ao local com informações exclusivas sobre o estado das coisas e exemplos gritantes da imputabilidade do criminoso – pois, embora as vítimas fossem talvez *hippies* drogados que dirigiam no deserto um comércio anti-imperialista de baseado, no momento em que o assunto se tornou sério o Primeiro Mundo só se importava com as nacionalidades.

Amadou não notou muito dessas honrarias. Ele continuava apontando para o detector de mentiras-cafeteira, jurava pela vida do pai e do pai do pai, jurava pelo único e verdadeiro Deus, pediu auxílio ao rei e a sua família e disse que não desviaria nem um milímetro da verdade mesmo que fosse torturado com parafusos metidos em seus pés.

– Parafusos nos pés – repetiu Karimi. – Esse é um método que não usamos aqui. Sinceramente, se estivéssemos interessados em sua confissão, já a teríamos conseguido faz tempo. Acho que você tem essa noção. Não precisamos de seus pés para isso. Não precisamos de nada para isso. Mas quem está interessado em sua confissão? Você já pensou em quem vai se interessar por ela? Você deu uma olhada nos indícios?

Amadou escorregou na cadeira de um lado para outro e sorriu. Karimi se voltou para o advogado:

– O senhor tentou ao menos explicar para ele? Um décimo disso leva o homem para a guilhotina.

Virou-se novamente para Amadou:

– Tanto faz você falar ou não. Nem a merda do tribunal mais corrupto do mundo pode livrar você. Você pode ficar de bico calado ou pode falar. A única diferença é que, se você falar, sua família vai receber um cadáver arrumadinho. Pense na sua mãe. Não, melhor, essa não é a única diferença. A outra é que, se você falar, pode dar uma saidinha pra mijar.

O advogado, que tinha ficado quase o tempo todo sentado em silêncio e roendo as unhas, protestou debilmente. Depois exigiu conversar com seu cliente a sós. Karimi apontou para um sofá que estava num canto, usado pelos comissários enquanto davam um tapinha num baseado.

O advogado poderia ter levado Amadou para uma sala anexa. Ou pedido a Karimi, Canisades e Polidório que ficassem do lado de fora. Em vez disso, levou Amadou para o sofá a sete ou oito metros de distância e lhe falou em voz baixa – embora absolutamente compreensível para os policiais – que o conjunto dos indícios era avassalador e que o dia estava muito quente. E acrescentou, de dedo em riste, que aos olhos de Alá tudo já estava decidido. Diante de um tribunal terreno, por sua vez, uma confissão nesse caso não melhoraria nem pioraria nada, apenas o ritual sem sentido e desonroso seria encurtado. E um homem honrado, como Amadou etc. O homem não era exatamente um advogado célebre. Tinha o rosto de um camponês e usava um terno mal-ajambrado, e um lenço cor de mostarda estava enfiado no bolso do paletó como um grito desesperado por ajuda. Na delegacia também não se sabia ao certo onde a família de Amadou havia arranjado esse homem. A suposição era de que ele seria pago por meio de escambo. Amadou tinha seis ou sete irmãs.

– Ah, cara – disse Canisades olhando para a escrivaninha. Ele estava alegre feito uma criança. – Ah, cara. Ah, cara.

Polidório consultou o relógio, tirou duas aspirinas do bolso e engoliu-as a seco. Com o queixo erguido, ele ficou um tempo olhando para o ventilador de teto. O acusado ainda teimava, pantomímico, na sua versão: passeio no deserto, sandália, cesto de frutas, prisão. Ele se movimentava para lá e para cá no sofá, e enquanto o advogado repetia seus argumentos como um professor de primário, pela terceira ou quarta vez, Polidório de repente notou no acusado um olhar que ele nunca tinha visto. Que olhar era esse? Era o olhar desesperado de um homem não muito inteligente que nesse momento, durante a torrente monótona das palavras de seu advogado, tomou consciência de que sua vida chegara ao fim, o olhar de um homem que, apesar da carga esmagadora das evidências, até poucos minutos antes achava que havia uma chance de escapar da guilhotina, o olhar que não parecia apenas desesperado, mas também surpreso, o olhar de um homem, pensou Polidório, que... talvez fosse inocente.

Ele folheou os autos.

– Onde estão as impressões digitais?

– Que impressões digitais?

– As da arma.

Balançando a cabeça, Karimi tirava o papel-alumínio de um bombom de chocolate.

– Temos quarenta testemunhas oculares – disse Canisades. – E Asiz está de férias.

– Mas qualquer um sabe fazer isso, não?

– O que é que qualquer um sabe fazer? Você sabe?

Karimi, que queria estar de volta a Tindirma sem falta antes de escurecer, pois tinha combinado um encontro com um repórter da *Life*, bufou:

– Nem o próprio Asiz sabe. Ele ficou uma semana no palácio recolhendo digitais por todo lado. O resultado foram quatrocentras impressões, e as únicas reconhecíveis eram as do filho de oito anos do caseiro.

Polidório suspirou e olhou para o advogado, que tinha parado de falar.

A cabeça de Amadou estava arriada.

6. Shakespeare

> "Certa vez, recebi uma carta maravilhosa dos médicos da Faculdade de Medicina de Boston, Massachusetts. Eles me elegeram a pessoa que mais queriam operar."
>
> Dyanne Thorne

Helen nunca teve consciência do efeito de sua pessoa. Ela se conhecia somente por fotos ou pelo espelho. Segundo sua própria avaliação, tinha boa aparência, em algumas fotos parecia até arrebatadora. Tinha a vida nas mãos, sem ser especialmente feliz ou infeliz, e os homens não eram problema. Pelo menos, não mais do que para suas amigas. Na verdade, menos. Calculando a partir do início do ensino médio, Helen tivera sete ou oito relacionamentos, todos com garotos mais ou menos da sua idade, muito simpáticos, muito bem-educados e muito atléticos, garotos que não se importavam demais com a inteligência de suas namoradas e que mal notavam a de Helen.

Helen não se preocupava com isso. Tudo bem se os homens quisessem se sentir mentalmente superiores. Em geral, esses relacionamentos não duravam muito, e tão rápido quanto um terminava, outro se iniciava. Um passeio pelo *campus* com uma camiseta curtinha rendia a Helen três convites para jantar. A única pergunta que ela se fazia de tempos em tempos era por que os homens realmente interessantes nunca vinham falar com ela. Não havia explicação. Tinha suas depressões como as outras pessoas, não mais. Os livros de literatura lhe haviam ensinado que as mulheres mais bonitas também eram sempre as mais infelizes.

Sua autoestima foi trincada pela primeira vez quando gravou a própria voz ao se preparar para um seminário. Escutou a gravação durante exatos quatro segundos e depois ficou sem coragem de apertar a tecla *"play"* uma segunda vez. Um extraterreste, um personagem de desenho animado, um chiclete falante. Ela sabia que a própria voz pode parecer um pouco estranha ao seu dono, mas os sons gravados eram mais que estranhos. No primeiro momento, suspeitou até de um defeito técnico.

O professor de química de rosto espinhento que lhe emprestara o gravador explicou que os ossos que vibram e as caixas de ressonância eram o motivo para as pessoas considerarem a própria voz mais cheia e mais melodiosa do que ela é na realidade. E que a surpresa era uma reação adequada. Ele próprio tinha a voz de falsete de um *castrato* e durante a conversa não conseguia tirar os olhos do decote de Helen. Ela não fez mais nenhuma experiência nesse sentido e esqueceu o assunto. Era seu primeiro ano em Princeton.

Helen tinha conseguido a vaga sem esforço, recebendo uma bolsa disputada. Mas, como muitos calouros, reagiu com grande insegurança ao ser transplantada para um mundo cheio de rituais estranhos e rigorosos. Nunca se sentira tão solitária na vida quanto em seu alojamento. Mergulhou nos estudos, não evitava nem o mais tedioso papo-furado e se esforçava em arranjar compromissos para a maioria das noites da semana.

Por meio de um conhecido que estudava literatura inglesa, entrou em contato com um grupo de teatro amador que, quatro ou cinco vezes por ano, apresentava uma peça clássica, raramente algo moderno. A maioria dos integrantes do grupo era de universitários, mas havia também duas donas de casa, um ex-professor universitário que gostava de ficar nu e um jovem ferroviário. O ferroviário era considerado a estrela secreta do grupo. Tinha vinte e quatro anos, rosto de ator de cinema, corpo de escultura grega e – seu único defeito – não conseguia decorar nenhum texto. Foi principalmente por causa dele que Helen se dedicou durante quase três anos aos dramas da época elizabetana.

De início ela ficava apenas com papéis pequenos, mais tarde foi a Bianca de *A megera domada* e Dorothea Angermann. Tinha algum talento e não se importaria em ser alguma vez a heroína radiante, mas os melhores papéis eram entregues menos por talento que por experiência. A mais antiga fazia Desdêmona.

Depois eles apresentaram *Gata em teto de zinco quente*. A peça teve menos encenações do que cópias em filme. O ferroviário brilhou como Paul Newman, era irritantemente parecido com o grande modelo e claudicava de muletas pelo palco com tamanha naturalidade que suas conversas com o ponto pareciam uma parte mais sutil da peça. Uma gatíssima colega de quarto de cabelos pretos, estudante de biologia, interpretou Liz Taylor. Helen foi Mae. A beata Mae com sua beata família. Seu corpo foi acolchoado para parecer cinco vezes maior, os cabelos empoados de cinza, as maçãs do rosto tingidas com duas bolinhas vermelhas sob os malares altos. Deram-lhe um vestido que mais parecia um saco de batatas, e seus filhos sem pescoço eram os netos do ex-professor; visto que eles de fato tinham pescoço, precisaram usar apoios cervicais. As bocas estavam cheias de borracha esponjosa e, em vez de falar, as crianças soltavam um balbucio sem consoantes, aplaudido com satisfação pelo público.

O docente que dirigia o grupo gravou a estreia com uma câmera super-8. Era a primeira vez, desde que entrara na escola, que Helen tinha sido filmada, e ela precisou sair da sala quando o filme foi exibido. Foi até o banheiro, olhou-se rapidamente no espelho e vomitou. Empertigada, voltou à sala de exibição e durante hora e meia desviou o olhar da tela, prestando atenção no ruído do projetor. A próxima peça da programação era *Reigen*, de Schnitzler, mas, antes mesmo que a palpitante pergunta sobre qual seria seu papel dessa vez fosse respondida, ela se desligou do grupo.

Seu docente lamentou a decisão. Além dele, parecia que ninguém se dava conta. Assim como ninguém tinha percebido o trabalho totalmente ridículo e sem alma que Helen apresentara no palco. Isso até combinava de algum modo com o papel – para falar a verdade, combinava perfeitamente –, mas o personagem havia sido representado de uma maneira que só podia ser considerada má interpretação. A expressão facial, a entonação! E ninguém achou isso digno de nota. Nos aplausos finais, Helen lançou mais um olhar para a tela. O nível de ruído e assobios duplicou quando Mae deu um passo à frente com seu casaco grotesco de algodão, colocou os braços de maneira afetada ao redor de dois monstrinhos sem pescoço e abriu a boca para um lamentável sorriso idiota. A última imagem de um rolo de filme que girava, estalando.

Na festinha que se seguiu, Helen bebeu vinho demais e sua última ação antes de se despedir para sempre do grupo foi sussurrar ao ouvido do ferroviário que ela o nocautearia naquela noite. Deu o endereço e o horário e foi embora, sem esperar pela reação. O fato de ter escolhido palavras propositalmente drásticas a fim de justificar de antemão um fracasso não ajudou.

Mas não foi um fracasso. À uma da manhã, unhas arranharam a madeira no alojamento estudantil. Paul Newman segurava um buquê de flores que parecia ter sido roubado do cemitério e se mostrou aliviado quando Helen jogou as flores de qualquer jeito na pia e abriu mais uma garrafa de vinho. Ao amanhecer, ele confessou aos prantos que tinha uma noiva. A reação foi um dar de ombros, e eles nunca mais se viram.

Metida num roupão de banho branco, Helen se esgueirou pelos corredores do alojamento, subiu de cabeça baixa dois lances de escada e bateu à porta de sua melhor amiga, Michelle Vanderbilt. Talvez não melhor amiga, mas a mais antiga. Michelle e Helen se conheciam da escola, e desde o primeiro dia a amizade entre as duas jovens era um intenso e constante embate de forças.

Uma das lembranças mais antigas, atrozes e exemplares: a coisa com o canário. Talvez tenha sido na terceira série, ou antes até. Elas estavam sentadas no chão, entre uma porção de brinquedos, quando ouviram um grito horrível no quarto ao lado. O irmão mais novo de Michelle. Segundos mais tarde, uma peteca pequena, amarela, passou pulando diante da porta do quarto das crianças. A cabecinha estava pendurada, flácida, de lado. Em pânico, Michelle se ergueu num salto; a peteca caiu como se tivesse sido atingida por um pé de vento, rolou pelo corredor afora e se aproximou perigosamente da escada. Helen obstruiu seu caminho. O irmãozinho corria histérico para lá e para cá. A sra. Vanderbilt despencou sobre uma cadeira, como se tivesse desmaiado, esticando as duas mãos como para se proteger, e Michelle gritou para Helen:

– Ajuda ele! Ajuda ele agora!

Helen, de oito anos, que não tinha bicho de estimação e nunca vira esse pássaro fora da gaiola, ergueu-o com cuidado e, com um dedo, levantou a cabecinha. Ela caiu. Sugeriu levar o animal para a cama ou apoiar sua coluna com palitos de fósforo. Ninguém reagiu. Por fim, ela foi até a sala dos Vanderbilt e consultou uma enciclopédia. Leu as entradas sobre canário, passando por emergência, pescoço quebrado e fratura, até chegar a paralisia. Sugeriu a Michelle chamar um médico ou ligar para uma amiga que também tivesse um passarinho.

No final, a sra. Vanderbilt conseguiu falar ao telefone com um veterinário, que aconselhou aliviar o animal de seu sofrimento. A senhora da casa segurou o fone no ar, longe do ouvido, repetiu em voz alta as palavras do médico e olhou à sua volta, pedindo ajuda. Mas nenhum membro da família Vanderbilt estava em condições de fazer o que era necessário, e Helen se comoveu com a desgraça. Lentamente varreu o pássaro para dentro de um saco plástico, pousou os dois joelhos sobre a abertura e golpeou o saco durante algum tempo com um volume da *Encyclopædia Britannica* até deixá-lo bidimensional. Em seguida, eles enterraram o resultado fininho no jardim. A sra. Vanderbilt permaneceu chorosa atrás da cortina.

Nesse dia, Michelle sentiu por sua nova amiga admiração misturada a medo, e esse foi o sentimento que dominou sua relação com Helen nos anos seguintes. Às vezes (e principalmente durante a puberdade) juntava-se a essa veneração uma série de outros sentimentos que se alternavam, incompreensão, admiração, raiva, inveja, frieza implacável, quase dó... e em seguida novamente uma veneração ainda maior e amor autêntico – tudo isso intensificado pelo fato de que o objeto desses sentimentos conflitantes nunca parecia perceber nem a menor diferença entre eles.

Assim, o dia seguinte à exibição do filme foi muito especial para Michelle. Foi o primeiro e único dia em que ela viu a amiga fraca. Um montinho de tristeza apareceu de roupão branco em seu dormitório, pedindo chá e atenção. Assolada pela oportunidade, Michelle meteu a faca na ferida e girou-a: todo mundo passava por isso, ela disse, todos se sentem assustados, até ela, Michelle, ficou assustada quando ouviu por acaso há pouco sua voz no gravador. Evidentemente, no caso de Helen havia também os movimentos e, junto com a expressão facial, isso era algo que, realmente, se ela pudesse ser honesta... e mesmo que isso fosse azedar todos esses anos... e, afinal, esse era o sentido de uma amizade... por fim, a gente se acostuma. E, dando no fim a própria opinião: realmente não era um problema.

Nas salas de aula Michelle não era uma grande oradora, mas em particular e numa conversa amistosa ela conseguia desfiar longuíssimos blocos de texto. Mesmo que sob seu ponto de vista o assunto fosse uma bobagem (uma dor de cotovelo, um fracasso ou uma doença do gato de estimação teriam conseguido comovê-la mais), ela falou ininterruptamente por quase duas horas sobre aquilo que, depois, chamou de "a coisa do gravador".

Helen não escutou nada do conteúdo da mensagem, percebendo apenas sua duração. Não é possível falar por duas horas sobre algo que não seja um problema grave, ela pensou.

Durante alguns meses ela treinou uma dicção mais rápida, clara, usando um ditafone – sem sucesso. Ao mesmo tempo, para eliminar a afetação e a moleza de seus movimentos, procurou um esporte que, como ela supunha, era contrário a tudo de que ela gostava ou que poderia ser adequado a seu corpo, o caratê. Ela era uma das duas mulheres inscritas para um curso na universidade, e depois de quatro semanas compreendeu que é possível mudar muitas coisas nesta vida, mas não determinadas manifestações fisiológicas. Helen se tornou mais forte e ágil, mas nada mudou no jeito de seus movimentos. Ela era Mae no keiko-gi, Mae no yoko-geri, Mae sobre o tatame. Foi uma época deprimente.

Apesar do insucesso de seus esforços, ela não abandonou o caratê. Depois do curso na universidade procurou uma academia particular. Era a única mulher por lá e sobre ela recaía a atenção integral de todos os outros alunos, quase sem exceção policiais de uma delegacia próxima.

Ao terminar o curso, tinha dois abortos no currículo, faixa preta em dois tipos de luta, três ou quatro amigos policiais e nenhuma noção do que fazer da vida. Os ossos malares saltados e as primeiras ruguinhas ao redor da boca e dos olhos imprimiam certa dureza a seu rosto, que não era aquilo que ela um dia prescrevera para si mesma como cura contra seu Eu, mas que também não era nada inadequado. Ela se maquiava.

"Ouça sua voz interior", Michelle havia aconselhado, mas, ao contrário da amiga, Helen não conseguia descobrir nada nessa voz interior. Sentia-se estranha em relação à vida burguesa, e, caso pudesse comparar a forma e a intensidade de seus sentimentos com os dos outros – algo impossível de fazer (ou possível apenas com muitas limitações) para a maioria dos indivíduos de vinte e cinco anos –, ela teria de assumir que não era uma pessoa calorosa. Situações nas quais os outros se regalavam significavam tanto para ela quanto cartões-postais dos impressionistas, uma ninhada de gatinhos ou o noivado de Grace Kelly, e um observador desatento poderia considerá-la totalmente desprovida de paixões. Mas seus devaneios cotidianos eram preenchidos por imagens especiais. O bombeiro trazendo nos braços duas crianças desfalecidas da casa incendiada, que desmorona atrás dele... o piloto acenando seu chapéu de caubói, sentado de pernas abertas sobre a bomba atômica, cavalgando em direção ao céu... o Espártaco crucificado, pranteado por Jean Simmons... *please die, my love, die now*... ela preferia o sujeito heroico.

7. Lundgren

> "No Chinaman must figure in the story."*
> Ronald Knox, 5º mandamento dos escritores de romances policiais

E agora Lundgren estava com um problema. Lundgren estava morto. Quando ele foi puxado de uma cloaca no lado leste de Tindirma pelos sapatos sociais, foi somente o corte de suas roupas que permitiu reconhecer que ele era europeu. Crianças que ali brincavam tinham encontrado o corpo, quatro homens o resgataram. Ninguém sabia quem era o morto, ninguém sabia como ele tinha chegado ao oásis ou o que queria por lá, ninguém o procurava.

Mais esse ato de crueldade contra um branco, apenas três semanas após o massacre na comuna, deixou os moradores do deserto num estado de agradável excitação. Eles cutucaram os bolsos de seu terno com os dedos e com gravetos, não encontraram nada de valor – não encontraram absolutamente nada – e selaram o destino de sua identidade ao devolver o corpo à cloaca.

Um velho tuaregue que sofria de cegueira dos rios e que fazia com que as crianças o guiassem com cabos de vassoura se postou por alguns dias no local do crime; mediante uma gorjeta módica, localmente conhecida por *baksheesh*, uma mão cheia de pistache ou um copo de aguardente, contava a história medonha. Ele tinha olhos azul-topázio, nos quais não havia mais pupila, piscava para além da cabeça de seus

---

* Em inglês, "A história não deve ter nenhum chinês". (N. da E.)

ouvintes e jurava que um dia antes da descoberta do corpo havia estado no deserto e se assustara com um ruído terrível no céu. Seus acompanhantes menores de idade bateram os dentes e ficaram com os joelhos trêmulos de medo, mas ele, velho combatente sob as ordens de Moussa ag Amastan, reconheceu facilmente o barulho de uma F-5. E exatamente quando as crianças lhe descreviam um risco branco no céu da espessura de uma agulha, um paraquedas dourado se abriu a partir do centro. O paraquedas e sua sombra aproximaram-se em círculos do flanco da rocha Kaafaahi, como águias se acasalando. Um pouco mais tarde um homem de terno caro saiu engatinhando de cima da montanha até o conjunto de casas de barro e por lá sumiu, puxando o paraquedas feito um arado dourado atrás de si.

Os ouvintes demonstraram especial deleite pelo paraquedas. Mais tarde, o narrador ainda inventou um carro esporte, um serviço secreto e quatro homens com barras de ferro, mas depois de alguns dias todos já tinham ouvido a história e não dava mais para ganhar dinheiro com isso. As pessoas se dispersaram de novo.

A verdade era: não havia paraquedas. Não havia barras de ferro. A verdade era: ninguém tinha visto nada. Em todo o oásis, uma única pessoa sabia de alguma coisa, e essa pessoa não abria a boca. Era a dona do quarto no qual Lundgren se hospedara no dia de sua chegada; e ela não abria boca porque no quarto minúsculo que ela alugava havia agora uma mala sem dono cheia de coisas maravilhosas.

A chegada de Lundgren no oásis foi tudo menos espetacular. Ele chegou de trem a Targat. Ali meteu-se numa túnica, colou uma barba ridícula na cara e foi até o deserto numa lotação, sem trocar nem uma palavra com seus companheiros de viagem. Alguns quilômetros antes de Tindirma a lotação quebrou e Lundgren, que acreditava estar com pressa, subiu numa carroça puxada por um burro. Deu um *baksheesh* ao condutor para que passasse por uma viela específica. Depois pediu que ele ficasse dando longas voltas e por fim desceu a duas ruas da tal viela, diante de um bar caindo aos pedaços. Sobre o bar havia um quartinho caindo aos pedaços, que costumava ser alugado a comerciantes caindo aos pedaços. Agora ele estava livre, como anunciado por um cartazete em árabe e francês. Lundgren tinha uma reserva para o duas-estrelas local, mas não era amador. Pediu para ver o quartinho.

A proprietária de cerca de cem anos de idade levou-o ao primeiro andar. O rosto dela era só rugas, com dois buracos como olhos. Suas mandíbulas não paravam de mastigar, e um visgo preto escorria alternadamente de cada canto inferior da boca. Ela abriu uma porta baixa. Atrás, uma pia, um colchão, nenhuma energia elétrica. Baratas caminhavam em fila indiana pelo rodapé. Lundgren deu um sorriso cortês – amistoso – e pagou duas semanas adiantado. Os insetos não o incomodavam. Nenhuma novidade: onde havia árabes, havia insetos. Com a ajuda da dona do quarto ele desenrolou um pedaço de plástico, esticou-o sobre a cama e passou nas bordas uma pasta ocre, melada. Em seguida, turvou o quarto com um aerossol e fechou a porta. O que ainda vivia morreu.

A velha não se impressionou. Na cozinha, ofereceu a Lundgren algo de comer, e ele recusou agradecendo. Tirou uma garrafa de aguardente caseira de debaixo do avental, mas ele disse que não podia beber álcool por motivos religiosos. Em seguida, ela lhe ofereceu um café, um carro alugado, uma prostituta e sua neta. Garota minúscula, menor de dez, garantido! Seus lábios finos, rachados, estalavam para indicar o frescor cheio de sedução da menina. Lundgren olhou pensativo para a velha, meteu-lhe um pequeno *baksheesh* na mão, pediu a chave da porta da casa e disse que se chamava Herrlichkoffer, mas que ela não devia contar a ninguém. Em seguida, ajeitou o bigodinho perto do lábio superior e saiu a passear para a morte.

8. Na escada do navio

> "If you look good and dress well, you don't need a purpose in life."*
>
> Robert Pante

Para uma passageira que não queria apenas dar uma volta em Targat, mas desembarcar de vez do navio, Helen tinha surpreendentemente pouca bagagem. Uma pequena mala de couro e uma mala ainda menor, rígida, de plástico preto. O chefe dos comissários despediu-se dos passageiros. Ao se aproximar da mulher vestida inteiramente de branco e com os cabelos platinados, titubeou.

– Até logo, senhora...
– Até logo, Mr. Kinsella.

Os passageiros se aglomeravam na escada. Dois marinheiros em terra tentavam manter à distância a massa humana de túnicas cinza, um formigueiro de carregadores de malas, funcionários de hotéis e batedores de carteira. Comerciantes e deficientes repletos de mercadorias embaralhavam seus chamados, um coro de crianças entoava: *"Donnez-moi un stylo, donnez-moi un stylo!"***

Eram as primeiras palavras em francês que Helen ouvia desde o ensino médio. Ela fez dos óculos de sol uma tiara para o cabelo, pensou se valeria a pena procurar uma caneta nos bolsos e no mesmo

---

* Em inglês, "Se você tem boa aparência e se veste bem, não precisa ter um objetivo na vida". (N. da E.)
** Em francês, *"Dá-me uma caneta, dá-me uma caneta!"* (N. da E.)

instante sentiu que alguém pegava sua mala. Um menino pequeno tinha conseguido subir até a metade da escada. Com o rosto crispado, ele puxava a bagagem. Queria carregá-la? Roubá-la? Helen segurou a alça com firmeza. O menino – cabelo preto, desgrenhado, ombros estreitos – travou uma luta silenciosa e desesperada, e então o fecho da mala se abriu e seu conteúdo caiu no mar num movimento colorido, batons e cremes e frasquinhos e bolas de algodão, seguidos pela própria mala, graciosamente batendo as asas. Helen cambaleou para trás.

Imediatamente, Mr. Kinsella desceu a escada correndo, e lá de baixo um dos marinheiros subiu entre os passageiros, abrindo caminho com os cotovelos. Cercado, o menino passou debaixo das cordas que serviam de corrimão e se atirou na estreita faixa de mar entre o navio e o píer. Um bêbado no deque bateu palmas, e o menino se afastou com dificuldade, nadando no estilo cachorrinho.

– Bem-vinda à África – disse o sr. Kinsella. Ele ajudou Helen a levar a outra mala até um táxi e durante um bom tempo ficou olhando-a se afastar.

O motorista do táxi tinha apenas o braço esquerdo; para mudar de marcha, virava o tronco e ao mesmo tempo segurava o volante com os joelhos. "Mina", ele disse, balançando o ombro direito desnudo. Foi sua única contribuição à conversa. Ruelas estreitas serpenteavam montanha acima.

O Sheraton não era a única construção no cume da montanha, mas a única que, com seus vinte andares, se elevava bem acima da vegetação. Havia sido construído nos anos 1950, e o arquiteto não conseguiu se decidir entre a funcionalidade e um folclore grudado nas paredes *a posteriori*, composto de mosaicos coloridos, arcos em forma de ogivas e outras cúpulas árabes medievais; uma catástrofe do ecletismo. Certamente não era apenas essa falta de estilo que tornava o hotel tão apreciado, mas ela tinha seu papel. Mesmo na baixa temporada era preciso reservar os quartos com muita antecedência.

Meus pais haviam alugado um apartamento de dois quartos no nono andar, e quando eles me mandavam sair, como acontecia com frequência, para que pudessem fazer coisas misteriosas atrás das portas fechadas, eu ficava explorando sozinho o espaço do hotel. Pedia ao funcionário da piscina que me mostrasse a distribuição das toalhas, observava continuamente a desconcertante propaganda do Cacau Droste perto do restaurante e ajudava uma linda jovem a separar os canudinhos no bar. Com minhas primeiras palavras em francês (*"numéro neuf cent dix-huit"*), pedia uma quantidade infinita de sorvetes de limão e Coca-Colas e ficava indo e voltando de elevador do porão até o terraço superior. Os funcionários do hotel me adoravam. Eu usava uma camiseta branca estampada com os anéis olímpicos e *short* de couro com coraçõezinhos vermelhos como bolsos.

Eu não sabia o que eram aquelas coisas misteriosas que faziam com que meus pais, dia após dia, fechassem a porta na minha cara. Eu tinha sete anos. Sabia apenas que não era nada ligado a sexo. Atos sexuais eram tabu, pois toda a força vital estava no esperma, e o esperma tinha de permanecer dentro do corpo. Esse era o ensinamento do grande Sri Chinmoy. Hoje penso que as portas fechadas tinham relação com os saquinhos plásticos que eram presos com alfinetes de segurança na barra dos suspensórios do meu *short* de couro, durante os passeios por Targat. Mas eu nem era muito curioso para saber o que era aquilo, nem estava infeliz com minha vida. Eu gostava mesmo era de ficar no terraço superior.

O terraço superior do Sheraton oferece uma vista estonteante da baía de Targat e do pequeno porto. Inúmeros bangalôs brancos, de propriedade do hotel, estão espalhados pelos flancos da montanha como se fossem cubinhos de açúcar. Barcas enferrujadas, casas cor de areia e vielas de terra se apertam em semicírculo ao redor do mar, e no porto aparece a cada duas semanas um navio de cruzeiro branco, um templo imenso, flutuante, que para uns era sinônimo de riqueza e diversão, e para outros somente riqueza. A leste, a vista se estende rente ao cume da montanha, até bem para o interior do país, sobre um matagal de couves-flores verdes, plantações e favelas, até chegar ao deserto infinito, onde em dias claros o rochedo de Tindirma tremula no horizonte.

Quando eu olhava de lá sobre a Terra arredondada, depois de cinco bolas de sorvete de limão, minha felicidade era total. Eu era o Rommel do deserto e salvava meus homens contra ordens explícitas do *Führer*, eu era o Jacob Roggeveen do mar e descobria ilhas de Páscoa e, quando às vezes eu era eu mesmo, tentava cuspir sobre as cabeças loiras, castanhas e pretas das formigas que saíam aos borbotões do prédio, cinquenta metros abaixo de mim. No caminho até lá, o vento carregava minha saliva, em geral eu atingia somente uma marquise azul. Hoje não sei mais responder com certeza se também estive lá em cima no último dia de agosto de 1972 e percebi a turista americana e o motorista de táxi de um só braço ou se nesse ponto uma fotografia recobre minha memória. Mas é certo que, depois que Helen Gliese pegou a chave de seu bangalô na recepção do hotel, ela deixou o prédio imediatamente na companhia de um jovem pajem, que carregava sua mala de couro. Ao caminhar, o pajem balançava a cabeça para lá e para cá, como se cantasse baixinho para si mesmo, e ao atravessar a rua tentou distraidamente segurar a mão da mulher platinada.

O bangalô de Helen ficava a meio caminho do mar. Tinha dois quartos e uma cozinha, um terraço com vista para o mar e um mosaico de arabescos azuis e amarelos sobre a porta, no qual pedrinhas vermelhas formavam o número 581d. Uma fotografia dessa porta, como apareceu à época em muitas revistas, está pendurada sobre minha escrivaninha.

9. Spasski e Moleskine

> "O relato sobre os quatro anos seguintes teria de ser preenchido com aquelas tantas intrigas da corte, que eram tão desimportantes quanto os fatos que acabamos de contar."
>
> Stendhal

Canisades sabia se virar melhor com os nativos. Ele vinha de uma pequena cidade do norte do país; havia tempo, seus antepassados – decaídos a funcionários públicos após as guerras de independência – tinham feito parte da classe alta. Como Polidório, ele estudara na França. No internato elegante de Paris, que frequentou por dois anos, afirmava ter uma mãe judia, o que não era verdade. Em Targat, afirmava ser filho de uma família de industriais franceses, o que também não era verdade. Fora isso, Canisades não era má pessoa. Seu jeito descompromissado e criativo de lidar com a própria biografia parecia ser tão congênito quanto os modos elegantes e o charme que na Europa central seria considerado pegajoso e que aqui derretia corações. Começara no trabalho em Targat pouco antes de Polidório, mas, ao contrário dele, não sentiu nenhuma dificuldade em se aclimatar. Depois de duas semanas, meia cidade o conhecia. Entrava e saía das espeluncas de baseado na orla assim como das mansões dos intelectuais americanos; de resto, cumpria suas tarefas profissionais de maneira satisfatória.

Suas tentativas de introduzir os novos colegas na vida social da cidade, porém, raramente eram bem-sucedidas. Polidório gostava de aceitar todo tipo de convite, mas não conseguia achar muita graça nos grupos com os quais Canisades fazia contatos tão ávidos quanto indiscriminados. Ele nunca teria pensado em trocar uma noite com os amigos por uma festa da alta sociedade, e, como todos que desconhecem a vaidade social, tinha dificuldade em usar os outros como trampolim.

O que mais lhe agradava eram as visitas a bordéis no fim da noite. Desde que Canisades lhe mostrara, na longa noite dos arquivos, como a coisa funcionava, ir à zona portuária tinha se tornado um hábito agradável. Embora fosse difícil dizer o que o encantava nisso. Certamente não era a satisfação sexual – ela acontecia muito raramente.

As mulheres que ali trabalhavam vinham de condições miseráveis, nenhuma delas tinha frequentado uma escola, e se enganava quem supunha que seus déficits intelectuais pudessem ser compensados por um elevado grau de empatia ou graciosidade corporal.

Polidório desdenhava-as pelo que faziam, envergonhava-se das coisas que fazia com elas e era tímido demais para exigir aquilo que realmente queria. Era mais a atmosfera que o atraía, a mudança imperceptível da rotina, a violação da ordem das coisas – violação da qual ele, na verdade, devia se manter afastado por causa da profissão – e, principalmente, essa inexplicável excitação. Ele gostava de conversar com as mulheres, e saber que podia fazer com elas o que e quando quisesse deixava-o num estado diferente. Atrás dessa excitação, que já começava durante o trajeto para a zona portuária, Polidório supunha haver uma espécie de precipício. Algo inquietante, sim, demoníaco, que lhe agradava tanto em si mesmo, assim como a tantos tipos despretensiosos: "Será que minha personalidade tem mesmo camadas ocultas? Profundezas que ameaçam me devorar?" No entanto, sua noção do demoníaco não ia muito além daquilo que as revistas femininas conheciam de psicanálise.

Em contrapartida, para aliviar a consciência, ele abastecia sua favorita com tesouros químicos confiscados pela polícia, documentos oficiais e avisos de batidas, e, apesar de não fazer nada diferente do que faziam os outros policiais que frequentavam bordéis, ele achava isso um pouco inquietante, incompreensível e perverso. Mas o mais inquietante era, talvez, que esse precipício engolia dois terços de seu salário bruto. Desnecessário dizer que a mulher de Polidório vivia de maneira modesta e não sabia de nada.

Na noite do dia em que os comissários interrogaram Amadou juntos, porém, eles não foram à zona portuária. Canisades pediu a Polidório que não marcasse nenhum compromisso, mas não disse aonde queria ir. Polidório aceitou com uma satisfação contida.

– Não pros ianques de merda – ele disse quando viu Canisades com seu melhor terno. – Por favor, não pros ianques de merda.

E Canisades retrucou:

– Não faça escândalo.

A viatura policial subiu a rua que serpenteava pela montanha e parou diante de uma mansão dos anos 1940, entre limusines pretas e conversíveis de pneus brancos. A mansão de propriedade de um dos dois escritores americanos que viviam na cidade. Ela era circundada por um alto muro branco com um portão *art déco* superdimensionado, na frente do qual os turistas tiravam fotos durante o dia. O portão tinha duas colunas estilizadas no formato de papiros, e diante delas, esculpidos em mármore, jovens andróginos de corpos esguios, cujos pés flutuavam no ar numa postura de caminhada, parecendo andar um em direção ao outro. O caminhante da esquerda carregava no braço dobrado um martelo e um esquadro; ele sorria. O da direita trazia na mão um chicote e uma grelha; um talho profundo na testa expressava uma raiva duvidosa. Já depois de trinta anos de erguida a mansão, ninguém sabia mais interpretar o simbolismo.

Sons e risos de uma festa atravessavam os muros, e Polidório perguntou, suspirando, qual dos dois escritores morava lá.

– Apenas junte as peças. – Canisades puxou a sineta da campainha.

– Realmente não me interessa.

– Então leia um de seus livros.

– Já tentei. Pois bem, quem é que mora aqui?

— Tenho uma dica — disse Canisades. — As coisas ali parecem peças de xadrez.

Na opinião de Polidório, havia uma porção de americanos no círculo de conhecidos de Canisades que tinham três aspectos em comum: faziam alguma coisa com arte, alguma coisa com drogas e alguma coisa doentia com sexualidade. Os dois mais notáveis eram os escritores, que Canisades batizou de Spasski e Moleskine para diferenciá-los mais facilmente. Ambos eram considerados candidatos ao Prêmio Nobel, Spasski havia mais tempo, Mosleskine como aposta recente, quase secreta.

Spasski era de Vermont e não se considerava muito americano. Segundo sua própria avaliação, ele correspondia mais ao distinto tipo europeu. Usava ternos de Paris, gostava do progresso técnico e desprezava seus colegas pelos caderninhos que usavam, chamando-os de retrógrados. Martelava com a maior disciplina exatas quatro páginas por dia numa máquina de escrever portátil, e à noite, na orla, tentava vencer a Defesa Siciliana dos garotos de programa locais.

Não estava bem claro por que ele se entregara com tanta força e paixão ao xadrez. De todo modo, jogava como amador e não fazia avanços. Em seu último livro havia uma cena na qual o herói misterioso, oriundo da camada mais baixa, demonstrava seu intelecto afiadíssimo ao varrer do tabuleiro um grande mestre sérvio, *en passant*, com a Abertura b-b4 mais o sacrifício da dama no meio do jogo. Um crítico do *New York Times* notou que já lera essa cena ou algo semelhante em dois outros livros do mesmo autor; duas semanas mais tarde, a redação recebeu uma caixinha vinda da África, pelo correio, que continha nada mais, nada menos que um rato em decomposição.

Moleskine, por sua vez, preferia temas masculinos. Era do tipo magro, astênico, sofria as consequências tardias de uma tuberculose não curada e tinha um doutorado em filosofia, coisa que gostava de ocultar da sociedade. Sua foto mais famosa mostrava-o com luvas de boxe. Na segunda mais famosa, estava na praia de Targat com as calças arriadas, urinando sobre *O gambito da dama*, do colega Spasski.

Colecionava armas históricas, e logo após sua chegada a Targat criou um tipo de associação esportiva *gay* de defesa pessoal. Uma série de garotos de doze anos recebeu calças brancas e maravilhosas jaquetas azuis, encomendadas por ele em Marselha. Abasteceu os meninos com armas de brinquedo muito realistas e passou a organizar no deserto próximo, como chefe máximo do pequeno grupo, manobras paramilitares – nas quais se treinava especialmente a resistência, como suportar a dor física e emocional, realizar exercícios sob um sol escaldante e despojar-se rapidamente das pequenas jaquetas. Os dois escritores se revezavam entre ser bons amigos e estar totalmente brigados, e nas duas fases tratavam de tirar um do outro os respectivos empregados domésticos – garotos delicados, morenos de sol.

Um desses garotos, vestido apenas com um calção de ginástica amarelo e curto, abriu o portão de ferro trabalhado. O jardim da frente era iluminado por tochas e seus contornos desapareciam na sombra das altas árvores. Polidório seguia atrás de Canisades, amedrontado. Entraram num saguão com escadas imensas e portas enormes que se abriam para outro jardim, homens de terno, mulheres de vestidos Yves Saint-Laurent. No meio deles, mais garotos de calção de ginástica servindo comidas e bebidas em bandejas prateadas. Do anfitrião, nem sinal.

Canisades cumprimentou todos; Polidório caminhava atrás com os braços cruzados no peito. Visto que não havia uma apresentação oficial ou outra medida fora de moda, era preciso sempre adivinhar se a pessoa à frente era um alto funcionário ministerial, um intelectual pobre ou um malandro penetra. Para alguém como Polidório, que ainda tinha apreço por hierarquias, isso era muito exaustivo.

O bufê tinha pratos que ele nunca vira e cujo nome nunca ouvira. As paredes ostentavam quadros de um estilo abstrato, sobre o chão e ao lado do bar fora espalhada serragem, e um animal pequeno e peludo, de coleira dourada, ficava abanando o rabo entre as pernas dos convidados. Mesmo com a maior boa vontade, Polidório não sabia dizer se se tratava de um cachorrinho, de uma ratazana ou de algo bem diferente.

Canisades logo se juntou a dois velhos conhecidos. Polidório aproximou-se também, mas não participou da conversa. Ele tinha pegado uma taça de champanhe de um dos calções e sua atenção foi fisgada por uma mulher totalmente vestida de branco, que estava um pouco mais distante. Muito magra, muito loira, de peitos grandes, mas algo nela não combinava. Sua expressão facial parecia estranhamente errada. A seu redor havia uma porção de oficiais americanos que a escutavam com atenção e que riam, um pouco ávidos demais, de todas as suas frases de entonação arrastada.

– Meu colega Polidório – disse Canisades, e uma mão coberta por manchas senis esticou-se em direção ao assustado policial.

– Muito prazer, muito prazer! Queria que minha vida fosse tão excitante quanto a sua. Por que o senhor nunca aparece com seu uniforme engalanado? O senhor tem medo de transformar minha casa num lugar de mal-afamados?

Polidório, que não tinha ouvido as frases introdutórias, balançou a cabeça, envergonhado. Aquele com as manchas senis devia ser Spasski. Um homem alto, careca. De qualquer maneira, era impossível dizer que ele não era simpático. Enquanto Polidório ainda tentava, envaidecido, encontrar uma resposta respeitosa ("Li seu último livro", "Essa festa está tão emocionante quanto uma boa literatura", "Queria que minha vida fosse tão empolgante quanto seus livros"), Spasski já se dirigira a outros e conversava simpaticamente com eles.

Em seguida, Canisades apresentou o colega a dois, três grupos, mas Polidório logo ficou com a sensação de que tinha de livrar o amigo da bola de ferro – ele próprio – que carregava na perna. Esgueirou-se para a casa e de volta ao jardim, parou aqui e ali para parecer ocupado sem se integrar. Por todo lado as conversas andavam a todo o vapor. Não havia aquele silêncio constrangedor que ele conhecia tão bem de outras festas, a comunicação desajeitada eventual e nem tão antipática assim, pausas reflexivas depois de perguntas e respostas. Todos falavam muito rápido e ao mesmo tempo. Quando ele se aproximava, não era percebido, às vezes ostensivamente não percebido, e, mesmo quando lançava uma frase sobre um tema do qual imaginava ter algum entendimento, as pessoas o tratavam com uma gentileza tão ofensiva que ele logo perdia o fio da conversa. A festa era uma humilhação única, obscura.

Ficou perambulando, perdido, durante toda a noite, evitando apenas o grupo da mulher loira, que lhe era um pouco assustadora. Começou a ficar cada vez mais calado, e no final só ouvia. Observava.

Se existe uma característica que diferencia o policial mais experiente do leigo, é a qualidade de sua percepção. Ele sabe exatamente para onde deve olhar, separa o importante do desimportante, conhece a inconfiabilidade do olhar humano. Perceber e observar não são talentos naturais, devem ser estudados e treinados. De todo modo, Polidório tinha aprendido essa bobagem nos tempos da academia de polícia, e muitas vezes, quando se entediava em festas, tentava fazer jus a ela. Via conversas e conversadores exagerados, escutava idiotices e coisas sem importância, esforçava-se brevemente por compreendê-las ou pelo menos lembrar-se delas, mas isso só fazia aumentar sua repulsa e seu desdém.

– Para dizer um número aproximado, estamos trabalhando na casa de três cinco. Eventualmente três sete.

– Há cem anos projetavam que o tráfego de Londres aumentaria tanto que em 1972 a cidade sucumbiria à merda dos cavalos. Peccei não faz nada diferente, esse imbecil ao quadrado.

– Talvez o homem mais lúcido do hemisfério sul.

– No momento em que um escritor cria algum tipo de teoria literária, ela imediatamente passa a ser considerada o objetivo geral, aquilo que o autor melhor sabe e há anos está praticando. Isso não é nenhuma teoria. É a pecha que cola no coelhinho correndo à noite pela floresta escura. E as teorias das pessoas que não escrevem são ridículas. Assim, não há teorias.

– A assim chamada realidade.

– E se alguém me abre a porta, logo me sinto pressionado, me sinto obrigado. Começo a correr. Mas eu também sempre abro portas. Será que sou sádico por causa disso? Pensei nisso hoje pela manhã. O sádico abridor de portas.

– Ah, o senhor Cetrois. Boa noite, boa noite! Novamente numa missão secreta? Onde está seu amigo?

– E em relação ao homem mais lúcido do hemisfério sul, quero dizer que conheço Catanga por seu intermédio. O senhor precisa ouvir isto. Ele conhece todos os envolvidos, ele pode descrever os belgas até a ponta dos cabelos, ele sabe o que cada um fez, sabe onde eles moram, sabe quantos filhos têm. E estamos falando aqui de serviço secreto. Ele veio direto de Cambridge. Direito. E o senhor ri! O senhor não levou Lumumba a sério e não aprende. Ele já deixou metade do país para trás. Eu lhe asseguro, se algum dia houvesse um presidente para uma União Africana... O senhor não deve se iludir com a retórica crua dos partidários. É o tempo das alianças, é a filosofia cósmica da decadência do Ocidente, e *ele* é o homem! Simplesmente brilhante. E tem apenas vinte e nove anos. Atenção. Atenção! Helms já colocou o primeiro homem em seu escritório, o senhor não acredita nisso, não é? Mas é verdade.

O sujeito com a palavra tinha um sotaque levemente europeu oriental. Seu interlocutor, um homem grisalho de chapéu, paletó e lenço na lapela, não parecia concordar. Ele não queria saber de uma filosofia cósmica africana e muito menos de uma unificação pacífica. Independentemente de quão desejável fosse o progresso, em igual medida ele exigia o retrocesso, o retrocesso por meio da miséria, da necessidade, das vítimas e da revolução. E por isso não existia uma União Africana, aqui os opostos não eram marcados o suficiente para isso. Não havia em cima e embaixo definidos, a bem da verdade não existia nenhum "em cima", e principalmente nenhuma consciência disso. Para onde quer que se olhasse, a paisagem era apenas ausência de forma social, estruturas mal compreendidas e massacres frouxos. Ele se corrigiu: massacres sem objetivo. Não, a concretização dessas utopias só poderia acontecer no curso de um projeto muito maior de Estado mundial, e para isso era preciso confiar na Europa. Os Estados Unidos eram demasiadamente arbitrários, a Rússia tinha sido espoliada e o resto da Ásia era desde sempre despolitizado e usava a teoria ocidental do Estado já desgastada. No mais tardar na virada do século, ele contava com o Estado mundial, liderado pela Europa. Seu interlocutor riu de modo ridículo ao ouvir a expressão "virada do século", e Polidório, que a escutava pela primeira vez, também não imaginava ser provável que nessa época ainda existissem vidas humanas sobre a Terra. Eles continuaram brigando.

A mulher loira estava sozinha perto do jardim e olhava para a noite. A vista dava para o conjunto montanhoso da costa. Cristas de onda iluminadas pela lua movimentavam-se brilhando na direção de uma praia invisível. Um grupo em torno de Moleskine folheava uma obra da juventude de Spasski, como adolescentes deliciados que folheiam um catálogo de pessoas nuas. Um jovem bêbado de quinze anos, de calção amarelo, andava com uma injeção gigante atrás de Polidório, e mais de uma vez se permitiu fazer a brincadeira de picar sua bunda (e a de outros convidados).

Em certo momento, Polidório ficou ao lado do jovem diplomata que era tratado pelo grupo europeu oriental como futuro presidente da União Africana. Dentes brancos reluzentes no rosto negro, terno claro, sorriso vencedor. Ele de fato era incrivelmente rápido nas ideias – até onde Polidório conseguia notar com o que restava de sua percepção alcoolizada –, tinha humor, era espirituoso. Mas de que isso lhe adiantava? Ele continuava sendo negro. Polidório não conseguia mais acompanhá-lo em sua primeira hipotaxe.

Quando o trêmulo anfitrião subiu numa cadeira de armar no jardim, ajudado por dois lacaios, todas as conversas emudeceram. Por segurança, os lacaios permaneceram ao lado da cadeira, mas Spasski os enxotou com gestos autoritários. Na expectativa de uma apresentação importante, a massa se aproximou, palmas espontâneas ecoaram de um canto qualquer, e Polidório – que sabia quanto Canisades prezava a amizade com esse artista americano – também se aproximou, com a sobrancelha erguida. Apenas quando se ouvia apenas o tilintar suave dos cubos de gelo nos copos, Spasski ergueu a voz. Fanhosa, monótona, um pouco sibilante, mas também de alguma forma penetrante, de modo que ninguém tivesse de se esforçar para ouvir suas palavras, mesmo nos cantos mais afastados do jardim.

– Ser visionário é considerado uma virtude! – Spasski começou, e fez uma pausa como se esperasse que até os cubos de gelo tivessem se acalmado. – É considerado uma capacidade unicamente humana, não estendida aos animais, de preocupar-se com o futuro, tomar providências. Mas o tipo de homem oriundo dessa preocupação é exatamente o tipo senil, europeu-americano, do qual fugimos para uma África despreocupada, numa sociedade, num pensamento, numa existência que ainda está na flor da idade. Quero beber a essa flor. Me alegro pela vinda dos senhores. Um futuro sombrio não pode nunca escurecer o presente radiante. Voltem seu olhar para o alto. – Ele próprio olhou teatralmente para cima. Apenas alguns poucos convidados seguiram seu exemplo, a maioria ficou com os olhos presos no gesto largo, um braço velho, ressecado, que tremia diante de um céu estrelado. – Quem entre vocês, no momento da morte, não recompraria a própria vida pagando com a vida de uma parte da humanidade? Diderot. Se eu tivesse de escolher entre a beleza do instante e a continuação da humanidade... quero esclarecer algo a esse respeito. Nos próximos dez anos, quando as luzes se apagarem aqui, como meus amigos do Clube de Roma não cansam de me alertar semanalmente nos jornais, o que é isso, do ponto de vista filosófico? Podemos apagar nove décimos da humanidade e mais nove décimos do que restou, e ainda restará uma escória. Não há por que indignar-se. Não, sabemos disso. Nove décimos. E mesmo assim nada no mundo pode nos demover de abraçar, soluçando, o cavalo de Turim que estava prestes a ser maltratado, tal como fez Nietzsche. Pois somos seres humanos. E é isso, e estou falando de maneira tão patética, caros amigos, é como eu digo, quem me conhece sabe. Vamos parar com tanta conversa. Vamos nos livrar da presunção do Iluminismo! A luz não deve entrar em toda escuridão. Todos conhecemos o sentimento que temos. Jogamos algumas moedas para uma criança esfomeada e vemos um brilho de agradecimento nos olhos pretos como carvão, que são mais radiantes que todos os céus estrelados e toda a utopia que os filósofos planejam, e esse sentimento é, reforço, esse sentimento, essa vergonha, essa miséria, o afeto mal encoberto da superioridade – e não a razão –, acreditem em mim. A humanidade! A humanidade. Mr. Wallich tem absoluta razão de chamar de besteira irresponsável todo o falatório sobre os limites do crescimento. Em 1980 ainda teremos energia elétrica e ainda seremos felizes. Em 1990 ainda teremos energia elétrica e ainda seremos felizes. E em 2000. E em 2010 estaremos mortos, mas ainda teremos energia elétrica. Carthage!

Seu braço balançou feito um cano de revólver, apontou para um grupo de músicos uniformizados e o baterista contou até quatro.

O mais jovem comissário de Targat despediu-se de seu colega pretextando dor de cabeça. Polidório inspirou profundamente sob o portão de pedestres.

"Jogar uma bomba aí dentro", pensou ele.

10. A centrífuga

> "When I hear of Schrödinger's cat, I reach for my gun."*
>
> Stephen Hawking

Mas este era exatamente o problema dos condutores de camelos: eles queriam lidar com o átomo e não sabiam como uma centrífuga funcionava. Lundgren não tirou as melhores notas em física. Segundo sua própria opinião, ele era mais dado às línguas. Também tinha sido bom em música, educação física e religião. Isto, porém, ele aprendeu na escola: centrífuga era algo que girava rápido. E uma ultracentrífuga era algo que girava *muito* rápido. Servia para separar isótopos, por exemplo o urânio-235 do urânio-238. Um cilindro alto, fino, com grande energia de rotação, um aparelho de complexidade mediana, que representou principalmente um problema mecânico para quem o construiu. Problema que um mecânico de automóveis habilidoso deveria conseguir solucionar. Não um condutor de camelos. Os condutores de camelos não conseguiam solucionar os problemas, eles não tinham *know-how* nem para um cilindro giratório.

Se eles aplicassem na formação escolar de seus mecânicos todo o esforço e dinheiro que empregavam em torturas, violação dos direitos humanos e combate a Israel, poderiam ter construído sozinhos sua centrífuga imbecil. Quase. Qualquer um poderia ter montado

---

* Em inglês, "Quando me falam do gato de Schrödinger, alcanço minha arma". (N. da E.)

essa coisa. Ele também, Lundgren, provavelmente teria conseguido com um pouco de treino e se tivesse prestado mais atenção às aulas de física. Um cilindro giratório, Deus do céu, onde estava o problema? Só o povo daqui não conseguia. Ou não queria. Talvez não quisesse. Lundgren consultou o relógio. Ponteiros verdes que brilhavam no escuro, um presente de sua mulher. Tomou um gole de chá de hortelã e devolveu o copo à bandeja verde-esmeralda. Do outro lado da rua, bem em frente, uma casa de dois andares caía aos pedaços. A tinta verde estava descascando e sobre o telhado havia um mastro de bandeira torto, cujos fiapos de pano verde-escuro indicavam falta de vento. A cor da revolução.

Lundgren já tinha visto muita miséria neste mundo, e em algum momento ele descobriu qual era o problema do tricontinente e de seus moradores. Assim como muitos outros, eles consideravam a atividade mental algo não masculino. Claro que ninguém dizia isso com todas as letras. Mas a ciência estava em oposição não declarada aos grandes ideais de orgulho, honra e tudo o mais. A ciência era para as mulheres. Se você desse cem dólares para uma mulher, ela fazia nascer uma oficina de costura com oito funcionárias. Se você desse cem dólares para um homem: guerra civil. E os árabes eram os piores. Em seu sangue havia indolência, intriga e fanatismo. Mas reflexão era para as mulheres; e as mulheres, isso também era claro, eram reconhecidamente burras demais para refletir. Um círculo vicioso. Lundgren pensava a respeito, e, quanto mais pensava a respeito daquilo que chamava de círculo vicioso do caráter nacional árabe, menos estranho isso lhe parecia. No fim das contas, ele também pensava assim.

O que era a ciência? Uma montagem para inglês ver. Dirigida por gente metida que usava camisa escolhida pela mamãe, homenzinhos com óculos de fundo de garrafa, que não conseguiam enxergar sequer a porta do laboratório e que davam ordens com vozes finas que iam baixando o tom: "Saia você para o mundo e limpe a sujeira, há tempos já calculamos e resolvemos o principal". A física era – do ponto de vista da filosofia – um modelo para a descrição da realidade. Mas tratava-se de um modelo falso. A física era muito pouco complexa, pois ocultava o mais importante, o ser humano e sua fraqueza. Bem ou mal, os condutores de camelos tinham percebido isso: mesmo o maior vencedor do Prêmio Nobel não suportaria o mínimo uso da violência. A ciência não tinha nenhuma relação com a realidade, com a *real* realidade, faltava a retroalimentação. A espionagem tinha essa retroalimentação. A espionagem era complexa, quase um processo artístico, e como toda arte ela era logro e ilusão. Uma arte e um esporte, e, em oposição à ciência, tão parecida com a vida, com a maravilhosa, com a grande, com a contínua, com a frágil obra de arte conjunta da pequena vida humana, e a única coisa que podia enlouquecer alguém era que seu contato não aparecia. Provavelmente ele estava em seu sítio, penetrando seu carneiro predileto, tendo se esquecido havia tempos da separação dos isótopos.

O contato que não aparecia... e que sol! Lundgren comprou um ridículo chapéu de palha já na noite do primeiro dia. Ele mal o protegia dos raios que o sol lançara oito minutos antes como resíduo de uma fusão nuclear e que agora ardiam impiedosamente bem na testa de Lundgren. Mas não ousava sentar-se no interior do café. Manter a visão panorâmica, segurança. Regra básica. A radiação eletromagnética ardia através do chapéu de palha, ele olhava para a bandeira verde, olhava para a casa verde e, de repente, a palavra tinha sumido.

Restou uma sensação surda, como algodão, sobre sua língua. A palavra tinha sumido. Era como se ele não conseguisse se lembrar nem do próprio nome. Não se lembrava do nome da coisa. Da coisa que se mexia. O motivo de ele estar aqui. Claro, centrífuga, centrifugante. Isso vinha na sequência de centríolo, centrípeto. A centrífuga, certo. E antes? Ficava cada vez pior. Antes ele tinha pensado em chá de hortelã. *Mademoiselle*, um chá de menta. E filhotes de carneiro. Mas por que mesmo ele estava aqui? Por causa da... centrífuga extrema? Da centrífuga rápida extremamente rápida? Depois de muito massagear as têmporas, Lundgren chegou no quase. A quase centrífuga. Não era a palavra certa. Ou? Era a palavra certa? E se não fosse a palavra certa, como ia ficar? Bom dia, meu nome é quase Lundgren. Estou trazendo a coisa. Sim, obrigado, não há de quê. A situação estava ficando cada vez mais idiota. Era o sol, o maldito sol. O maldito chá. E a maldita centrífuga.

Dois cigarros e meia xícara de chá mais tarde, Lundgren tremia feito vara verde. Como um homem acostumado a topar com a desconfiança por todos os lados, principalmente com a própria, de início ele desconfiou ter sido enviado como isca. Como um estagiário, a quem mandam buscar a tinta colorida do fax ou lavar o papel-carbono para que depois todos fiquem rindo de sua cara. Os metidos. Apontam com o dedo para ele, olham para ele através de seus fundos de garrafa e atiram pedacinhos de giz contra ele. Só que aqui não jogam giz, mas coisa pior. Matéria predileta, tortura.

Não era seguro (nem simples) dar uma olhada nos projetos sem que ninguém percebesse. Ele teve de conseguir um desses aparelhos de iluminação. O texto estava codificado, ou pelo menos em árabe, o que dava no mesmo, mas também continha desenhos de construções. E, embora Lundgren não entendesse nada, as formas tinham deixado uma impressão suficientemente cilíndrica e secreta em seus olhos. Mais de cem páginas. Só podiam ser centrífugas. Isso o tranquilizou. Não se tratava de tinta colorida de fax. Era adulto demais para isso. Ele estava numa missão de verdade. Não era fácil enganá-lo.

Mesmo assim, começou a se sentir esquisito. Não se tratava do tipo de missão que admitia um fracasso. Ele estava numa terra de ninguém, no meio do deserto, e na sua frente, do outro lado da rua, à sombra, havia um árabe desdentado que o encarava havia dois dias. Ininterruptamente. De vez em quando o velho tombava para a frente, para rezar em alguma direção. Depois voltava a encará-lo.

– Ele sempre fica sentado aí, é meio maluco – informou-lhe a atendente de doze anos, mas também não dava para confiar nela. Sempre que ele se virava, ela lhe lançava um olhar ardente. Que malandra! Era assim nessas paradas. Burra feito uma ostra. Mas sabia ser bonita. Como os animais. Quase um caráter nacional. Essa pele dourada! Esses olhos negros-negríssimos! Estava no sangue deles. Em quem confiar nessas horas? Isso era o excitante na sua profissão, não poder confiar em ninguém. O ser humano era uma máscara, o mundo era apenas uma fachada, e, atrás de tudo, um pensamento e um segredo. E, atrás de todo pensamento, mais um segredo, como a sombra de uma sombra.

Lundgren sorriu, pensativo. E, de repente, na tarde do segundo dia: a catástrofe. O velho desdentado tinha arrumado, sabe-se lá onde, um aparelhinho eletrônico. Tentou escondê-lo na mão, mas Lundgren viu pelo canto dos olhos. Um brilho minúsculo sob o sol. O árabe moveu a caixinha preta em direção à orelha, no mesmo momento um jipe descia a rua – e esse era o sinal. Lundgren levantou-se num pulo. Correu para dentro do café, refugiou-se no banheiro. Segurou-se na pia e convenceu seu reflexo no espelho a manter a calma. Em seguida, vozes. Em seguida, passos: Lundgren saltou pela janela. Quarenta e dois graus à sombra. Passou por um muro (cento e dez metros com barreiras em catorze segundos e nove décimos, recorde sueco juvenil), entrou à esquerda duas vezes entre galinhas assustadas e alcançou voando a rua principal, onde ficava o café. Tocou a arma escondida na axila esquerda. Destravou-a. Pensou na mulher e ficou de tocaia na esquina.

Ele via o pequeno café através do ar tremulando sob o sol, via seu bloquinho de notas, seu chapéu de sol e seu chá de menta na mesinha da varanda. Na frente, uma cadeira vazia. Um ar de forma lundgreniana tinha tomado seu lugar. Do outro lado da rua, imóvel, estava o árabe, com um rádio de pilha na orelha. Música, cantoria arrastada. O jipe havia passado. Tudo ao redor de Lundgren tremulava. A *miss* universo de doze anos acenava para ele, amistosa e espantada. Lundgren caminhou de volta à sua mesinha suando em bicas. Ela sorriu. Ele não olhou para ela. Ela estufou os seios subdesenvolvidos. Ele refugou. Primeiro o cumprimento da missão, depois o rala e rola. Regra antiga.

À tarde a rua diante do café começou a se animar. Os homens iam em direção ao centro, parecia estar acontecendo alguma coisa por lá. Chamados incompreensíveis, sempre a mesma palavra. Lundgren observava isso contrariado. Poucas horas depois, a massa retornava. Os mesmos chamados.

No terceiro dia, Lundgren deu ao velho desdentado um *baksheesh* para ele se sentar em outro lugar. O velho pegou o dinheiro e continuou sentado. No quarto dia, Lundgren cumprimentou-o com as palavras: "Já fodeu seu carneiro hoje?", e o árabe apenas esticou-lhe a mão. Um raio de luz branca descia do céu, e Lundgren liberou um *baksheesh* ainda maior, e ria e sorria e não conseguia parar de sorrir e percebia, com o pouco de razão que lhe restava, que alguma coisa em seu interior, talvez em seu cérebro, talvez a diarreia, talvez a visão da princesa negra em ponto de bala, insuflava-o com uma perigosa euforia. Euforia era contraproducente, euforia era proibido. Ele sabia disso. Ele sabia de tudo. Ele era Lundgren.

11. **Revisão**

> "Quem não sabe para onde vai / a cada passo alcança seu objetivo."
>
> Ditado dos fulas

No dia seguinte, Polidório pediu mais uma vez a pasta, uma pequena pilha de papel presa com um barbante, e espalhou seu conteúdo sobre a escrivaninha. Por cima, os relatórios dos interrogatórios de Amadou, que tinham sido feitos na delegacia central; Polidório apenas passou os olhos por eles. Havia estado lá e sabia que Amadou se mantivera fiel a sua versão. O último relatório continha uma única frase: "Depoimento, veja dia anterior".

O resto da pasta estava desorganizado. Polidório procurou primeiro os relatos das testemunhas oculares. Grande parte fora datilografada, mas também havia alguns manuscritos, com abreviações incompreensíveis e marcações estenográficas. Em todos os relatos datilografados faltava o nome do interrogado, às vezes também a data. Era provável que os relatórios tivessem sido redigidos por Karimi. Canisades fora apenas uma vez a Tindirma, logo após a prisão de Amadou; Polidório, nenhuma. Uma porção de fórmulas ingênuas ("Diante do exposto, lavro o presente boletim", "explanou a testemunha") indicava, entretanto, que alguém mais limitado que Karimi tinha datilografado ou revisado as declarações. Entre os papéis, havia descrições do local do crime, esboços e cronogramas. Mas também contas de hotel, rabiscos indecifráveis, uma orientação do Ministério do Interior sobre como lidar com jornalistas estrangeiros. Escrita em um guardanapo de papel, uma lista de contribuições em dinheiro. Um relatório de vistoria do local do crime: sem data. Um pedido da mãe de uma das vítimas: incompleto. Contorno de dois corpos na planta de uma casa: sem comentários. O arquivo era um lixo total.

Um resumo antigo dos acontecimentos era assinado por Canisades, uma primeira avaliação confusa ("Deverão ocorrer mais mortes entre os estrangeiros.") da polícia de Tindirma. A presença de um observador estrangeiro tinha causado uma grande inquietação no oásis. Polidório sabia, por intermédio de Karimi, que ele e um policial local tinham chegado às vias de fato porque o policial não apenas metia constantemente o rosto diante de qualquer objetiva de máquina fotográfica, mas também tentava vender aos membros restantes da comuna seus serviços de segurança privada.

Não havia nenhuma fotografia aproveitável da cena do crime; em vez disso, Polidório encontrou uma foto da placa de entrada da comuna, presa com um clipe numa folha de papel em branco. Feita à mão e ornada com coroas de flores verdes e vermelhas:

Ici vivent, travaillent, aiment* Bina Gilhodes,
Edgar Fowler, Jean Bekurtz, Tareg Weintenne,
Michelle Vanderbilt, Brenda Johnson, Brenda Liu,
Kula & Abdul Fattah, Lena Sjöström, Freedom
Muller, Akasha, Christine, Aknilo James.

A placa devia ser dos primórdios da comunidade, apenas duas vítimas do assassinato estavam entre os citados. Do restante, segundo a comparação com uma lista atual dos moradores da comuna, só a metade ainda vivia por lá. Essa lista reunia vinte e uma pessoas. Atrás de quatro nomes aparecia uma cruz, dois outros estavam entre parên-

---

* Em francês, "Aqui vivem, trabalham, amam". (N. da E.)

teses, como se sua presença na comuna fosse incerta no momento do crime ou tivessem se afastado dela havia pouco.

Polidório gemeu, engoliu duas aspirinas e começou a ler cada um dos relatórios das testemunhas oculares. Eram trinta e um no total, algo grotesco para os padrões locais – e não só para os padrões locais. Em geral, uma testemunha que dizia a coisa certa era suficiente; em seguida, tentava-se fazer com que o acusado concordasse com isso. O interesse público tinha impedido a prática nesse caso.

As trinta e uma testemunhas oculares dividiam-se em cinco membros da comuna que no momento do crime estavam na casa e vinte e seis transeuntes, que tinham acorrido ao pátio da comuna atraídos pelo barulho dos tiros. Os cinco membros da comuna descreviam o ataque com diferentes níveis de precisão, mas no geral concordantes: o surgimento inesperado de Amadou, seu monólogo sobre questões da sexualidade, o consumo de álcool na cozinha da comuna. A arma, a tentativa de carregar o aparelho de som, a morte de Sjöström, uma das mulheres da comuna. O encontro da mala de dinheiro. Mais três assassinatos, cesto de frutas, fuga.

Os depoimentos dos transeuntes, por sua vez, eram escassos e consistiam em grande medida em extensas suposições sobre os motivos de Amadou e as razões políticas. Quase todos mencionaram razões políticas. Era um modo de falar. Como motivos, foram citados: ciúme, vingança, honra familiar abalada, calor, espiritualidade e loucura. Não citado: avidez por dinheiro. No que dizia respeito aos poucos fatos (tiros no pátio, mala de palha, fuga), os depoimentos eram em sua maioria idênticos e completamente sem valor. Ou as pessoas repetiam o que tinham ouvido, ou Karimi soprara para elas.

Três quartos dos transeuntes disseram ter visto Amadou entrando na área. Polidório pediu a Asiz que lhe mostrasse a posição da comuna no mapa. A entrada ficava numa rua lateral no *suq*, nada de comerciantes à direita ou à esquerda, muito tráfego. Impossível alguém ter percebido uma pessoa passando com o carro por um portão aberto e quinze minutos depois ouvir tiros de revólver. Ainda por cima, aquela quantidade de tiros: centenas, dezenas, muitos, dois.

Mais disparidades: não foi Amadou, mas alguém do norte da Europa que atirou com o revólver para cima, diante da porta, entregando-o depois a Amadou (uma testemunha, interrogada por "M. M."). Uma nuvem havia escurecido o sol e facilitado a fuga de Amadou (uma testemunha, interrogada por "Q. K."). Amadou usava uma peruca cinza "como os juízes ingleses nos filmes" (uma testemunha), jogou pó de ouro para as pessoas a fim de criar um tumulto (duas testemunhas), estava nitidamente bêbado (quatro testemunhas) e, ao deixar a casa, ergueu os braços e pediu, com palavras comoventes, a ajuda de Deus (uma testemunha).

A investigação do local do crime: alguns cartuchos de bala vazios, um carregador vazio. Duas balas incrustadas na parede, uma no teto entre o primeiro e o segundo andares. As quatro vítimas tinham sido atingidas por vários tiros, todos muito próximos, um nas costas, os outros na frente. Pouca dúvida sobre a causa das mortes. Nem sinal de outro suspeito. Assinatura de Karimi.

Exceto pelo fato de as vítimas serem europeias, não havia nada de especial no caso.

Polidório voltou a fechar a pasta, olhou demoradamente para os apontamentos que tinha feito e depois foi ao chefe pedir dois dias de licença. Alegou querer passar algum tempo com a família, que tinha chegado havia algum tempo, escreveu um bilhete para Asiz pedindo que checasse as digitais do revólver e sentou-se no carro.

12. Chamsin

> "Quando dois meios de densidades diferentes fluem em sentidos contrários, forma-se uma superfície limítrofe ondulante."
>
> Lei de Helmholtz

Havia dois caminhos para chegar à estrada que levava a Tindirma. O mais curto seguia direto, atravessando em diagonal o Bairro do Sal e o deserto, o outro circundava os bairros pobres num desvio de vários quilômetros pelo norte, para entrar na estrada pouco antes das montanhas, do lado direito. Polidório não conhecia nenhum dos dois caminhos. Decidiu-se pelo primeiro, e depois de cinco minutos já estava perdido na região salina.

Um cinturão de favelas tinha se formado ao redor de Targat, como ao redor de toda cidade grande, e o trabalho da administração, empurrando com os tratores os casebres miseráveis morro acima, parecia ter o mesmo efeito que uma poda cuidadosa de plantas. Depois de cada onda de limpeza, o caos ficava mais impenetrável, ruas e caminhos se perdiam nele. Chapas onduladas, galões, entulho. Tudo, inclusive os caminhos, parecia ser feito de lixo e dele crescer. No meio da rua mais larga, abriam-se de súbito buracos fundos, nos quais viviam famílias. Alguns estavam cobertos com um pedaço de plástico e decorados com uma coroa de pedras. Quando Polidório tentou dar meia-volta numa rua sem saída, crianças descalças vieram correndo e apertaram a palma de suas mãozinhas sujas no vidro do passageiro. Uma menina com duas muletas fechou o caminho. Outros se juntaram a ela, e num instante uma multidão tinha envolvido o carro. Deficientes, adolescentes, mulheres com véu. Gritavam e puxavam as portas trancadas.

Polidório tentou não olhar nos olhos de ninguém. Segurava o volante com as duas mãos e dirigia o carro pela turba num vagar digno de pesadelo. Punhos batiam no teto. Quando uma pequena fresta se abriu à sua frente, ele acelerou e escapou pela rua lateral seguinte. Parecia um milagre que esse caminho fosse longo, reto e estivesse vazio. À distância, reconheceu entre os barracos os primeiros sinais do deserto.

Queria recostar-se, aliviado, quando um ruído o assustou. Parecia vir de dentro do carro. Olhou pelo retrovisor: três crianças sorrindo. Elas estavam sobre o para-choque traseiro, com os dedos agarrados no friso superior. A criança do meio tinha só uma das mãos no teto, e na outra segurava uma foice, com a qual batia contra o vidro traseiro. O velocímetro marcava quarenta e cinco quilômetros por hora. Polidório imediatamente tirou o pé do acelerador. Dois passageiros clandestinos saltaram, mas não a criança com a foice.

Na areia do deserto ele começou a fazer leves curvas, e as batidas cessaram. Agora a criança segurava a foice de atravessado na boca, agarrando-se com as duas mãos no friso. Um quilômetro atrás das barracas e casebres, o menino finalmente saltou. Pelo retrovisor, Polidório viu-o afastar-se entre as dunas com sua ferramenta.

Deixou o carro parar sozinho. O suor escorrera até os sapatos. Pegou uma garrafa de água do porta-malas. Com a garrafa na mão direita e girando loucamente a esquerda no ar, subiu a maior duna da região e olhou ao redor. À sua frente, em diagonal, via uma série de postes de telégrafo que seguia na direção leste-oeste e que provavelmente demarcava a estrada para Tindirma. Fora isso, só areia. Tomou parte da água, jogou o resto sobre a cabeça e desceu escorregando até o carro.

Após quarenta e cinco minutos na estrada, percebeu algo estranho no horizonte. Uma nuvem pequena, amarela, suja, que se expandia lentamente. Depois de alguns minutos, ela havia se estendido por toda a largura do horizonte. Embora nunca tivesse visto nada igual, ele soube imediatamente do que se tratava. No alto das dunas já tremulavam pequenas bandeiras de areia. O vento rapidamente ficou mais intenso, o céu se tingiu de marrom-escuro. Por fim, o ar parou por um instante. Em seguida, o carro foi atingido por um golpe que quase o jogou fora da estrada. Polidório enterrou o pé no freio. Uma lufada de areia tinha se depositado sobre o para-brisa, ele mal conseguia reconhecer o capô. Eram tantos os estalidos e as crepitações que parecia que o carro estava em chamas. Polidório ficou preso por quase uma hora.

Enquanto esperava, lembrou-se de que tinha sido mais ou menos nessa região que Amadou fora capturado, logo depois de ter cometido os quatro assassinatos. Ou de não tê-los cometido. Pensou que, sob as condições dessa paisagem, não apenas a vida humana era insignificante, como, filosoficamente falando, também eram insignificantes quatro vidas humanas ou a vida de toda a humanidade. Polidório não sabia ao certo como havia chegado a esse pensamento. Em seu escritório, isso teria lhe parecido não filosófico, mas pueril. Ligou o rádio com os dedos molhados de suor. Sem sinal. O deserto voava na horizontal através dele. Quando um esboço da estrada se tornou novamente reconhecível, Polidório tentou continuar andando, mas as rodas não giravam. Enrolou um pano ao redor da cabeça e abriu a porta. Um monte de areia voou para dentro do carro e ele tornou a fechar a porta.

Quando o vento tinha diminuído o suficiente para que ele pudesse sair do carro sem perigo, montes de areia se moldavam de maneira aerodinâmica no contorno da carroceria. Alguns metros adiante do veículo havia agora uma placa que não existia antes. Sua extremidade despontava do alto de uma duna do tamanho de um homem. Ela estava suja e enferrujada, sua inscrição era quase ilegível. 102... o resto, incompreensível.

A cor do céu mudou para um ocre luminoso. Polidório trabalhava com as mãos e os antebraços para tirar o monte de terra de cima do porta-malas, e tentou movimentar o carro colocando um calço debaixo das rodas. Precisou de quase meia hora para consegui-lo, depois mais uma hora para chegar a Tindirma, e lá mais cerca de dez minutos de conversa com os membros da comuna para descobrir que eram confiáveis. Que tinham dito a verdade. E que o crime não poderia ter transcorrido de outra forma que não aquela registrada nos autos. Cento e dois.

13. No trabalho

> Sim, o que é a pena de morte? Não me importo. É vingança pura, mas o que há de errado com a vingança?
>
> Richard Eugene Hickock

O camelo estava com uma perna amarrada para cima. Ele cambaleava sobre três pernas entre os homens magros que inspecionavam seu focinho e suas patas. Lundgren pensou quantas pernas seria possível amarrar para cima sem que o camelo caísse. Uma era possível; duas, difícil; no caso de três, certamente a festa tinha acabado. Física não era sua paixão, como dissemos, mas também não era algo que o desinteressasse totalmente. Lundgren era uma pessoa curiosa por natureza, um sujeito com sede de conhecimento, sem dogmas e aberto ao mundo, e que não afundava logo no brejo do liberalismo. Sabia ouvir, tinha uma noção que beirava o assustador em relação àquilo que se passava no outro, uma fina capacidade de observação. Sempre teve. As meninas de sua escola foram as primeiras a perceber. Elas gostavam dele. Quando não estavam enciumados por causa das meninas, os meninos também gostavam. Lundgren, o ponto central radiante do sociograma de Moreno. El Lobo. E ele era do tipo colegial. Pai social-democrata. Quando o professor se virava durante as provas, Lundgren levantava seu caderno para que todos pudessem vê-lo. Também em física, em biologia. Lundgren. Ele ria. Iria a um mercado de camelos e daria dez dólares para alguém amarrar uma segunda perna do animal para cima. Na frente a direita e atrás a esquerda. Ou na frente a direita e atrás a direita.

Dez dólares. Mas, então, pernas para cima e observar. Ideia maluca! Lundgren imaginou a cena. Maravilha. Contaria isso a alguém, caso pudesse contar isso a alguém. Quando tivesse encerrado sua missão aqui. Primeiro a missão, depois o camelo. E então a *miss* beleza. Ou primeiro a *miss* beleza e depois o camelo. Chorou de tanto rir. Ao abrir novamente os olhos, um homem tinha se sentado na mesa ao lado. Um homem numa roupa desbotada pelo sol e com chapéu xadrez. Lundgren reassumiu em uma fração de segundo sua postura profissional. Bingo! Um homem estava sentado a seu lado. Olhou-o de soslaio. Ele se esforçava em olhar para outro lado. Lá estava o homem. O homem, o homem, o homem.

O homem pediu chá. Três minutos de silêncio. Lundgren não aguentou mais e perguntou:

– Como o senhor se chama?

O homem tinha acabado de levar a xícara de chá à boca, interrompeu o movimento e disse, cauteloso:

– Sim.

– Como o senhor se chama? – Lundgren repetiu em voz baixa.

– Sim! – o homem respondeu também baixo.

– Como é?

– O quê?

– O seu nome!

– Como?

O homem xadrez olhou amedrontado para a rua, a fim de investigar o terreno, acenou discretamente com a mão para baixar novamente o volume da conversa e depois sussurrou, quase inaudível:

– Como o *senhor* se chama?

– O senhor primeiro – disse Lundgren.

– O senhor começou.

– O quê?

– Foi o senhor quem começou.

– Tudo bem – disse Lundgren, imitando o movimento de mão que o outro fizera. – Herrlichkoffer.

– Como?

– Herrlichkoffer. Não fale tão alto. Ou Lundgren. Para o senhor, Herrlichkoffer.

– Para mim, Herrlichkoffer.

– Sim! E agora o senhor escreva o seu nome aqui... aqui... aqui.

Lundgren puxou um bloquinho do bolso e empurrou-o sobre a mesa. O homem xadrez desenhou sete letras de fôrma sobre o papel. Um pouco mais tarde, Lundgren foi para a pensão. Uma sensação indescritível depois de tanta emoção. Tudo certo! Seu cérebro transmitia a mensagem de que a busca por petróleo tinha sido um sucesso. Um telefone seria de grande utilidade agora. O dezerto arde. Dezerto com "z". Mas não havia telefone. Dessa maneira, a mensagem foi do cérebro de Lundgren até o cérebro de Lundgren: *QZ cumprido PT o dezerto arde PT C3 achou petróleo.*

Não, errado. UZ, não QZ! Nada de erros agora.

14. Preto e branco

> "Sou como qualquer um, prefiro assistir a filmes americanos ruins do que a filmes noruegueses ruins."
>
> Godard

Canisades ligou a televisão, colocou os pés sobre a escrivaninha e encarou durante um longo tempo a tela preta. O tubo começou a estalar, um relógio analógico acinzentado apareceu. Faltavam dois minutos para as seis.

Passara a tarde no hospital, tentando interrogar a suposta vítima de um estupro coletivo, e agora estava cansado demais para fazer o relatório. No fundo, ele podia ter economizado o esforço. Três primos da vítima ficaram vigiando a cama, ocupados em não deixar que ele visse a menina. Apenas com a intermediação da médica foi possível manter uma conversa através de uma cortina branca improvisada. O resultado foi tão pouco espetacular quanto previsível: nada de estupro, somente uma queda da escada. Canisades pediu à médica que descrevesse o tipo de ferimento, o local dos hematomas, os cabelos embaraçados em tufos e os arranhões. Descobriu o nome dos primos – dois dos quais foram considerados culpados pela participação no estupro –, que se despediram dele tranquilos, quase animados. A irmã de onze anos da vítima foi quem registrou a queixa; ela observou tudo pela janela e correu até a polícia, onde imaginava encontrar um policial incorruptível. Agora a menina estava sentada em algum lugar da delegacia central ladeada por uma boneca de palha e a única advogada de Targat, e talvez já tivesse noção de que a parte mais bonita de sua vida tinha ficado para trás.

– Você está vendo tevê? – Asiz arrastou os pés pelo escritório, mascando chiclete, jogou uma pasta sobre a escrivaninha, coçou as costas e sumiu na sala ao lado.

– O quê? – Canisades gritou quando ele já havia saído.

– A pasta.

– O que tem ela?

– As digitais.

– Que digitais?

– Da Mauser.

– De que Mauser, idiota? O veredicto saiu hoje de manhã.

Durante cinco segundos inteiros, nada aconteceu. Em seguida, Asiz enfiou a cabeça pela porta. Ele havia parado de mastigar.

– Não me chame de idiota, só estou fazendo meu trabalho. Fiquei horas metendo fita adesiva nessa Mauser. Se vocês não querem resultados, não coloquem bilhetes de merda no meu escaninho.

Ele sumiu de novo. Dava para escutar uma porta sendo aberta na sala lateral.

– Foi o Polidório? – Canisades perguntou às suas costas.

– Como vou saber?

– E *qual é* o resultado?

– Sim, qual é? Se há horas, vocês, idiotas...

Mais não deu para entender.

Faltando um minuto para as seis, começou uma dramática música de violinos. Canisades tentou pegar a pasta, mas com as pernas sobre a escrivaninha ele não conseguia alcançá-la. A música cessou, a câmara abriu a imagem e o relógio analógico cinzento se tornou parte de um estúdio de notícias. Um homem muito jovem, de muito boa aparência, estava sentado atrás de uma bancada de madeira, sobre a qual estavam dispostos, de maneira absolutamente simétrica, um arranjo de flores, um microfone e um telefone preto. O jovem cumprimentou os telespectadores em árabe e francês e passou a ler as notícias somente em francês.

Tinha acontecido um desfile em comemoração ao aniversário de quarenta e seis anos do rei. Dava para ver os uniformizados de branco em montarias vistosas, lacaios com togas brancas que carregavam penas de pavão. Um alto oficial foi nomeado governador da província. Uma escola superior foi queimada. O apresentador do telejornal lia sério e com ritmo. Quando a tela mostrou, atrás dele, uma mulher num *hijab* preto rolando no chão diante de cadáveres carbonizados de crianças, sua voz estremeceu. Segurando o choro, ele entrou debaixo da mesa, assoou o nariz e leu, após uma pausa adequada, o resultado das extrações de uma mina de fósforo recém-fechada no norte. Ao mesmo tempo, via-se uma mulher de *short* muito curto que ficava parada no ar com as pernas na horizontal. Debaixo dela um banco de areia, atrás dela uma pista de atletismo: Heide Rosendahl, a saltadora em distância. O locutor engoliu em seco por um instante e em seguida uma reportagem mostrava um homem com bonezinho de sol branco sobre a cabeça e graxa de sapato no rosto conversando com um grupo de engravatados. Outros homens, em agasalhos esportivos descontraídos, faziam ginástica com metralhadoras sobre os telhados planos da vila olímpica. A luta pela independência do povo palestino seria. O chefe da polícia de Munique teria. Todos os reféns estavam. Em seguida, uma entrevista de vários minutos com um alto dignitário intelectualizado, que analisava a situação com muita argúcia.

Canisades tinha cruzado as duas mãos atrás da cabeça e cerrara a boca, movendo o maxilar inferior para a frente e para trás. Em seguida, tirou as pernas da escrivaninha e pegou a pasta. A folha de papel A4 com as impressões digitais estava em cima. Texto-padrão, abaixo dois quadrados com uma impressão no melhor estilo carimbo de batata.

– Targat – disse o locutor.

Canisades ergueu o olhar. A tela mostrava a fotografia de um furgão de entregas branco com janelas gradeadas que tinha sido prensado por uma jamanta contra a parede de uma casa, estourando feito uma lata de conservas. O assassino de quatro pessoas condenado à morte pela manhã, Amadou Amadou, tinha fugido durante o transporte até o local da execução. Voltado para a fotografia, o locutor apontava com os dois braços os automóveis que estavam em direções opostas, explicou o desenrolar do acidente e encerrou com uma citação da polícia, que afirmava adequadamente que o fugitivo seria recapturado em breve e que Alá trouxesse paz à sua alma, pois isso não era obrigação dos outros. Afastou de si a pilha de papéis sobre a mesa e tossiu. A câmera fechou a imagem novamente no relógio analógico. Eram seis e quinze.

Canisades observou os quadradinhos. Um polegar direito da arma, claramente reconhecível, e o polegar direito de Amadou, coletado havia dez dias na delegacia. Idênticos.

Livro Dois: O deserto

15. Tábula rasa

> "A dez dias de jornada dos garamantes encontramos outra colina de sal, com uma fonte e homens em volta. Esses homens, que constituem a nação dos atarantes, são os únicos, que eu saiba, a não ter nome próprio. Reunidos em nação, tomam o nome de atarantes, mas, considerados individualmente, não usam um nome que os distinga uns dos outros."*
>
> Heródoto

Um olhar teatral, duas madeiras escuras à direita e à esquerda como cortinas improvisadas. Na cunha estreita do meio, céu azul, quase branco, claro e doloroso sobre a retina. Abaixo, o deserto. No deserto, três homens de *djellaba* branco. No primeiro momento, não é possível distingui-los, e então eles se tornam um baixinho, um gordo e um sem nada de especial. Suas bocas se mexem, as mãos tremulam. O baixinho fala com o gordo, o gordo carrega no braço uma mala de palha que brilha ao sol. Depois de um tempo, o sem nada de especial sai de cena. O gordo bate com a mão aberta contra o queixo, de baixo para cima, e estica os beiços. O baixinho ri. Faz uma postura exagerada de desenho animado, um braço esticado para a frente, o outro atrás da cabeça, em ângulo, como se quisesse partir para cima do gordo no instante seguinte. E então ele realmente parte para cima do gordo, e o gordo joga-o no chão. A mala de palha cai na areia, uma profusão de cédulas sai voando. O sem nada de especial volta para o quadro e conversa com os dois. Eles se curvam para pegar o dinheiro. Quando o vento muda de direção, suas vozes se tornam audíveis. Eles falam sobre um homem chamado Cetrois, certificam-se mutuamente

---

* Clássicos Jackson, W. M. Jackson Inc., Rio de Janeiro, 1950. Versão para o português de J. Brito Broca. (N. da T.)

de que não foram eles. De que eles não foram os culpados. Em seguida, os três param por um instante e olham fixamente numa direção. Somente as mãos do gordo continuam tateando a areia, como que de modo automático. O baixinho se vira para o sem nada de especial e lhe sussurra algo. O sem nada de especial segura no alto um maço imaginário de dinheiro e mete-o numa bolsa imaginária. À distância, ouve-se o barulho de um motor a diesel. Em *off*, a porta de um carro é fechada com força. Um quarto entra em cena, também envolto num *djellaba* branco. O rosto e a voz não são muito diferentes dos rostos e das vozes dos outros, apenas seus movimentos são mais decididos. Ele fala francês misturado com um pouco de árabe e inglês.

– Vocês pegaram? – pergunta o quarto, e o baixinho diz que eles estouraram a cabeça de alguém.

– Larbi estourou a cabeça de alguém. Com o macaco do carro. Fez um barulho de madeira podre.

– Vocês pegaram? – repetiu o quarto. O baixinho se volta para o gordo e o gordo diz:

– Cetrois carregou para o deserto.

– Você não estourou a cabeça dele?

– Não do Cetrois.

– De quem, então?

– Não faço a mínima.

– Onde está Cetrois?

– Ele não vai longe.

– Onde ele está? – O quarto pega o gordo pelo colarinho.

O gordo, o baixinho e o sem nada de especial levantam simultaneamente um braço e fazem um esforço para se sincronizar.

– Por que vocês estão parados aqui?

– Ele está numa motoneta.

– Ele não estava a pé?

– Sim, mas ele entrou ali no celeiro. E saiu em seguida numa motoneta.

– Onde está o carro de vocês? E que merda de mala é essa? – O quarto arranca a mala de palha do braço do gordo. Mais uma vez as cédulas se espalham.

– Puxa, se eu terminar de falar! – diz o baixinho.

O quarto saca um revólver e o aponta para o baixinho. Este dá um passo para o lado, gemendo. O quarto chuta sua barriga com tanta força que ele sai do quadro.

– Dá para ver as pegadas dele – fala o sem nada de especial.

– Então me mostre as pegadas! – diz o quarto.

Curvado para a frente, o baixinho volta para o quadro; um dos seus braços está sobre a barriga e o outro erguido como em posição de defesa.

– Ele praticamente já estava na nossa mão – ele se lamenta. – Tínhamos chegado junto. Ele estava diante do capô! Mas aí Cetrois foi para as dunas e a Chevy atolou na merda das dunas. Então, fomos atrás a pé, e Larbi estava nos calcanhares de Cetrois... e quando a gente atravessou uma duna... – Ele ergue a mão na altura dos ombros e faz uma cara de espanto.

– Tinha uma porção de dinheiro lá! – o gordo ajudou.

– E mais: dinheiro alemão! – diz o baixinho. – Vamos dividir por quatro, evidente. Trinta-trinta-dez, quero dizer, três vezes trinta e mais... dez. Podemos também fazer vinte e oito ou vinte e cinco...

Ouve-se um tiro e o baixinho cai no chão. Por um momento ele fica deitado, imóvel, depois se remexe e observa, assustado, seu corpo intacto.

– Onde está Cetrois? Me mostre a porra das pegadas! – berra o quarto, que está sobre o baixinho e aponta com a pistola para o horizonte atrás de si.

– Lá! Lá! Lá! – diz o sem nada de especial, que corre para fora do quadro. O quarto o segue, também o baixinho.

O gordo se agacha em direção à mala de palha e o quarto volta imediatamente. Ele virou a arma na mão e martela a cabeça do gordo com o cabo. Pega uma porção de cédulas e esfrega-as no rosto dele.

– Você sabe quem é esse? É Goethe. Não, é claro que você não sabe! Quem é Goethe? Esse Goethe de merda é alemão oriental de merda. Isso é dinheiro da Alemanha Oriental de merda, não são nem vinte dólares. Me mostre a porra das pegadas, e se não conseguirmos pegá--lo... rezem! Rezem!

Ele sai novamente do quadro, o gordo atrás.

A voz do baixinho em *off*:

– A gente não sabia que tinha uma motoneta lá. Como a gente podia saber que tinha uma motoneta no celeiro? E no que diz respeito a seu cúmplice...

A voz do quarto:

– Que cúmplice?

A voz do baixinho:

– Aquele cuja cabeça o Larbi amassou. Você não presta atenção! Cetrois entrou no celeiro e saiu um minuto depois com uma motoneta. Nós a trezentos metros dele... sem chance. Então nós também entramos, talvez tivesse mais uma motoneta. E aí vimos esse sujeito. Claro que perguntamos: "Para onde ele está indo?", "Para onde ele está indo?"... Porque a gente já sabia. E, como ele não disse, o Larbi amassou a cabeça dele com o macaco do carro. E era difícil continuarmos a pé... e como a gente sabia que você logo estaria vindo com o jipe... e nunca... nunca nos repreenderia...

As vozes se tornaram mais baixas. Abrir e fechar de portas de carros. Sons incompreensíveis. Um motor que é ligado e uma frase berrada em meio ao barulho:

– Seu bunda, se ele estragar a turbina...

Depois, mais nada.

16. Possibilidades do despertar

> "– Fantômas.
> – Qu'avez-vous dit?
> – J'ai dit Fantômas.
> – Et qu'est-ce que cela signifie?
> – Rien... Tout!"*
>
> Pierre Souvestre e Marcel Allain

No mesmo instante em que os homens sumiram do quadro à direita, o sol apareceu ao fundo, à esquerda, atrás da tábua de madeira, como um ator de teatro de bulevar. O ruído decrescente do motor a diesel desenhava uma cunha sob o horizonte.

A santidade. O silêncio. Ele tentou virar a cabeça e sentiu dores que não conseguia localizar. Como se um punho, dentro da cabeça, tentasse empurrar seus olhos para fora. Piscou. Tateou ao redor e descobriu – lá onde imaginava achar um buraco na cabeça – um imenso inchaço. Sangue seco e muco. Tinham esmagado o seu crânio. Por quê? Fechou novamente os olhos e tornou a abri-los: ainda a mesma coisa, supostamente a realidade. Seu primeiro pensamento foi: fuga. Tinha de fugir. Não sabia por quê, mas seu corpo, sim. Tudo em seu corpo queria sair dali.

O que suscitou a questão apavorante de para onde fugir. O que, por sua vez, suscitou a questão de onde ele estava. A vista entre as madeiras não lhe trazia nenhuma informação. Deserto vazio. Não sabia como havia chegado ali. Não sabia por que os homens tinham esmagado sua cabeça. Não conseguia se lembrar. E também não con-

---

* Em francês, "– Fantômas. / – O que disse? / – Eu disse Fantomas. / – E o que isso significa? / Nada... Tudo!". (N. da E.)

seguia lembrar quem era o homem que tinha tido a cabeça esmagada por eles, caso fosse ele esse homem. Não se lembrava de seu nome.

    O primeiro quarto de volta sobre o próprio eixo foi tão difícil que ele não conseguiu distinguir se estava com dores ou se seus músculos não respondiam. Abandonou-se para trás e tentou erguer apenas a cabeça. Suando e ofegando, olhou parte do ambiente contra cuja parede estava estatelado. Um martelinho batia pelo lado de dentro da caixa craniana e formava palavras como "sótão", "parede de tábuas", "amnésia", "talha", "polia" e "monte de areia", que se reviravam no ritmo do coração, feito peças de um jogo da memória.

    O fato de palavras tão difíceis como "talha" e "amnésia" ainda estarem à disposição de sua memória acalmou-o um pouco. O fato de nada mais surgir para aclarar a situação, exceto essas palavras, deixou-o nervoso. Seu nome não voltava. Também não estava mais na ponta da língua, como ele imaginara havia pouco. Ergueu um pouco mais a cabeça.

    O que viu foi um sótão de sete ou oito metros de largura e comprimento indeterminado. Um dos lados estava imerso em profunda escuridão, enquanto no outro entrava uma luz empoeirada por uma abertura semelhante a uma janela. Contra a luz, viam-se mesas ao redor das quais havia aparelhos metálicos, retortas e galões de plástico. Sobre as mesas, retortas menores; sobre o chão, êmbolos de vidro maiores. O chão em volta da mesa, coberto de areia. Um laboratório? Num sótão no meio do deserto?

    Pendurada numa viga do teto havia uma talha presa a uma grossa corrente de ferro que descia através de um buraco grande, quadrado, aberto no chão.

    Olhou um tempão ao redor, analisou tudo e deu nome a todos os objetos que lhe pareciam compreensíveis, e tentou, depois de ficar propositalmente um tempo sem pensar nisso, virar com um impulso casual a pecinha do jogo de memória que trazia a própria identidade.

    Não havia pecinha.

Tentou lembrar aquilo que ele ainda conseguia minimamente lembrar. Afinal, não era que ele não se lembrasse de nada. Lembrava-se de quatro homens sob um céu alto. Lembrava-se de como os homens conversavam, de como eles começaram a brigar. Lembrava-se de uma mala de palha cheia de dinheiro. E de que um homem que eles chamavam de Cetrois fugira para o deserto com uma motoneta. Levando algo que os outros queriam. Lembrou-se do sol ardido e da frase: "Se ele estragar a turbina...". Palavras que se confundiam por causa do barulho do motor. Se a carga quebrar a mina... bailarina... vitamina. Se ele perder a turbina. Se dançar a bailarina. Quatro homens de *djellaba* branco, uma mala de palha, um jipe.

Tentou em vão ampliar no passado a pequena peça teatral para quatro homens. Ela não tinha começo nem fim e boiava feito ilha minúscula num oceano feito de nada. Se ele tomar a vitamina. Se ele fizer a faxina. Cetrois. Os primeiros tênues rabiscos numa folha em branco.

Algo que ele ainda lembrava? Não eram quatro homens, mas no começo apenas três. Homens idiotas. Estavam felizes por terem amassado a cabeça de alguém com um macaco e não conseguiam distinguir o dinheiro da Alemanha Oriental de dinheiro de verdade. E um quarto, que tinha uma arma e um jipe e que não parecia tão idiota. Lembrava que o carro, com o qual eles se afastaram, era a diesel. Lembrava-se de ter ouvido as portas do carro batendo e contado: um, dois, três, quatro. Quatro tapas na cabeça. Quatro homens tinham subido por quatro portas num jipe invisível e ido embora. Exceto se um deles bateu a porta duas vezes, por ela não ter fechado direito na primeira vez. Nesse caso somente três foram embora, e um ficou montando guarda.

Permaneceu em silêncio e ficou escutando enquanto pôde. Mas o latejar de sua cabeça não suportava a imobilidade. Se alguém foi deixado para trás para ficar de guarda, certamente ele saberia onde encontrá-lo. Não tinha importância. Precisava sair dali. Seu corpo queria fugir e sua mente também.

17. Possibilidades de decadência

> "Se alguém se comporta de maneira normal em outras ocasiões, é uma pessoa totalmente capaz. Então, por mim, ela pode até nem ter cérebro."
>
> Hans-Ludwig Kröber, psiquiatra forense

Tentou se levantar pela segunda vez. Agora seus músculos já obedeciam mais, e ele se ergueu com o espanto de um homem que esperava uma dor insuportável mas sentiu apenas a cabeça latejando. A paralisia corporal que ele experimentou na primeira tentativa de se erguer explicou-se agora como um objeto amarrado às suas costas com um barbante. Arrancou o barbante e olhou para o cano de um alentado fuzil. Ferrolho e gatilho, a tríade nefasta êmbolo-coronha-carregador: uma AK-47. Pelo menos era assim que estava escrito em letras mal traçadas, douradas, sobre o cabo: AK-47. Mas não era uma inscrição original. Também não era uma AK-47. A coisa estava em suas mãos, leve e oscilante. Um brinquedo infantil de madeira pintada de preto, feito com cuidado e fiel aos detalhes.

Apoiou-se com as mãos e os pés e fez um esforço para ficar em pé. Fechou os olhos, abriu-os novamente e deu alguns passos inseguros pelo sótão. Estava OK. Foi o que ele disse a si mesmo enquanto tentava respirar com calma: "Está OK, está OK, está OK".

Uma abertura semelhante a uma janela lhe permitiu dar uma espiada para fora. Eram cinco ou seis metros até embaixo. Estava no frontão de um celeiro imenso. O chão era de pedras. À esquerda, ao lado do celeiro, viu um casebre; sobre o telhado havia roupas penduradas para secar. Atrás, deserto até o horizonte.

Nada de degraus. Nada de escada.

Ele suava.

– Meu nome é – disse em voz alta subitamente. – Meu nome é. Meu nome é. – No último "é", deixou a língua de prontidão para acionar um automatismo qualquer, mas nem a língua nem os lábios sabiam o que fazer.

De algum modo ele tinha de descer. A única ligação com o térreo parecia ser o buraco de três metros por três através do qual a talha ia para baixo. O térreo estava imerso em total escuridão. Ele esperou até seus olhos se acostumarem à escuridão; depois, pensou ter conseguido distinguir uma espécie de corredor abaixo do buraco. Dos dois lados do corredor saíam faixas um pouco mais claras. Supôs que se tratasse de pequenas meias-paredes para dividir o lugar em nichos ou estábulos. A altura das meias-paredes era difícil de estimar, assim como era difícil estimar a distância até o chão. A escuridão parecia ter o efeito de uma ilusão de óptica, que deixava o chão mais perto ou mais longe. Ele não sabia qual era o certo. Mas tudo indicava que a altura ali fosse exatamente a mesma da parede externa do celeiro, cinco ou seis metros. Empurrou um pouco de areia pela borda do buraco, ficou um segundo sem ouvir nada, para depois ouvir um crepitar na escuridão.

A corrente da talha, toda suja de graxa, passava por grandes polias até chegar a uma viga, onde estava presa com um prego. Ele soltou a corrente, deixou a polia pesada subir e descer um pouco e prendeu-a novamente. Não tinha coragem de descer cinco ou seis metros pela corrente coberta de graxa. Durante um longo tempo ficou observando o sótão, o buraco e a polia, perguntando-se pela primeira vez como havia chegado lá em cima. Com essa polia? Então alguém devia tê-lo erguido, carregando-o até o canto, para depois encontrar um caminho para descer novamente.

Talvez tivessem uma escada, que em seguida levaram embora. Talvez ele tenha subido ao sótão sozinho e sua cabeça tenha sido amassada aqui. Ou: eles amassaram sua cabeça lá embaixo, ele subiu ao sótão com o que lhe restava de forças, tirou a escada e só então perdeu a consciência.

Olhou ao redor na semiescuridão, mas não conseguiu achar nenhuma escada nem qualquer outra coisa que pudesse ser útil. Nada de corda. Só tranqueiras.

– Meu nome é – ele disse. – Meu nome é.

Seria possível prender um contrapeso na corrente, a fim de escorregar suavemente pela talha até o chão? Tentou se lembrar das leis da física. Força *versus* braço de ação, peso *versus* braço de resistência? Mas qual era o comprimento do braço de resistência? Havia duas polias, a corrente vinha de cima, passava uma vez ao redor da polia de baixo, em seguida subia para a polia de cima. Ou seja, um caminho triplo – não, duplo. Ele precisava de um contrapeso que pesasse metade dele. Ou seria um quarto? Seu coração disparou. Depois de ter encarado a engrenagem durante um minuto, não tinha nem mais certeza de em qual das extremidades o peso maior deveria ser pendurado. E mesmo se ele acertasse: como saberia a relação entre um peso qualquer e seu próprio peso? Se escolhesse um peso muito leve, ele aceleraria demais a descida. Se fosse pesado demais, ele seria puxado para o alto, contra a viga do sótão.

Começou a examinar o sótão outra vez, com mais cuidado. Os utensílios sobre as mesas, cadinhos de cobre e tubos. Um barril de metal estava sobre um forno construído com telhas. Parecia que a areia onipresente no lugar servia como proteção contra incêndios. Cheirou duas garrafas de plástico que continham um líquido claro. O cheiro penetrante era de álcool de alta porcentagem.

As mesas davam a impressão de serem pesadas e maciças. Ele poderia empurrá-las com cuidado pelo buraco, na esperança de que se empilhassem lá embaixo como um pedestal. Ao se aproximar de uma das mesas, algo atrás dela tombou. Os degraus de uma escada, soterrados sob areia, pó e quinquilharias, se tornaram visíveis. Ou seja, ela existia.

Ele liberou a escada, mediu seu comprimento (cinco passos grandes e mais meio) e concluiu que somente com a maior boa vontade ela chegaria do sótão ao chão. Ofegante, ergueu-a pelo meio e se virou lentamente, feito um ponteiro de segundos, em direção ao buraco. O final da escada ficou preso na viga de sustentação, na qual a corrente da talha estava presa. A corrente se soltou do prego e a talha começou a se movimentar lentamente. Com a cabeça enterrada entre os ombros, ele observou, petrificado, como a engrenagem descia com a força da gravidade, batendo no chão e fazendo um ruído abafado. A corrente acompanhou-a, rangendo sarcasticamente; ela escapou da polia de cima e desapareceu, estalando. Com um pouco mais de perspicácia ele poderia tê-la segurado. Ou poderia ter largado a escada imediatamente. Mas agora, já que tinha a escada, a perda da polia parecia suportável. O que mais o preocupou foi o barulho. Imóvel, segurou a respiração. Mas tudo continuou como antes.

Tentou empurrar a escada cuidadosamente pelo buraco, de viés. Quando um pouco mais da metade já havia passado, as leis das alavancas se fizeram presentes. Ele já não conseguia manter a extremidade mais curta no chão e teve de puxar a escada de volta.

Descê-la na vertical também não era possível. O teto era baixo demais. Depois de duas outras tentativas desajeitadas, a única possibilidade parecia ser lançar a escada com ímpeto para baixo e torcer para que aterrissasse ali mais ou menos em ordem. Se suas estimativas estivessem corretas, ela só poderia ficar alguns graus afastada da perpendicular, ao alcance da borda do buraco. Caso viesse a alcançá-la.

Como uma cobaia de laboratório que estuda os instrumentos, ele ficou balançando a escada no ponto de tombamento para lá e para cá. Tentativa e erro, espírito contra matéria – e, de repente, a matéria ganhou vida própria. Ele havia empurrado a escada um pouco demais para a frente, e ela se acelerou e escapou de suas mãos. Desesperado, ele agarrou o último degrau.

Deu uma barrigada muito forte, escorregou perigosamente para a frente e só não caiu porque seu pé direito se enganchou num objeto qualquer, provavelmente um pé de mesa. Ele não conseguia respirar.

Seu braço direito e grande parte do tronco estavam sobre o vazio. A mão direita: uma dor só. O ombro: uma dor maior ainda. Mas com o resto de suas forças ele segurou com uma das mãos a escada, que, naquela escuridão, parecia-lhe um pêndulo gigante a se movimentar para lá e para cá. O sangue escorria pelos dedos da mão direita. A pele ficara esfolada. Ele gemeu, escorregou mais alguns centímetros para a frente, e o pêndulo bateu no chão e ficou parado. Ele ajustou a escada exatamente na vertical.

Agora ela estava firme. Do ponto mais alto da escada até a parte de baixo do sótão faltavam cerca de quarenta centímetros. Com a mão esquerda ele segurou uma das pernas da escada; sacudiu no ar a mão direita, que doía, e inspirou profundamente.

Em contrapartida, se essa escada era curta demais, qual então sua utilidade? Dava para soltá-la sem problemas. Certamente não era a escada pela qual ele tinha subido. Devia haver uma segunda escada, que um outro levara para baixo... Ficou petrificado de medo. E se o outro *não* tivesse descido de novo? E se estivesse escondido por aqui? Ele não tinha investigado todos os cantos do sótão. Olhando desesperado ao redor, girando a cabeça para lá e para cá, fixou o olhar na janela da fachada. E então compreendeu: ali.

Se ele tivesse empurrado a escada pela janela, ela teria se apoiado na parede externa. Talvez ele tivesse conseguido passar. Decidido, tentou puxá-la para o alto novamente, agarrando o último degrau. Mal conseguiu tirá-la do chão, e o esforço deixou-o sem ar. Quando tentou levar a mão para o segundo degrau, seu corpo escorregou. Rapidamente a escada tinha caído no chão e ele estava ofegante.

Mais duas tentativas se mostraram infrutíferas. A escada quase caiu. Depois do primeiro erro, ele não queria cometer outro. Decidiu esperar o tempo que fosse necessário, segurando a perna da escada até ter uma ideia melhor.

A primeira coisa que lhe veio à mente foi amarrar a escada de algum modo. Talvez pudesse tirar seu *djellaba* e tentar enrolá-lo no degrau superior.

Puxou o colarinho e viu que estava usando um terno xadrez sob o *djellaba*. Pelo menos isso explicava por que ele estava suando tanto. Mas como assim, terno debaixo do *djellaba*? Enquanto pensava na melhor maneira de tirar a peça de roupa deitado, escutou um ruído suave. O ruído de água. De uma torneira. E uma voz humana. Como alguém que está falando em voz baixa consigo mesmo. Vinha do lado de fora do celeiro.

Passos abafados sob a janela do lado da fachada. De repente, um estalido e um finíssimo fio de luz entrou no térreo. Parecia que alguém tinha aberto a porta um centímetro. Uma inspiração ruidosa, depois silêncio, e então um terremoto na forma de tosse. O acesso de tosse se afastou novamente, e o barulho de água ressurgiu em algum lugar. Escutou alguém sorvendo e estertorando. A torneira fazia ruído ao ser fechada.

Agora ele não podia soltar a escada sem chamar atenção para si. Mas também não conseguia ficar deitado. O desespero levou-o a tomar uma atitude. Com a mão esquerda ainda segurando a escada, virou-se de bruços, pendurou a perna esquerda no buraco e tateou à procura do degrau superior. Estava surpreendentemente perto, e ele não colocou o pé ali, mas já no segundo degrau. Cuidadosamente, foi largando a escada. Com a pressão do pé, conseguia manter a escada na vertical. Pendurou também a perna direita no buraco, sobre o segundo degrau. Não havia um plano preestabelecido a respeito do que fazer, somente um objetivo determinado em um momento de pânico. Centímetro a centímetro ele foi escorregando o corpo, prendeu um pé como um gancho debaixo do segundo degrau e, com o outro, tateou pelo terceiro. Quando os dois pés se equilibravam no terceiro degrau, seu quadril já estava abaixo do teto do sótão.

Uma das mãos na borda do buraco, outra na escada, ele foi descendo, desajeitado, mais três degraus. E então acabou. No próximo passo para baixo, seria preciso soltar a borda. E até o chão eram vários metros. Ele contou. Doze, quinze degraus. Do lado de fora, o estertor se aproximava.

Ele equilibrou a escada mais uma vez, inspirou profundamente e soltou a mão da borda do teto, saltando com uma agilidade simiesca para baixo. Alcançou quatro ou cinco degraus, esticando de um jeito desengonçado o quadril e pressionando-o com força de volta à escada, enquanto soltava um gemido irreal. Espetáculo circense: o palhaço, não o equilibrista. A escada voltou a pender e ele alcançou somente mais um degrau antes de seu pé pisar no vazio. Enquanto caía, ele empurrou a escada para longe e bateu com as costas no chão. A escada tombou apenas alguns centímetros a seu lado. A poeira subiu. Paredes de palha trançada, galões de metal, areia, uma corrente, um ranger. Luz por um portão aberto. No portão, Poseidon, o rei dos mares, com uma barba portentosa e um tridente.

Correção: um felá com um forcado de estrume.

Ele não tinha tempo de refletir sobre o que lhe doía mais. Os ossos pareciam intactos. Levantou-se cambaleante, fez uma cara de paisagem e bateu com dois dedos na testa:

– Bom dia.

O forcado se curvou.

Pôde ver acima da barba o rosto de um velho, bêbado, e tentou uma frase que podia ser tanto uma desculpa quanto uma queixa:

– Eu estava lá em cima.

Apontou para o lugar do crime e se perguntou como conseguiria passar pelo tridente.

Os dois deram um passo à frente ao mesmo tempo. O felá era cego ou muito estrábico. Um filme branco recobria um de seus olhos, o outro estava fixado em algum lugar no escuro do celeiro. Em seguida, o tridente balançou na mesma direção do olhar e um estertorar terrível, muito diferente daquele de antes, escapou da garganta do felá.

Seu interlocutor virou-se e enxergou aquilo que o felá estava vendo. Ao lado das quinquilharias e das peças de máquinas, havia um homem entre duas meias-paredes. Um homem de *djellaba* branco, com os membros retorcidos de um jeito esquisito. Sobre sua cabeça esmigalhada estava a polia com o pesado gancho de metal. A corrente coberta de graxa aparecia entre o sangue e a massa encefálica. O tridente entrou em cena. Não parecia ser o momento adequado para falar algo sobre amnésia com o homem. Um cadáver fresco, quatro homens armados num jipe, um felá de olhar maluco com um forcado: a situação estava confusa demais. Empurrou o forcado para o lado e saiu correndo. Correu pelo portão do celeiro, passou pelos casebres em direção ao deserto. E correu.

18. **Entre dunas**

> "Not wasteland, but a great inverted forest with all foliage underground."*
>
> Salinger

A direção era dada pela posição do celeiro: simplesmente em frente, em linha reta para longe da construção. Ele subiu uma duna, tropeçou, caiu lá do alto. Escorregou quinze metros para baixo, correu feito um foguete pelo vale e voltou a subir, afundando os pés, a sota-vento. A sota-vento as dunas eram íngremes, a areia batia nos joelhos. A barlavento a região era plana e compacta. Teria sido mais fácil ir por ali, mas também teria sido mais fácil para seu perseguidor.

Olhou ao redor: ninguém o seguia. Já completamente sem fôlego, diminuiu o passo. À sua frente, na diagonal, emergia a alguma distância uma série de traves, talvez postes telegráficos, e uma estrada. Tomou essa direção e escutou um zumbido vindo sabe-se lá de onde. Num primeiro momento, parecia um zumbido do próprio ouvido, mas ele não se deixou enganar. Era um motor a diesel que se aproximava. Provavelmente eles não tinham pegado Cetrois antes, mas estavam em vias de pegá-lo. Ou tinham pegado Cetrois. E vinham atrás dele também.

Correndo agachado, fez uma curva fechada para a esquerda num vale ondulado que serpenteava, e levantou uma pedra do tamanho de

---

* Em inglês, "Não um deserto, mas uma grande floresta invertida, com toda a folhagem debaixo da terra". (N. da E.)

sua mão, para depois deixá-la cair novamente. O que faria com ela? Arrancar-lhes o revólver da mão? O sol da tarde ardia em seu rosto. Ficou parado. Ofegava. Voltou dez passos sobre as próprias pegadas e se virou: ridículo, via-se a diferença imediatamente. O barulho do motor aumentava e diminuía ao ritmo dos vales ondulados. Em pânico absoluto, subiu correndo uma duna e desceu-a novamente do mesmo lado, observando o resultado. Depois correu em zigue-zague por todo o vale e também por outro pequeno vale próximo, até que todos os lados estivessem recobertos por pegadas.

Dois discos finos de pedra estavam fincados verticalmente na areia, lado a lado, como numa torradeira. Na parte abrigada do vento havia se formado uma profunda calha. Ele jogou seu corpo lá dentro, a cabeça entre as pedras, e cobriu as pernas e o tronco com areia. Os braços foram enterrados lateralmente no chão. Não era difícil, as bordas formavam pequenas avalanches que deslizavam sobre ele. Por fim, rodou a cabeça para os lados entre os discos de pedra. Sentiu a ferida de sua cabeça se abrindo; a dor era insuportável. De cima, a areia caía sobre seu rosto e escorregava para dentro das orelhas. O barulho do motor a diesel cessou. Ele escutava apenas seus próprios arquejos, segurou a respiração e piscou. Parecia que nem um pedacinho de seu tronco estava de fora. Acima da areia que cobria seu corpo ele avistava o vale ondulado, o flanco da duna em frente e as pegadas traiçoeiras por todos os lados. Seu ângulo de visão estava fortemente comprometido pelos discos de pedra. Do outro lado, seu rosto só podia ser visto por alguém que se postasse bem na sua frente. Mas ainda era visível.

Depois de inspirar profundamente, ele rodou a cabeça mais uma vez para lá e para cá. Outra carga de areia deslizou do alto sobre sua testa até o osso malar, salpicando suas pálpebras, as maçãs do rosto e os cantos da boca como se fosse um delicado açúcar de confeiteiro. Ele tinha apenas uma noção muito vaga de quanto de seu rosto ainda estava descoberto. Provavelmente o queixo e a ponta do nariz. Mas agora não era mais possível rodar a cabeça. Com um pequeno sopro, expeliu alguns grãozinhos de areia das narinas e esperou.

Uma reprodução da duna recém-vista sob o sol claro surgiu do lado de dentro de suas pálpebras. A duna clara e recoberta pelo vento com uma estampa estriada que lembrava o emaranhamento de um cérebro gigante; o sol era um círculo preto com um buraco claro no meio. Talvez a última coisa vista na vida. Se eles descobrissem seu esconderijo, se aproximassem em silêncio e dessem alguns tiros na areia entre as pedras, ele não teria visto seus assassinos. O ruído do motor reapareceu. Aproximou-se mais. Afastou-se. Parecia que estavam mudando de direção. De repente ele sentiu um leve tremor. Uma fina camada de areia se sobrepôs à areia de seus pés. Escutou gritos. Supostamente eles estavam andando à toda, em círculos, pelo vale no qual ele estava deitado. Não se mexeu. Tentou não respirar. Quando todos os ruídos cessaram, não sabia se eles tinham ido embora ou descido do carro para procurar por ele a pé.

Passaram-se minutos de silêncio.

Três minutos. Ou dez. Ele percebeu que sua noção de tempo não era confiável e começou a contar as batidas do coração. O coração estava disparado. Diante de seu olho interno ele via o movimento da areia sobre o lado direito do peito, traiçoeira, no ritmo de um tambor. Cem batidas por minuto. Mais ou menos. Depois de cento e cinquenta batidas ele achou ter escutado um ruído abafado, mas não tinha certeza. A areia nas orelhas coçava terrivelmente.

Continuou contando para medir o tempo, acalmar-se e se concentrar. Cento e vinte e nove, duzentos. Não conseguia evitar a impressão ridícula de que a expiração formava um desenho na areia que poderia traí-lo.

Contou até trezentos, até quatrocentos, até quinhentos. Cinco minutos. No três mil e duzentos o barulho de motor retornou, mas muito baixo. Dessa vez não se aproximaram muito. Ele contou até seis mil, contou até doze mil. E não se mexeu. O latejar na parte de trás de sua cabeça estava ficando cada vez mais forte. Todo o seu corpo pulsava. Durante o tempo em que enfileirou algarismo atrás de algarismo, teve a impressão de que alguém, bem acima dele, o aguardava por maldade com a pistola engatilhada. Aguardava ele abrir os olhos para meter-lhe, sorrindo, uma bala no túmulo arenoso. Contou até quinze mil. Eram as últimas mil e duzentas batidas, ou seja, cerca de cento e vinte minutos, sem barulho. Esticou o lábio inferior, soprou sobre o rosto e tentou piscar. O estreito recorte entre as pedras mostrava o vale ondulado todo revirado por marcas de pneus e a duna em frente sob o céu agora noturno, de um azul vítreo. Havia algo no topo da duna, algo que o olhava com dois olhos feito botões. Penetrante, imóvel, sem dúvida interessado. Um animal de pernas curtas, peludo, não maior que uma raposa do deserto. O pelo era amarelo-avermelhado, dois dentes caninos sobrepunham-se ao pequeno maxilar inferior. O animal olhou ao redor, resmungou mais uma vez e saiu andando.

19. O quarto de letra

> "Everyone of the bastards that are out for legalizing marijuana are Jewish. What the Christ is the matter with the Jews? I suppose it is because most of them are psychiatrists."*
>
> Nixon

Mal alcançou a estrada sob os postes telegráficos, ele viu uma nuvem de pó no horizonte. Escondeu-se atrás de uma duna até assegurar-se de que não era o jipe que se aproximava. Tratava-se de um Cinquecento branco, com uma perna para fora do lado esquerdo. Levantou-se num salto, correu de volta para a estrada e acenou com ambos os braços. Através do para-brisa dava para perceber duas pessoas dentro do veículo, jovens de pele clara, cabelos longos e torsos nus. Vieram serpenteando até ele e o ultrapassaram cantando os pneus, encarando-o com olhos idiotas arregalados. E depois continuaram a andar devagar feito tartarugas.

Ele correu atrás do carro, e ao mesmo tempo tentou berrar sua história triste para a janela que estava aberta. O passageiro abriu a boca, puxou o lábio inferior até o nariz e, segurando a mão junto à orelha como um surdo, perguntou:

– O quê? O que você disse? O quê? Você é um velocista de primeira! Mas... o quê? Que homens? Ande mais devagar, ele está totalmente sem fôlego. Não *tão* devagar. Agora diga, você tem de saber que ho-

---

* Em inglês, "Todos os idiotas que andam por aí querendo legalizar a maconha são judeus. Qual é o problema com os judeus? Suponho que seja porque, em sua maioria, são psiquiatras". (N. da E.)

mens! E então você simplesmente sai andando por aí? Ele disse que não está simplesmente andando por aqui... não, ele *não* está simplesmente andando por aqui! Você quer um gole de cerveja? Não se sinta ofendido, afinal somos cristãos. De todo modo, ele fala inglês. Sério, você é o primeiro que fala inglês. A totalidade dos idiotas, *"Pardon my French"*. Mas o que você está imaginando? Veja só o banco de trás. Sim, mas não estamos todos lidando com questões de vida ou morte? Claro que eu entendo. Mas você tem de nos entender também. A lei do deserto. E se você tiver uma faca debaixo da túnica? Claro que não! Quem diria de antemão que está com uma faca debaixo da túnica se estiver a fim de cortar a garganta do outro? Estou dizendo, o seguro morreu de velho. E se alguém fica andando por aí e diz coisas do tipo: não sabe quem é e para onde quer ir, e tem a cabeça esmigalhada... Fala sério, o que está acontecendo, cara? Não acredito. Você acredita nele? Ande mais devagar. Um gole de cerveja?

Eles andaram em primeira marcha a seu lado. Ele tentou agarrar a lata de cerveja que lhe estava sendo oferecida, mas ela foi puxada. Por fim parou, exausto e totalmente sem fôlego, observando o Cinquecento afastar-se lentamente. Cinquenta metros. E depois o carro também parou. O motorista desceu, fez uns alongamentos e acenou. Um calor tremeluzente separava seu braço do corpo, os pés levitavam a vinte centímetros do chão. Nesse meio-tempo, o passageiro também desceu. Abriu a braguilha, urinou na areia e conversou com o motorista, voltando a cabeça sobre o ombro. Eles riram. Depois, acenaram de novo.

Sua razão lhe dizia que eles só queriam gozar de sua cara. Provavelmente subiriam de novo no carro e dariam partida assim que ele se aproximasse. Mas algo também o fez pensar, curiosamente, que se tratava de *amigos*.

A expressão de seus rostos era atenciosa de um jeito tão estranho, e ao mesmo tempo tão animada, aberta, que ele não conseguia afastar a ideia de que deviam ser velhos amigos ou conhecidos, que não compreendiam a seriedade da situação. Era isso, ou eles eram doidos varridos. Mas realmente não pareciam doidos. Hesitante, aproximou-se dos dois. A esperança e o desejo de que se tratasse de amigos se avultaram de tal maneira que acabaram explodindo dentro dele.

– Nós nos conhecemos? Nós nos conhecemos! – ele disse.

– Sim – disse o passageiro, vestindo uma camiseta de batique sobre a roupa. – Desde há pouco. Mas você está falando sério? Você não sabe mesmo quem é?

Ele assentiu com a cabeça.

– E há quanto tempo você não sabe disso?

– Há algumas horas.

– Você não tem carteira?

Nisso ele não tinha pensado. Pôs a mão no bolso da calça sob o *djellaba*. Inacreditável. Uma carteira. Levantou o *djellaba* para puxar a carteira e assim que ergueu o olhar novamente uma faca estava apontada para seu olho. O passageiro pegou a carteira de sua mão.

– Se a gente ajudar você e te der uma carona, você também tem de ajudar a gente. Com a gasolina e *et cetera*. Está OK para você? Uma pequena ajuda de custo?

Ele abriu a carteira, que continha uma porção de cédulas e cartões multicoloridos, pegou as cédulas e jogou o resto no chão. O comparsa riu. Suas pupilas estavam imensas.

– Tudo certo, cara. Parece legal. Minha sugestão é a seguinte. Nós vamos sair para comprar gasolina, descarregar umas coisas e tal. E então a gente volta. Você espera aqui, OK? Talvez você possa se limpar um pouquinho enquanto isso. É que você está parecendo um porco.

– Acho que ele não perdeu apenas a memória. Falar também está ficando cada vez mais difícil.

Com a ponta da faca, viraram sua cabeça para um lado e para outro, e em seguida o motorista ordenou-lhe que rastejasse de quatro e grunhisse feito um porco. Ele rastejou de quatro e grunhiu feito um porco. Um deles perguntou por que ele não se incomodava com isso, e o outro quis saber se os porcos não eram impuros para os árabes. Criatividade não era o forte deles. Deram-lhe ainda um chute no flanco e finalmente voltaram para o carro. O motorista ligou o motor, o passageiro colocou o pé sobre o acelerador e olhou ao redor, segurando indeciso a faca e as notas na mão.

Por medo de que eles pudessem mudar de ideia e machucá-lo ou até matá-lo, ele disse:

– Vocês podem ficar com o dinheiro!

Foi um erro.

O passageiro compreendeu primeiro.

– Nós podemos ficar com o dinheiro! – ele disse.

Radiante, ele voltou, abriu a carteira e observou a reação do homem que se ajoelhava no chão e que segurava o flanco, tomado de dor. Tirou os papéis da carteira e estudou-os com o entusiasmo de um aluno do primeiro ano que acabou de aprender a ler. Um cartãozinho branco, um cartãozinho verde, um papel avermelhado. Duas fileiras de dentes brancos, americanos, e uma parte de sua gengiva ficaram à mostra. Durante a leitura, o sorriso se petrificou aos poucos e, por fim, a boca permaneceu aberta. Desesperado, ele entregou o papel avermelhado ao motorista e disse:

– Oh, meu Deus.

O motorista lançou um olhar sobre aquilo, olhou confuso ao redor e repetiu:

– Oh, meu Deus.

Em seguida, voltou-se para baixo:

– Não sabíamos disso! Sentimos muito. Se soubéssemos quem o senhor era!

– Não poderíamos tê-lo atacado!

– Super-Homem! Nós atacamos o Super-Homem.

– Você é que está dizendo, oh, meu Deus. Super-Homem!
– O Supercérebro com as Superforças!
– E o Supergrunhido! Ei, cara, nós estamos totalmente ferrados!

Eles estavam se achando muito engraçados. Ainda tentaram uma série de piadas com supersujo, superidiota e supernojento, e depois o passageiro pegou um isqueiro e segurou-o sob o documento. As chamas azuladas avançaram muito devagar no papel delicado. Um fragmento caiu de sua mão; ele sacudiu o braço no ar e assoprou a ponta dos dedos. Os cartões branco e verde queimaram melhor. Seguiu-se então novamente a ordem de andar de quatro e fazer uma careta em direção a Meca. Por fim eles subiram no carro e foram embora.

Com um salto, ele se apossou do último fiapo em brasa do documento avermelhado, um pedaço minúsculo, do qual se soltavam farelos queimados. Segurou-o entre as unhas do polegar e do indicador, e, como o capricho do destino não foge à lógica nem à maldade, tratava-se do trecho que dizia: "Nome:".

Nome, dois pontos e um quarto de letra, somente uma linha sinuosa. A última brasa comia o traçado. A letra era arredondada para cima e para a esquerda, um C ou um O. Tinta muito vermelha sobre papel vermelho. Ele olhou para o horizonte, onde uma nuvem de poeira descia sobre a estrada. Depois, novamente para a ponta queimada dos dedos. A linha sinuosa se transformara em brasa. Mas ele a vira. Agora sabia que seu nome começava com C ou O. Ou com S. De fato, S também era possível. Mas ele não sabia se era nome ou sobrenome.

Continuou caminhando pela pista. Durante muito tempo não passou nenhum carro. Tirou o *djellaba*, observou a marca fina de sangue nas costas e enterrou a roupa na areia. Quando a próxima nuvem de pó começava a tomar forma de cogumelo no horizonte, ele demorou muito para se esconder. Um Mercedes escuro passou por ele, buzinando. Em seguida, ele resolveu, por segurança, caminhar em paralelo à estrada e a certa distância dela. Isso era exaustivo, mas estava morto de medo. Do alto de cada duna, lançava um olhar vigilante. Sua ferida latejava e ele enrolou uma camiseta ao redor da cabeça. O restante do conteúdo de seus bolsos já havia sido revistado fazia tempo: no paletó ele encontrara um molho com sete chaves, quatro chaves tetra, duas normais, uma chave de carro. Além disso, um lenço de papel usado e, no bolso interno, um lápis verde com a ponta quebrada.

Durante a caminhada, passou a recitar mentalmente nomes que começavam com C, O ou S e ficou espantado pela facilidade da coisa. Dezenas de nomes vinham à sua mente sem esforço, sem que estivessem ligados a uma única lembrança. Claude, Charles, Stéphane. Cambon, Carré, Serrault. Orgier. Sassard. Sainclair. Condorcet. Ozouf. Olivier. Os nomes lhe chegavam como se fossem entregues por uma mão invisível sobre uma bandeja invisível. Talvez fossem nomes que todos conhecessem, sem estarem associados a alguém. Ou talvez ele tivesse conhecido uma pessoa para cada um dos nomes, e por isso eles lhe causavam o mesmo efeito: nenhum.

Perguntou-se de onde sabia que havia algo como perda de memória. Em que vida aprendera isso?

E então ele se lembrou do Q.

O ruído de um motor a diesel veio acompanhando a próxima nuvem de poeira no horizonte. Ele se jogou de bruços na areia. Quineau, Quenton. Schlumberger. Quatremère. Chevalier. A sequência de nomes simplesmente não terminava.

Depois ele se lembrou ainda do G, e foi tomado por um ataque de fúria. Ajoelhou-se e desenhou o alfabeto na areia com o dedo, para certificar-se de que não tinha deixado nenhuma letra de lado. C, G, O, Q e S. Era tudo. Continuou cambaleando. Se ele consertar o aparelho, se ele congelar o fedelho, se alguém pintar as abelhas... O sol brilhava quente sobre o Saara.

20. Na terra do Ouz

> "Os tipo Nove femininos muitas vezes se consideram tipo Dois."
>
> Ewald Berkers

Helen segurou o telefone junto à orelha durante alguns minutos, sem dizer nada. Como do outro lado só se ouviam soluços, ela perguntou:

– Devo ir mesmo assim?

Por volta do meio-dia ela encontrou a locadora de veículos que o recepcionista do Sheraton havia lhe indicado. Pelo menos essa era a palavra que ele usara: *locadora*. Também seria possível chamá-la de ferro-velho. Um carro de boi e uma picape enferrujada da Honda eram os únicos veículos no pátio, e ao seu redor se empilhavam carrocerias depenadas.

Dentro de um barracão viu um garoto de treze anos prostrado diante de um narguilé. A presença da mulher loira fez com que ele renascesse por um instante. O menino se levantou, fez gestos largos e falou com um sotaque curiosamente antigo. Seu recado era menos animador. O Honda estava quebrado; Helen não queria alugar o carro de boi (cocheiro e boi incluídos), e o garoto respondia apenas balançando a cabeça às perguntas sobre quando haveria outro veículo disponível ou quantos veículos a locadora tinha no total. Helen perguntou se havia outra locadora nas proximidades e descobriu que no aeroporto se alugavam limusines. A probabilidade de conseguir ali um carro sem reserva antecipada era igual a zero.

– E o que está faltando naquele? – Helen apontou através da janela.

Balanço pensativo da cabeça, ao mesmo tempo um erguer de sobrancelhas. O garoto acompanhou Helen para fora, sentou-se na picape e girou a chave. Ouviu-se um clique sob o capô.

– O mecânico está vindo. Provavelmente. Duas semanas.

Helen fez uma segunda tentativa de descobrir quantos veículos a locadora possuía, mas recebeu uma resposta tão vaga quanto antes e acabou pedindo algumas ferramentas. Debaixo de sua mesa o garoto escondia um jogo de chaves de fenda, alicate, martelo, escovas. Helen carregou tudo até o Honda. Durante um tempo o garoto se obrigou a ficar ali do lado, balançando a cabeça, mas por fim não aguentou mais a visão e voltou para o barracão. Uma mulher. Uma mulher loira! Ele jamais poderia contar isso a ninguém. Juntou carvão, tabaco e fósforos, acendeu novamente o narguilé e soprou a fumaça para o pátio através da pequena janela.

De tempos em tempos ele escutava palavrões que vinham de detrás do capô levantado, escutava marteladas sobre metal, os cliques suaves da ignição no calor do meio-dia, e, quando o carvão em seu narguilé já estava apagando, um ruído de motor. Logo em seguida a mulher suja de graxa entrou no barracão. Ela jogou as ferramentas sobre a mesa, pegou a carteira e disse com uma voz que não escondia o tom *blasé*:

– Preciso dele por uma semana. Quanto?

Helen sabia que havia um caminho curto mas inseguro até Tindirma, e outro longo e seguro. Estava com tempo. Durante quilômetros sem fim ela percorreu a estrada em direção ao norte até o pé da montanha, onde a cidade rareava e uma solitária placa de rua indicava a bifurcação. Durante algumas centenas de metros ela passou por uma vegetação seca. Depois de dunas de areia com halófitas, seguiram-se dunas de areia sem halófitas, e a entrada para o deserto era marcada por uma escultura gigante, geométrica, de dois camelos feitos de tijolo, cujos focinhos se tocavam no ar bem acima da pista.

Mesmo sem nunca ter visto o deserto antes, logo ficou entediada. Era a época do grande calor do meio-dia, e Helen não encontrou nenhum automóvel. Ali e acolá havia alguns ferros-velhos enterrados na areia como insetos moribundos, com os metais corroídos de cima a baixo, as portas abertas feito asas.

Depois de duas horas ela chegou a um posto de gasolina que tinha uma única bomba. Logo depois ficava o oásis de Tindirma.

Helen fez exatas duas tentativas de sair do carro no oásis. Embora estivesse usando jeans e uma camiseta de manga longa, nas duas vezes ela provocou tumulto. Homens, jovens e velhos, vinham correndo em sua direção com os braços esticados. Não havia nenhum lenço no carro, mas ela também não queria colocar nada sobre a cabeça naquele calor. E imaginou que, mesmo com um lenço, a situação não iria melhorar muito. A princípio, pôs de lado seu plano de visitar o lugar por conta própria.

A pequena rua onde ficava a comuna não era difícil de encontrar a partir do *suq*. Helen reconheceu a placa da porta pela descrição recebida ao telefone e foi com o Honda até o pátio. Um sujeito de barba de três dias numa túnica de batique abriu a porta. Ele repetiu o nome Helen Gliese, olhou em seus olhos durante vinte segundos e mexeu a mandíbula para a frente e para atrás até deixá-la entrar.

A casa estava decorada no mesmo estilo das casas árabes normais, com muito *plush* e muitos acolchoados. A primeira coisa que chamou a atenção de Helen foram os bilhetes. Bilhetes por toda parte. Atrás dela, o barbado de três dias fechou a porta com quatro cadeados e no mesmo instante Michelle desceu a escada correndo até o pátio interno, gritando. Jogou-se no pescoço de Helen e não parava de soluçar. O barbado de três dias ficou postado ao lado, com os braços cruzados às costas, observando o cumprimento das duas mulheres como um complicado acidente de trânsito. Ele fazia silêncio, Michelle soluçava e, sobre os ombros de Michelle, Helen lia o texto de um dos bilhetes que estavam ao lado do mancebo: "O observador é o observado".

Esticando os braços, Michelle afastou a amiga de juventude, observou-a com um olhar vidrado e depois puxou-a para junto de si novamente, chorando. De tanta emoção, ela ficou um bom tempo sem conseguir falar nada, e, quando conseguiu, disse:

– Bombinha de asma.

Subiu a escada novamente. O barbado de três dias tirou as mãos das costas, levantou-as de um modo pomposo e lento até a altura das axilas e disse:

– Isso não é asma. É psicológico.

Atravessando a cozinha ocupada por cinco ou seis membros da comuna, ele levou Helen por um corredor escuro e longo até um banco forrado de vermelho:

– Plante-se aí.

Durante alguns minutos, Helen ficou sozinha na penumbra. Por fim, ela se sentou. Podia ouvir vozes baixas, água correndo na tubulação, um relógio com pêndulo. Tentou ler os bilhetes que conseguia decifrar de onde estava. Ao lado do banco havia um: "Tudo é bom, não em todos os lugares, não sempre, não para todos". Em cima: *"Turtles can tell more about roads than hares"**. E vários deles estavam grudados na luminária do teto, dos quais Helen só conseguiu ler um: "Se você quiser construir um navio, não arregimente homens para buscar a madeira, preparar as ferramentas, atribuir-lhes tarefas e trabalhos; desperte neles a saudade do mar infinito".

Supostamente esses pequenos bilhetes já estavam presos em seus lugares antes do massacre (e a primeira coisa que alguém pensa depois de um caso desses certamente não é em redecorar a casa).

Três mulheres de cabelos longos e lisos esticaram a cabeça para fora da cozinha e a recolheram, uma após a outra. Um homem passou chorando pelo corredor. O barbado de três dias reapareceu e disse:

---

* Em inglês, "As tartarugas dizem mais sobre as estradas do que as éguas". (N. da E.)

– Precisamos conversar.

Helen não se mexeu.

Ele abriu uma porta pintada de preto no final do corredor e olhou para trás.

– Agora! – ele disse.

Seu sotaque era escocês, por isso, assim como por suas maneiras, Helen concluiu que devia se tratar de Edgar Fowler, Ed Fowler III, o líder não oficial da pequena comuna. Ela ainda esperou um tempo para ver se Michelle reaparecia, depois o seguiu até o quarto ao lado.

O quarto era totalmente forrado com cobertas, panos e colchões azul-acinzentados. Fedia. No meio havia uma pequena área livre, onde alguém tinha montado um cercadinho de criança. Dentro dele, cubos de plástico, bolas coloridas e bonecas de pano, mas em vez de uma criança era um animal de pelo cor de areia, levemente avermelhado, que estava ali, agachado e estático. Alguém poderia pensar tratar-se de um boneco de pelúcia, caso seus bigodes não estivessem tremendo. Dois caninos apareciam sobre uma mandíbula inferior minúscula, e entre as orelhas ele usava um tipo de coroa feita de papel branco, presa à cabeça com um elástico. Parecia ser fácil tirar o elástico com a pata traseira, caso ele tivesse vontade. Mas não devia ser o caso.

O animal deu uma volta tranquilamente em seu cercadinho, cheirou o próprio corpo e encarou Helen com olhos pequenos e pretos parecidos com botões. Embora ele fosse bem menor que os vãos das grades, não saía da gaiola.

Cruzando as pernas, Fowler instalou-se sobre um dos colchões e esperou até que Helen se acomodasse à sua frente. Olhou-a de um modo que talvez pretendesse ser profundo e ardente, mas que teve sobre ela o efeito inverso. Helen observou o animal. O animal bocejava.

– Este é Gurdjieff. Ele entende tudo o que você diz.

– Isso aí?

– "Isso aí" é um *ouz*.

– Mesmo se eu falar francês?
– Deus entende quando você reza?
– Não rezo.
– Sofisma.
– Qual vai ser o assunto da nossa conversa?
– Já estamos conversando.
– Ah, é?
– Você é judia. Foi Michelle quem disse.
– Na verdade, não.
– Sempre confrontando.
– Você considera isso um confronto? Sobre o que você queria conversar?
– Não me entenda mal. Não faço julgamentos de valor. Apenas constato. E minha constatação é: negativismo. Arrogância. Confrontação.

Helen suspirou e olhou novamente para o animal. Ele tinha seguido a rápida troca de palavras como se fosse um jogo de tênis, atento, sério e concentrado.

– Olhe para mim – Fowler disse com uma rispidez ameaçadora.

Helen olhou para ele, e Fowler ficou em silêncio. Ele movimentou a língua na boca fechada e depois fechou os olhos meditativamente.

– Você não veio aqui por acaso – ele sussurrou. – E também não pelo motivo que imagina. Você ouviu falar de quatro assassinatos. Está aqui para satisfazer sua curiosidade. Está aqui porque...

– Sou a amiga mais antiga de Michelle.

– Responda quando eu tiver terminado! – Ele abriu os olhos com raiva e deixou passar bastante tempo antes de fechá-los novamente e continuar sua fala. – Eu disse: você não veio aqui por acaso. Aquilo que você ouviu despertou algo. Você foi atingida mais profundamente do que imagina. Você quer visitar Michelle. É o que você diz. Você não vai encontrá-la. Como assim, não vai encontrá-la? Você acabou de vê-la? Continue sentada. O deserto muda você. O nômade. Depois de ficar muito tempo por aqui, o olhar da pessoa muda. Quem mora no deserto é mais calmo, ele é o centro. Ele não vai até as coisas, as coisas vão até ele. Isso é o frio que você está sentindo. Não é frio. É calor. Energia que envolve tudo. O início da liberdade. – Às cegas, Fowler tocou o seio esquerdo de Helen e começou a acariciá-lo sem emoção. – E o que significa liberdade? Ah! Liberdade não significa fazer e deixar de fazer o que temos vontade. Liberdade significa fazer o certo.

Ele abriu os olhos por um instante e piscou, checando o efeito de suas palavras. Helen aproveitou esse momento para esbofeteá-lo. Fowler retirou a mão devagar e de um modo majestoso. Abriu um sorriso cheio de altivez. De nenhum modo contrariado. Uma questão de conhecimento do ser humano. Ele previra o que iria acontecer e ainda era senhor da situação. Olhou para Helen com suavidade e compreensão, e ela não conseguia se livrar da impressão de que o *ouz* também a olhava do mesmo jeito.

– Você controla suas emoções. Sempre as controlou. Por isso elas se tornam incontroláveis. Você fica espantada por eu saber disso. Você é um docinho de coco. Já ouviu bastante isso. Docinho de coco. Docinho de coco. De homens fracos. Homens que não lhe interessam. Bem no fundo você sabe: há algo esperando por você. Você é o Cinco típico, quase Seis. O Seis é aquela que serve. Você não está aberta. Fique sentada.

Fowler esticou novamente a mão, e Helen levantou-se e foi até a porta. Ali parou e apontou para o cercadinho com o queixo:

– O que o rato tem na cabeça?

Fowler não se importou com a palavra "rato" e fez um movimento quase imperceptível, serenidade e tolerância sob pálpebras semicerradas. Não podia julgar ninguém, mas havia um traço de condescendência em seu gesto. Ele tinha a força e o dom de conhecer as pessoas, mas não conseguia ocultar sua posição. Isso ainda precisava ser trabalhado. Ele era o Nove clássico, como descrito nos livros.

Apenas quando Helen deu alguns passos em direção à gaiola, ele se levantou.

– Não toque!

– Por que não?

– Você ainda não está pronta.

Michelle esperava no corredor, com a bombinha de asma e um lenço. A julgar por sua indiferença exagerada, ela estivera espionando.

– Não quer me mostrar seu quarto? – perguntou Helen. – Caso você tenha um quarto. Ou a casa.

21. Espigas de milho

> "Toda forma de ataque exige uma aproximação pelas costas do adversário."
>
> Oswald Boelcke

A presença da antiga amiga de escola nas dependências da comuna obrigou Michelle a rever com outros olhos as muitas cores, os aforismos, os altares caseiros, os arranjos florais e as imagens de batique. Enquanto ela guiava Helen, uma porção de noções esquecidas havia muito voltaram a aflorar.

Desculpava-se o tempo todo pela sujeira e pela bagunça, espalhando com movimentos disfarçados da mão montinhos de incenso queimado e empurrando com o pé, para debaixo de uma cama, uma enormidade de papeizinhos nos quais alguém, na noite anterior, tinha decifrado, a partir de muitos símbolos, setas e linhas em zigue-zague, a mensagem secreta do Álbum Branco. Ela chamava as divindades de "belos entalhes"; as cartas, "um passatempo"; e a pilha de livros com os pentagramas, "a herança de um membro há muito desligado".

– Estou muito contente de você estar aqui – ela disse por fim.

Com a testa franzida, Helen olhou para ela, e Michelle começou a chorar.

No fundo, ela não tinha mudado. Sempre tivera algo de ligeiramente sonhador, confuso, simpático e bondoso. Mas eram traços de personalidade que não levavam a nada. Michelle não tomava decisões. Nem seus pais, uma relação sólida ou até os anos na comuna tinham mudado isso. Animada e sem planejamentos, ela assumia noções alheias, misturava-as com criatividade e boas intenções, e agora tinha a sorte duvidosa de fazer parte de uma comunidade para a qual isso era considerado mais um encanto do que um problema. "Michelle é especial" era o veredicto proferido com mais frequência às suas costas quando ela mais uma vez se mostrava muito desajeitada ou muito indiferente nas questões concretas, do mundo real.

Isso não evitava conflitos, e Michelle resolvia o problema à sua maneira, entregando-se com mais paixão ainda às tarefas da comuna que não exigiam que ela se impusesse e para as quais ela era mais talentosa. A primeira, agricultura: Michelle era a única responsável pelo fato de os campos da comuna ainda renderem alguma coisa. A segunda: algo mais complicado.

A segunda foi que Jean Bekurtz, um membro já antigo da comuna, novamente sumido (ou engolido pelo deserto), tinha trazido um jogo de tarô de uma de suas viagens, reprodução de uma edição italiana antiga do século XVI, xilogravuras coloridas, vinte e duas peças, os grandes arcanos. Bekurtz não acreditava nas forças do destino, ou pelo menos não além do tempo que lhe pareceu adequado para sua própria distração. Ele também havia comprado mais dois livros sobre o tema, mas os achou difíceis de ler e logo perdeu o interesse. Só pela impressão causada quando ele mostrou as xilogravuras ao novo membro, Michelle, ele já se pôs a pensar: como Michelle parecia, desde o primeiro momento, mais enojada do que satisfeita; como ela, mesmo assim, pegou as cartas; como ela ficou um bom tempo pensando e fez perguntas sobre a posição das cartas. Com isso, ficou mais do que claro para Bekurtz que ele não era o homem certo para a cartomancia. Ele lhe ensinou o que sabia e deixou-lhe as ferramentas sem inveja.

Michelle não achou os livros difíceis. Ela os devorou. E depois de tê-los devorado ela os devorou mais uma vez. Nem por um segundo ela teve a impressão de estar aprendendo um segredo oculto, uma sabedoria inexplicável, transmitida há séculos de iniciado para iniciado. Ao contrário, era como se ela conhecesse cada palavra, cada frase, como se tudo isso já existisse havia tempos em sua cabeça, sim, como se ela quase tivesse sido coautora dos livros.

Outros membros da comuna também se interessaram pelo tarô, mas ninguém entrou com tanta facilidade e rapidez nos segredos, ninguém tinha a mão tão boa para abrir as cartas, ninguém as interpretava de maneira tão correta e profunda quanto Michelle. Quando ela pegava o baralho e o misturava com cuidado, quando ela fechava os olhos por um instante antes de empurrar a carta de cima levemente com o polegar e segurar o monte de cartas como uma sonda sobre o tapete cuidadosamente bordado, quando suas pálpebras começavam a tremer sob a concentração de algo mais elevado e mais poderoso, mesmo o maior dos descrentes emudecia.

Logo um e outro começaram a se consultar. Apenas Fowler levantou dúvidas a respeito dessa atividade, mas suas controvérsias eram devidas menos ao contato com o sobrenatural que à ameaça a seu desejo de poder (algo que quase todos percebiam).

Não demorou muito e Michelle passou a acompanhar todas as decisões importantes da comuna com as cartas. Enquanto seus argumentos nas discussões muitas vezes não eram levados em conta, seu oráculo passou a ser um guia da ação. De início ela era consultada apenas para as questões mais importantes, não pessoais, mas logo não havia mais nada sobre o que as cartas não opinassem. Tudo o que podia ser decidido era decidido com a ajuda das cartas, e ninguém, nem mesmo Fowler, podia afirmar que uma única decisão tenha se mostrado errada com o passar do tempo. As cartas davam explicações sobre coisas grandes e pequenas, sobre o futuro, o caráter e o desenvolvimento, sobre o tempo e a safra, assim como sobre a aceitação de novos membros, a cor para pintar um novo quarto ou o lugar onde se encontrava uma chave perdida da casa.

O talento de Michelle era excepcional em todos os aspectos. Mas era mais que um talento, era também uma carga pesada. Já quando o jogo lhe fora mostrado pela primeira vez, ficou claro que algumas figuras exerciam tamanha influência sobre ela que "sugestão" era um conceito restrito demais.

A lua era uma dessas imagens; mas pior que a lua era o enforcado. Michelle tinha alergia a gatos, e os sintomas da alergia eram exatamente idênticos ao que sentia diante da carta do enforcado – um corpo de menino torturado, pendurado numa trave por uma perna, de ponta-cabeça, diante de uma paisagem de outono com montanhas e o planeta Netuno. De início ela gostava de tirar o enforcado do monte e escondê-lo, mas depois que certa vez, em público, Bekurtz mostrou-se surpreso com o fato de o baralho ter apenas vinte e uma cartas, Michelle desenvolveu uma técnica para embaralhar empurrando o enforcado para debaixo do monte e fazendo com que ele ficasse por ali.

As consequências desse ato, que a própria Michelle considerava desleal, eram algumas imprecisões em suas interpretações, minúsculas, erros somados que levavam a uma ou outra confusão e, certo dia, provocaram uma catástrofe. Pois somente essa técnica de embaralhar explicava por que ela não previu corretamente os perigos terríveis que rondavam a comunidade, as intenções de Amadou, o ataque, o roubo, o assassinato quádruplo. Em vez disso, ela apenas falou sem muita precisão sobre grandes transformações (que em combinação com o restante das cartas já se desenhavam com uma clareza mais que expressiva). Desde então, os nervos de Michelle estavam à flor da pele. Atormentada por sentimentos íntimos de culpa, ela ficava sensível e irritável.

Apenas o fato de não ser muito próxima dos quatro mortos aliviava um pouco sua psique. Isso atenuava sua dor, mesmo que apenas secretamente. Porque, ao mesmo tempo, tinha seu charme estar incontrolável e fazer parte de uma grande dor, marcada para sempre pela vida. Quase como uma medalha no peito.

Michele estava serena quando finalmente chegou aos fundos da casa com Helen, onde havia um pequeno milharal muito verde. Para além de todas as restrições ideológicas, tratava-se de plantas vigorosas, respeitáveis, das quais não era preciso se envergonhar.

– E o que você está fazendo aqui em Targat? – ela perguntou.

– Trabalhando.

– Sério? Eu pensei... sério? O quê?

– Para uma empresa – disse Helen. – Cosméticos. Só que, quando desembarquei do navio, minha maleta com as amostras...

– Você trabalha para uma empresa de cosméticos? Como representante?

– Não como representante. Meio parecido. Tenho de montar algo por aqui.

– Para uma empresa americana? Você trabalha para uma empresa de cosméticos americana? Sério? – perguntou Michelle.

Ela mal conseguia se controlar. Sua amiga de juventude Helen, a mais admirada de todas, a temida Helen Gliese com sua inteligência aguda, a Helen cínica, a Helen arrogante – uma pequena engrenagem no contexto burguês capitalista dos lucros!

A expressão de seu rosto se transformou totalmente de um segundo para o outro. Michelle não era daquelas que olhavam os outros do alto, mas sua surpresa era infinita e autêntica. Mais uma vez foi atestada a onipotência crua da grande força destruidora que é o tempo. Em que se transformam as pessoas, seus sonhos e suas esperanças? Em que se transformou a joia radiante, a estrela intelectual da Matarazzo Junior High, a jovem rodeada pelos garotos, loira e altiva?

Involuntariamente, ela também olhou para si. Michelle – nunca antes ela tomara consciência disso – tinha ousado saltar rumo ao desconhecido. A pequena Michelle, que no fundo sempre tinha sido apenas suportada por Helen, a Michelle Vanderbilt que nunca fora levada realmente a sério, tinha dado adeus à segurança burguesa e concretizado seus ideais. Ajudou a fundar uma comuna na África, trabalhou a terra com as mãos e transformou sua vida numa busca. Enfrentou os maiores desafios e foi marcada para sempre por circunstâncias trágicas da vida. Quatro pessoas foram assassinadas a seu lado! E sua alma cresceu na escuridão mais profunda. E, a partir daí, como estranhava sua amiga de juventude, em pé diante de um milharal maravilhoso, plantado por suas mãos, e que usava uma roupa um pouco desconfortável, na moda – empregada de uma empresa de cosméticos! A ironia do destino.

Helen não notou o rosto radiante de triunfo e olhou para um pequeno pé seco de milho na margem do campo, que parecia ter-se despedido da grande corrente da vida e da energia que em tudo habita. Aos pés da planta, na terra, havia um ninho de vermes brancos que se mexiam sem parar e que estavam sendo atacados por formigas. Pequenas bolinhas brancas nadavam sobre uma corrente vibratória preta e sumiam num buraco. Michelle, envergonhada da própria satisfação, seguiu o olhar de Helen.

– Sim, é isso! – ela disse de modo um tanto exagerado. – Triste, não é? As coisinhas brancas ficam rastejando por todos os lugares. Às vezes eu tirava as formigas com o dedo, para ajudar, mas... não adianta. É a natureza. É como tem de ser. E está certo assim. Os vermes e todos os outros animais pequenos e também nós, humanos, somos por fim apenas parte de um todo maior, de um projeto em comum.

– Suponho que, se pudéssemos lhes perguntar, suas teses seriam mais bem aceitas no campo das formigas do que entre os vermes.

– A maioria das pessoas não pensa a respeito, só enxerga uma parte. Mas enquanto você não tiver esse *yin* e *yang*... tudo faz parte, vida e morte, tendo você consciência ou não. E eu não escondo isso. Tudo é um. Tudo faz sentido.

– Auschwitz – disse Helen.

Mas não era tão fácil desestabilizar Michelle.

– Auschwitz – disse Michelle com seriedade. – Sei o que você está querendo dizer e entendo. Entendo principalmente em relação a você e a sua família. E claro que o que os alemães fizeram foi errado. Não há o que discutir: foi errado! – Ela olhou com gravidade por um instante. – Assim como é errado comparar os judeus com esses vermes, como você fez há pouco, de maneira inconsciente, acho, ou sem querer. Embora você mesma... mas o que eu quero dizer é: Palestina. O que vocês, quero dizer, o que os israelenses fazem com os palestinos também não é nada diferente de Auschwitz. Não, espere, vou falar até o fim. No fundo é pior, porque vocês não aprenderam nada da própria história, porque tantos não aprendem nada da própria história, mas nesse caso é especialmente trágico, porque os judeus e os palestinos estavam ambos sob a influência de Mercúrio, quero dizer, quanto aos crimes terríveis que foram cometidos, os crimes contra mulheres e crianças palestinas, contra as pessoas inocentes, recém-nascidos, os crimes imperdoáveis – disse Michelle, observando com as sobrancelhas apertadas o massacre que acontecia junto ao pé de milho. – Esses crimes imperdoáveis – disse ela, lutando com as lágrimas. – Isso é terrível, terrível, terrível.

– Você acha? – Helen respondeu, empurrando um pouco de areia sobre o ninho, o que confundiu vermes e formigas. Ela também não parecia estar sob as melhores influências de Mercúrio.

22. Um posto de gasolina no deserto

> "Gas Station Attendant: Yes ma'am, what can I do for you today?
> Varla: Just your job, squirrel. Fill it up!"*
>
> *Faster, Pussycat! Kill! Kill!*

Mas Michelle não conseguiu convencer a amiga a ficar. Ela sabia que Helen reagia de maneira alérgica a essas cenas, e na despedida tentou justificar seus soluços histéricos e sua alegria de antes como um estado de espírito motivado por excitação, sofrimento e felicidade. Somente Helen se comportou como sempre se comportava nessas situações: com frieza. O que ela sabia da vida? Será que sabia alguma coisa?

– Gostaria de revê-la mais uma vez – disse Michelle, e as duas frases seguintes sumiram sob a respiração arquejante. Helen se soltou com violência do abraço da amiga, e seu olhar recaiu sobre um bilhete preso do lado de dentro da porta da casa: "Seu destino está à espera, seja qual for o seu caminho".

– Não fique sentimental agora – ela murmurou.

– Nós devorávamos gente como você aqui! – uma voz gritou da cozinha.

Michelle protestou, chorosa, mas Helen não tomou conhecimento da briga que se seguiu na comuna. Ela já vira o suficiente, sua missão estava concluída.

---

* Em inglês, "Frentista do posto de gasolina: Pois não, madame. Como posso servi-la? / Varla: Fazendo o seu serviço, bonitão. Troca o óleo!" (N. da E.)

Entrou em seu carro, respirou fundo e partiu através do deserto o mais rápido que podia em direção a seu destino; nesse momento, ela ainda supunha que ele se daria no bar do hotel.

Num posto de gasolina que ficava logo atrás de Tindirma, no deserto, ela comprou dois litros de água, pegou algumas moedas da carteira e observou um garoto de oito anos com aparência suspeita melar seu para-brisa com uma espuma marrom. O frentista enchia o tanque.

Ele pegou a nota de vinte dólares de Helen e, enquanto sumia com o dinheiro no interior do barracão para buscar troco, uma perua Kombi com placa da Alemanha entrou devagar no posto e parou do outro lado da bomba, com o motor ligado. Cortinas amarelas nas janelas, um casalzinho jovem. Muito jovem.

O motorista lançou um rápido olhar para Helen e logo virou para o outro lado quando ela retribuiu. Suas duas mãos agarravam a direção. A namorada tinha aberto um mapa sobre o painel. Claramente ela era a mais ágil dos dois, falava alto, gesticulava com um sanduíche de salsicha e, do banco do passageiro, buzinava para chamar o frentista. Nesse meio-tempo, o garoto de oito anos também tinha melado as janelas traseiras e laterais de Helen. Ela desceu e acendeu um cigarro.

O posto de gasolina estava rodeado de lixo. Um homem de aparência árabe desceu uma duna e atravessou o lixo, aproximando-se do posto. Seu rosto parecia petrificado, os olhos cheios de sangue. Depois de passar pelo lixo, ele caminhou por uma areia macia, que lhe chegava aos joelhos. Quando a terra debaixo de seus pés voltou a ficar mais firme, ele não andava em linha reta. Não se tratava de um andar bêbado ou reflexivo. Era um modo de caminhar que lembrava Helen dos ratos de laboratório de Princeton: em um dos experimentos, eles iam atrás de uma recompensa e sabiam, por exercícios anteriores, que ela estava protegida por choques elétricos. O homem cambaleou até atrás da Kombi, circundou indeciso o Honda e, de repente, veio em direção a Helen.

– Socorro, socorro – ele disse num inglês rouco, apoiando-se no capô. Usava um terno sujo de areia e de um líquido preto e pegajoso. No Primeiro Mundo ele teria passado por um vagabundo inofensivo; no meio do Saara ele parecia um pouco mais ameaçador.

Helen tirou uma moedinha da bolsa e estendeu-a em sua direção. Ele não viu a moeda. Um pouco de sujeira de sua manga tinha ficado colado no capô do Honda, e ele se curvou para limpar o carro com a ponta do paletó.

– Pode deixar. Pegue isso.

– O quê?

– Pode deixar, por favor.

Ele assentiu, se aprumou e repetiu:

– Socorro, socorro.

– O que você quer?

– Me leve embora.

– Para onde?

– Para qualquer lugar.

– Sinto muito.

O homem recusou com o rosto crispado de dor a moeda oferecida mais uma vez, e, quando ele virou um pouco a cabeça, Helen viu em sua nuca a ferida grande, recoberta por sangue e areia. Seus olhos perscrutavam o horizonte. O casalzinho alemão na Kombi, que havia assistido a toda a cena, tinha ficado inquieto. O motorista balançou a cabeça e fez movimentos desdenhosos com as duas mãos através da janela lateral. A passageira lia, com a testa franzida, as instruções de uso impressas numa lata de gás lacrimogêneo.

O frentista retornou, colocou o troco na mão de Helen sem dizer nada e foi abrir a tampa do tanque da Kombi.

– O que aconteceu? – Helen perguntou ao ferido.

– Não sei.

– Você não sabe o que aconteceu?

– Tenho de sair daqui. Por favor.
– Você acredita em destino ou coisa parecida?
– Não.
– Ponto positivo.

Pensativa, ela olhou para o homem durante um tempo. Em seguida, abriu-lhe a porta do passageiro.

Nesse momento, o casalzinho da Kombi não aguentou mais. O jovem baixou o vidro.

– Cuidado, cuidado! – ele disse em mau inglês. – Aqui não Europa! Carona não.

– Perigo, perigo! – ajudou a namorada.

– Perigo, perigo – disse Helen. – Isso não é da conta de vocês. – E para o homem: – Bom, vamos.

Ela entrou no Honda. Num gesto simbólico, ele passou a mão sobre as pernas da calça incrustada de areia, subiu rapidamente no banco do passageiro, fechou a porta atrás de si e olhou amedrontado pelo para-brisa, até Helen ligar o motor.

– A senhora não precisa ter medo – ele disse depois de alguns minutos de estrada.

Helen deu uma tragada no cigarro e encarou-o novamente durante um bom tempo. Seu passageiro era meia cabeça menor que ela e estava sentado a seu lado com os bracinhos tremendo. Ela colocou o próprio braço musculoso ao lado do dele e cerrou o punho.

– Estou só falando – disse o homem.

– Estou indo para Targat. Lá eu levo você ao hospital.

– Não quero ir ao hospital.

– Então ao médico.

– Nada de médico.

– Como assim?

A resposta demorou para vir. Por fim, ele disse, inseguro:

– Não sei.

Helen tirou o pé do acelerador e deixou o carro perder velocidade.
– Não! – o homem falou imediatamente. – Por favor! Por favor!
– Você não sabe para onde quer ir. Você não sabe por que quer ir para onde quer que seja. Você precisa ver um médico e não quer... e não sabe por quê. Ora, o que você sabe, afinal?

Levando-se em conta que ele não sabia de muita coisa, seu relato demorou um bom tempo. Helen pedia mais explicações a cada instante. O homem falava gaguejando e com esforço. Algumas palavras não queriam sair, seu tronco tremia. Mas ele completava e corrigia suas afirmações com boa vontade, ficava irritado pelas inexatidões que cometia, batia nervoso na testa e, no final, mais e mais detalhes borbulhavam de seu interior. Sótão, mala de dinheiro, Poseidon. Nada daquilo que ele contava fazia sentido e, por fim, foi também por causa disso que Helen se convenceu de que seu estranhíssimo passageiro dizia a verdade. Ou, pelo menos, tentava.

Ele só deixou de mencionar um único detalhe. Apesar de toda a serenidade e independência que a turista americana irradiava atrás do volante, um homem acidentado com uma talha era talvez um pouco demais para um passeio vespertino pelo deserto. Ao mesmo tempo, ele tentava reproduzir integralmente e com a maior fidelidade possível a conversa que ouvira dos quatro homens, suas falas incompreensíveis, sua raiva incompreensível, a incompreensível última frase.

– Se ele chegar na marina, se explodir a mina, se estragar a turbina... não sei.

– Se ele desarmar a mina – disse Helen, jogando a guimba pela janela.

Diante deles apareceram os dois camelos que se beijavam sobre a pista, no ar. De Targat vinha um cheiro de madeira queimada e diesel de navio. No oeste, o céu estava vermelho e preto.

23. Mercurocromo

> "Se um ladrão for achado arrombando uma casa e, sendo ferido, morrer, quem o feriu não será culpado do sangue."
>
> Êxodo 22, 2

Fatiada por uma persiana, a luz da lua deitava-se sobre uma cama de casal. Havia uma segunda janela aberta, barulho de mar e o cheiro de sal e iodo. O ruído de uma respiração constante. Ele se virou e viu, a alguns palmos de distância, umas mechas de cabelo loiro.

Ele havia tomado quatro comprimidos, isso ele sabia, o restante estava sobre a mesinha de cabeceira diante de um copo de água. Isso ele também sabia. Sua testa estava molhada de suor gelado. Estava escuro. Em labirintos complicados, ele lutou para lançar o olhar por uma vidraça. Enxergou a boca de uma arma de pequeno calibre e um homem com tridente vindo rapidamente em sua direção. Olhou o próprio rosto e escutou um motor a diesel. 581d. Observou atentamente como a mulher refletida no espelho lhe fazia um curativo. Um vidrinho de mercurocromo na mão dela. Como ela o segurava debaixo da ducha. Como ele não conseguia ficar em pé.

Segurava a pia com as duas mãos enquanto ela desinfetava a ferida. Escutou a si mesmo gritando de dor, uma gota vermelha sobre a porcelana branca. Como ela o acalmava. Como ela o conduziu para a direita com o braço ao redor dos ombros e marcou uma linha com a lateral da mão sobre o lençol: seu lado; meu lado. Vou colocar os comprimidos aqui. Está vendo? Abaixe as mãos. Respire.

As colunas paralelas de luz desceram da cama até o chão e escorregaram pela parede. Durante a noite, ele abria os olhos e via as colunas se afastando mais meio metro, às vezes no mesmo lado que antes, sem que sua noção de tempo tivesse se movimentado do mesmo modo. Por fim, ele se levantou e se esgueirou no escuro até o banheiro. Pelo canto do olho viu que ambas as metades da cama de casal estavam vazias, mas isso não o inquietou muito. O banheiro estava cheio de areia. Atrás do monte de areia maior havia sido cavado um buraco, vigiado por um animal com duas cabeças. Uma cabeça na frente, outra atrás. Uma morta, outra viva. Com um canudinho, a cabeça viva chupava um líquido do buraco fazendo um barulho terrível. Postes de telégrafo começaram a se movimentar, barras de ferro verticais, amarelas e azuis, passaram voando. O tempo todo ele tentava sair da gaiola, o tempo todo elas o prendiam, antes de surgir de modo lento e tranquilizador a sensação de um papel de parede listrado de amarelo e azul. Não se tratava de um pesadelo. Ou era apenas o pesadelo da realidade. Um bangalô para turistas no início da manhã.

Ele tinha medo de se virar na cama, medo do inesperado, e quando se virou viu uma cozinha. Diante da pia, uma mulher nua. Ela estava passando um café. O barulho das bolhas estourando deu lugar a um apito.

Com uma careta de quem está olhando para o sol, ele disse:

– Nós nos conhecemos de ontem.

– Certo – respondeu a mulher nua. Suas unhas eram perfeitamente manicuradas. Com o polegar e o indicador, ela levou um filtro de café até a pia.

– Você se chama Helen – ele disse, inseguro.

– Sim. E se você não sabe mais quem é, não se preocupe. Ontem você também não sabia. Leite ou açúcar?

Mas ele não queria nem leite nem açúcar. Ele não queria tomar café da manhã. Só de pensar nisso já se sentia enjoado, e fechou os olhos. Quando despertou novamente, o quarto estava envolto em penumbra. Uma sombra estava sentada no canto da cama e dava suaves batidinhas em seu rosto com um pano molhado. Uma bacia de porcelana fumegava, vozes se perdiam na rua, a mulher lhe meteu um comprimido na boca. Agora ela usava um vestido branco com mangas curtas.

Uma vez ele a viu deixando o bangalô com uma bolsa de praia pendurada nos ombros e usando um biquíni. Uma vez ele a ouviu telefonando para a CIA. Uma vez ela tinha duas cabeças. Ela voltou ao hotel com duas bandejas de isopor esquisitas. As duas estavam embrulhadas com papel-alumínio, e quando ela tirou o papel surgiu a comida que fumegava como se tivesse acabado de sair do fogão. Ele não conseguia comer nada.

– O que eu contei para você? – ele perguntou.

– Você não sabe mais ou está em dúvida?

– Estou em dúvida.

– Você acordou num sótão numa casa no deserto. Você tem uma ferida na cabeça, provavelmente alguém o golpeou. Você não quer ir à polícia nem ao hospital. Sou Helen. Trouxe você. Este é o meu bangalô.

Ele olhou para a mulher e gemeu. Um rosto como o das revistas americanas. Era difícil para ele aguentar seu olhar. Puxou a coberta sobre a cabeça.

– Por que eu não quero ir à polícia? – ele perguntou com a voz abafada.

– Você acha que é um assassino.

Então ele tinha contado, sim.

– Supostamente você matou alguém com uma talha, o que eu duvido.

Ele não perguntou por que ela duvidava. Continuou debaixo da coberta, e as imagens retornaram. O animal com os canudos barulhentos. Escutou a mulher telefonar e falar de cosméticos. Ela fez compras, trouxe-lhe bebidas, ficou sentada na beira da cama e sumiu novamente, uma alucinação simpática. Depois ele estava deitado na escuridão sem escutar nenhum ruído. Nenhum ruído do mar. Nenhum ruído de respiração. O pânico vinha e voltava em ondas. Ele dormiu.

24. Andorinhas

> "Parsons: The art of fighting without fighting?
> Show me some of it.
> Lee: Later."*
>
> *Enter the Dragon*

Quando abriu os olhos, estava escurecendo. A seu lado, um cobertor revirado. Ele estava sozinho. Uma mesinha de cabeceira cheia de vidrinhos e copinhos. Dois quadros na parede. Seu corpo ainda estava fraco. Sentiu suor nas costas e na testa; era um calor que se dissipava, a sensação indolente e tranquilizadora da convalescença. Apenas uma leve dor na nuca. Tentou se levantar e afastou-se alguns passos da cama. Atrás da cozinha havia mais um cômodo.

– Helen?

Sobre a mesa havia pratos e talheres, a porta do terraço estava aberta.

Saiu hesitante para o ar da manhã, apoiou-se sobre a balaustrada de pedras e olhou para o mar e o céu. Pinheiros cor de cobre cobriam a encosta. O mar estava envolto em leve neblina, e a ondulação produzia extensas linhas paralelas sobre a areia. À direita, degraus de pedra levavam do terraço para um segundo terraço, mais baixo, a partir do qual começava uma trilha sinuosa, ocre, até a água. Helen estava nesse segundo terraço. Com o olhar voltado para o mar, de pernas afastadas, os braços esticados para os lados, o cabelo platinado preso num rabo de cavalo. Ela permaneceu imóvel durante vários segundos,

---

* Em inglês, "Parsons: A arte de lutar sem lutar? Me mostre. / Lee: Depois". No Brasil o filme recebeu o nome de *Operação Dragão*. (N. da E.)

depois seus braços se abriram lentamente, empurrando o ar. Lentamente um braço foi para a frente, lentamente ela dobrou os joelhos e o tronco fez uma ligeira torção para a esquerda. As mãos desenhavam círculos como se remexessem um mel denso. Um passo suave para o lado, o eixo do corpo se transferindo para o lado, um filme de *kung fu* em extremo *slow-motion*.

Para certificar-se, olhou para o céu, onde duas andorinhas voavam numa velocidade normal. Não era seu cérebro. Ela se movimentava realmente devagar. Um pouco mais relaxado, ele se encostou na balaustrada e observou, não sem emoção, a antiginástica.

Helen estava usando tênis branco e uma calça de moletom azul-clara. O elástico da calça entrava fundo na carne e deixava aparecer na cintura uma pequena porção de pele nua. Uma camiseta sem mangas, de costas suadas, colava em seu tronco. Sentiu emergir dentro de si algo especial por essa mulher, um sentimento – como ele o definia – provavelmente inadequado e guiado pela irracionalidade. Ela o salvara, dera-lhe um teto e cuidara dele, fora sua boia salva-vidas num mundo demasiado deprimente. Não se tratava de agradecimento. Era algo diferente. E isso lhe provocava um aperto na garganta.

Depois de observá-la parada durante um tempo, ele desceu a escada em silêncio e abraçou-a por trás. O calor, a umidade. Ele deitou a cabeça em sua nuca suada, sentiu a pulsação em seu rosto e olhou para o horizonte.

Ela levou um susto.

– Desculpe – ele disse.

– Tudo bem – Helen respondeu, soltando-se de seu abraço e subindo a escada.

25. Nadar

> "Jó, sentado em cinzas, tomou um caco para com ele raspar-se."
>
> Jó 2, 8

Embora ainda sentisse fraqueza nas pernas, acompanhou-a à praia. Eles tinham tomado o café da manhã, mas ele não comera mais que meia maçã.

O sol ainda não tão alto coloria o caminho entre as árvores até o mar alaranjado. Num pequeno grupo de europeus havia mulheres peitudas, e o fato de no máximo dois ou três *djellabas* perdidos estarem pendurados nas copas das árvores devia ser creditado à influência do grupo, da autoridade do hotel ou dos serviços de segurança secretos. Helen esticou duas toalhas de praia. Ele caiu de costas feito um inseto, ficou deitado e recusou, mudo, o protetor solar. O cansaço retornou imediatamente.

– E não voltou mais nenhuma lembrança?

– Não.

– Mas você consegue lembrar que mar é este aqui?

– Sim.

– E também como se chama este lugar e em que país estamos?

– Sim.

– Seu inglês é bastante bom. Não sei avaliar o francês. Você sabe árabe?

– Sim.

– Em que língua você pensa?

– Francês.

– Você sabe nadar?

Enquanto Helen caminhava pela areia como se estivesse pisando em nuvens e se dirigia ao mar, ele juntou as toalhas sob a cabeça para conseguir observá-la deitado. O sol estava quase exatamente sobre ela. A luz ofuscante dissolvia os contornos dela na contraluz, seu corpo reduziu-se a um nada.

Ele tinha certeza de que sabia nadar. Mas não sabia como tinha aprendido. Não sabia nem mesmo como vinha essa certeza. Sabia nadar *crawl* e peito. As palavras e os movimentos estavam à disposição em sua mente de imediato.

Em certo momento, Helen virou-se e arrumou os cabelos atrás das orelhas com um gesto afetado. Uma pequena onda bateu nela, ela riu de um jeito um tanto estranho e ele se perguntou se um cérebro humano conseguiria um dia se esquecer de uma imagem tão encantadora quanto aquela – embora ele já a tivesse esquecido.

Enquanto retribuía os sorrisos de Helen, um pensamento emergiu bem do fundo de suas entranhas, um pensamento que ele sentia claramente que já tinha sido aventado algumas vezes: e se ele realmente já a conhecesse de antes? E se ela o conhecesse? E se ela estivesse apenas simulando? Ele se levantou, desceu à praia, voltou e tropeçou em dois banhistas. Helen só o notou quando ele estava com a água até o meio das coxas, gritando. Ele não conhecia ninguém. Ninguém o conhecia. Ele próprio não se conhecia. Estava perdido.

– Respire devagar. Devagar. Você está bem. Logo vai passar.

Helen o conduziu pelos ombros, pela praia, fez com que se sentasse e ficou um tempo segurando seu braço.

– Calma.

– Tenho de fazer alguma coisa.

– O que você quer fazer? Não prenda a respiração.

– Não posso ficar sentado aqui.

– Então vá ao médico.
– Não posso.
– Vamos imaginar que você não seja um bandido perigoso.
– Alguma merda eu fiz.
– Mas você não é assassino.
– Como você sabe?
– A polia se soltou sem querer. Você mesmo disse.
– E a outra coisa?
– Que outra coisa?
– Que eu estava metido com essa gente. Provavelmente sou um deles.
– Você é paranoico. E não é um bandido perigoso.
– Como você sabe disso?
– Acompanho você há três dias e três noites. Principalmente noites. Você não é bandido. Se você quiser saber de verdade: você é um cordeirinho. Você não faz mal a uma mosca. É assim agora, provavelmente era assim antes também. Os traços básicos da personalidade não se alteram com a amnésia.
– Onde você aprendeu isso?
– Eu sei e pronto.

Ele a olhou longamente, em dúvida, e por fim ela se levantou, recolheu as toalhas e balançou a cabeça para ele. Não era amor também. Era algo pior.

Livro Três: As montanhas

26. **O diabo**

> "Eles fizeram um pacto: cada um deixa o outro beber de sua mão. Se lhes faltar líquido, pegam pó da terra e o lambem."
>
> Heródoto

Ele foi às compras levando uma pequena sacola plástica estampada com girassóis. A loja ficava bem ao lado do Sheraton, trezentos metros montanha acima. Ele já havia percorrido o trajeto uma vez com Helen, agora era sua primeira vez sozinho. Os rostos estranhos na rua o deixavam exaurido. Quando eles sorriam, ele imaginava estar sendo reconhecido. E quando olhavam para ele e não sorriam, ficava ainda mais agitado. Um homem de sobretudo chamou sua atenção ao ficar parado quando ele se virou para olhá-lo. O porteiro do Sheraton cumprimentou-o como a um velho conhecido. Uma mulher caolha esticou-lhe a mão.

Quando estava quase chegando ao bangalô com a sacola cheia, ele retornou correndo ao hotel, movido por uma inquietação súbita, e perguntou ao porteiro se ele já o tinha visto antes.

– Ontem – confirmou o porteiro.

– Não antes? Ou seja, o senhor não me conhece?

– Bangalô 581d. Com a senhora. Aquela que o senhor levou.

Caminhou pelas vielas com a cabeça baixa. O desespero tinha dominado a situação. Dois homens de terno escuro, que saíram de uma limusine estacionada, o seguiram. Ele entrou em duas ruas erradas e só percebeu os homens quando eles enfiaram um saco de lona em sua cabeça. Uma corda foi amarrada ao redor de seu pescoço. Ele conseguiu colocar a ponta dos dedos de ambas as mãos sob a corda, enquanto sentia que seus pés estavam sendo erguidos. Começou a chutar e se esqueceu de gritar. Seu ombro bateu contra um metal, e depois de poucos instantes de falta de gravidade seguiu-se uma aterrissagem dura. Cheiro de borracha, porta-malas, acústica abafada. Um motor em marcha.

O trajeto com o carro não durou nem cinco minutos. Nesse meio-tempo, conseguiu apenas puxar o capuz sobre o queixo e a boca até a base do nariz, onde ele ficou preso, pressionando os globos oculares.

Ainda estava ocupado puxando a lona do rosto quando o porta-malas foi aberto outra vez. Reconheceu vagamente dois homens, que o ergueram pelos pés e pelos cotovelos. Um terceiro ao volante. Para conseguir enxergá-los, precisava esticar bem a cabeça para trás. Homens armados. Carro preto. Um longo caminho de pedras. Gramado verde em frente a uma mansão, ao redor do jardim um muro mais alto que um homem, atrás os ruídos de uma rua movimentada, muito próxima. Eles tinham prendido um de seus braços nas costas, mas fora isso não o algemaram nem amordaçaram. Supostamente ninguém imaginava que ele gritaria por socorro, e os homens também não pareciam ter ignorado essa possibilidade por descuido. Assim, ele não gritou. Sangue pingava do seu nariz.

Um dos homens tocou a campainha da porta. Uma voz fanhosa perguntou quem era.

– Julius.

Eles entraram num saguão imenso. A imagem era como nos filmes americanos, escada larga com corrimão de pedras, estuque e ouro, maravilhosamente sobrepostos. Um imenso espelho de cristal mostrava dois homens parrudos de terno preto junto a uma porta aberta. Entre eles um indivíduo franzino, com um braço preso às costas, de nariz pingando sangue e com um capuz parecendo um chapéu de cozinheiro, puxado até a altura dos olhos. Alguns rapazes e moças de carne e osso, além de outros de pedra, estavam em volta de um chafariz ligado. As mulheres usavam vestidos vaporosos. Olharam para a porta apenas furtivamente. Viraram o rosto.

Aquele que se intitulou Julius empurrou-o escada acima até um quarto. Cortou-lhe o capuz e sentou-o numa poltrona de couro que ficava diante de uma escrivaninha imponente. Sobre a mesa, utensílios de escritório dourados. As paredes do quarto tinham um revestimento escuro. Pinturas a óleo de gosto duvidoso com nus femininos ao lado de estranhos círculos e quadrados de arte moderna. Julius sentou-se numa cadeira no canto. A poltrona da escrivaninha, daquelas de estilo Bauhaus, de aço e couro rústico azul, permaneceu vazia.

Abriu a boca para fazer uma pergunta, mas Julius apenas ergueu levemente a arma e ele continuou em silêncio. Arrumou o curativo da cabeça. A ferida latejava. Ouviam-se vozes e risadas vindas do jardim. Meia hora se passou. Uma porta se abriu entre os painéis que revestiam as paredes, e entrou no recinto um homem grisalho sorridente, de *short* e com uma raquete de peteca nas mãos. Pelancas de carne espremiam-se sob os círculos de sua camiseta suada. Suas pernas pareciam ser mais finas que os braços, e seu rosto poderia reproduzir o sujeito sanguíneo clássico das tabelas fisionômicas do século XIX. Pela roupa, pelo corpo, pelos movimentos e pelo ambiente, ele passava a impressão de alguém que nunca recebeu nada de presente da vida – e que nunca se preocupou com isso.

O grisalho sentou-se na poltrona de grife, trocou um rápido olhar com Julius e sorriu. Fez silêncio. Esticou esse silêncio até perto de ele perder o efeito.

– O senhor é bastante ousado – ele disse. E depois de longa pausa:
– Acho que subestimamos alguém.

Seu francês tinha um sotaque indefinível.

– Dois da arraia-miúda. Foi o que eu disse, não? Arraia-miúda! Temos que nos alegrar e louvar ao Senhor por termos esses dois da arraia-miúda. E agora *isso*.

O grisalho curvou-se em sua direção e bateu com a raquete de peteca no curativo da cabeça. O ferimento produziu um barulho desagradável.

– Quero fazer uma pergunta ao senhor. Ou vamos começar do começo. Será que podemos dispensar as formalidades? Ou ainda estamos num outro nível? Me dê uma luz, baixinho. Você se importa se eu deixar o "senhor" de lado? Ótimo. Você faz alguma ideia do que está se passando aqui?

O grisalho observou-o durante um tempo, puxou dois pedaços de grama e um torrãozinho de terra das cordas da raquete e depois esticou-a para trás. Julius levantou-se num salto e tirou-a de sua mão.

– Você sabe o que está se passando aqui?

A difícil decisão entre uma expressão facial embaraçada, ciente da situação, e outra embaraçada, não ciente.

Dez segundos.

– Não, você não tem a mínima noção do que se passa! – berrou o grisalho. Ele se curvou para a frente, pegou uma caixa de papelão cinza de uma gaveta da escrivaninha e jogou-a sobre a mesa. De tamanho equivalente à metade de um maço de cigarros, com uma imagem dourada de algum joalheiro. Ela foi parar em seu colo. Hesitante, ele a abriu. Lá dentro havia uma curta correntinha de ouro e um pingente, que no primeiro instante parecia uma ponta de dedo. O tamanho de uma ponta de dedo, a cor de uma ponta de dedo. Mas tratava-se apenas de um pedaço de madeira já bastante manipulado, cor de cera, com dois pontos vermelho-sangue em cima. No verso, quase apagado pelo uso, podia-se reconhecer o rostinho entalhado de um diabo. Os pontos vermelhos eram os chifres. Sem saber o que fazer, ele girava o amuleto entre os dedos.

– Agora você está chocado – disse o grisalho, que se encostou na poltrona com um olhar de satisfação. – Mas era preciso pensar antes: quem ataca Roma tem de conhecer Roma. Você serviu no exército?

Julius brincava de lhe apontar a arma. Ele se esforçou para encontrar a expressão facial adequada aos sentimentos que lhe estavam sendo impingidos.

De repente, o grisalho ergueu-se, arrancou o amuleto de seus dedos e jogou-o imediatamente de volta para ele.

– Isso é vodu ou o quê? Uma proteção? Contra gente como nós, talvez? Que se foda. Mesmo que você tente não piscar nem uma vez diante de mim. Você é um mau ator.

O grisalho baixou a cabeça para olhar seu rosto.

– Parece um dedinho – ele continuou. – Como um dedinho de verdade. E por pouco não seria mesmo um dedinho. Mas não é. E a quem você deve agradecer por não sê-lo?

Julius enrubesceu.

– Coração de ouro! – o grisalho falou com sarcasmo. – Coração de ouro! Julius tem cinco filhos. Com cinco filhos, você fica de miolo mole. É automático. E ele me salvou a vida duas vezes. Você não tem como saber isso. Miolo mole, mas duas vezes salvou minha vida. Essa é sua aposentadoria. Lealdade, *right or wrong, my country*.* Se há uma qualidade que eu valorizo nas pessoas acima de qualquer coisa é a lealdade. A qualidade que infelizmente está desaparecendo. E você quer saber o resultado disso? Vou lhe dizer: estou sentado ali com o pequeno merdinha no colo, e eu digo o preço habitual, vamos pegar o indicador direito ou o esquerdo? Julius diz: "Ai". E então ainda aparece a mãe. Céus! E o que diz a mãe? Ora, você tem de saber: o que diz a mãe? Sua mulher. Afinal, você fala com a sua mulher, você é um sujeito sensível. Vamos, o que diz a vaca gorda?

Silêncio.

– Espero que você perdoe a expressão "vaca gorda". Não quero melindrar ninguém aqui, talvez ela tenha outras qualidades. A vaca gorda. Embora ela também não trepe bem.

---

* Em inglês, "Certo ou errado, o meu país". (N. da E.)

Sem desviar o olhar, o grisalho virou a cabeça na direção de Julius.

– Ou, Julius, será que ela trepa bem? Trepa médio, ou qual é a sua impressão? É, falta alguma coisa. O pau que entra nela tem coisa melhor para fazer. Por exemplo, mijar de muito alto sobre a palavra "lealdade". E agora a questão do preço: o que a vaca gorda diz sobre o tema dedo? Pianista! Ele quer se tornar pianista. Ela está praticamente chegando ao clímax quando diz: ele quer se tornar pianista. Imagine só. Três anos de idade, já é pianista. Inacreditável, não? Três anos e Beethoven. Sem problemas, eu digo, ora, tomara que ele não queira se tornar também Johan Cruyff, Beethoven e Cruyff, essa é uma combinação rara. Ou seja, eu peguei um dedinho e o que é que a vaca diz agora?

O grisalho esperou que suas palavras fizessem efeito. Não tinha como saber que elas não provocavam nenhum efeito. Pelo menos não aquele que produziriam em pessoas com memória.

– Ora, vamos, você a conhece, o que é que a vaca gorda diz?

De cabeça baixa, ele escutou o sermão do grisalho e tentou sentir algo que não fosse indiferença. Ele tinha uma família? Mulher e filhos? Eles haviam sido ameaçados? Não conseguiu ter sentimentos por pessoas das quais não se lembrava. Tentou imaginar como seria recuperar a memória e saber que seus entes queridos sofreram maus-tratos físicos, mas as reflexões ficaram no campo da abstração, como uma consulta no dentista em dois meses.

Além disso, as palavras "vaca gorda" e "merdinha" ficavam ecoando em seu interior, e ele tinha de pensar em Helen. A Helen magra, platinada. A única coisa que o falatório do grisalho provocava nele era nojo. E medo pela própria vida. Sair rapidinho daqui, a salvo. Alguns minutos antes ele ainda estava disposto a dizer o que sabia: que não sabia de nada. As tristes especulações sobre partes decepadas do corpo deixaram claro para ele que tipo de interlocutor estava à sua frente. Tentou manter-se calmo.

– Não comece a chorar. Quem quer contar vantagem não pode ter o rabo preso. E melhor que não ter o rabo preso é não ter rabo. Olhe para mim. Você pode pegar Gandhi, você pode pegar Hitler, pode pegar todos. Jesus. Não, meu caro. Mulher e filho: o pior dos rabos. Qualquer um pode prendê-lo. Nessa hora, você fica mole feito manteiga. Olhe para o Julius: antigamente, o melhor de todos, agora um sentimentaloide. Eu disse a ele, "Julius", eu disse, "o que você acha que temos de fazer?" E Julius arranca a merdinha do amuleto do pescoço e diz: "E aí, chefe? Isso não é o suficiente?" Maravilhoso. E essa é a situação do momento. A vaca e o pequeno estão presos. Só para o caso de você ainda estar duvidando. Ou será que você nem esteve em casa nos últimos dias?

O grisalho pegou o amuleto, fez uma dancinha com o diabo sobre a mesa e falou com uma voz esquisita:

– Ele pensou que podia se esconder da gente. Pensou.

E novamente com a voz normal:

– E agora, infelizmente, eu tenho de lhe perguntar aquilo que Julius já me perguntou: isso não é o suficiente?

Ele segurou o diabinho no alto.

– Ou será que temos de despachar a vaca e o pequeno, fatia por fatia?

O amuleto desapareceu novamente na caixa, e a caixa na gaveta da escrivaninha.

– Você sabe o que vai acontecer agora?

Ele pensou durante um tempo, mordeu os lábios e disse:

– Uma troca.

– Uma troca – disse o grisalho com uma expressão facial que se alternava entre radiante e incrédula. – Uma troca! – O grisalho olhou para Julius, e então se ergueu e estendeu-lhe a mão, amistoso.

Ele fez menção de apertá-la, mas o grisalho puxou-lhe o braço, pegou com a mão esquerda um abridor de cartas de metal e, com um golpe ágil, perfurou sua mão com o instrumento, prendendo-a na mesa. Em seguida, voltou a sentar-se e deixou claro com um gesto que ele não devia de modo nenhum tentar arrancar o abridor de cartas da carne por conta própria. Julius mantinha a arma apontada para ele.

– Ora, ora, ora!

A mão estava tão presa na escrivaninha que ele não podia se sentar nem ficar em pé. Estava numa posição esquisita, apoiado sobre a mesa, meio acocorado, parecendo alguém que tenta se aliviar em um matagal.

– O que você quer trocar, meu amigo, e trocar com quê?

Ele soltou um fio de voz.

– Então você confirma que tem alguma coisa que pode ser trocada?

Ele gemeu.

– Algo que pertence a mim. Então você confirma?

Passou-se um minuto. Ele temia por sua vida. Sua vontade era colocar tudo para fora, aos berros, mas um resto de razão o impediu. Independentemente do que o grisalho queria, não estava com ele. Ele supôs – e tinha bons motivos para essa suposição – que se tratava de algo com que um homem chamado Cetrois tinha fugido numa motoneta havia poucos dias pelo deserto. Claro que ele poderia expressar essa suposição, caso pudesse acrescentar, ao mesmo tempo, que se tratava de uma suposição, que ele não sabia de *nada* além disso e que ele perdera a memória. Alguma lógica levou-o a concluir que a partir desse mesmo momento ele perderia qualquer valor para seus interlocutores. Mesmo que fosse levado a sério. Exatamente nesse caso. E, se eles não o levassem a sério, o que era mais provável, ele somente iria deixá-los ainda mais enfurecidos.

Não podia dizer a verdade. Mas também não podia mentir. Para mentir, teria de saber sobre o que deveria mentir. Então, aguentou firme.

– Isso não vai funcionar desse jeito – disse.

– Ah, não vai funcionar? – O grisalho segurou o abridor de cartas como se fosse uma alavanca de câmbio e passou todas as marchas.

– Talvez você pense que o assunto aqui é a sua família. Talvez você pense que estamos falando sobre algo tão banal quanto sua vida. Mas não é isso. Trata-se de *justiça*. Porque você não pode esquecer uma coisa: eu paguei por isso. E não será um amador como você que vai estragar tudo.

– Vou dar um jeito! Vou dar um jeito!

– E como você vai dar um jeito?

Ele chorou. Olhou para o rosto do grisalho e decidiu continuar tateando a neblina.

– Eu sei *quem*!

– Você sabe *quem*?

– Também sei *onde*.

– Onde? – berrou o grisalho.

– Se eu disser, estarei fodido.

– Você está fodido de qualquer maneira.

– Vou dar um jeito, eu consigo! – ele berrou. Sangue escuro borbulhava pelo metal. – Vocês me conhecem! E eu conheço vocês também! Vocês estão com a minha família!

O grisalho olhou-o em silêncio.

– Vocês podem confiar em mim – ele gemeu. – Minha mulher! Meu amado filho! Oh, meu Deus, oh, meu Deus, meu filho, meu filhinho! – Lágrimas escorriam de seus olhos. Ele tombou com o rosto sobre o tampo da escrivaninha, para escondê-lo. Ele próprio estava com a sensação de ter exagerado um pouco.

Julius curvou-se para a frente e sussurrou algo no ouvido do grisalho. O grisalho se recostou em sua poltrona. Um minuto se passou. Mais outro.

– Setenta e duas horas – disse o grisalho. – E terei minha mina de volta. Setenta e duas horas. Senão, dedinho, pezinho, orelhinha.

Devagar, retirou da mão dele o abridor de cartas.

27. O portal dos corredores

> "I know a man who once stole a Ferris wheel."*
>
> Dashiell Hammett

Era um fim de tarde ameno sob uma camada de nuvens muito alta. Com a mão dolorida pressionada contra o peito, ele saiu cambaleando da mansão. Ninguém o seguiu. Seus joelhos amoleceram. Apoiou-se num muro coberto por plátanos. Ao fechar os olhos por um instante, ouviu baixinho uma música.

O muro pertencia a um imóvel que era um pouco menor e parecia um pouco menos pretensioso do que aquele em que estivera havia pouco. Bem à sua frente, na calçada, um grupo de homens vestidos com elegância estava diante de um portal *art déco*, incrustado com estátuas de mármore representando caminhantes. Enquanto ele abria passagem entre os homens, uma viatura de polícia vinha descendo a montanha e parou bem a seu lado. Dois homens em trajes civis desceram do carro e foram na direção do portal.

— Karimi é um idiota — ele escutou um deles dizer. Escondeu no bolso a mão ensanguentada e, de cabeça baixa, passou rápido por eles. Durante todo o caminho sinuoso até o Sheraton, ficou se perguntando o que levava o grisalho ter tanta certeza de que ele não iria à polícia.

Na realidade, havia apenas uma explicação: supostamente ele estava envolvido no pior dos crimes, e aquilo que ele podia esperar das

---

* Em inglês, "Conheço um homem que roubou uma roda-gigante". (N. da E.)

autoridades devia ser ainda mais desagradável que as ameaças do grisalho. Mas o que poderia ser pior do que ameaçar sua própria vida e a vida de sua família?

    Apenas ao chegar ao bangalô é que ele pensou numa segunda possibilidade. E se o grisalho fosse a polícia em pessoa? Um representante graduado do poder público? Virou-se para alguns mercadores de rua, apontou com o braço para as montanhas e perguntou se eles sabiam de quem era a enorme mansão, que continuava visível como a edificação mais soberba da montanha, bem ao lado da outra mansão com o portal esquisito dos corredores; e descobriu que o proprietário era um homem chamado Adil Bassir. As pessoas proferiam seu nome com respeito e alguma reserva. Muito mais difícil que saber seu nome foi saber seu ramo de atuação. Quando finalmente alguém disse, não era um ramo de atuação dos mais nobres: rei dos traficantes.

28. No Atlas

> "Jesus disse: 'talvez os homens pensem que vim trazer a paz sobre o mundo. Não sabem que é a discórdia que vim espalhar sobre a Terra, fogo, espada e disputa. Havendo cinco numa casa, três estarão contra dois e dois contra três: o pai contra o filho e o filho contra o pai. E eles permanecerão solitários'."
>
> Evangelho segundo são Tomé

– "O principal suspeito, de vinte e dois anos, cujas roupas repletas de sangue o colocavam de maneira irrevogável nas proximidades do crime"... Meu Deus, "cujas roupas repletas de sangue...", "de maneira irrevogável...". Vocês realmente têm de melhorar a imprensa. De qualquer modo, o criminoso absolutamente ensanguentado esteve com um Toyota roubado na comuna, a comuna de vagabundos estrangeiros há anos mal-afamada... não, não há muito escrito aqui. Indícios fortíssimos, confissões parciais... ameaçado de pena de morte... veja só, ele estava com a arma. Uma Mauser, "cuja munição era do exato tamanho dos buracos"... dos buracos, que jeito é esse de falar? Ei, meu colega está com uns buracos! De qualquer maneira, foram encontradas digitais dele na arma. No seu lugar, eu não me preocuparia muito.

Helen baixou o jornal para observar o homem deitado no sofá com seu terno cheio de sangue e sujeira, as pernas para o alto, um curativo novo na cabeça, outro que estava novamente tingido de vermelho na mão direita, ao lado de si um saco com gelo.

Ele gemeu.

– Acabei ligando mais uma vez para casa. Um amigo da minha mãe conhece um pouco do assunto e diz que, se atravessou direto e nada foi atingido, não é problema. Temos somente de cuidar para que não infeccione. Embora eu preferisse voltar mais uma vez à questão do médico.

– Continue lendo.

– As dores são problema seu, mas eu não quero me meter em encrenca porque um homem sem identidade está morrendo de tétano no meu bangalô. "O assassino de vinte e dois anos" – há pouco ainda era suspeito –, "o rapaz de vinte e dois anos, que tinha vertido lágrimas amargas de arrependimento durante o anúncio da pena, conseguiu evadir-se do veículo em que era transportado para a prisão, em meio a um real acidente de trânsito"... real acidente de trânsito, Deus do céu, ou meu francês está torto demais ou eles são totalmente malucos. De todo modo, não dizem nada de perda de memória. E isso foi na terça. Não, sinto muito. Embora tivesse sido um nome lindo para você: Amadou Amadou.

– Quantos anos você acha que eu tenho?

– Trinta, eu diria. Nunca vinte e dois. E, mesmo assim, tenho de te perguntar: por que você não falou nada sobre sua amnésia para o sujeito?

– Que parte você não entendeu?

– Presa numa escrivaninha com um abridor de cartas, eu teria contado algumas coisas.

– Tive a impressão de que eu não sei de nada do que ele também não sabe. Ele só não sabia que eu não sei de nada. Se eu tivesse dito a ele, o que você acha que ele teria feito comigo?

– Mas você poderia ter contado dos quatro homens de *djellaba* branco. E aquele sobre a motoneta. E o que mais me espanta: ele deixou você sair assim sem mais.

– Talvez ele tenha pensado que apenas eu consigo dar um jeito na coisa? Afinal, ele está com minha família.

– E que está passando por maus bocados agora. Porque você não consegue dar um jeito em nada. Mina, Cetrois, Adil Bassir: você não faz a mais tênue ideia do que está acontecendo. Você não quer ir à polícia. Esperar você não pode. O melhor, na minha opinião, seria um médico. Para que alguém dê uma olhada nessa amnésia.

– Você acha que os meus argumentos têm algo de incompreensível?

– Não. Mas daria para consultar alguém de fora, também. Tenho dinheiro. Estou preocupada.

Ele olhou para Helen, pensativo, depois disse:

– A mina. Mostre novamente o mapa.

Helen entregou-lhe o mapa, levantou-se e encheu a cafeteira com água.

– Esqueça – ela disse. – Se for uma mina na montanha, então o que o sujeito da motoneta está levando para o deserto?

– Talvez o contrato de compra.

– O rei dos traficantes e *contratos de compra*?

– Ou então sou engenheiro de minas e atirei neles.

– E o que isso muda, exatamente? Tudo bobagem. O que o sujeito disse, palavra por palavra? "Então eu fico com ela de novo"?, "Então ela me pertence"?

– "Ela será minha", "Setenta e duas horas e ela será minha novamente".

– E vocês falaram francês o tempo todo?

– O que é esse cinza aqui?

– Granito.

– E o verde?

– Fosfato, acho.

– Para que serve? Isso que está nessas cores luminosas?

– Adubo. Mas são centenas de quilômetros. Fosfato é bobagem. Granito é bobagem. Tudo bobagem.

– E o círculo com a flecha?

– Estamos aqui.

– Sim, mas e isso? Isso aqui e aqui e aqui.

– Isso é agricultura.

– Ou é apenas uma mina bem pequena, que não está registrada aqui.

– O que era a quarta? – perguntou Helen. – Você falou que se lembra de quatro acepções.

– Menina.

– Continuo só com três.

– Menina, jazida, explosivo e aquilo dentro dos lápis.

– Não consigo imaginar que se faça tamanha confusão, sequestrando e matando gente, por causa de uma mina de lápis. Mesmo que fosse de ouro.

– Quanto ela valeria?

– Talvez algumas centenas de dólares. Cem dólares, sei lá. Não mais que uma aliança de casamento. E você disse que o cara é riquíssimo? Mina terrestre seria o mais próximo. Só que, pelo que eu sei, as minas terrestres também não valem nada. Elas explodem e pronto.

– E se for algo maior? Técnica armamentista de verdade?

– Você conhece minha opinião. Primeiro, médico. Segundo, Bassir. Porque você pode me falar o quanto quiser sobre minas em montanhas e minas terrestres. O mais concreto que você tem ainda é o sujeito na mansão.

– E isto aqui? Veja, o quadradinho preto com um ponto vermelho dentro. Isso é urânio.

– Isso fica quase a um dedo de distância. – Helen colocou seu indicador sobre o mapa. Ele tinha três mil quilômetros de extensão. – Ali você quase chegou ao Congo.

Ele pensou durante um bom tempo e depois perguntou sem olhar nos olhos de Helen:

– De onde você tirou este mapa, afinal? Por que você fica zanzando por aqui com um mapa de recursos minerais?

– Trata-se de um mapa normal – disse Helen, virando-o. – Nem olhei no verso. E... qual o problema? Você também me acha suspeita?

– Sinto muito, tenho de perguntar novamente. Cosméticos?

– Sim.

– E você é representante?

– A Larouche é o segundo maior fabricante de cosméticos dos Estados Unidos, e aqui minha missão é...

– E ao desembarcar do navio sua maleta com as amostras caiu no mar?

– Um garoto arrancou-a da minha mão.

– E você não tem mais nada... quero dizer... para...

– Para confirmar? Céus. Uma nova maleta está chegando em alguns dias.

– Eu sei que não devia...

– Não comece de novo. Prefiro que você me explique o que quer dizer "arraia-miúda". "Dois da arraia-miúda."

– Meu companheiro e eu. Cetrois.

– É o que estou querendo dizer. O que faz você ter tanta certeza de que ele é seu companheiro? Por que o inimigo do seu inimigo é seu amigo?

– Parece lógico.

– E mesmo que ele seja seu amigo: o fato de ele pegar uma motoneta e te deixar para trás no celeiro... isso não poderia significar o fim de uma amizade?

– Isso poderia significar qualquer coisa.

– Certo. E nada disso é lógico. Talvez Cetrois também seja o companheiro dos quatro homens e, no momento, esteja tentando alcançá-los? Talvez ele seja também seu companheiro e esmigalhou sua cabeça, e o gordo só se gabou disso para o quarto sujeito?

– Agora sua imaginação foi longe.

– Ou não há nenhum Cetrois. Os três homens o inventaram apenas como explicação para algo que querem esconder.

– Mas eles não pareciam... Afinal, eu os escutei quando o quarto nem estava lá. Eles pareciam desamparados e idiotas.

– Tudo bem. Vamos fazer de conta que eles são desamparados e idiotas, e o desamparo e a idiotice levam as pessoas a dizer a verdade, o que eu não creio. Então tudo o que você pode concluir da frase "Cetrois carregou para o deserto" é: primeiro, há um Cetrois; e, segundo, ele está com alguma coisa no deserto. E sabe-se lá se tudo isso tem alguma relação com você e com Adil Bassir.

– "Se a carga quebrar a mina."

– Não era "Se ele estragar a turbina"? E mesmo que fosse isso: numa cidade de um milhão de habitantes, cinco milhões com as favelas, como você quer encontrar esse Cetrois? Você já deu uma olhada nas listas telefônicas daqui? E duvido muito que eles tenham um cadastro de moradores.

29. Tourist information

> "Estou convencido de que ele usava botinas coloridas de pano no verão, com pequenos botões laterais de madrepérola."
>
> Dostoiévski

Com o tempo certo e se o vento viesse do mar, dava para ouvir pelas janelas abertas do bangalô o marulho suave das ondas. A baía envolta pelas montanhas retinha o eco e o trazia para o ouvido daqueles que estavam quase adormecendo. O homem sem memória tinha virado o rosto para a janela e fechado os olhos. Pensamentos simplórios sobre a eternidade e a grandeza sublime, que ele contrastava com sua própria falta de importância, circularam pela noite em seu cérebro cansado, e ele acordou com dores por todo o corpo. Num primeiro momento, achou que fosse uma ilusão. Mas a sombra se movimentava: uma mulher de *jeans* e camiseta justa, descalça. Ela estava diante da cadeira sobre a qual ele dobrara suas roupas no dia anterior, remexendo os bolsos da calça. Apalpou o cós e, sem fazer barulho, arrumou a calça na cadeira. Em seguida inspecionou o paletó, do qual caíam grãos de areia. Examinou os bolsos internos, os dois outros bolsos, e passou o polegar e o indicador pelas barras. Levantou um sapato marrom, tirou a palmilha e olhou dentro. Sacudiu o salto, repôs o sapato no lugar e pegou o outro. Antes que ela se virasse para voltar para a cama, ele fechou os olhos. Mas não conseguiu aguentar por muito tempo.

– Achou alguma coisa? – ele perguntou em voz alta. Não era para ser uma reprimenda.

– Só um toco de lápis – Helen respondeu, sem o menor sinal de sentimento de culpa.

– Eu sei. – Ele se sentou na cama.

– E um molho de chaves.

– Sim.

– E o nome te diz alguma coisa?

Ela segurou o paletó dele com as duas mãos. Um quadradinho de pano branco estava costurado no colarinho; dentro dele, "Carl Gross" bordado com um fio cinza-escuro.

– Não é a marca?

– Também acho. Embora nunca tenha ouvido falar dela.

Helen trouxe uma lâmina do banheiro. Sentada na beirada da cama, cortou a etiqueta. No verso, os fios corriam em paralelo, longos, cinza-escuros, costurados à máquina, sem dúvida a marca da roupa. Pegou o quadradinho e grudou-o na testa dele.

– Apesar disso, você tem algo contra eu chamá-lo assim? Porque eu preciso chamar você de algum modo. Carl.

– Carl?

– Carl.

– Tem de haver mais coisa aí – ele disse, tirando do bolso da calça um pedacinho de papel vermelho de bordas queimadas. Nome, dois pontos. Só.

No café da manhã, Helen apoiou o rosto na mão esquerda, o cigarro para o alto, e começou a se divertir em chamá-lo de Carl em todas as frases.

– Açúcar no café, Carl? Por que você queimou seu documento de identidade, Carl? Aquilo de ontem não foi coisa de *hippies*. Carl.

– O que foi que eu contei?

– Sobre pessoas estranhas.

Helen trouxe do quarto um *blazer* amarelo e uma bermuda salmão. Ela precisou de duas xícaras de café e quatro cigarros até convencer Carl a pelo menos tentar vestir suas roupas. Elas lhe serviam como se tivessem sido feitas sob medida.

– Você pode levar suas coisas mais tarde para o hotel.
– Estou parecendo um canário.
– Até amanhã estarão prontas.

Em seguida, Helen foi com o Honda até o consulado americano, para, como explicou, buscar algumas informações, enquanto Carl dava um passeio montanha acima até o Sheraton. Depois de ter entregado sua trouxa de roupas à lavanderia do hotel (e, nessa ocasião, ter se apresentado pela primeira vez como "Carl Gross, quarto 581d"), ele perguntou ao funcionário do hotel, por perguntar, se ele conhecia um tal de Cetrois, Monsieur Cetrois. Sim, morador de Targat. Não, não é hóspede do hotel. Provavelmente não.

Mas o homem não conhecia nenhum Cetrois e teve de chamar um segundo funcionário, que também não sabia de nada. O segundo chamou um terceiro, e o terceiro, um quarto, e antes que se reunisse ali uma multidão Carl deu aos homens, como gorjeta, várias cédulas de pequeno valor que Helen havia deixado com ele, agradeceu e foi embora.

Contrariando a orientação explícita de sua amiga, ele tomou o caminho para Targat. Viu rostos amistosos, outros com jeito de poucos amigos, leu placas de rua e de lojas. Um advogado se chamava Croisenois. Numa pedra, lia-se "In memoriam Charles Boileau". Tentou abordar um transeunte, mas, quanto mais ele se aproximava do centro, mais frequentemente também era abordado. O *blazer* amarelo e a bermuda salmão faziam-no parecer um turista muito excêntrico, muito rico, e não dava cinco passos nas vielas apertadas ao redor do *suq* sem que alguns homens viessem em sua direção com gestos e palavras da maior intimidade. Jovens vagabundos solícitos, charlatães, comerciantes cumprimentavam-no com um aperto de mão. A maioria trazia seu objetivo estampado na testa, mas suspeitava que conhecia muitos deles de uma vida passada.

Fazer perguntas aos homens não levava a nada. Com um simpático "Como vai?", eles colocavam um braço pesado ao redor dos ombros de seu querido velho amigo e conhecido, tentando conduzi-lo a pequenas lojas, nas quais eles próprios ou seus primos ofereciam diversos temperos, sandálias, caixas de tuia, faixas coloridas, colheres de plástico e óculos de sol.

Para encurtar o procedimento, ele acabou mudando de estratégia. Em ruas menos movimentadas, fingia estar perdido em pensamentos, para depois, simulando um reconhecimento, ir ao encontro de pessoas quaisquer, perguntando-lhes, alternadamente, onde tinham se visto pela última vez ou se Monsieur Cetrois já aparecera por lá aquele dia. Dizia que tinha um encontro naquele lugar com seu velho amigo, seu inimigo, seu cunhado, seu devedor. Agia como se tivesse visto aquela pessoa pela última vez cinco minutos antes, ou dava a impressão de que Monsieur Cetrois morava bem ao lado, em rua e número esquecidos. Descrevia um árabe comum, um francês, um negro. Mas ninguém parecia ter ouvido falar alguma vez de um homem com esse nome. O único resultado de sua busca era carregar atrás de si uma horda de crianças de rua que prometiam trazer-lhe um Monsieur Cetrois, independentemente de ser grande, magro, pequeno, barbudo, gordo, claro, negro, rico, fedido ou musculoso, por algumas moedas de cobre ou uma ida no carrinho de bate-bate. Por fim, exausto, sentou-se em um café na calçada.

Já havia tomado metade do chá de hortelã quando seu olhar recaiu sobre a placa da entrada da casa ao lado: "Comissariado Central".

Continuava com muito medo da polícia, mas ao mesmo tempo precisava lutar contra a força de atração que o edifício exercia sobre ele: onde, se não lá, havia informações sobre pessoas perdidas?

Viu dois policiais saindo pela porta e conversando, apenas a uns vinte metros de distância. Um deles carregava uma arma claramente visível debaixo da roupa e perscrutava as pessoas com o olhar, enquanto o outro penteava o cabelo com as mãos. Em meio ao movimento da rua, ele parou de repente, pegou o colega pelo braço e apontou com o queixo na direção do café e seu único cliente, de *blazer* amarelo... ou onde, dois segundos antes, ainda havia um único cliente.

Todo atrapalhado, Carl virou-lhes as costas, pôs uma nota debaixo de seu copo de chá e saiu correndo. Na confusão das vielas, conseguiu facilmente despistar os policiais. Caso eles o estivessem seguindo. Não ousou olhar para trás; em princípio, já tivera uma dose de nervosismo mais que suficiente para um dia. Tomou o caminho para o Sheraton, passando ao longo do porto e subindo a rua costeira.

Americanos ricos vestidos de branco posavam diante do mar. Tripulações douradas se apoiavam em embarcações elegantes, e as fachadas dos restaurantes de peixe pareciam templos gregos de plástico. Sentia-se vazio e surdo. A visão de um navio de cruzeiro, que saía oceano afora com a chaminé soltando fumaça, deu-lhe a ideia de emigrar. Ele não tinha passado – e, se tinha, algo dizia que violência, crime e perseguição eram protagonistas dele. A vontade de continuar sua vida de até então não chegava aos pés do desejo de sossego e segurança. Emigrar para a França ou para os Estados Unidos, começar uma vida sem problemas, ajeitar-se aos poucos ao lado de sua mulher platinada. Será que isso não era possível?

– Cetrois! – alguém disse às suas costas. – Cetrois? Quem você está procurando? Cetrois?

Um homem de macacão azul estava junto à porta de correr de uma oficina, diante da qual empilhavam-se carrocerias de automóveis. Com gestos conspirativos, acenou chamando Carl, puxou-o para dentro da oficina e fechou a porta atrás de si. Um segundo homem, muito forte, já estava de prontidão no ambiente pouco iluminado, e imediatamente chutou o estômago de Carl.

Ele se curvou para a frente, e alguém pegou seu pescoço por trás. Não fizeram perguntas. Pareciam presumir que ele sabia o que eles queriam – ou talvez não quisessem nada, e tudo não passasse de uma brincadeirinha por causa de suas roupas femininas, que, compreensivelmente, deveriam provocar agressões numa sociedade marcada pelo conservadorismo. Suas perguntas ofegantes entre um chute e outro sobre quem eram foram respondidas com mais chutes. Sentia gosto de sangue. Puxaram-no para os fundos da oficina, e o fortão empurrou-o contra uma bancada de trabalho sobre a qual havia uma grande caixa de madeira. Na caixa, aberta em um dos lados, via-se uma máquina de aparência hipermoderna, cromada, muito brilhante. Eles bateram sua cabeça contra a máquina.

– Como isto funciona? Como isto funciona? – berrou o fortão.

A máquina balançou e Carl caiu no chão. Eles pularam sobre ele, apertaram sua garganta e só pararam quando um ruído da porta de correr os assustou.

Uma faixa estreita da luz do sol, que se alongava aos poucos, estendeu-se sobre o chão, a bancada, a máquina cromada e o grupo pouco clássico de homens brigando. Fez-se silêncio durante alguns segundos. E então uma voz feminina arrastada perguntou em inglês, em um tom *blasé*, com forte sotaque americano:

– Por favor, pode me dizer onde fica o centro de informação turística?

O menorzinho levantou-se de pronto e foi com os braços abertos em direção à porta, para ocultar atrás de si a visão dos acontecimentos. O outro mantinha Carl pressionado contra o chão, apertando sua garganta. Através de um véu de suor e lágrimas, Carl não enxergou mais do que duas sombras num quadrado de luz. Escutou sons abafados, depois um estalido desagradável, e uma das sombras caiu no chão. Balançando os quadris, a segunda sombra caminhou para a oficina e ficou parada no escuro. O fortão soltou a garganta de Carl e se aproximou cuidadosamente da sombra, massageando o punho.

Dessa vez Carl enxergou o golpe de caratê na laringe do homem. Noventa quilos rolaram pelo chão. Sem hesitar, sem sorrir e sem uma palavra, Helen correu até Carl e lançou à máquina um olhar de esguelha breve, profissional. Pegou a caixa sobre a bancada, apoiou-a no ombro e pediu a Carl que segurasse o outro lado.

Carregando a caixa pesada, eles passaram por cima de um homem inconsciente no meio da oficina e um homem não inconsciente junto à porta, que segurava a laringe com ambas as mãos e estertorava. A picape de Helen estava no pátio. Juntos, eles puseram a máquina dentro do porta-malas e saíram depressa.

– Essa não seria a tal coisa? – perguntou Helen quando estavam no bangalô, com a máquina cromada diante de si sobre a mesa. O aparelho, desde sua base, chegava quase a um metro de altura. A parte do meio era estreita, de formato cilíndrico, com canos externos, um instrumento de medição no centro e, no alto, dutos de alimentação. Parecia necessitar de energia elétrica, mas não tinha cabo, apenas uma tomada de dois furos na lateral.

– Que coisa?

– A mina.

– A mina? Isso aí? Você a trouxe porque pensou...?

– Estava em uma posição tão destacada no meio do lugar. E, bem ao lado, você e os homens. Achei que você a tivesse encontrado.

– Você pensou que isso fosse a mina?

– Sei lá – disse Helen, nervosa, girando um dos parafusos dos dutos de alimentação. – O que você estava fazendo naquela oficina?

– E você?

– Eu te vi, seu sabichão, quando você entrou lá. Então, o que é isso?

Nem o exame detalhado da máquina esclareceu. Havia dados técnicos numa pequena placa de metal na base – 2.500 watts, 12 amperes –, acima um texto curto numa língua que eles desconheciam.

– Norueguês ou dinamarquês – supôs Carl.

– Polonês. "Warszawa" é polonês. E eles eram gente de Adil Bassir?
– Não sei. Acho que não. O ultimato ainda está em curso.
– Ou aqueles do deserto?
– Não.
– Falando em deserto – disse Helen –, aqui não há recursos naturais. Mas há uma mina de ouro.

30. Hakim das montanhas

> "Por que não é possível fabricar ouro? A astrofísica nos ensinou, nos dias de hoje, que tudo é possível. Ainda há pouco acreditávamos que nem tudo era possível."
>
> Pato Donald

Nas montanhas amarelas, névoa amarela, as montanhas amarelas. A informação de que não havia recursos naturais na região tinha sido passada a Helen, de maneira confiável, pelo consulado americano. O simpático funcionário consular também não conhecia minas, escavações ou qualquer coisa parecida por lá.

Helen já tinha deixado o consulado, quando um jovem com pano e balde saiu atrás dela no estacionamento; ele devia ter acompanhado a alguma distância a conversa de Helen com o funcionário. Seu inglês não era muito bom, e parecia que ele não havia compreendido tudo corretamente. Mas, agitado, sob a gigante bandeira americana no portão de entrada, ele relatou que *evidentemente* havia uma mina no norte. Ou, pelo menos, ele já a vira uma vez.

Com ar inocente, ele encarou Helen, esperou até que ela puxasse a carteira e falou de uma velha mina de ouro num caminho para Tindirma. Não se tratava de uma mina de verdade, claro, como ele teve de reconhecer depois de alguns minutos de fala empolada. Tratava-se na realidade de um restaurante, capitaneado há tempos por um nigeriano ou ganês, que se chamava A Mina de Ouro e, ao contrário do nome, era tudo menos uma mina de ouro, motivo pelo qual era de saudosa memória. Apenas o restante da casa ainda existia. Era impossível não encontrá-lo, ele disse, ficava apenas alguns quilômetros atrás dos grandes camelos de tijolo no deserto, e fora isso não havia nada no lugar, somente essa ruína, bem em frente à pequena bifurcação para as montanhas.

– E tudo isso seria uma grande bobagem – Helen disse a Carl –, caso ali não fosse o lugar onde eu o encontrei. Pelo menos, era bem perto.

Eles partiram.

Os camelos trocavam seu beijo atemporal no calor escaldante da tarde. Das costas deles, o vento soprava um pó amarelo.

A pequena bifurcação para as montanhas era fácil de ser encontrada, mas não se podia falar seriamente em restos de uma casa. Havia algumas tábuas entre as rochas, um balde amassado. Depois de muito procurar, Carl encontrou os quatro pilares que deviam ter sido os cantos da construção e até um pequeno tablado com inscrições em árabe semidescascadas: uma parte do nome A Mina de Ouro. Isso era tudo.

Carl, que tinha depositado grandes esperanças nessa indicação, se desesperou e chutou uma pedra com tanta força que achou ter destroncado o pé e quis voltar imediatamente para Targat. Helen se opôs.

– Se você tem um restaurante e o batiza de O Moinho, em geral isso quer dizer que havia originalmente um moinho por lá. Mesmo se ele não existe mais há cem anos e ninguém mais se lembra dele. Não é? Por que alguém daria o nome de A Mina de Ouro a seu restaurante? Vamos ao menos tentar.

Ela apontou para o caminho estreito que serpenteava para dentro das montanhas, e Carl, que queria evitar uma nova decepção e ao mesmo tempo estava furioso por não ter tido essa ideia, entrou no carro a contragosto.

As montanhas formavam uma fila, nuas e uniformes. Algumas rochas tinham caído sobre os flancos. Aqui e acolá uma pedra menor, outra maior. Monolitos amarelos e cinza cobriam as encostas como uma exposição de arte medíocre. O Honda vencia a subida a passo de tartaruga.

Helen freou depois de uma curva, pois imaginou ter visto um movimento no alto da montanha. Deu marcha a ré, e trinta ou quarenta metros acima enxergou, numa fenda estreita, um homem com roupas informais e coloridas, com o olhar voltado para o chão. Sua cabeça calva estava coberta por um lenço com nós nos quatro cantos. Sobre seus ombros, balançava um aparelho; cada vez que ele curvava um pouco o tronco, ficava na posição de um mastro. O aparelho consistia numa longa vara de pesca com uma rede grande e de trama fina no alto. Na abertura da rede havia um disco de madeira que podia ser aberto e fechado puxando-se um cabo na empunhadura da vara. O homem deu uma olhada rápida para o Honda e continuou caminhando.

Helen se debruçou na janela.

– O senhor é do bem? – ela perguntou em inglês. O eco partiu-se entre as rochas e retornou. O homem deu um passo inseguro para o lado, tentando enxergar melhor. Ele apontou com o polegar sobre seu ombro e berrou:

– Invenção própria!

– O senhor conhece a área? Estamos à procura de uma...

– Levi Doptera! Eu! – gritou o homem.

– Prazer, Helen Gliese! – Helen respondeu. Ela desligou o motor. – Uma mina. Deve ter havido uma mina em algum lugar por aqui.

– Uma bobina?

– Mina. Uma mina de ouro.

– A senhora precisa de dinheiro?

– Estamos à procura de uma escavação.

– Sou podre de rico – disse o homem, e acenou.

– Fale logo – disse Carl.

– Não! – berrou Helen. – Será que o senhor não viu alguém, por acaso? Ou uma mina desativada?

– Maravilha!

– O que ele está dizendo? – perguntou Carl.

– Não sei – respondeu Helen. E em voz alta através da janela. – O que é uma maravilha?

– Eu também estou à procura! – berrou o homem. – Levi Doptera.

– Fantástico! – Helen disse. – Mas o senhor não viu nada parecido com uma mina aqui?

– Onde há uma montanha, há o homem escavando! Não se deixe abater. Experiência própria.

– Vamos continuar andando – sussurrou Carl –, ele é meio pancada.

– Muito obrigada por suas sábias palavras! – disse Helen. – O senhor quer uma carona?

– Não, não! – O homem riu e a rede balançou.

– Então, não. Babaca.

O caminho ficava cada vez mais estreito e íngreme, terminando alguns quilômetros à frente entre rochas desmoronadas, em meio ao nada.

Carl e Helen desceram e olharam ao seu redor. Encostas nuas de montanhas à direita e à esquerda, lagartixas ao sol. Cardos empoeirados.

Helen declarou a empreitada definitivamente fracassada, mas agora era Carl que já havia escalado cinquenta ou cem metros de uma encosta e continuava subindo à procura de pistas da ação do homem. Helen chamou-o durante um tempo, depois entrou no carro e acompanhou a escalada pelo para-brisa; ele alcançou o topo depois de pouco tempo, parou um instante para olhar para os lados e desapareceu do outro lado, dando de ombros. Passaram-se dez minutos. Meia hora. Exausta, Helen ficou sentada no banco do motorista, com as duas portas do carro escancaradas. Um dos picos lançava as primeiras sombras no vale. Ela soltou o freio de mão e deixou o carro rolar devagar até lá. Ao puxar novamente o freio, descobriu um homem acenando, bem no alto das rochas. Carl acenava e devia estar acenando havia tempo. Helen gritou algo em sua direção, ele não respondeu e continuou apenas balançando os braços.

Depois de um olhar aflitivo sobre suas sandálias de tirinhas, Helen se pôs a subir a montanha muito devagar.

– Psiu – disse Carl quando ela chegou no alto. Ele a puxou para junto de uma rocha, engatinhou um pouco e apontou para baixo. Na encosta da montanha em frente via-se, a meia altura, um platô com um casebre minúsculo. Um moinho de vento girava, galões estavam empilhados formando uma pirâmide, e logo acima do casebre havia sido aberta uma galeria na montanha. Ao lado, uma profusão de sedimentos descia a montanha feito uma cachoeira petrificada.

– Soldados – disse Carl.

– Lá no casebre?

– Lá. – Ele apontou numa direção bem diferente. – Eles estavam se exercitando por ali e se movimentavam de um jeito bem esquisito. Só percebi que não eram adultos quando apareceu alguém com o dobro do tamanho de todos os outros.

– Crianças?

– Tinham uniformes e armas e todo o resto. Agora já faz dez minutos que partiram.

– E não estiveram no casebre?

– Não. Não acontece nada no casebre. Mas se isso não é uma mina, já não sei mais nada.

Eles continuaram observando o vale e o casebre durante um tempo e, em seguida, decidiram descer por uma caminho demarcado na encosta. Quando caminhavam pelo fundo do vale, um tiro ecoou em seus ouvidos. Carl jogou-se imediatamente no chão. Helen procurou abrigo atrás de uma pedra. As paredes rochosas produziam eco. Nenhum deles tinha visto de onde o tiro partira.

Tudo ficou em silêncio durante um tempo. Em seguida, eles escutaram alguém berrar num inglês estropiado:

– América! Americanos de merda!

Sobre o platô, na frente deles em diagonal, havia agora um homem balançando uma Winchester sobre a cabeça como uma clava. A arma escorregou de sua mão. Ele riu e ergueu-a novamente, mexeu na trava e depois ergueu-a com uma mão para o alto. Pressionou sua cabeça firmemente contra o braço estendido, inseriu no ouvido o indicador da outra mão e atirou. O som ecoou como o anterior. O homem pulava feito pipoca, gritando:

– Americanos de merda!

– Este país está começando a me dar nos nervos – disse Helen.

De seu esconderijo, ela se dirigiu ao homem em francês, dizendo que eles tinham se perdido. Que eles não sabiam como voltar para a estrada e que gostariam de um gole de água.

Como resposta, o homem girou novamente a arma, que escapou de sua mão mais uma vez. Ele estava completamente bêbado.

Helen subiu até quase chegar ao platô. Ela vestia *short*, sua camiseta estava totalmente suada e ela falava com o dono do casebre com as palmas das mãos viradas para o alto.

– Americanos! – o homem repetiu mais uma ou duas vezes, inseguro, com os olhos petrificados na camiseta de Helen. Depois falou na direção de Carl: – Estou te vendo! Eu te vejo! Quero ver vocês dois!

Ele fez um gesto estranho e caiu de costas. Tentou se reerguer usando a arma como muleta. Sua pele era clara feito cera e tinha rugas minúsculas. Podia ter tanto trinta quanto setenta anos.

Carl e Helen, que nesse meio-tempo tinham alcançado o platô, pegaram o homem cambaleante por debaixo dos braços e levaram-no a seu casebre. O lugar não era muito maior que um carro grande, e o interior era parecido com a alma de seu proprietário: um tanto desarrumado.

Ele caiu imediatamente no chão, tentou fazer com que suas visitas se sentassem, e escutou com uma expressão infantil no rosto as perguntas que eles repetiram quatro, cinco ou até seis vezes.

Não, no momento ele não estava escavando, disse o homem, e apontou para um curativo na panturrilha, de onde saíam lama e ervas secas. Era impossível dizer com segurança quanto tempo fazia que não escavava, mas ele era conhecido como Hakim III, filho de Hakim II, neto de Hakim das Montanhas. E, claro, o lendário ouro que seu avô, há cem anos, exatamente neste lugar onde se encontrava o casebre, tirou com as próprias mãos do pó e seguindo o desejo de Alá e para surrupiar Leila, Leila doce feito uma flor, esguia feito uma gazela, de olhos negros e orelhas delicadas, sua mãe, perdão, sua avó... qual era mesmo a pergunta? Isso. Ele tinha ficado maluco, maluco pela avidez. Em vez de fazer as joias douradas de noiva para Leila, a lindíssima de orelhas pequenas, e, satisfeito, iniciar sua vida predestinada desde o início, Hakim, desonra sobre ele, investiu toda a riqueza em martelo e cinzel e furadeira e começou a escavar a pedra maldita.

Hakim das Montanhas deu a primeira martelada aos dezenove anos e escavou até sua mão secar, na idade abençoada de sessenta e oito. O fígado. E nem uma poeirinha de ouro em mais de quarenta anos! De modo que os boatos não cessaram, mesmo o primeiro ouro, na realidade, foi... mas eram boatos. E Hakim II, o filho fiel, que nunca duvidava, começou a escavar aos vinte, e escavou até que o cinzel caiu de sua mão na idade de sessenta e quatro. O coração. Ele também não encontrou nem uma poeirinha. E, por fim, Hakim III, o neto, o mais fiel entre os fiéis. O homem sem dúvidas. Começou a cavar aos treze.

– O que aconteceu com ele? – perguntou Helen.

– Continua escavando – disse ele, batendo orgulhoso no peito. – E continuará escavando até o fim da vida, seguindo o exemplo dos antepassados, e quando morrer não será do fígado nem do coração, vai ser por bala, exatamente aqui, diante desta galeria cavada com as próprias mãos, sua obra e a obra de seus antepassados. Ele vai simplesmente atirar no cérebro e se tornar uma poeirinha numa montanha de pó. –

Ele meteu o cano da Winchester na boca, encheu as bochechas de ar e girou os olhos com as veias vermelhas saltadas.

– Vocês querem ver a galeria agora?

Eles queriam. Os primeiros metros debaixo da terra estavam frescos. Depois, quanto mais se descia, mais esquentava. E ficava mais abafado. Hakim claudicava com uma lâmpada de carbureto na frente e não parava de incentivar Carl e Helen a ficarem mais próximos dele:

– Sem minha ajuda vocês nunca mais vão conseguir sair daqui.

Corredores longos, da largura dos ombros, tinham sido escavados nas rochas em todas as direções. Apenas no começo havia uma entrada principal um pouco maior, que parecia ser o início natural, tendo sido ampliado aqui e ali com o martelo. Com um estalido da língua, Hakim apontou para um friso de marcas de mãos com fuligem, meticulosamente estampado na altura do peito em todo o sistema de corredores. Perto da entrada da galeria, uma porção de mãos direitas distantes meio metro entre si; corredores laterais tinham outras marcações. A mão esquerda, a mão esquerda com apenas quatro dedos, uma palma com apenas indicador e polegar. Quanto mais eles se aprofundavam, menos dedos estavam à vista.

Quando a marcação consistia apenas numa palma esquerda com o polegar, eles se encontravam num espaço da altura de um homem, parecido com uma caverna, do qual saíam três ou quatro corredores. Hakim iluminou ao redor e explicou qual de seus antepassados havia escavado qual dos corredores em que ano. Volta e meia ele tocava o próprio peito, orgulhoso, erguendo significativamente as sobrancelhas, e Carl, que escutava com atenção, não podia deixar de imaginar que o narrador havia começado a escavar aqui quando jovem, continuou adulto e velho e, na realidade, era avô, pai e neto numa só pessoa. Enquanto ele ainda falava, ouviu-se um gemido terrível vindo das profundezas. Carl olhou para Helen, Helen olhou para o velho e o velho fez de conta que não tinha ouvido nada. Ele contou como

Hakim II ou III tentou, em vão, usar um martelo hidráulico aqui embaixo, imitou com as bochechas inchadas o barulho da ferramenta e não conseguiu superar o ruído medonho que parava por um instante para logo recomeçar, uma oitava mais alto.

– O que... é... isso? – perguntou Helen, e Hakim colocou a mão em concha no ouvido.

Não se escutava nada.

– Alguém está bufando ali – ela insistiu, e o rosto do velho se iluminou.

– Ah! Bufando? Vou mostrar para vocês.

Apressado, ele desceu com sua lâmpada o corredor mais íngreme. Carl e Helen, que ficaram no alto, gritaram por ele, disseram que já tinham visto o suficiente e não estavam interessados em visitar outras partes da galeria. Em resposta, escutaram o ruído dos passos se afastando. A cada passo o lugar se tornava mais escuro.

– Ei! – berrou Helen. – Ei!

– Sem minha ajuda vocês nunca mais vão conseguir sair daqui – veio a voz das profundezas; Carl e Helen se deram as mãos e correram para a luz que balançava. O corredor era tão estreito que só conseguiam andar em fila indiana. Carl estava mais próximo do velho.

Helen tentava, em vão, passar à sua frente, e sussurrou em inglês:

– Se acontecer alguma coisa: primeiro a lâmpada, depois o homem. Sem a lâmpada estamos ferrados.

Nas paredes, uma palma só com o anular direito. Depois de algumas curvas fechadas, o corredor se alargou e desembocou numa escuridão imensa, que fazia eco, uma gruta cheia de fissuras, que era tão grande que a luz da lâmpada de carbureto não alcançava seu final. O teto era preto, apoiado em colunas naturais e formações rochosas antropomórficas, estendendo-se sobre um charco enlameado de alguns metros.

Carl pigarreou e, de repente, o som bufante reapareceu terrivelmente alto e muito perto.

Caso à distância ainda se pudesse imaginar que o som resultasse de uma corrente de ar oculta ou algo semelhante, agora não havia mais dúvidas: tratava-se de algo vivo.

Hakim desceu saltando algumas rochas e iluminou com sua lâmpada as margens do charco. Sobre quatro patas que tremiam havia uma cabra. Ou algo que um dia podia ter sido parecido com uma cabra. Seu pelo tinha caído todo. Um filme branco recobria seus olhos. O animal virou a cabeça de maneira terrivelmente lenta, na direção das visitas, e bufou de um jeito asmático. Uma pesada corrente de metal que vinha do charco envolvia seu pescoço. Um semicírculo de sujeira e dejetos na margem rochosa fazia supor o comprimento da corrente.

Hakim puxou um punhado de grama de seu bolso e jogou-o para a cabra. Ela estremeceu e farejou o chão atrás do alimento.

Radiante, Hakim apontou alternadamente para o animal e para sua própria boca desdentada, fez ruídos com a língua e apertou os cinco dedos juntos sobre seus lábios.

– Foi meu avô quem descobriu! Seis, sete meses e a carne estará mais que branca, mais que macia. Delícia, delícia. Só é possível na escuridão.

Na noite seguinte, Carl teve pesadelos novamente. Ele estava deitado na praia, não longe do hotel, e ao lado dele sobre uma toalha havia uma cabra gigante, gorda, com olhos brancos, cegos. Ao olhar esses olhos ele soube imediatamente que não era a primeira vez que via o animal, e a voz onírica disse que na realidade tratava-se de uma esfinge, cujo enigma seria preciso desvendar. Ele só podia fazer uma pergunta e tinha apenas uma chance.

Ele pensou um bocado e depois perguntou:

– Como continua?

E a cabra respondeu:

– Vai indo.

Nesse momento, ele percebeu, assustado, que o animal podia falar. Sorridente, a cabra esfregou o rosto com duas patas, e o rosto de Helen apareceu. Sua mina. Tomado pelo terror, Carl deu um salto. Um dia azul maravilhoso aparecia na janela. Ainda era o mesmo sonho? Ou já um outro? Ele escutou vozes humanas, ergueu a cabeça e olhou para fora.

Helen estava diante do bangalô com um funcionário do hotel. Eles conversavam em voz baixa. Helen sorriu cordialmente, despediu-se com um aceno e foi com duas sacolas de compras debaixo do braço até uma coluna branca que ficava no jardim da frente entre arbustos de espirradeiras. Usando uma chave pequena, ela abriu uma gavetinha, tirou um pacote de cartas e as examinou.

– Dormiu bem? – ela perguntou. – Estou espantada por eles não me escreverem, estou simplesmente espantada.

Na mesa da cozinha, ela separou a correspondência em montinhos – embora "correspondência" não fosse o termo correto. O conteúdo da caixa de correio era composto de duas malas-diretas de restaurantes vizinhos ("cozinha árabe de qualidade", "finos pratos franceses"), saudações do hotel com normas de conduta mais um número de telefone para casos de emergência (inundações, falta de energia, africanos na propriedade) e um folheto da escola de mergulho Poseidon, embalado num plástico transparente: ("A escola de mergulho com o tridente", "Nosso barco e nós", "Conheça o fascinante mundo 'subaquático' a partir de uma nova perspectiva"), que trazia um adendo escrito à mão: "Favor devolver o folheto à caixa de correio antes do *check-out*". Mais dois lenços de papel amassados, um envelope sem conteúdo, uma embalagem de barrinha de chocolate e, por fim, uma folha de papel batida à máquina, com cópias reduzidas do texto em muitas tirinhas estreitas destacáveis, que Helen leu mordiscando os lábios e entregou a Carl, sem dizer nada:

******************* Consultório de Psicologia *******************
J. Carthusian Cockcroft, M. D., Corniche 27.
Tel.: 2791. Línguas: francês, inglês. Não se fala árabe.
Horários: seg.-qui. 8h-12h com hora marcada.
método moderno – pressos promocionais
********************* REINAUGURAÇÃO *********************

– O que é isso? É algo normal? – Carl virou o papel para lá e para cá entre dois dedos.

– Aqui, talvez sim.

– Mas você não está achando que eu vou lá, está?

Helen dividiu o conteúdo das sacolas de compras entre a geladeira, o cesto de frutas e a mesa e começou a descascar um abacaxi. Carl ficou andando atrás dela, indeciso.

– Preços promocionais. Isso é coisa de charlatão.

– Não me pergunte.

– Mas estou te perguntando.

– Provavelmente o número de psicólogos daqui não é tão grande quanto em Manhattan. Por isso a publicidade tem de ser diferente. Se você não quer ir ao hospital nem a lugar nenhum...

– E você viu isso? Dois "S".

– Perda de memória *e* mania de perseguição. Você tem de ir ao psicólogo de qualquer jeito.

– Você não acha estranho?

– Se tivesse escrito "das 18h às 24h" ou "Mulheres e crianças pagam metade"... mas você não precisa pirar por causa de um errinho de digitação. Com certeza deve ser algum lugar para turistas cujos cérebros ficaram tempo demais sob o sol...

Helen se interrompeu ao ver seu rosto infeliz.

– Estou com medo – disse Carl baixinho. O bilhete em sua mão tremia, o tremor percorreu seu braço e chegou ao resto do corpo. Helen largou o abacaxi e veio com a faca pingando em sua direção. Abraçou Carl, o brilho da lâmina de aço nas costas dele, e disse:

– Pelo menos tente. Se for um charlatão, então você perdeu apenas um pouco de tempo.

– De jeito nenhum – disse Carl. – Não vou lá de jeito nenhum.

31. O tirano de Agrigento

> "Se o cérebro humano fosse tão simples que pudéssemos entendê-lo, então seríamos tão simples que não conseguiríamos fazer isso."
>
> Emerson Pugh

– Como o senhor se chama?
– Não sei.
– Que língua o senhor fala?
– Francês.
– Em que cidade estamos?
– Targat.
– Em que ano estamos?
– Mil novecentos e setenta e dois.
– O dia?
– Sete de setembro. Oito.
– Como o senhor sabe disso?
– Li no jornal.
– Quando o senhor leu jornal?
– Ontem.
– O senhor sabia que dia era quando acordou no celeiro?
– Não.
– O senhor ficou surpreso ao ler a data no jornal? Ou será que correspondia às suas expectativas, setembro de 1972?
– Correspondia às minhas expectativas.
– Qual sua idade?

– Pfff... – Carl olhou para o dr. Cockcroft. O dr. Cockcroft usava uma barba pontuda e um cabelo de comprimento médio, que havia não muito tempo devia ter sido loiro. Olhos, nariz, boca estavam amassados na metade inferior do rosto pelo peso do bloco quadrado da testa. Ele também poderia passar por compositor ou físico nuclear. Suas mãos eram gigantes e as unhas, roídas até o toco. Um pouco tenso e vestido decididamente fora da moda, ele estava sentado diante de Carl numa poltrona de *plush* com estampas de flores. Entre os dois homens havia uma mesinha, sobre a qual descansavam um resto de maçã, o bloco de notas do dr. Cockcroft e uma caneta-tinteiro Montblanc. A televisão irradiava um jogo de futebol, sem som. As cortinas da sala estavam fechadas.

– Qual seu palpite? – perguntou o dr. Cockcroft.

– Trinta?

– O senhor tem família?

– Não sei.

– O senhor se lembra de animais de estimação?

– Não.

– Presidente dos Estados Unidos?

– Nixon.

– Da França?

– Pompidou.

– Quantos dedos tem aqui?

– Oito.

– Repita essa minha posição dos dedos. Sim. E agora, espelhado, com a outra mão. OK. Pegue o papel e escreva alguma coisa.

– O que devo escrever?

– Qualquer coisa. Escreva: "O doutor Cockcroft tem quatro dedos em cada mão". Bom. E agora desenhe um quadrado. E um círculo ao redor do quadrado. Se isso for um círculo para o senhor, então desenhe um ovo. O senhor sabe fazer um cubo em perspectiva? O senhor sente alguma dificuldade de visão?

– Não.

– O senhor consegue ler o que está escrito aqui?

– "Saída de emergência."

– Sem letras desfocadas? Mesmo nos cantos? Não há pontos sobre a imagem?

– Não.

– Sem olhar. Quantos pés o senhor tem?

– O quê?

– Quantos pés o senhor tem?

– Essa é uma pergunta séria?

– Simplesmente responda.

– Dois – disse Carl, olhando para os próprios pés.

O dr. Cockcroft fez anotações.

– Qual é o intruso no grupo "ser humano – cão pastor – peixe"?

– Peixe... não, ser humano. O ser humano não faz parte do grupo.

– Qual seu tipo de música preferido?

– Não sei.

– Se eu colocar algo para tocar, de que o senhor gostaria? Música árabe? Europeia? Clássica? Música *beat*?

– Nada de clássicos.

– O senhor sabe dizer nome de grupos? Bandas?

– Os Beatles. Os Kinks. Marshal Mellow.

– O senhor saberia cantar uma música dos Beatles?

– Acho que não.

– Cantarolar uma melodia?

Carl cantarolou timidamente alguns acordes e disse em seguida, surpreso:

– *Yellow Submarine*.

– O senhor se lembra do que está escrito na placa às suas costas?

– *Exit*.

– Como se chama sua mulher?

– Não faço ideia.

– E a mulher que o trouxe?

– Ela não é minha mulher.

– Aquela que está esperando do lado de fora?

– Sim.

O dr. Cockcroft mordeu a unha de seu polegar esquerdo. Examinou seu bloco e riscou algo.

– E como se chama a mulher que não é sua mulher?

– Helen.

– Onde o senhor mora?

– A duas ou três ruas daqui, num bangalô.

– Junto com essa mulher?

Carl pensou por algum tempo e disse, por fim:

– Por que o senhor quer saber isso?

– O senhor mora com ela?

– O bangalô é dela. Ela está de férias. Nós nos conhecemos por acaso.

– Depois de o senhor ter tido alta do hospital?

– Eu não estive no hospital. O curativo é dela.

– E por que o senhor não esteve no hospital?

– Como já disse, fui atacado e... fiquei com a impressão de que não era tão grave.

– Não era tão grave. – Com a língua, o dr. Cockcroft empurrou um pedacinho de unha entre os lábios e o assoprou. Ele assentiu. – Se o senhor quiser, posso dar uma olhada depois. E isso na sua mão?

– Me cortei – disse Carl, escondendo o curativo grosseiro entre as coxas.

O dr. Cockcroft olhou para suas anotações e suspirou.

– Bem, vamos lá – ele disse –, então conte de cem até zero, de sete em sete.

– Cem – disse Carl, e continuou contando até chegar a setenta, e então um ruído do médico lhe indicou que a tarefa estava concluída.

O dr. Cockcroft havia feito alguns registros enquanto ele contava, e, a julgar pelos movimentos da mão, ele estava traçando duas linhas horizontais paralelas sob suas anotações. Ele sugou a bochecha esquerda e sugou a bochecha direita. Em seguida, folheou algumas páginas para trás e disse:

– E agora o senhor me conte tudo novamente começando pelo final, por favor. Tudo o que o senhor me contou antes, ponto por ponto, desde o momento em que o senhor chegou ao bangalô.

– Tudo?

– Tudo. E começando pelo final.

O olhar de Carl recaiu sobre um inseto de brilho azulado que subia a perna da mesa em pequenas linhas sinuosas a partir da base.

– Bem. Helen e eu chegamos ao bangalô. Antes passamos por Targat. E antes ainda pelo deserto. Antes falei com Helen no posto de gasolina, onde também havia a Kombi branca com os turistas alemães. Antes caminhei ao longo da pista. Antes eles roubaram minha carteira. Antes estive enterrado na areia. Homens num jipe andaram ao meu redor. Quatro homens de *djellaba* branco. Antes me escondi na areia. Antes corri pelas dunas. Antes fui golpeado...

Com sua caneta-tinteiro fechada, o dr. Cockcroft ia ticando cada item de suas anotações. Depois disse:

– Bom. Bom. OK. É suficiente. O senhor bebe alguma coisa?

– Acho que não.

– Não. Quero dizer, o senhor quer uma bebida?

O dr. Cockcroft foi até um pequeno bar, serviu-se de um copo de uísque e voltou-se para Carl.

– Nem outra coisa?

Carl se curvara ligeiramente para a frente. Ele pensou ter conseguido decifrar uma palavra no bloco de anotações de ponta-cabeça: "Banser" ou "Ganser". Ao lado, um grande ponto de interrogação.

– Não, obrigado.

Suspirando, o psiquiatra voltou a sentar-se em sua poltrona, tomou um gole, colocou o copo quase vazio à sua frente e, meio desajeitado, puxou um lenço enorme da calça. Tirou o relógio do pulso, colocou-o ao lado do copo e da caneta e apontou em silêncio para os três objetos. Em seguida, com ar solene, cobriu-os com o lenço.

– O que um barco e um carro têm em comum?

– São meios de transporte.

– O que mais?

– Dá para sentar dentro deles?

– E?

– E? – Mentalmente, Carl viu a picape enferrujada de Helen e o barco da escola de mergulho Poseidon. Ambos tinham alguma relação com Helen. Não, era idiotice. Ele deu de ombros.

– Certo – disse o dr. Cockcroft. – Então vou lhe contar uma história. Tente se lembrar do máximo possível. O tirano de Agrigento, um homem chamado Fálaris, pediu ao escultor Perilo que fizesse um touro de bronze. O touro era oco por dentro e espaçoso o suficiente para acolher um prisioneiro. Se alguém ateasse fogo debaixo do touro, os gritos do prisioneiro deviam parecer autênticos gritos de touro. A primeira vítima a ser assada como teste foi o próprio escultor. Reproduza a história com suas próprias palavras.

– A história inteira?

– A história inteira.

– Bom, um homem chamado... fulano encomenda um touro. De bronze. Para torturar gente lá dentro. Com fogo. E o escultor é o primeiro a morrer.

– Como o senhor interpretaria isso?

– Como assim, interpretar?

– Qual é a moral da história?

– Que moral?

– Não tem uma moral? Algum ensinamento?

– Talvez: aquele que abre covas para os outros.

– Trata-se de um ensinamento para o senhor?

Carl olhou desconfortável para o inseto, que nesse meio-tempo tinha chegado ao tampo da escrivaninha e caminhava cuidadoso pelos cantos.

– Pense. Qual é o sentido da história?

– Que a arte e a política não combinam?

– Mais concretamente?

– Que a arte é imoral?

– Esse é o ensinamento, a seu ver?

– Não sei – disse Carl, nervoso. – O tirano é um idiota, o escultor é outro idiota, um idiota mata o outro. Não consigo reconhecer muitos ensinamentos.

O dr. Cockcroft assentiu, um pouco tenso, depois se recostou e perguntou:

– O que há embaixo do lenço?

– Um relógio de pulso, um copo e um coelhinho branco.

O rosto do médico permaneceu completamente inexpressivo.

– Embaixo do lenço?

– Uma caneta – corrigiu Carl.

– O senhor sente um forte desejo de movimentação dentro de si?

– Que tipo de movimentação?

– O senhor afirmou que sua primeira lembrança é, vou citar: "Estou correndo pelo deserto".

– Minha primeira lembrança é o celeiro.

– E depois o senhor corre – disse o dr. Cockcroft, enquanto tentava recolocar o relógio. – O senhor usou a palavra "fuga".

– Porque alguém estava me perseguindo.

– Esse desejo de fugir continua existindo?

– Ninguém me persegue mais.

– É possível que os perseguidores retornem?

– Aonde o senhor quer chegar?

– Uma suposição: o senhor acha que os perseguidores podem retornar?

– Eles não se dissolveram no ar. E eles não foram fruto de minha imaginação. Se é isso que o senhor está pensando. – Carl ergueu a mão direita machucada... e percebeu seu erro tarde demais.

No bar, o dr. Cockcroft se serviu de mais um uísque. Dessa vez, ele trouxe a garrafa.

– Então vamos voltar ao celeiro – ele disse, caindo na poltrona de *plush*. – O senhor descreveu cadinhos, caldeiras e tubos. Tudo isso faz o senhor lembrar de quê?

– Eu nunca os tinha visto antes.

– Mas o senhor não refletiu sobre a utilidade da geringonça? O que poderia ser?

– Um laboratório.

– Mais precisamente?

– Por que o senhor está perguntando isso?

– Por que o senhor não responde?

– Porque o senhor também não conhece a resposta.

– Responda mesmo assim.

– Para quê? Se eu disser que parecia uma fábrica de adubos, ou se eu disser que era um laboratório de física, o senhor vai até lá conferir?

O dr. Cockcroft fez silêncio e Carl, que tentava reprimir sua crescente desconfiança, disse:

– Não entendo o que o senhor está testando aqui.

– Simplesmente responda à minha pergunta. O que poderia ser?

– Diga-me o senhor.

– De acordo com o que o senhor disse antes e em relação com, vou citar, "o leve cheiro de álcool ao acordar", não poderia ser um equipamento de destilação?

Carl balançou a cabeça.

– Pode ser – ele concordou, ofendido. – Pode ser.

– O senhor sabe como é feito o álcool?

– Das frutas. Da fermentação.

– Mais exatamente?

– Quando elas tiverem fermentado, aquece-se o... algo é aquecido e o álcool é peneirado. Ou a água do álcool. E aí... no final tudo precisa ser diluído novamente, acho.

– Vamos fazer uma pequena pausa? O senhor parece exausto.

– Não – disse Carl decidido. – Não é preciso.

– Ou será que eu devo dar uma olhada no ferimento da sua cabeça nesse meio-tempo?

O dr. Cockcroft serviu-se de mais uma dose.

– Embora eu seja apenas psiquiatra, a gente acaba aprendendo alguma coisa na faculdade.

Com o copo na mão, ele começou a desenrolar o curativo da cabeça de Carl.

– Fique sentado. Vou abrir com cuidado... sim. Ops, ops! Já se formaram muitas crostas. Mas antes foi desinfetado e costurado, não? Parece até meio profissional. Segure o copo. E se eu apertar aqui? Ai. Sim. Claro que dói. E aqui? Mas no geral parece bem estável. Um hematoma, talvez um pouco espalhado, mas nada muito grave. Vou fechar novamente. É perigoso quando há sangramento dentro do cérebro. Se sangrar dentro, a pessoa morre em quarenta e oito horas. De modo que podemos excluir isso também.

O dr. Cockcroft tentou recolocar o curativo na posição original. Seus movimentos eram cuidadosos, porém não muito habilidosos. Enquanto isso, ele dava uma aula sobre sangramentos epidurais e, finalmente, voltou-se novamente para o uísque.

– Eu não me preocuparia muito – ele disse. – Ainda que a vaidade seja ferida: o cérebro não deve ser encarado como algo excessivamente complicado. O senhor já viu um computador? Um cérebro eletrônico, como é chamado? Não, claro que não. Eu sei um pouco a respeito, da minha época no MIT... o caso Dreyfus lhe diz alguma coisa?

O dr. Cockcroft parou de repente, ambas as mãos ainda ligeiramente erguidas nas aspas que ele tinha desenhado no ar em torno da expressão "cérebro eletrônico", curvou-se para a frente e observou a forma de vida azulada que caminhava sobre patas escuras diante de seu nariz. Ele apertou um dedo contra o tampo da escrivaninha, esperou até que o inseto tivesse superado o obstáculo e depois deu-lhe um peteleco que o atirou no tapete. O inseto bateu asas através das fibras resistentes do sisal e logo em seguida estava novamente postado na direção da mesa, para escalá-la mais uma vez.

– Sísifo. Ou Sófocles. Como era mesmo o nome?

– Sísifo – disse Carl.

O dr. Cockcroft estava de cabeça baixa. Um sorriso discreto puxou a barba para os lados, formando largas bochechas de *hamster*.

– Um país curioso. Com insetos curiosos. Mas o que eu queria mesmo dizer é que durante meus estudos sempre me interessei por cibernética. Sem ter noção disso, é claro. Afinal, vim das ciências humanas. Eu achava esses computadores muito fascinantes. E as pessoas de lá também e, para ser sincero, eu estava apaixonado por uma moça, uma engenheira supostamente muito inteligente. Se eu estiver fugindo muito do assunto, avise... De todo modo, eu a vi certa vez em luta com um computador. E essa foi a primeira vez, chocante, que eu vi a vida interior de uma dessas máquinas. Uma profusão de placas empoeiradas, verdes e marrons, envoltas por um sistema circulatório de cabos coloridos. Ela arrancava os cabos de sua fixação com uma chave de fenda nas mãos e um pé sobre uma caixa virada. Quebrava placas da estrutura cristalina, empurrava algo para um lugar qualquer e trazia tudo de volta sobre suas estruturas oscilantes. Isso não durou mais de trinta segundos, e o computador voltou a funcionar.

O dr. Cockcroft esticou o braço, deu um segundo peteleco no inseto e procurou o olhar inexpressivo de seu paciente.

– O que estou querendo dizer com isso: precisamos imaginar o cérebro assim ou de um modo parecido. Achamos que nosso órgão é necessariamente algo muito complicado e frágil, porque, para o bem ou para o mal, consideramos suas expressões complicadas e frágeis. Mas do ponto de vista puramente físico não há uma correspondência para essa fragilidade, e chegamos a bons resultados com chaves de fenda e alicates. Resumindo: eu não me preocuparia muito com o buraco na sua cabeça. O mais perigoso são os sangramentos, e eles...

– O que é o caso Dreyfus?

– Ah, o senhor prestou atenção nisso? O senhor está muito ligado.

Confuso, o dr. Cockcroft alternou o olhar entre as três entidades ao seu redor, disparatadas: o inseto que pela terceira vez subia apressado a perna da escrivaninha, o paciente questionador e o mecanismo para segurar coisas feito de ossos, nervos e músculos, recoberto por uma pele avermelhada, pálida, que tremia ao segurar o uísque. Ele levou o uísque à boca.

– Dreyfus não tem nada que ver com nosso caso! – explicou, assertivo. – Só que o computador do qual eu estava falando era um computador de xadrez. Richard Greenblatt. Essa informação não lhe diz nada agora. Mas foi ele quem começou com isso há cinco ou seis anos. Ele tentou, juntamente com outras pessoas, ensinar uma dessas máquinas a jogar xadrez. Inútil, mas os informáticos são assim. E Dreyfus – Hubert Dreyfus – era filósofo no MIT. Ele é da linhagem de Heidegger e não tem muita afinidade com a eletrônica. Há muitos anos, escreve livros nos quais explica por que a inteligência artificial não existe, nunca vai existir e por que qualquer criança de oito anos joga melhor xadrez do que um sistema de cartões perfurados. Claro que ele irrita os colegas da ciência da computação; num certo momento, Greenblatt desafiou o bom Hubert a jogar contra seu computador. Se bem me lembro, o nome de guerra do programa de computador era Mac Hack. E esse Mac Hack arrasou o departamento de filosofia no tabuleiro de um modo incrível. Dessa maneira, Dreyfus alcançou a controversa imortalidade de ser o primeiro homem mais burro que um punhado de fios de cobre. Nada tão espetacular quanto ser o primeiro homem a pisar na Lua, mas já é alguma coisa. Desde então, seus livros contra o mundo das máquinas se tornaram um tanto menos intransigentes, ouvi dizer...

O dr. Cockcroft continuou falando no assunto durante algum tempo. Carl, que não sabia por que o médico estava lhe contando isso tudo e, principalmente, não sabia se as incríveis lembranças de estudante de seu interlocutor ainda eram parte da consulta (e, se eram, qual seu objetivo), lutava em vão contra a impressão de que o psiquiatra tentava levá-lo, de um modo tão tortuoso quanto equivocado, a uma armadilha absolutamente invisível.

– O que isso tem que ver comigo? – disse, finalmente interrompendo o monólogo.

– Nada! – explicou animado o dr. Cockcroft, depois tomou um grande gole de uísque e devolveu o copo à mesa com um movimento amplo. Arregalando os olhos, ele encarou o paciente.

– Isso foi de propósito? – perguntou Carl.

– O quê?

– Isso aí. – Ele apontou para o uísque.

O dr. Cockcroft fechou um olho, manteve o outro bem aberto e olhou o inseto do alto, através do líquido âmbar. Um sinal de código Morse batido no tampo da escrivaninha com o nó do dedo, e o inseto preso numa depressão debaixo do copo fez pequenos círculos, em pânico. A prisão de vidro ergueu-se um pouco – "Perdão!" –, e o seis-pernas correu sobre a mesa, saltou de um canto e desapareceu sob uma pilha de jornais.

– Mas por que o senhor está me contando tudo isso? – perguntou Carl.

– Por que eu lhe conto tudo isso? Porque acho essas coisas interessantíssimas! E porque acho que estamos chegando a uma época maravilhosa.

O psiquiatra pressionou ambos os indicadores na testa, à direita e à esquerda, e ao mesmo tempo iniciou um balé de sobrancelhas.

– Cedo ou tarde aquilo que o senhor carrega aí no seu cérebro e que o faz sofrer será trocado por dois circuitos integrados e alguns fios coloridos. Universitárias lindas vão livrá-lo de sua penúria com um chute, um martelo e um alicate, e também a questão da imortalidade... mas estou percebendo que o senhor não se interessa muito por isso. Tudo bem. Não passa de ficção científica. Hoje temos de mergulhar nas profundezas de suas convoluções cerebrais pelos métodos habituais, independentemente de quanto doa.

Retomou o bloco de notas, passou os olhos por algumas folhas e, de repente, parou:

– Me ocorreu agora... O senhor já falou por que está aqui? Não estou falando da amnésia. Mas a princípio o senhor não queria ir ao médico. E agora... aconteceu alguma coisa nesse meio-tempo?

Carl fez um gesto negativo com a cabeça.

– Eu encontrei a sua propaganda. E não estou me sentindo bem. Estou inquieto e essa inquietude está aumentando. Mal consigo dormir. Tenho sonhos terríveis.

– Ora.

– Quase não dormi a última noite. Um pesadelo só.

– Compreendo. Então vamos voltar à pergunta...

– Devo lhe contar meu sonho?

– Não, não é preciso. Podemos continuar.

– Não lhe interessa?

– O senhor acha que interessa, por eu ser psiquiatra. – O dr. Cockcroft mordiscou o resto da unha de seu polegar. – Se vai aliviá-lo, conte.

Carl hesitou por um instante e depois relatou seu sonho da imensa cabra gorda. A cabra que de repente ficou com a "fisionomina" de Helen.

– A fisionomia – ele corrigiu.

Durante o relato Carl foi ficando cada vez mais inseguro, porque percebeu que não conseguia descrever aquilo que o sonho tinha de terrível. À luz do dia, tudo parecia totalmente inofensivo.

– E agora o senhor espera uma interpretação da minha parte? – o dr. Cockcroft perguntou. – O que quer ouvir? Que tudo indica que o senhor tem medo da turista americana que o abrigou, cuidou do senhor, lhe deu dinheiro, fez curativo e mandou-o me ver? Que a história dessa mulher lhe é estranha, tão estranha quanto a de qualquer outra pessoa? Que o senhor caiu na armadilha de uma refinada impostora fantasiada? – Ele tocou na barba com ambas as mãos e puxou-a, como se tivesse de provar que era autêntica. – Uma espiã em missão secreta? Sua mulher de muitos anos, que está se aproveitando das circunstâncias para fazer uma brincadeira? Embora eu seja psiquiatra, não sou amigo dos esgotos de Viena. Se o senhor quiser saber minha modesta opinião: sonhos são fogos de artifício em nosso cérebro. Não têm significado. É o que a ciência afirma atualmente.

– Isso não é muito encorajador – disse Carl depois de uma pausa mais longa.

– Nada do que a moderna pesquisa neurológica descobre é muito encorajador – retrucou o dr. Cockcroft, satisfeito. – Será que a palavra "mina" significa alguma coisa?

– Como?

– O senhor disse "fisionomina" em vez de "fisionomia". Não? Então voltemos a essa turista americana, Helen, em quem o senhor parece ter dificuldades de confiar. Vocês mantêm um relacionamento íntimo?

– O quê?

– Vocês têm relações sexuais?

– O que isso lhe interessa?

– Sou seu médico. Vocês dormem juntos?

– Qual a relação disso com minha amnésia?

– O senhor não consegue se lembrar de intimidades?

– Não. Porque elas não existiram.

O dr. Cockcroft assentiu, bateu com a lateral da ponta da caneta no pescoço e encarou Carl por um tempo.

– Uma última pergunta. Tente pelo menos uma vez responder sem fazer uma pergunta. O senhor está completamente seguro de que não sabe quem é?

– Se eu soubesse, estaria aqui?

– Não estou perguntando à toa.

– Sim! – disse Carl, desesperado.

32. Dissociação

> "Seu rosto trazia a expressão simplória de alguém que pensa e não se esforça em esconder isso."
>
> Kafka

– Seu quadro clínico é, para dizer o mínimo, fora do comum. Sei que devemos ser cautelosos com diagnósticos, mas acho que não temos tempo para prudência. Primeiro, não estamos num ambiente clínico clássico, que é onde o senhor deveria estar. Segundo, ouso duvidar que exista um ambiente clínico adequado para o senhor num raio de quinhentos quilômetros. E, terceiro, o senhor tem uma situação de vida muito insegura e, além disso, parece estar metido em coisas que poderiam dificultar a continuidade do tratamento. Sempre partindo do pressuposto de que suas informações estejam corretas. Por fim, não sou especialista na área da amnésia, e sim um psiquiatra comum. Sei alguma coisa, mas certamente não tudo. Vou dar uns palpites, se o senhor não se importar. E espero que o senhor me ajude.

Folheou suas anotações.

– Dá para ver que o senhor não tem grandes lacunas funcionais. Tem boa orientação temporal e espacial. Seu conhecimento sobre o mundo está intacto e no nível de um aluno mediano. O senhor consegue se lembrar de todos os acontecimentos desde o... vamos chamar de acidente, e não parece apresentar amnésia retrógrada, o que seria típico de traumas cranianos. Seu déficit de memória se concentra especificamente em seu passado. E em suas relações autobiográficas. O que não é incomum. Conhecimentos funcionais e capacidades de procedimentos permanecem muitas vezes intactos, desaparece o autobiográfico, segundo a lei de Ribot. Esquecemos o período imediatamente anterior ao acidente, dias, semanas ou anos. São conhecidos casos em que os pacientes só se recordam de seu aniversário de sete anos. Há também aqueles que acreditam ainda ter sete anos. Aí alguma coisa está perdida. Mas o que é extremamente raro, e digo extremamente raro no sentido de quase zero, é que o período de tempo compreenda toda a vida e a identidade. Que a pessoa não saiba mais seu nome. Essa é a amnésia da ficção, do cinema. A pessoa recebe uma pancada na cabeça e a identidade sumiu. Recebe outra e ela voltou. Asterix e Obelix.

O dr. Cockcroft reclinou-se em sua poltrona, retorceu os dedos e sorriu debilmente.

– E?

– E? Quero ser honesto com o senhor. Sua doença tem componentes do inexistente.

Na pequena área, uma multidão havia se juntado em torno do juiz. Jogadores vestidos com roupas escuras protestavam. Jogadores vestidos com roupas brancas empurravam os de roupa escura. O árbitro de linha atravessou o campo correndo, em diagonal.

– O que o senhor quer dizer com isso? – Carl perguntou. – Que estou simulando?

– Eu não disse isso. – O dr. Cockcroft desviou o olhar da janela. – Eu disse: sua doença tem componentes do inexistente. Quer dizer que é lícito duvidar de algumas coisas. De que eu não duvido é que o senhor... como vou definir? Que o senhor tem um dano sério. Mas não posso dizer qual. Simulação soa, num primeiro momento, muito negativo, mas em geral não significa que alguém fique fazendo de conta que o cérebro apagou só por brincadeira. Também pode haver uma necessidade envolvida. Em situações de estresse que parecem sem solução, por exemplo. A ciência moderna conhece simulações que se processam ligeiramente abaixo do nível da própria consciência. Ganser, por exemplo... embora o senhor não se encaixe nisso. E aí chegamos ao problema. O senhor não se encaixa em nada: demência senil, idiotização completa, Korsakov. Sem falar de coisas tão duvidosas como dissociação histérica.

— O que é Korsakov?

— Álcool. Mas o senhor está claramente centrado demais para que seja isso. Seria, porém, algo maravilhoso com um celeiro cheio de máquinas de destilação como cenário. O verdadeiro Korsakov derreteu o cérebro de tanto beber. O indivíduo não diz mais coisa com coisa. Não, sinto muito.

— E o que isso quer dizer?

— Quer dizer que eu consigo apenas trabalhar por exclusão. E, como disse, o senhor não se esqueça de que eu não sou o grande especialista. Mas cito o manual clássico: a amnésia global é tão rara que sua simulação é milhares de vezes mais frequente.

— Mas ela existe.

— Parece existir.

— O que é Ganser?

— Ganser foi um médico alemão. Ele fez sua descoberta entre os presidiários. Inicialmente, chamou-a de para-respostas, respostas disparatadas. O senhor consegue imaginar o que seja uma doença chamada "respostas disparatadas"? Sim, claro. E o que o senhor imagina?

— Que alguém dá respostas disparatadas para outra pessoa. Por exemplo, eu para o senhor. Ou o senhor para mim.

— Se o senhor perguntar para alguém com síndrome de Ganser quanto são dois mais dois, a resposta será cinco. A pessoa não dirá quarenta e oito e também não dirá quatro. Sempre vai errar por pouco. "Quantas orelhas o senhor tem?" As orelhas são tocadas e o palpite é que são duas. A questão sobre a identidade: aparentemente não pode ser respondida. Isso dura três dias, e então ocorre a recuperação total, com nenhuma lembrança dos três dias da suposta demência. A doença também é chamada de debilidade ilusória.

– E o senhor exclui essa síndrome no meu caso?

– Algumas de suas respostas poderiam me fazer pensar. Outras, porém...

– Mas se tudo é tão idiota, essa gente também levou uma pancada na cabeça antes?

– Essa é uma pergunta muito boa. Uma pergunta realmente muito boa. Eu queria chegar aí. Claro que a síndrome de Ganser não é desencadeada por uma pancada na cabeça. Mas nenhuma das outras possibilidades pressupõe pancadas na cabeça, e sim um acontecimento traumático psíquico.

– E quais são essas possibilidades?

– O senhor está procurando uma tábua de salvação, é compreensível. Acho que faria o mesmo no seu lugar. Mas não vale a pena.

– O que seria a outra coisa que o senhor aventou há pouco? Disfunção histérica?

– Dissociação. Não. O senhor não tem.

– Mas de que se trata?

– Isso apareceu na virada do século. Impulso de deslocamento. Também chamado de *fugue*. É questionável se é ou não uma doença. Os entendidos discutem a esse respeito.

– Mas nesse caso também se perde a identidade?

– Uns dizem que sim, outros que não. Como eu disse. Mas há poucas ocorrências e nenhum estudo confiável. Exatamente como no caso de Ganser. Essas situações de perda de identidade são todas muito questionáveis. Se o senhor quiser saber minha opinião...

– E os sintomas?

– De quê, agora?

– Do impulso de deslocamento.

– O impulso de deslocamento – respondeu o dr. Cockcroft – se passa num período de tempo determinado, geralmente curto, que o senhor provavelmente já excedeu. E nesse estado o eu some completamente e o que domina é um impulso de deslocamento gigante. Que o senhor também apresentou, de maneira discreta. E tudo isso é disparado por um acontecimento traumático para a psique. Tortura, infância – que hoje está tão na moda. Mas, para tanto, o senhor no geral está muito razoável e lúcido. Sua história como um todo é até clara e retilínea demais. A começar por seus perseguidores, imaginários ou não...

– Eles não são imaginários!

– Isso é um fator complicador. Perseguidores imaginários poderiam ser muito úteis para um ligeiro e belo distúrbio de personalidade... mas perseguidores reais infelizmente não combinam nessas histórias de dissociação.

– Quatro homens que me perseguem e me quebram a cabeça não são traumatizantes?

– Traumatizar não significar quebrar a cabeça. O trauma compreende apuros emocionais. Não quero minimizar, mas para perder sua identidade seria preciso mais que quatro imbecis de túnicas brancas que balançam um macaco de carro.

– Balançam e ameaçam me matar com um macaco de carro.

– Não. – O dr. Cockcroft baixou o queixo sobre as mãos cruzadas diante do peito, olhou fundo nos olhos de seu paciente e balançou a cabeça. – Não, não, não. Quantos traumatizados o senhor acha que teríamos, então?

– E aquilo que aconteceu antes? Não a pancada. Mas aquilo de antes, do que eu não me lembro? Não pode... ter acontecido algo maior anteriormente? Com apuros emocionais que seriam o disparador, e a pancada na cabeça e todo o resto seriam apenas a consequência disso?

– O senhor daria um bom detetive. De verdade. Mas o ímpeto de deslocamento não se chama ímpeto de deslocamento à toa. O ser humano com ímpeto de deslocamento está vazio em seu interior: ele se desloca porque se desloca. Ele vê um rio bonito e pensa: "Ora, vou caminhar perto desse rio", e então ele caminha centenas de quilômetros, e às vezes ele é preso, e quando alguém lhe pergunta: "Por quê?", ele não sabe responder. Ele se esqueceu completamente do que o animava a caminhar. Está completamente indiferente. Primeiro. Segundo: se seus perseguidores são reais mesmo, então isso pode ser um belo início de apuro emocional, como o senhor descobriu tão bem há pouco em seu papel de Sherlock Holmes. – O dr. Cockcroft fechou os olhos por um instante, como se tentasse imaginar vivamente os quatro homens. – Então o senhor é pressionado e maltratado no deserto por esses sujeitos até ficar seriamente traumatizado. Muito bem. A pancada na cabeça se torna supérflua, ela pode continuar existindo apenas como a cereja do bolo. Mas... E agora o grande *mas*. Um trauma tão significativo que levasse ao desaparecimento de toda uma identidade também faria seus perseguidores desaparecerem. Eles em primeiro lugar até. O senhor compreende? Aquilo que o traumatiza é a primeira coisa a ser apagada. Quando tudo desaparece, a lembrança do evento inicial desaparece também. Principalmente a dos quatro homens e um traumático macaco de carro. O senhor pode me chamar de Watson.

Carl olhou para o psiquiatra. Olhou para as paredes nuas, para o bloco de notas sobre a mesa. Com a mão, escondia os olhos para pensar melhor. Escutou o dr. Cockcroft se servindo de mais um uísque. Alguma coisa na explanação do psiquiatra lhe parecia ilógica. E ele estava cada vez mais irritado pelo fato de o dr. Cockcroft interessar-se mais pelos processos de sua psique do que pelo desenrolar dos acontecimentos no deserto. Ou será que ele estava enganado? Tentou imaginar o médico de *djellaba* branco.

– Sinto muito – disse o dr. Cockcroft. – O senhor quer que eu lhe dê um diagnóstico. Ei-lo.

O médico de braços cruzados. Os móveis nus. O jogo de futebol.

– O senhor está seguro – disse o dr. Cockcroft, curvando-se para a frente – de que não está me ocultando nada?

– E o *senhor* está seguro de que é psiquiatra?

– Alguma dúvida?

– Se o senhor afirma que está seguro de que sou um simulador, então estou igualmente seguro de que o senhor não é médico.

O dr. Cockcroft não respondeu.

– Por que, por exemplo, o senhor fica o tempo todo fazendo perguntas que não têm nada a ver com a amnésia? Por que este lugar aqui se parece com... com...

– Que perguntas?

– Qual o intuito da pergunta sobre o álcool?

– Já esqueceu?

– Não. E também não esqueci o que o senhor disse: o Korsakov não diz coisa com coisa. O cérebro está completamente baleado. Então para que tantas perguntas? Para que, se está claro que eu...

– Não dá para imaginar?

– Não, não dá! – Carl se levantou num salto e sentou-se novamente. – Não dá. Ou será que um beberrão eventual teria começado a destilar a própria bebida?

Os gestos do dr. Cockcroft sinalizavam que ele estava disposto a considerar autêntico pelo menos o nervosismo do paciente.

– Confie – ele disse. – Mantenha-se calmo, por favor. Confiança é o principal. Fiz tantas perguntas a esse respeito porque estamos procurando, entre outras coisas, por sua identidade, caso o senhor tenha se esquecido. E se alguém volta a si banhado em sangue e com a cabeça quebrada, no deserto em meio a aparelhos de destilação de álcool, pode-se suspeitar que ele seria um destilador clandestino que tem um laboratório – ou algo nesse sentido, não é? – O dr. Cockcroft balançou um funil imaginário nas mãos e depois juntou as pontas dos dedos. – Só que agora podemos excluir isso. Aquilo que o senhor sabe sobre álcool e sua fabricação é de conhecimento geral. E não é muito.

– E o relacionamento sexual?

– Perdão?

– Por que o senhor quis saber se eu tinha mantido relações sexuais com Helen...?

– Rotina – disse o dr. Cockcroft. – Pura rotina. Um teste para saber se o senhor estava disposto a responder com sinceridade.

– Não acho.

– Como assim, "não acho"?

– Nenhum médico sério perguntaria algo assim. Perguntaria outra coisa.

– Como o senhor sabe o que um médico sério pergunta ou deixa de perguntar?

– Meu conhecimento funcional não estava intacto?

– Ótimo se lembrar disso. Péssimo que esteja aqui...

– O senhor não é médico.

– As dúvidas são reais? E desde quando, se posso perguntar?

– Desde que entrei aqui. O tempo todo. Desde que vi seu folheto.

– Que folheto?

– "Preços promocionais."

– O que há de errado nisso?

– Nenhum médico normal escreveria "preços promocionais". "Promoção de reinauguração." E nenhum consultório médico tem essa aparência. Por que a televisão fica ligada o tempo todo? Onde estão seus... aparelhos? E não estou vendo livros técnicos. O senhor não usa avental. Usa...

– Não usa avental! – Por um instante, o dr. Cockcroft ficou fora de si. – Se eu estivesse usando um avental, meu diagnóstico ficaria mais crível? Sinto muito, mas os psiquiatras não usam... embora eu realmente tenha um. Deve estar lá em cima. A biblioteca com os livros técnicos também está lá em cima. E no que diz respeito à televisão, sinto muito, mas o botão de liga/desliga quebrou. É preciso ficar tirando o fio da parede o tempo todo. E, como o senhor certamente se lembra, sua consulta está totalmente fora dos meus horários habituais de atendimento.

O dr. Cockcroft deu um chute na televisão. Um apresentador de telejornal passou a tremer, se dissolveu em linhas onduladas e perdeu a cabeça. Aos poucos, a cabeça voltou ao centro da tela, menos um pedacinho do crânio, que continuou grudado no alto do quadro à direita.

– E eu vou lhe dizer mais uma coisa – disse o dr. Cockcroft. – Não sei se vou recuperar sua confiança com isso ou perdê-la de vez, mas é claro que o senhor tem razão. Esta sala não se parece com um consultório. É bem provável que o senhor não faça ideia de como as pessoas ganham a vida por aqui. Pacientes como o senhor são exceção absoluta. Para ser honesto: o senhor é o meu primeiro paciente, meu primeiro paciente de verdade.

O apresentador de telejornal afastou uma pilha de papéis da bancada, e o dr. Cockcroft entornou seu uísque goela abaixo.

– Mas assim é a África. Quantos psiquiatras você acha que atuam aqui? Parece que há mais um na Cidade do Cabo. Não dá para fazer negócio com os nativos. Eles têm seus próprios métodos. Um tanto de tambor, um tanto de dança, um tanto de canto: via de regra, isso basta para aquilo que eles chamam de problema. A alma africana ainda está engatinhando, afinal. Nada comparável ao emaranhado de neuroses de uma dona de casa americana. E se o senhor quiser saber agora como eu ganho a vida: mães feiosas com enormes óculos escuros; adolescentes de quadris largos e de boa família; mulheres turistas. É assim que a coisa acontece por aqui. Um modo de relaxar, um pouco de estresse na praia, uma pequena pulada de cerca aqui e acolá – eu mais ou menos completo o setor de lazer. Se isso responde às suas perguntas. Meu consultório é de propriedade do hotel. A cada duas semanas, preços promocionais por reinauguração. A estratégia vem funcionando.

– Mas o senhor é... um psicólogo de verdade?

– Psiquiatra. Estudei em Princeton – disse o dr. Cockcroft, começando a desfiar uma sequência de estágios e universidades que evidentemente nada significavam para Carl.

– E existe um diploma? Algo que o identifique como médico?

– Talvez um avental?

Carl não queria balançar a cabeça para os lados, nem para cima e para baixo.

– O senhor quer ver meu avental de médico? – insistiu o dr. Cockcroft. Ele sorriu. Não era um sorriso inseguro, mas antes um sorriso alerta, interessado, como se a pergunta tivesse sido: "Quer ver a vagina da sua mãe?"

– Sim – disse Carl, corajoso.

– Está lá em cima. Como eu disse. Acho. Pode ser também que esteja na lavanderia.

– Ou um diploma. Ou livros técnicos.

– Os livros também estão lá em cima. O senhor quer verificar? ("O senhor quer entrar na vagina?")

Carl enterrou a cabeça nas mãos e esfregou o couro cabeludo com a mão saudável. Impassível, o dr. Cockcroft observava seu paciente.

– Falando sério – disse Carl –, o senhor se importaria de subir comigo e...

– Sem problemas. Se eu conseguir recuperar sua confiança com isso. Sem confiança entre médico e paciente, qualquer terapia é inútil... não, sem problemas. – O dr. Cockcroft tinha se erguido alguns centímetros sobre os braços de sua poltrona. – Mostro-lhe com prazer meu maravilhoso avental de médico. É o que o senhor quer?

Toda a sua postura exalava tamanha vontade de cooperação que a ida ao andar superior se tornara supérflua. Não era possível Carl insistir sem se tornar ridículo. Ele percebeu, e percebeu também que talvez fosse esse o objetivo secreto dessa calorosa aproximação, e respondeu:

– Sim. É o que eu quero.

33. A biblioteca

> "Ed: Night has fallen. And there's nothin' we can do about it."*
>
> John Boorman, *Deliverance*

Uma larga escada de madeira levava ao primeiro andar. Um corredor comprido, escuro, surgia em seguida, com quatro ou cinco portas à direita e à esquerda. Carl ia dois passos atrás do dr. Cockcroft; sentia o bafo agora indisfarçável de álcool.

– Minha biblioteca – disse o médico. Ele tinha parado diante de uma porta, abriu-a com força e acendeu a luz. O brilho de uma lâmpada fraca iluminou um quarto minúsculo. Entre poeira e tijolos esfarelados, havia uma pia quebrada no chão. Dois canos enferrujados pendiam da parede. – Ops – disse o dr. Cockcroft.

Impávido, ele fechou a porta novamente, deu mais alguns passos pelo corredor e tocou a próxima maçaneta.

– Minha biblioteca! – ele disse. Puxou a maçaneta. Fez força. A porta estava trancada. – Realmente não foi uma boa ideia vir me procurar tão tarde da noite – ele disse, balançando a cabeça.

Já um pouco menos autoconfiante, virou-se e tentou a porta do outro lado. Dessa vez ele não fez nenhum anúncio a respeito da natureza do quarto. Quatro tubos de néon piscaram e iluminaram um cômodo quase vazio. As paredes eram imaculadamente brancas, jornais

---

* Em inglês, "Ed: Caiu a noite. E não há nada que a gente possa fazer". No Brasil o filme recebeu o nome de *Amargo pesadelo*. (N. da E.)

respingados de tinta cobriam o chão. Cheirava a solvente. Um balde de plástico estava emborcado ao lado. No meio do quarto havia uma mesa também envolta em jornal, com quatro pernas finas e redondas, que terminavam em pés de latão. Um dos pés estava quebrado, e um livro grosso e outro fino apoiavam a perna.

– Sua biblioteca? – perguntou Carl.

O dr. Cockcroft bateu na testa feito um ator de teatro amador e disse:

– Esqueci completamente! Os pintores estiveram hoje por aqui!

Ele se curvou até os dois livros, olhou-os rapidamente e segurou-os diante de Carl com um sorriso triunfante. Um volume fino, encapado com papel de embrulho, e um outro grosso, de capa dura recoberta com tecido.

– Bibliografia técnica da pátria da psicanálise!

– Em alemão?

– E antes que você pergunte: não consigo ler estes livros. Não são meus. São do meu falecido antecessor...

Carl pegou o livro pequeno e virou-o para lá e para cá. Sobre o papel de embrulho cinza estava escrito "Albert Eulenburg SUM I".

– ... de quem assumi o consultório. O consultório, os pacientes e a biblioteca. Só a mulher ele levou, sabe-se lá por quê. E... não! – Bêbado, ele abanou o ar entre Carl e ele próprio. – Não crie expectativas! Ele voltou para a Europa. Muito provavelmente. Afinal, era austríaco. Além disso, se o senhor fosse psiquiatra, então teríamos percebido isso, não?

– Sim – disse Carl, embora ele tivesse pensado "não", e abriu o livrinho. Seu olhar recaiu primeiro num poema em letras góticas.

"'Tenho tantos pensamentos
e sou perversa também.
Enfim, todos acham
que de meu problema sou refém!"

– Dá para decifrar isso? – perguntou o dr. Cockcroft.
– Hã?
– Você consegue ler isso?
– Sim – disse Carl, confuso. Ele pegou algumas páginas e folheou-as. Um livro técnico com muitas frases longas e complicadas. O poema era exceção. Não havia ilustrações. E tudo em tipos góticos.
– O senhor não disse que sabia alemão.
– Eu também não sabia. E eu só sei... mais ou menos.
– Essas letras esquisitas. O que está escrito aí?
– Trata-se de mulheres.
– E isso lhe provoca sensações? O idioma, quero dizer.

Carl encarou o livro e movimentou os lábios em silêncio.

– Não. É complicado demais para mim. Entendo a maioria das palavras, mas não mais que isso. Não é minha língua materna.
– E o que você conseguiu entender?
– Que as mulheres não são terríveis. Do ponto de vista sexual. Que isso é algo que os homens imaginam.
– Corresponde ao estado da ciência – disse o dr. Cockcroft, pensativo. Ele pegou o livro das mãos de Carl para olhar por si mesmo a escrita misteriosa. No meio do movimento, parou como se tivesse descoberto um ratinho num canto escuro do quarto e foi correndo até lá. Com um gesto triunfal, ergueu um avental branco e balançou-o feito um soldado que agita a bandeira vitoriosa. Poderia ser um avental de médico; mas, todo salpicado de tinta, parecia-se mais com um avental de pintor.

Carl pegou o outro livro e folheou-o energicamente, depois de se convencer de que o médico que experimentava o avental batendo os braços e se enroscando nas mangas não tiraria os olhos dele. Tratava-se de mais um livro alemão, a *Enciclopédia Brockhaus* de 1953, editada em Wiesbaden, volume A-M.

Mimosa, Mimosácea, Mimosear, Mimosídea, Mimoso... Mina. Ele leu o verbete uma vez, duas vezes, e tentou memorizar o conteúdo.

Mina [francês, *mine*], s.f., geral: Carga explosiva usada camuflada ou dentro de um recipiente. 1) *Minas terrestres* são usadas como bloqueios; detonadas por contato (minas antitanque, minas de fragmentação e minas antipessoais) ou por estímulos elétricos. *Campos minados* são minas distribuídas de maneira regular, como proteção contra ataques de tanques. 2) *Minas de mão*, o projétil do atirador de minas; granada. 3) *Minas marítimas* (formato circular ou oval) são compostas de um corpo flutuante com forte carga explosiva e âncora da mina. Contêm dispositivos para serem instaladas em determinada profundidade e são distribuídas como bloqueios de minas ou campos minados por colocadores de minas ou por outros navios de guerra; minas marítimas inimigas são desarmadas por navios caça-minas e navios draga-minas. 4) *Minas aéreas* são bombas aéreas com mecanismo especial de direcionamento e grande efeito de pressão no ar. 5) Depósito subterrâneo de algum minério precioso; jazida.

Mina, s.f.: 1) antiga moeda grega = 1/60 talento = 100 dracmas. 2) antiga medida grega de peso.

Mina, 1) Isadora, nome verdadeiro Minescu, agrimensora franco-romena e bióloga, *Mamaia 1837 †1890, percorreu o norte da África a mando de → Pélissier, à procura de → *ouz*, confeccionou primoroso material cartográfico e escreveu um relato de viagem, *Rumo à fonte dourada*, Marselha, 1866, 2 vols. Era também grande conhecedora de formigas. 2) Aimable-Jean-Jacques, filho de 1). Escritor, *Argélia, 1874, descreve em pequenos quadros com muito humor os abismos da vida cosmopolita, posteriormente voltou-se para o romance de aventura com elementos triviais. Principais obras: *A grande viagem de mamãe* (1901), *A nova grande viagem de mamãe* (1903), *Filho da areia* (1934), *A invisível Fata Morgana* (1940) e *A sombra da morte amarela* (1942). Recebeu o Prêmio Goncourt de 1951 pelo romance *Praia sem mar*. 3) Wilhelm, *1915, astrônomo alemão.

– Faltam os lápis – disse Carl.

– Como? – O dr. Cockcroft observava-o através de uma das mangas do avental.

– Uma antiga moeda grega chamada mina?

– Qual é mesmo sua pergunta?

– O senhor sabe se a moeda grega antiga também se chama mina em francês?

– Sinto muito. O que as minas têm de tão interessante?

– Nada... Só queria saber se em francês também é assim.

– O senhor faz perguntas engraçadas.

– O volume com o "O" também está aqui? O da letra "O"? O outro volume?

– Incríveis esses *nerds*. Não, uma pena. Como eu disse, isso é tudo o que recebi do meu antecessor.

Quando os dois deixaram a casa, por volta da meia-noite, havia um milímetro de lua crescente entre os minaretes em forma de foguetes. O ar estava quente e seco. O dr. Cockcroft tinha desistido de lidar com as mangas, jogando o avental de maneira descuidada sobre os ombros. Desse modo, ele não se parecia nem com um médico nem com um pintor, antes com um físico maluco de filmes baratos. Deu um tapa jovial no ombro de seu paciente, convidando-o a voltar a qualquer momento, e murmurou algo sobre uma misteriosa doença do deserto, que provavelmente logo seria chamada de síndrome de Cockcroft.

– Como se chamava seu antecessor? – perguntou Carl.

– Hã?

– Como ele se chamava?

– Ah, não. Ah, não. Acredite... O senhor não é austríaco. Além disso, ele devia ser pequeno e magro. E o senhor é de estatura média e magro. Geiser. Ou Geisel. Ortwin Geisel.

Ele acenou com animação atrás de Carl, quando este atravessou a rua sem olhar para os lados, de cabeça baixa. Na outra calçada, Carl ficou sob o umbral de uma casa e se voltou. Viu Cockcroft entrar no consultório, cambaleando levemente. Depois de poucos minutos, a luz se apagou. Logo em seguida, Carl adivinhou um vulto de barba atrás de uma das persianas do primeiro andar. Esperou mais um pouco, atravessou correndo a rua de volta e puxou seu molho de chaves do bolso. A porta do consultório estava fechada com um cadeado. O molho de Carl tinha quatro chaves de cadeado. Silenciosamente, tentou enfiá-las no cadeado, uma após a outra. Nenhuma entrou.

Foi mais um alívio que uma decepção.

Helen, que o esperava no bangalô, colocou-lhe um braço sobre os ombros. Primeiro, Carl interpretou o gesto como carinho, depois percebeu pela expressão do rosto dela que não se tratava de carinho. Ela estava se apoiando. Ele cambaleou.

– E? – ela perguntou.

– Não sei – ele respondeu.

– Foi difícil confiar nele?

– Ele me perguntou a mesma coisa.

– Se foi difícil confiar nele?

– Se era difícil confiar em você.

– E? É difícil?

Carl não respondeu.

– Ele ao menos parecia ter alguma competência? – Helen perguntou, os dois deitados lado a lado na cama, no escuro. – Ou era mais para o lado do folheto?

Mais uma vez, a resposta demorou.

– De qualquer modo, não se trata de um charlatão – ele disse, quando a respiração de Helen já estava se tranquilizando. – Um charlatão teria se esforçado mais em parecer um médico.

34. A banana

> "God made some men small, and some men large; but Colt made them all equal."*
>
> Provérbio americano

A mulher, a mulher de confiança, que está encenando algo... a esposa de muitos anos, que está se aproveitando da situação e fazendo uma brincadeira com o senhor... como foi que o dr. Cockcroft formulou isso, exatamente? Era bobagem, claro. Carl sabia que era bobagem. Mas as palavras incharam no vácuo infinito de seu cérebro e subiram feito bolhas cintilantes pelas esferas recobertas de sua consciência.

O primeiro encontro casual, um posto de gasolina no deserto. Uma turista americana de *short*, um bangalô simpático. Sua não esposa, sua não mulher Helen de muitos anos, de quem ele não tinha motivos para desconfiar, cuidou dele de maneira tocante. Ela havia revirado suas coisas. E também revirar as dela não provocava nenhum peso em sua consciência.

Em primeiro lugar ele pegou a mala, depois esquadrinhou todo o bangalô. Helen tinha deixado roupas de baixo e alguns pulôveres no armário, o restante ainda estava na mala ou num raio de um metro dele. Duas jaquetas esportivas, meias, um vestido de noite verde, de seda. Roupas amarelas, roupas brancas, um caderno de anotações vazio. Um minúsculo *nécessaire* de viagem, agulha e linha. Nada de

---

* Em inglês, "Deus fez alguns homens pequenos e alguns homens grandes; a Colt tornou-os iguais". (N. da E.)

maquiagem, nada de produtos de higiene pessoal. Um jornal americano, provavelmente lido. Um recorte de um dos jornais locais, com um desmentido indignado sobre a participação do país na espionagem atômica francesa, sem que fosse dito quem tinha levantado essas suspeitas nem por quê. Um recorte de um jornal de língua inglesa com os resultados da liga americana de beisebol. No verso, um artigo sobre Harold Pinter. Óculos de leitura, que tinham uma das hastes da armação presa com esparadrapo, um par de algemas, um par de algemas maiores, talvez algemas para os pés (caso se chamassem assim), um porrete, um roupão e duas calças *jeans*. Raquetes de frescobol e uma bolinha de borracha maciça. E bem no fundo da mala uma caixinha de madeira maciça do tamanho de uma carteira grande de cigarros, que não dava para abrir nem com unhas fortes. Dentro dela, um objeto supostamente não simétrico, pesado. A parte de cima de um biquíni verde-luminoso estava enrolada ao redor da caixinha, que Carl estava em vias de jogar de volta na mala quando escutou um ruído às suas costas.

– Isso é a retaliação? – Com os braços cruzados sobre o peito, a dona do biquíni se apoiou na soleira da porta, sorrindo. A seu lado, um saco com compras.

Carl não teve tempo de mudar a expressão de indignação por uma de surpresa inocente.

– O que você é, policial? – ele perguntou. Ergueu as algemas e o porrete e olhou irado para sua certamente não esposa, e a certamente não esposa olhou-o como se ele fosse um menininho que quer saber a resposta de todos os segredos. Carl não compreendeu seu olhar, também não compreendeu seus gestos, e Helen se tornou explícita e esclareceu-lhe que algumas abelhas polinizam suas flores também algemadas, além de ensinar que aquele objeto comprido de plástico que ele tinha em mãos não era um "porrete". Ela falou da América livre e usou a palavra "moderno".

No primeiro momento, Carl ficou mudo. No segundo, ele se viu segurando os objetos nefastos nas duas mãos e devolveu-os com cuidado à mala. Com o olhar inseguro, ele perguntou:

– E eu não consigo abrir a caixinha.

– Uma .357.

– O quê?

– Magnum .357 – disse Helen, sorrindo com sua expressão facial curiosa.

– Não acredito.

Helen jogou a caixinha na mala, dando de ombros. Fechou-a, empurrou Carl para fora do quarto e se sentou à mesa do café da manhã.

– Não acredito – Carl repetiu. Ele girou a cadeira. Helen se serviu uma xícara de café, pegou uma banana do cesto de frutas, apontou-a contra ele e disse:

– Eu é que não ando desarmada entre seus irmãos.

35. Risa, conhecido como Khach-Khach

> "These bullets are not meant to kill. They are mainly used to create serious wounds, and to incapacitate the enemy. After all, seriously wounded soldiers take the enemy more time and money to treat than dead soldiers."*
>
> Documento sobre a fábrica belga de armas FN Herstal

O nome do homem que estava sentado bem atrás no bar, sozinho, era Risa, conhecido como Khach-Khach. Seu rosto era nervoso, esperto, com três cicatrizes verticais que corriam da testa até o queixo. Devia ter vinte anos. Era canhoto.

Aos seis anos ele viu seus pais, seus avós, quatro irmãs, um cunhado e todos os parentes do cunhado, além de duas famílias de tuaregues, um punhado de rebeldes e alguns inocentes deitados lado a lado na areia do deserto serem atados a estacas. Depois um tanque do exército passou sobre seus corpos, que explodiram como tubos de pasta de dente. Risa cresceu até os dez anos num abrigo, a noroeste do Distrito Vazio. Por dois verões frequentou uma escola do exército, na qual um espanhol gordo dava aulas de graça. Risa era o aluno mais inteligente que a escola vira até então. Aprendeu a ler e a fazer contas e foi aprender o ofício de peleteiro. A oficina do peleteiro ficava à sombra de montes de lixo, e certo dia um negro enorme usando roupas coloridas e com muitas joias de ouro nos dedos apareceu na porta.

---

* Em inglês, "Estas balas não foram feitas para matar. Elas são mais usadas para causar ferimentos graves, para incapacitar o inimigo. Afinal, soldados gravemente feridos demandam mais tempo e dinheiro do inimigo do que soldados mortos". (N. da E.)

O peleteiro se jogou de quatro no chão de terra batida, juntou todo o dinheiro que tinha e colocou-o a seus pés. O negro pegou o dinheiro e pegou também Risa. Ele hospedou o jovem no porão de sua mansão. Comprou-lhe roupas e lhe deu de comer. Durante um ano, Risa aprendeu a lidar com homens de negócios e armas. Fazia serviços de mensageiro e organizava a contabilidade. Aos treze, tinha matado seu primeiro ser humano.

Naquele tempo, vivia na pequena ilha defronte à costa. Duas vezes por semana vinha a terra firme para resolver negócios. Um grosso anel de ouro, herança do padrasto, cintilava em sua mão direita. Risa estava folheando uma matéria sobre roupas íntimas na edição americana da *Vogue* e não olhou para cima quando um homem que parecia inseguro falou com ele.

– Ouvi dizer que você está vendendo algo – disse o homem.
– Na-não.
– Você não está vendendo nada?
– Some daqui.

Indeciso, Carl olhou para uma cadeira vazia junto à mesa. Não teve coragem de sentar.

– Alguém disse que você está vendendo uma coisa.
– Vá fumar lá atrás.
– Nada de fumo.

Risa ergueu o rosto cheio de cicatrizes, esquadrinhou rapidamente Carl com o olhar e fixou-se na saída, onde até então um adolescente estava parado. Olhou para o garçom. O garçom deu de ombros.

– Apenas uma informação – disse Carl, embaraçado.
– O que isso tem que ver comigo?
– Alguém me disse que você é o cara.
– Não sou o cara.
– Pensei.
– Pensou o quê?

– Que você soubesse, ou que talvez conheça alguém que saiba de alguma coisa.

– Que saiba o quê?

– Alguém que possa me dar uma informação.

Risa deu um tempo para ver se a estranha aparição de *blazer* amarelo e bermuda salmão se dissolveria por conta própria no ar, depois disse:

– Posso lhe informar como ficar vivo por mais dez segundos para sair daqui.

– Por favor. – Carl segurou no braço da cadeira vaga e puxou-a alguns centímetros em sua direção. – Estou o dia inteiro a caminho. Alguém disse que você...

– Quem?

– Um garoto.

– Que garoto?

– Não sei... Um garoto. Ele me trouxe até aqui.

– De onde você o conhecia?

– Eu não o conhecia. Alguém me indicou o garoto.

– Quem?

– Esse eu também não conhecia.

– Você é da Westinghouse?

– Não.

– Do El-Fellah?

– Não.

– Você chega sozinho aqui, ninguém mandou você vir até aqui, e tudo o que você quer é uma "informação"?

– Pesquisa.

– Então suma.

Risa voltou-se novamente para as fotografias coloridas. Roupas íntimas, roupas íntimas, batom. Cinco mulheres num pequeno palco. Duas mulheres num sofá. Cigarros. Quando ergueu novamente os olhos e se deparou com o homem imutável ali em pé, seu punho subiu como um rojão e ficou parado sob o queixo de Carl por alguns segundos. Carl não estremeceu. Não dava para distinguir, pelos modos de Risa, se ele estava fervendo de raiva ou achando graça, e foram exatamente essas feições indecifráveis que convenceram Carl de que ele estava diante do homem que procurava.

– Posso pedir uma bebida para você?

Vestidos de noite e sobretudos, roupas íntimas, uma mulher com dois cachorros imensos. Uma mulher com botas pretas. Uma mulher com botas brancas. Risa não respondeu.

– Não quero comprar nada – disse Carl.

– Onde há algo para comprar aqui?

– Sei disso. Eu só queria...

– Você queria me oferecer uma bebida?

– Com prazer – disse Carl, ignorando a expressão de escárnio de seu interlocutor.

Carl disse algo ao garçom. Ele estava em seu canto, de braços cruzados, e não se mexeu.

Moda praia, moda praia, maiôs. Uma mulher nua, só de óculos. Chapéus extravagantes. Risa olhou rapidamente, sem prestar atenção, e folheou mais um pouco. Em seguida, ergueu dois dedos. O garçom encheu dois copos de geleia com um líquido claro e trouxe-os até a mesa. Carl esperou mais alguns segundos, depois girou a cadeira em sua direção e se sentou. Uma lâmpada de dez watts acima da mesa espalhava escuridão.

Levara quase a manhã toda para chegar até lá. Primeiro perguntou na rua sobre um bairro no qual era possível se divertir. Foi mandado ao porto. Ali, cuidadosamente se informou sobre armas. Um homem indicou-o a outro. Quanto mais concretas suas perguntas se tornavam, mais abstratas se tornavam as respostas. Por fim, Carl deixou que um adolescente o guiasse por cinco ou seis ruas para dentro das favelas e acabou chegando a esse buraco. O adolescente pediu um dólar pelo serviço, três vezes mais que todos os outros juntos, e foi por isso que Carl se decidiu por ele.

    Risa aproximou o copo dos lábios, fechou os olhos e sentiu o aroma de madeira da aguardente caseira.

    – Se você não quer comprar nada, então para que o esforço?

    – Como eu disse...

    – Você acha que pode me enganar – disse Risa. – Mas não pode.

    Carl ficou em silêncio.

    – Você quer comprar alguma coisa.

    – Não, eu...

    – Então quer vender.

    – Não.

    – Comprar ou vender. – A voz de Risa trazia uma ameaça implícita.

    – Então você vende alguma coisa?

    – Não.

    – Tudo bem – disse Carl, pensando um pouco. – Vamos supor que eu quisesse comprar algo. Ou vamos supor que eu quisesse comprar algo e fosse me informar, com alguém que não vende nem compra nada, onde se consegue o quê.

    – Vamos supor que você seja bicha. – Risa esticou o braço sobre a mesa e ficou balançando o queixo de Carl de um lado para outro. O garçom riu.

    – OK – disse Carl, disposto a um trato. – Vamos supor que eu seja bicha. E, como tal, não faço a mínima ideia da matéria e preciso de uma informação. E é sobre quanto custa.

    – Quanto custa o quê?

    – Minas, por exemplo.

    – Que tipo de mina?

    – Uma mina. Uma qualquer.

    – Qualquer uma? Você quer saber quanto custa uma mina qualquer? E é por isso que você está aqui?

– A mais cara.
– A mais cara? Uma do cacete ou o quê?
– Sim. O principal é que seja cara.
– Não – disse Risa. – Não, não, não, não! Do cacete ou cara?
– Trata-se do preço.
– Você quer comprar uma mina qualquer, e o principal é que ela seja cara?
– Não quero comprá-la.

Risa balançou a cadeira para a frente e para trás e mais uma vez para a frente. Bateu com a mão aberta sobre o curativo de cabeça de Carl.

– O que é isto? Tiraram seu cérebro?
– De certo modo.
– De certo modo... então você confirma que está lesado?
– Sim.
– Você não me engana.
– Não era essa a intenção.
– O último tira que tentou isso...
– Não sou tira.

Risa tomou um gole e depositou o copo na mesa. Fechou a revista e guardou-a no bolso direito da jaqueta. Ao mesmo tempo, tocou discretamente com a mão esquerda no bolso esquerdo da jaqueta. Dois clientes que estavam sentados bem atrás, num canto escuro do bar, levantaram-se de um salto e correram para a saída. O garçom se ajoelhou atrás do balcão. Uma cadeira tombou.

– Vamos supor – disse Risa baixinho – que eu realmente já tivesse ouvido falar dessas coisas a que você se refere. Armas. – Ele esticou os cantos da boca, descortinando duas fileiras de dentes brancos, bem devagar, do mesmo modo que tinha visto Burt Lancaster fazer. – Além disso, vamos supor também que você realmente não se interesse por isso, que você não precise de armas e que não seja um tira.

Vamos supor que você realmente esteja fazendo... como foi mesmo que você disse?... uma pesquisa.

– Sim – disse Carl, amedrontado.

– Uma pesquisa jornalística. E para quê? Para publicar artigos pacifistas impactantes sobre minas terrestres nos principais jornais e revistas opinativos da Europa e tornar o mundo um pouco mais belo e moral?

Carl tentou se situar, com base na expressão do rosto de seu interlocutor, e decidiu concordar de maneira imperceptível.

– Vamos supor que eu acreditasse em você. Não acredito. Mas vamos supor. Será que nem mesmo o jornalista mais idiota começaria com perguntas bem diferentes?

– Que perguntas?

– Perguntas sobre origem, distribuição, local de utilização? E, em se tratando de preço, não é preciso dizer os tipos?

– Que tipos?

– Que *tipos*? – Risa tirou novamente ambas as mãos dos bolsos, apoiando-as sobre a mesa. – Você pergunta por uma mina! Isso é mais ou menos parecido com: "Quanto custa uma fruta?"

– Mas eu disse a fruta mais cara.

– E isso é tudo? A fruta mais cara? As pessoas se interessam por isso na Europa?

– Eu não falei nada de Europa.

– Ah? Você quer saber quanto custa a mina mais cara? Por que você está perguntando justo para mim? Qualquer um poderia responder isso.

– Mas ninguém responde.

– Qualquer imbecil na rua pode responder isso para você.

– O problema é que nenhum dos imbecis aos quais perguntei me respondeu. E você também não. Porque todos acham que eu quero alguma coisa. Ou que estou fingindo que quero. Mas eu não quero nada e ninguém abre o bico.

– Porque todos sabem.

– Eu não sei.

– Porque você é imbecil. Olhe-se no espelho! – Risa tocou o avesso do *blazer* amarelo de Carl. – Nessa roupa de palhaço, eu diria que você nem sequer sabe seu próprio nome. Primeiro vá se vestir de um jeito decente. Não faz bem para a saúde sair assim. E também não faz bem para a saúde ser tão sem noção. Entendeu? E você é sem noção. Você não tem nem um pingo de noção.

– Certo. Não tenho nem um pingo de noção. E você é o especialista, por isso estou aqui.

– Não sou especialista.

– Não. OK.

– Quem disse que sou especialista?

– Ninguém. Desculpe. Claro que você não é especialista. Mas, ao contrário de mim, você pelo menos sabe que existem diferentes tipos de mina, com preços diferentes. Provavelmente. E você provavelmente sabe também quanto elas custam, porque qualquer um na rua sabe. Mais que isso eu nem quero saber.

– Meu copo está vazio – disse Risa depois de uma longa pausa.

Carl empurrou o seu, que ele não havia tocado. Risa tomou-o de uma só vez e disse:

– Está vazio de novo.

Carl tentou fazer um sinal para o garçom e mais uma vez o garçom só se mexeu depois de Risa confirmar o sinal com um aceno de cabeça.

– Tudo bem – disse Risa. – Então você quer saber alguma coisa. E vou te dizer uma coisa. Porque você está pagando minha pinga. E porque todo mundo sabe. Porque é uma informação que está nas ruas. Você quer o Rolls-Royce das minas. Fabricação iugoslava?

– Sim.

– Ou inglesa?

– Sim. Tanto faz.

– Ou americana?

– Sim. Americana.

– Então você quer algo americano? As iugoslavas não são boas o suficiente?

– Só o preço. A que custar mais caro.

– A que custar mais caro? – Risa olhou furioso para Carl. Ele se ergueu de um pulo e sentou-se novamente. As cicatrizes de seu rosto brilhavam rosa-claras. Carl, que não conseguia suportar aquela visão, cometeu o erro de virar o rosto. No momento seguinte, ele estava estatelado de costas ao lado do bar. O sujeito das cicatrizes no rosto estava ajoelhado sobre seu peito, cacos voavam pelos ares e o garçom estava ao lado deles segurando uma garrafa quebrada no gargalo.

– A que... custar... mais... caro! – berrou Risa. – Você acha mesmo que eu vou cair nessa? Você acha que eu não sei quem você é? Eu já sabia quando você entrou! Reconheço um tira. E você não é tira. O que você está pensando da vida, seu veadinho? – Ele apertou o pescoço de Carl perto do colarinho. Carl sentiu-se sufocar e tentou se defender. – Você acha que pode chegar aqui e ficar enrolando as pessoas, quando não sabe nem a diferença entre uma mina iugoslava e uma inglesa? Não vá achando que sou idiota. Porque eu não sou idiota! Sua cara fede. Conheço sua laia. Quer que eu diga quem você é? Você é um intelectual. Um intelectual de merda, um desses comunistas retardados que leram coisas demais daqueles porras franceses que usam pulôveres de gola rulê, e agora quer explodir alguma coisa. Um desbundado. Eu conheço os desbundados. E você é um desbundado. Um terrorista por esporte. – Ele afrouxou um pouco a mão e prosseguiu, mais calmo. – Mas tem duas bolas na cueca. E agora você quer uma mina do cacete, e vou te dizer uma coisa. Se você quiser começar sua vingança particular contra o imperialismo nesta cidadeca estropiada, se você quiser explodir alguma coisa, quer dizer, se você não tiver outra coisa na cabeça além de começar alguma merda fedida por aqui e lançar centenas de árabes pelos ares e mergulhar a cidade num mar de chamas... você tem o meu apoio.

Aos poucos, o rosto de Risa foi desanuviando. Ele saiu de cima de Carl, limpou o pó dos joelhos e voltou a se sentar à mesa.

– Mas não minta para mim. Pelo amor de Deus, não minta para mim. E sente-se. Agradeça por esse "garoto" ter te trazido até mim, e não até um louco qualquer. Se tem uma coisa que eu não suporto é mentira. Entendido? Então, sente-se.

Carl abotoou novamente o colarinho da camisa, ajeitou o curativo da cabeça e sentou-se. Sem dizer nada.

– Só que eu não mexo com armas. De modo que, nesse ponto específico, não posso lhe ser útil. Mas o que eu me pergunto é, de maneira puramente hipotética, porque afinal você não quer nada e eu não vendo nada, se alguém precisa com tamanha urgência de uma mina, por que esse indivíduo não faz como todos os outros e vai até as minas e desparafusa uma? Você sabe onde fica o sul? Onde está o sol. Você vai até lá e desparafusa cinco Claymore de cada estaca.

Com um movimento de cabeça, apontou para um homem que estava sentado algumas mesas adiante, curvado, e que sorvia algo de um prato de sopa. O homem não tinha braços.

– Talvez por isso – disse Carl. – E essa é a melhor opção que existe?

– A Claymore? Não.

– Beleza. Vamos supor que alguém esteja com sorte. E desparafusa a melhor que existe. E quer vender. Quanto poderia pedir?

– Duzentos.

– Dólares?

– Para você, cento e cinquenta.

– E o que seria?

– Mina antitanque. Com carga explosiva. Acionamento magnético.

– E isso é o mais caro que existe?

Risa ficou inquieto de novo. Olhou ao seu redor, dentro do bar.

– O que você pensa da vida? Cento e cinquenta não é suficiente?

– Achei que devia haver algo mais valioso.

– Valioso? Uma mina valiosa?

Risa ficou bem perto de Carl e o encarou. Até agora ele não tinha se preocupado muito. O sujeito era um maluco. Um tirador de sarro. Ou um policial voluntário. De qualquer maneira, idiota demais para ser perigoso. Mas algo parecia esquisito no homem. O que, pelo amor de Deus, ele queria explodir?

– Você está seguro de que precisa de uma mina, e não de uma bomba atômica?

– Não posso dizer do que eu preciso. Eu preciso apenas da informação... sobre o preço.

– E então você fica satisfeito.

– Os fabricantes não ficam ricos com isso, ou ficam?

– Fabricantes de quê?

– Minas.

– Em toda essa merda de continente não há nenhum produtor de minas. O que isso te interessa?

– Só estou perguntando. Achei que devia haver mais alguma coisa. Mas cento e cinquenta...

– Ah, cara – disse Risa, que colocou uma mão sobre o ombro de Carl. Agora ele estava falando bem baixinho, quase sussurrando. – Eu vou te dizer uma coisa, meu amigo. Porque você é meu amigo. Estamos tomando uma aguardente de primeira aqui. E seu cérebro não parece muito maior que uma ervilha. E eu te digo: eu, Risa, vulgo Khach-Khach, não mexo com armas. Não há nada para comprar de mim. Mas se você quiser comprar uma mina, então não pague mais de *dez* dólares por ela, combinado? Você também vai conseguir por cinco. Ou até menos. Antitanque, antipessoais, tanto faz. Só a nova Claymore com disparador remoto... dez. No máximo vinte. Se você for idiota. E então não será Claymore, porque só vai estar escrito Claymore nela, mas funciona igualzinho, você consegue evaporar um ônibus inteiro com isso, e todo o resto não importa. Entendeu? Seu cérebro amputado consegue entender isso?

Carl estremeceu um pouco.

Risa secou seu copo.

– E se você quiser continuar a fazer suas perguntas estúpidas, meu amigo: cada resposta, um copo. Ou cinco dólares. É o preço.

Ele olhou para Carl, Carl olhou para o garçom.

– Tudo bem – disse Carl –, vou perguntar mais uma coisa. Será que você por acaso sabe se tem uma mina aqui por perto?

Risa ficou em silêncio. Ele tinha cruzado os braços sobre o peito e, com um movimento minúsculo do dedinho, apontou para a mesa.

Carl tirou o dinheiro do bolso e colocou as notas em fila. Pagou a conta até aquele momento; restaram três notas de cinco dólares. Empurrou uma delas para a frente.

– Você sabe se tem uma mina, uma jazida, em algum lugar nas proximidades? – ele repetiu.

– Que tipo de mina?

– Qualquer mina.

– Qualquer mina? – O mau humor de Risa estava chegando ao ápice. – Você quer saber se existe alguma mina por aqui? E o que você quer com isso? Será que você quer explodir uma mina qualquer, sem saber até se ela existe, com uma mina qualquer?

– Não faz sentido, eu sei. Uma coisa não tem nada que ver com a outra.

– Além do fato de as duas coisas se chamarem mina.

– Sim, mas é por acaso.

– Isso é acaso? O que é acaso?

– As duas coisas terem o mesmo nome. Só estou perguntando...

– Desde quando o nome de alguma coisa é por acaso? Mina e mina. Você acha que é por acaso? Você não é tão intelectualizado assim, certo?

– Não falei nada de intelectual. Foi você quem disse.

Risa sorriu como se tivesse uma faca entre os dentes. Recostou-se, apertou as mãos contra os cantos da mesa e disse:

– Por que você acha que a mina se chama mina?

Carl nunca tinha refletido sobre isso.

– Faça um esforço – disse Risa. – Se você chegar à conclusão sozinho, vai ter economizado cinco dólares. Por que um coisa se chama mina e a outra também?

– Porque nas jazidas as pessoas usam explosivos, acho. As rochas são removidas com minas. E por isso as jazidas se chamam assim.

– É o seu palpite. Palpite errado. Desde quando há jazida? Desde o tempo do cobre. E desde quando há explosivos?

– Então é o contrário – disse Carl. – As jazidas se chamam minas, e depois que o explosivo foi inventado ele passou a ser usado lá. Então o nome acabou se transferindo.

– Ah, ele se transferiu. Assim, do nada! Simples assim. Mas, se algo pode ser explodido, onde vai ser usado primeiro? Não numa jazida, mas num campo de batalha. Você quer continuar tentando ou a próxima nota vai sumir? – Risa parecia estar contente com o papel de professor.

Carl pensou. Passaram-se alguns minutos. Usando o indicador, ele empurrou um pouco para a frente a nota do meio.

– Então você não sabe. – Satisfeito, Risa acenou para o garçom encher novamente os copos. – Mas campo de batalha está certo. Guerra. Nesse caso: cerco. Trata-se de guerras de conquista. Quando as antigas fortificações realizavam cercos, estou falando de Idade Média... quando eles tentavam invadir fortificações, como faziam? Primeiro, um fosso. Depois, avançavam em zigue-zague contra os muros, para não serem atingidos. E quando estavam próximos o suficiente, iam por debaixo da terra. Mas quem vai escavar a terra? Gente especializada, claro, mineiros. Eles cavavam as galerias, apoiavam tudo com madeira e, quando chegavam embaixo da fundação, tocavam fogo na madeira e saíam correndo. As minas desabavam e a fortificação, em cima, implodia. É por isso que a mina se chama mina. E os explosivos vieram muito depois. Para ficar do cacete. Mas também funciona sem.

– Ah.

– E respondendo à sua pergunta: não, não sei de jazidas por aqui. As montanhas não valem nada. Você vai querer detonar seus últimos cinco dólares ou por hoje já chega?

Carl pensou um bocado, tamborilou sobre a nota restante e disse:

– Por favor, não bata em mim. Mas será que você sabe, por acaso, se há uma fortificação antiga nas redondezas?

Livro Quatro: O oásis

36. O general

> "Os vizinhos dos nasamões são os psilos. Esses foram exterminados da seguinte maneira: o vento sul soprou e secou suas cisternas, e sua terra, que ficava inteira em Sirte, não tinha água nenhuma. Então eles tomaram uma decisão unânime e fizeram guerra contra o vento sul (conto apenas o que os líbios contam); e, como eles chegaram ao deserto de areia, o vento sul começou a soprar e os sepultou. E, já que eles foram exterminados, os nasamões tomaram suas terras."
>
> Heródoto

Adequadamente submisso, mas também apressado, Canisades abriu a porta do grande salão da sede da polícia. Um homem de duzentos quilos, general da polícia, estava sentado sob versículos do Alcorão bordados em vermelho e dourado e luxuosamente emoldurados. Seu rosto em forma de pera repetia-se no formato do corpo de maneira surpreendente: projeto e execução. Olhinhos estreitos sob sobrancelhas ralas, nariz pequeno e uma boca cujo lábio inferior carnudo tinha sofrido tanto a ação da gravidade que era possível enxergar o tempo todo uma fileira de dentinhos de rato. Sob sua camisa viam-se duas generosas mamas caídas, a barriga impedia um sentar ereto, e um oficial de polícia que muito tempo antes vira o general na ducha do cassino dizia que *nada* ficava à mostra. Não obstante, sobre a escrivaninha havia uma fotografia em cores que mostrava o general com uma mulher magérrima e oito filhos no formato de pera.

Fungando, ele apontou uma cadeira para Canisades e fez uso de seu famoso minuto de silêncio de general. Canisades acompanhou a contagem mentalmente. Cinquenta e seis, cinquenta e sete, cinquenta e oito. No cinquenta e nove, o general puxou três folhas dobradas de um escaninho e jogou-as diante de si sobre a mesa com uma expressão que deixava claro que ele não era membro da seita dos gordos simpáticos e calorosos, presente em todas as regiões do mundo. Ele fazia parte de outra categoria.

– E agora não vá negar tudo isto! Asiz encontrou-as na sua escrivaninha.

Canisades não negou. Ele reconheceu os papéis de cara, mesmo que não tivesse ideia de qual era a reprimenda relacionada a eles. Uns tantos impressos ridículos da época colonial; foi por isso que o general o chamou? Mas depois de cinquenta e nove segundos pareceu-lhe aconselhável tomar logo a defensiva.

– Posso explicar, desculpe. Polidório e eu, a noite dos formulários, a longa noite dos arquivos...

– Investigadores especiais do Comitê dos Bons Costumes! Vocês estão malucos? Quem teve a ideia dessa baboseira?

– Nós dois – disse Canisades. – Polidório.

– E quem mais estava junto?

– Somente Polidório.

– Não me fale merda! São três identificações.

Pergunta justificada. Embora a resposta correta fosse: eram quatro.

– Foi uma brincadeira – Canisades tentou explicar-se com a difícil verdade –, e não fizemos nada com isso. Nós as mostramos às putas, foi só.

– Às... putas. Ah! – O general fez anotações. Ele tinha uma memória recente fraca e não suportava quando as conversas começavam a se segmentar. Quando, numa conversa, era confrontado com perguntas, e perguntas sobre as perguntas, ele as anotava para depois voltar a elas, ponto por ponto.

– Vocês estão abaixo de qualquer crítica – disse, ameaçador.

Canisades continuou, rápido:

– Foi realmente só uma brincadeira. Estávamos exaustos de tanto trabalhar e com sono, o senhor sabe, a noite longa, a montanha de papéis... e estes caíram de uma pasta suspensa. Com muitos outros. Nós também fazíamos uma porção de outras coisas. Para conseguirmos ficar acordados. De vez em quando a luz também acabava...

– Que outras coisas? – O corpo do general adernou para a frente.

– Outras coisas... bobagens quaisquer. Tínhamos de aguentar até o amanhecer e...

– Que outras coisas?

– Bebemos, contamos piadas... fizemos guerra de bolinhas de papel. – Canisades, por precaução, não falou nada sobre a corrida de arquivos. – E então, por acaso, isso com o Comitê dos Bons Costumes. Também fizemos um teste de Q.I. E durante todo o tempo ficamos praticamente no escuro, porque a chave para a caixa de luz...

– Que teste de Q.I.? Desde quando há um teste de Q.I. por aqui?

– Apareceu por ali. Um desses testes que medem a inteligência como se fossem réguas.

– Resultado?

– Eu 130, Polidório 102.

– Resultados! Vocês são inteligentes ou não?

– Ora – disse Canisades –, medianos. Nada de especial.

– Medianos! Você sabe o que eu posso fazer com você e com seu mediano?

Ele olhava furioso para a escrivaninha à sua frente. Tinha perdido o fio da meada, mas antes que Canisades conseguisser soltar a próxima nuvem de fumaça o general perguntou:

– E que nome babaca é esse? Adolphe Aun!

– Foi Polidório que inventou.

– É alemão?

– Não sei.

– E aqui, Didier... e Bertrand, você está falando sério? Vocês são bichas? Vocês são um casalzinho *gay*?

– Sinto muito, chefe.

– Você sente muito, sente muito! – De súbito, a expressão do rosto do general mudou drasticamente. Com um olhar suave, ele passou a rasgar as identificações em pedacinhos. – Você vai me fazer um favor. Certo?

Então era isso.

– Claro.

– O que você sabe a respeito desse Amadou? O assassino que fugiu ao ser transportado.

– Karimi é o responsável por ele.

– Isso eu sei. Sua avaliação.

– Pfff. – Canisades pensou bastante. Parecia-lhe adequado distanciar-se cuidadosamente dos colegas. – Karimi está fazendo o que costuma fazer. Agora entrou com uma requisição para uma segunda retroescavadeira, a fim de detonar o Bairro do Sal.

– Avaliação!

– Mais para seu deleite pessoal, eu diria. Afinal, esse Amadou é limitado demais para se esconder por mais de cinco minutos em algum lugar.

Canisades parecia ter acertado na mosca, e o general continuou, um pouco mais animado.

– *Evidente* que Amadou é limitado demais. Mas exatamente aí está o problema. Como ele é limitado, não percebe quanto é limitado. Sozinho ele nunca teria saído do caminhão. E ele infelizmente foi limitado demais para não perceber que havia um ajudante. Em outras palavras, ele não somente escapou de nossos policiais, como também do nosso... do seu... tanto faz. Há quarenta e oito horas não sabemos onde ele está. Amadou desapareceu. E o que eu quero agora, e o que Karimi não entende, é... que Amadou continue desaparecido, *capisce*?

Ambas as fendas na carne do rosto se estreitaram. Canisades assentiu, segurou apenas o indicador apontado para cima e movimentou o polegar.

– Não, não, não! – disse o general. – Desaparecido no sentido de *desaparecido*. Estou falando chinês? Karimi não entende e você também não entende? O pobre garoto não tem culpa de... não tem culpa. Ele cresceu num ambiente dos mais miseráveis, a vida foi dura com ele, ele nunca fez nada de errado. Isso não é tão difícil assim de entender! Ele vivia pacificamente em Tindirma e cuidava de suas cabras, até que esses *hippies* vagabundos se mudaram para lá e o provocaram. Durante muito tempo, Amadou assistiu a tudo, impassível... mas, em algum momento, a paciência dele se esgotou. Como no caso de qualquer pessoa normal. E ele reagiu de um modo um pouco exagerado. Dá para dizer dessa forma. Mas ele é um cara legal, na verdade. O Amadou. *Capisce?*

– O senhor está querendo dizer...?

– Quero dizer que ele não vai fazer nada contra nós. Simples assim. E nós não vamos fazer nada contra ele. E agora você é responsável por isso.

– E Karimi?

– Karimi vai abandonar o caso. Já o abandonou. E espero... que você ao menos tenha compreendido o que eu estou esperando de você.

– Não fazer nada.

– O teste de inteligência serviu para alguma coisa.

– Preciso saber mais alguma coisa a esse respeito?

– Não. – O general cruzou as mãozonas. – Não precisa. Embora eu também possa falar para você, tanto faz. Como se descobriu há alguns dias, Amadou é o neto da faxineira do ministro do Interior. Ou do secretário de Estado no Ministério do Interior, ou sei lá o quê. Não nos interessa. Peixe graúdo... e, se eu recebo uma orientação, eu a cumpro. *Capisce?* Não como Karimi, o idiota. E por isso precisamos agora de alguém que também saiba cumpri-la. Assim a coisa fica bem simples. Você pega umas pessoas e começa a busca por Amadou. Que, na verdade, não tem nada de limitado, mas é zureta como todos esses pastores de cabras. E como se procura um sujeito desses? É só percorrer um pouco a região, de carro, e entrar em algumas casas. *Capisce?* E, principalmente, preste atenção para estar sempre carregando um bando de jornalistas atrás de você. Os dois americanos ainda estão no Sheraton, aquele britânico também. Você o conhece, não? E eles têm de fazer muitas fotos. De repente você prende um, depois prende logo uma dezena, e isso enquanto o povinho da imprensa estiver interessado. E o resto você deixa para mim. É preciso ficar de olho apenas para Amadou não se esconder no Bairro do Sal. Porque ele cresceu lá. Ele conhece aquilo como a palma da mão, e é por isso que qualquer policial idiota como Karimi vai supor que ele está por lá. Mas como Amadou é um sujeito tão zureta, como acabamos de ver, é ali que ele não está, *capisce?*

– *Capisce.*

– Outro motivo é o seguinte: depois de Karimi ter estado ontem no Bairro do Sal com suas retroescavadeiras, aconteceu novamente um pequeno levante. Isso não é bom. Estou dizendo. Lá já houve mais mortes do que aquelas que Amadou tem na consciência. O que isso significa para você é: o bairro inteiro e o deserto atrás dele, na direção de Tindirma, o Distrito Vazio, o Bairro do Sal, toda a região é tabu para você. Estamos combinados?

Canisades assentiu, solícito. Ele não conseguia imaginar de onde tinha aparecido subitamente a proteção para o debiloide Amadou. Isso do parentesco com o ministro do Interior era bobagem, claro. Um pastor imundo de cabras não seria parente do ministro do Interior, nem de sua faxineira. Se fosse, já teria gritado isso na cara da polícia durante o primeiro interrogatório, em vez de ficar um tempão se aferrando à sua inocência. Provavelmente a família de Amadou tinha conseguido juntar algum dinheirinho. E para onde estaria indo esse dinheiro agora? Para Karimi não parecia ser. Diretamente para o general? Ou realmente para alguém no Ministério do Interior? Canisades irritou-se apenas por ter ficado de fora. O procedimento habitual previa a inclusão de todos os comissários da investigação, e ele tinha sido o primeiro a lidar com o caso. Em vez disso, teve de ficar olhando para aqueles papéis ridículos. Não era pouca sua vontade de prender Amadou e acabar com ele. Isso não devia ser muito difícil. Se alguém estava achando necessário tirar a investigação de um cego feito Karimi, então Amadou devia estar sentado no meio da estrada para Tindirma, bêbado, pelado e cantando músicas indecentes.

Canisades considerou o momento propício para apontar, com um ar de dúvida, para os pedacinhos de papel.

– Coisa de criança – disse o general, jogando tudo no cesto de lixo. Em seguida, com um gesto, indicou a Canisades que saísse de sua sala. Um pouco antes de o comissário fechar a porta atrás de si, ele foi chamado de volta. O general estava com seu bloco nas mãos, ticando as observações que tinha feito. – E isso funciona?

– O quê?

– O Comitê dos Bons Costumes. As putas. Sou pai de família, você sabe, e muito religioso. Estou perguntando porque tive um tio que... então, isso funciona?

– Como eu disse, estivemos lá somente uma vez. Ou eu estive.

– Responda ao que perguntei! As moçoilas fazem de graça ou não?

– De oficial para cima é sempre de graça.

– O quê?

– Elas sempre fazem de graça. – Canisades entrou mais dois passos na sala. – Isso é de praxe, afinal somos a polícia.

– Então para que a besteira com as identificações?

– Como eu disse, não tentei. Mas Polidório diz que assim elas ficam melhores. Fazem coisas que não estão no programa habitual.

O general ergueu-se um pouco da cadeira, apertou seu punho entre as bochechas gordas e encarou Canisades.

– Sim, algo nesse sentido.
– E isso aqui? Desse jeito?
– Sim. Também.
– E assim?
– Tudo. Palavra do Polidório.
– Sério? – Balançando a cabeça incrédulo, o general olhou para Canisades e depois, ainda incrédulo, para seu bloco de notas. – Que putinhas! – Em seguida, com um aceno e sem erguer o olhar, mandou seu visitante ir embora novamente, fez novas anotações e riscou as antigas.

Um pouco mais tarde, um vidraceiro que tinha vindo trocar duas janelas chamou o general para fora de seu escritório, e Canisades – que esperava no corredor, diante dos escaninhos – se esgueirou de volta para a sala, roubou os pedacinhos de papel do cesto de lixo e meteu-os no bolso. O seguro morreu de velho.

A seguir, ligou para o Sheraton e pediu para falar com Mr. White, o jornalista britânico, para lhe perguntar se queria tirar fotos da prisão de Amadou, que estava prestes a ocorrer. Enquanto ele ainda telefonava, o general voltou arrastando os pés. Colocou um bilhete ao lado do aparelho de telefone. Canisades tapou o bocal do fone.

– Esqueci totalmente. Mais uma tarefa para você – o general sussurrou. – Porque você ficou me interrompendo o tempo todo. Trata-se de um desses felás, que está procurando seus dois filhos. Supostamente foram assassinados. No deserto. Um levou tiros, o outro foi golpeado. Está tudo escrito no bilhete. O caminho para Tindirma, o antigo celeiro, onde eles faziam aguardente antes. Dê uma passadinha antes por lá. Em seguida, Amadou. *Capisce?*

37. A grande sacerdotisa

> "As virtudes femininas, a felicidade da mulher, não me comovem. Apenas o selvagem, o grande, o brilhante me agrada."
>
> Karoline von Günderrode

— Minas, jazidas, não, porque aqui não há minas. Minas terrestres não, porque nenhum ser humano sensato vai sequestrar uma família e ameaçá-la de morte por causa de dez ou vinte dólares. E uma fortificação sob a qual tenham sido colocadas minas, para completar o quadro do improvável, também está fora – disse Helen com um sorriso torto. – Porque não há nenhuma. Isso se o sujeito com as cicatrizes não te contou umas lorotas, mas não parece ser o caso. Então só nos restam as minas de lápis.

— Ou a moeda. Ou o livro.

— Isadora Mina? E seu filho Aimable-Jean-Jacques? Não. Não acredito em nada disso.

— E se não for o livro, mas algo escondido no livro?

— Não acredito mesmo assim – disse Helen. – Não que um livro não possa ser valioso. Mas Bassir disse "mina". Setenta e duas horas para ter a mina de volta. Um sujeito semianalfabeto, que fica horas torturando você com um abridor de envelopes, não diria "mina" se estivesse se referindo a um livro. Ele diria "livro". O mesmo vale para a moeda. Ele diria "moeda" se estivesse se referindo a uma moeda. Talvez seja melhor se concentrar nesse Cetrois.

— E como, se não sabemos onde procurar?

Helen levantou-se, dando de ombros, foi até o telefone e pediu um interurbano para os Estados Unidos. Enquanto ela esperava, Carl juntou novamente os objetos que portava quando estava no deserto e colocou tudo diante de si sobre a mesa. A carteira vazia. O lenço de papel amassado. O molho de chaves. O lápis.

O lápis era sextavado e recoberto por uma tinta verde brilhante; no alto havia a gravação "2B" em dourado. A ponta estava quebrada, dava para puxar uma pequena farpa de madeira.

– Esqueça – disse Helen.

– Um segundo – disse a telefonista.

Carl largou o lápis, pegou a carteira, revirou as divisórias vazias nas quais ainda havia alguns grãozinhos de areia e colocou-a ao lado do lápis. Desamassou o lenço de papel, do qual também choveu areia, observou-o e amassou-o novamente. Passaram-se alguns minutos. Depois ele se levantou, pegou uma faca de pão da cozinha e começou a cortar o lápis. Quando o toco tinha ficado pequeno demais, ele o pressionou com o punho contra o tampo da mesa e continuou serrando com a faca até não restar mais nada além de serragem e pedacinhos de grafite, sem nada de especial. Ficou observando, pensativo.

– Não seja ridículo – disse Helen ao vê-lo colocando a ponta de um dedo primeiro no pó de grafite e depois na língua.

De repente, a ligação ficou muda. Helen apertou o gancho e, depois de alguns minutos sem ouvir a voz da telefonista, ergueu-se e disse a Carl:

– Tenho de fazer mais umas compras. Você quer ir junto?

Mas Carl não queria. Ele estava sentado curvado sobre a mesa, com a cabeça apoiada nas mãos. Novamente pegou o lenço de papel, tentou desamassá-lo uma segunda vez sem rasgá-lo em vários pedacinhos, segurou-o contra a luz como se pudesse ler ali alguma mensagem secreta.

Suspirando, Helen fechou a porta atrás de si.

Ao voltar carregando duas sacolas plásticas pesadas, cheias de comida, ela pensou estar escutando vozes. Com cuidado, largou as compras, deu a volta pela casa em silêncio, ajoelhou-se atrás de uma buganvília que recobria um canto e empurrou um galho para o lado, para espionar o terraço.

Carl estava a apenas alguns metros de distância, sentado no chão com as pernas cruzadas. Ele observava atentamente algo diante de suas canelas. Na frente dele estava sentada uma mulher de ombros largos e cabelos compridos. Ou seria um homem cabeludo? Ambos tinham baixado a cabeça e Helen ouviu uma voz conhecida dizer:

– Esta é a torre. O eremita fica em cima dela, de atravessado. E aqui o carro, a estrela... sempre acho a estrela uma carta muito bonita. A estrela no inconsciente, já explico o que significa. E no cinco há... o enforcado – disse Michelle, trocando rapidinho a carta por outra.

O rosto de Carl expressava dúvida. Ele parecia não estar de acordo com a troca, e Michelle, que tentava não desviar o olhar dos olhos dele, pretos como carvão, sentiu uma onda de dolorosa empatia atravessar seu corpo. Ela sabia o que isso significava. Significava que precisaria ser muito cuidadosa.

Desde que esse homem belíssimo concordou, sem hesitar, que ela lesse suas cartas, desde que ele pediu, com movimentos inseguros, que ela o acompanhasse ao terraço e lhe ofereceu um café, não, para ser sincera, desde que ele apareceu diante na porta do bangalô 581 para lhe abrir a porta, com um curativo de cabeça manchado de sangue e um cigarro dobrado no canto da boca, a tristeza indizível de seus traços assolou-a. E de tal maneira que Michelle Vanderbilt decidiu, no mesmo momento, que a vida dele se aproximaria da sua. Ela tomava decisões assim, em frações de segundo. Mesmo que nem todos compartilhassem a opinião e mesmo que ela soubesse que irradiava algo bem diferente para o mundo exterior: Michelle era uma pessoa resoluta. Força de vontade e decisões firmes tinham sido herança da avó italiana; ao mesmo tempo, e em suposta contradição a isso, também o temperamento exagerado, a espontaneidade e a cordialidade italiana típica. E, quando a situação assim o exigia, Michelle era firme. E tomava decisões. E por longa experiência ela também sabia que a maneira mais fácil de sair-se bem numa situação difícil era guiar-se pela intuição. E sua intuição lhe disse desde o primeiro momento: cuidado. Cuidado com esse homem maravilhoso, sofredor, com um curativo de cabeça tão estranho e olhos tristes, cuidado, Michelle Vanderbilt!

Depois de uma rápida conversa telefônica com Helen, após sua visita à comuna, ela também sabia quem era o homem. Esse era o homem que tinha sofrido uma espécie de perda da memória. O que isso significava?

Significava, primeiro, que era muito provável que Helen – sem pensar nas consequências, algo típico dela – tivesse começado um relacionamento sexual com esse homem chamado provisoriamente de Carl, que poucos minutos antes negara isso. Significava, em segundo lugar, que, comparada à dor que Michelle tinha de carregar, a dor lancinante de havia pouco ter perdido quatro amigos na sua frente em um massacre, um sujeito com amnésia, que não havia perdido nada além de sua identidade, devia ser comparativamente um sujeito de sorte. E, em terceiro, que esse sujeito comparativamente sortudo faria ou poderia fazer mau uso da empatia que ela sentia em relação ao sofrimento dele, obtendo algumas vantagens (ou qualquer outra coisa). Isso se ela, Michelle, permitisse. Mas ela não permitiria. Essa decisão foi tomada no primeiro segundo. E decisões tomadas não eram alteradas.

– Porque senão isso quer dizer que, nessa combinação, ou seja, se analisarmos direitinho, com a torre aqui sobre a situação de partida e a morte – disse Michelle, que tinha aberto o restante das cartas rapidamente, encarando a combinação resultante com os olhos arregalados –, com a morte no futuro próximo... o que normalmente é um processo de transformação, a morte como mudança, como alteração... enquanto nós... se nós, quero dizer...

Surpresa, Michelle observou quando Carl tirou o enforcado da mão dela e o devolveu à sua posição original.

– Este aqui é o enforcado – ela disse. – Sempre o tiro porque, se o deixarmos aí, se ele ficar aí, então também poderia significar que alguém vai morrer *de verdade*... ou algo... não, alguém... porque, no questionamento, já que dissemos de quem se trata, e se trata de você, não? Então isso quer dizer que *você*...

– E dá para simplesmente tirar a carta e então não se morre?

– Não falei nada sobre morrer! Não necessariamente, mas espere um pouco... Tenho de refletir. Como falei no começo: trata-se de padrões temporais, que são antes campos de força, e portanto nunca é possível falar que é assim ou assado. Só que esta carta aqui, quero dizer, a morte... e o louco e o diabo e aqui o julgamento, nessa sequência, do jeito que está posto... eu nunca vi nada parecido.

Michelle passou as mãos pelo cabelo. Tentava ganhar tempo. Com a expressão de uma criança prestes a chorar, ela olhou para a combinação problemática. Mas as cartas não deixavam muita dúvida.

Michelle sentia isso e percebia que Carl também sentia.

– Mas a gente tem de morrer de qualquer jeito. Aí não está escrito *quando*, certo?

– Esse é o futuro próximo, quase presente. Eu acho...

– E se eu já tiver morrido?

– Vamos voltar para o começo – disse Michelle com a voz trêmula. – Quero tentar novamente ver as coisas como um todo. Aqui temos a estrela, que eu sempre acho uma carta muito boa, o que significa que no início você estava cheio de esperança... e isso está correto. Você contou sobre como acordou no celeiro...

– E se eu já tiver morrido?

Helen não conseguia ver o rosto de Michelle, que estava de costas. Mas via o corpo da amiga enrijecer, uma das mãos sobre as cartas, a outra na nuca, o cotovelo apontado em direção ao céu.

Passaram-se dez longos segundos. Michelle percebeu aonde Carl queria chegar. Helen abafou um gemido.

– Se você já tiver morrido! – Michelle falou, animada. – Claro! Se você já... você tem mesmo, você é realmente um cara muito especial – disse, e bateu com o indicador, nervosa, na carta do enforcado, que estava bem ao lado da torre (que era quase como uma escada, uma escada para o celeiro!) e que era seguido, num futuro próximo, pela morte: a perda de memória de Carl. A morte de sua antiga identidade.

Atônita, Michelle balançou a cabeça.

– Às vezes é uma loucura quanto essas cartas sabem das coisas! E você ter percebido isso... não estou dizendo só para agradar. Sou muito aberta nesse sentido e soube, desde o primeiro momento, quando você abriu a porta, que estava diante de um homem muito especial. Um homem *muito* especial. E você tem um grande dom para as cartas. A torre, o eremita e o carro... você também não falou de um carro com quatro homens dentro? Essas são as influências aqui, elas se irradiam para o lado. Embora o carro também signifique apenas uma busca, uma busca na qual você está empenhado... a procura por sua identidade. E o enforcado, em geral eu o tiro, como disse, mas seu significado é, na verdade, apenas uma mudança de rumo, um pensamento novo em relação à própria situação, e você agora é praticamente esse enforcado, porque você está de ponta-cabeça nessa escada... isso é só loucura. – Seu indicador se moveu com renovada autoconfiança para a direita, o futuro. A morte da identidade, o louco, a grande sacerdotisa e, no final, o julgamento. As cartas não tinham mais uma ligação muito direta, agora era preciso concentração.

Michelle concentrou-se e disse:

– O louco sobre a sete, isso é o Eu, é como você mesmo se vê... e o julgamento é o resultado. Um recomeço, eu diria... entretanto, a carta está do lado errado, então pode significar também o contrário, quer dizer, se não a virarmos, e você... não? Porque há escolas diferentes, eu em geral viro as cartas.

Michelle lançou-lhe um olhar de menininha confiante, mas Carl balançou a cabeça em negativa, teimoso.

– Bem, se você não quer... ora, o julgamento também pode significar o início de um novo tempo de sofrimento, pode significar dores, se ficar desse jeito, mas significa na realidade apenas a *possibilidade* de dores, quer dizer, se você agir de modo errado. Isso depende sempre de você. O tarô mostra os caminhos, e aqueles que você escolher, quer dizer... o que a grande sacerdotisa sobre o oito e as dores significa...

– A sacerdotisa das dores sou eu, claro – disse Helen, que atravessou a buganvília e chegou ao terraço, caminhando diante dos dois para dentro da casa. Carl olhou para ela, confuso, e Michelle se encolheu feito uma criança surpreendida brincando de médico. Ela conhecia a opinião de Helen sobre suas cartas, o conhecimento e a espiritualidade dos arcanos, e ao mesmo tempo foi como se ela tivesse sido atingida por um raio: essas eram exatamente as características de uma sacerdotisa, inteligência e cuidado, que, do lado negativo, podiam se transformar em racionalismo e intelectualismo. Se a carta estivesse do lado errado. E ela estava.

38. A luta dos chefes

> "'Insinuações, no livro há insinuações', pensei, 'quero meu dinheiro de volta imediatamente.'"
>
> Marek Hahn

Michelle decidiu imediatamente depois da visita de Helen à comuna, e supostamente levada por isso, abandonar para sempre esse continente cruel e violento. Conseguiu arrecadar algum dinheiro entre seus amigos para a passagem de avião para os Estados Unidos; agora, estava na expectativa de Helen acompanhá-la. Ao contrário de Helen, Michelle nunca se interessou por questões materiais, e sua bagagem era constituída quase exclusivamente de bens espirituais; o amuleto com um dente de *ouz*, que Ed Fowler lhe dera na despedida, as cartas de tarô, seus livros prediletos e, além disso, como se viu, também uma pilha de revistas de sala de espera, que Michelle levou enroladas numa toalha quando elas foram juntas para a praia no começo da manhã.

Naquele horário a praia ainda estava calma. Um véu de neblina cobria o sol. Helen e Carl sentaram-se sobre uma grande toalha e ficaram conversando, enquanto Michelle, deitada de bruços um pouco mais afastada, mergulhava nas histórias melosas. Algo em sua postura parecia querer bloquear de antemão qualquer crítica ao nível de sua leitura. Depois de ter folheado algumas páginas, ela percebeu de soslaio que Helen tinha se levantado e caminhava em direção ao bangalô. Carl ficou para trás, perdido em pensamentos, e quase não retribuiu os olhares simpáticos de Michelle. Ela tentou se concentrar novamente nas revistas. Aos poucos, a praia foi se enchendo. Depois de cerca de quinze minutos, Helen voltou com um bilhete nas mãos e sentou-se muito perto de Carl.

– Seguinte. Não existe nenhum Cetrois – ela explicou em voz baixa. Carl tirou o bilhete da mão de Helen e o examinou. – Não tem nada. Não tem ninguém com esse nome. Esse nome não existe. Liguei para a França, para os Estados Unidos, liguei para Londres, para amigos na Espanha e no Canadá, pedi a todos que olhassem suas listas telefônicas. Nem um único achado. Nada de Cetrois. Nenhum Cetroix, nenhum Sitrois, nenhum Setrois... nada.

Com os olhos apertados, Carl olhava os nomes dos lugares riscados: Paris, Londres, Sevilha, Marselha, Nova York, Montreal. Abaixo, uma dúzia de maneiras de escrever o nome, todas checadas.

– Você tem amigos em tantos lugares! – ele murmurou, impressionado.

Ele se impressionou principalmente pela quantidade de lugares para os quais era possível ligar desse minúsculo bangalô e pela rapidez com que Helen tinha feito sua pesquisa. Mas algo em sua lista o irritava, parecia falho. Mas o quê? Será que os nomes escritos errado o irritavam? Ou a letra de Helen, de fôrma e em maiúsculas, sendo o "n" a única minúscula? Ele pensou um tempo sobre isso, mas não chegou a uma conclusão. (E quando chegou a uma conclusão, três dias depois, já era tarde demais.)

Enquanto Helen, suspirando, se deitou novamente sob o sol, colocou um braço sobre os olhos para protegê-los e começou a falar do Canadá francófono e de seu amigo em Paris, Michelle, olhando atentamente, estudava o cenário das fotos. Ela provavelmente já lera essa revista umas vinte vezes, mas nos cenários sempre havia novos detalhes maravilhosos a serem descobertos. De vez em quando ela olhava para o lado, e, quando a conversa cessou e Carl sem querer retribuiu seu olhar, ela lhe ofereceu uma das revistas. Carl folheou-a, distraído. A manchete era: "A luta dos chefes".

Na primeira página via-se um mapa da França com um estandarte romano fincado na terra e uma grande lupa sobre a Bretanha; abaixo, uma aldeia gaulesa rodeada por quatro acampamentos romanos. Carl achou aquilo vagamente conhecido. Sentiu o mesmo com a descrição dos personagens, na página seguinte.

Enquanto tentava compreender o sentido dos balões com os diálogos, em parte retos, em parte com formato de nuvens, ele escutou duas vozes de mulher atrás de si, uma conhecida e outra desconhecida. Virou-se e viu apenas que Helen pressionava o rosto contra a toalha e colocava os braços ao redor da cabeça para tapar os ouvidos.

A voz desconhecida falava com forte sotaque alemão sobre Duisburg, minas de carvão e cultura; a conhecida, que era de Michelle, acrescentava adjetivos.

Os primeiros quadrinhos mostravam o contraste entre os gauleses adaptados à civilização romana, levemente ridículos, e ao lado uns sujeitos fortões, primitivos, que caçavam javalis. Depois de uma pancada na cabeça, um druida perdeu a memória e a capacidade de fabricar uma bebida mágica; e um segundo druida, chamado Amnesix – que mantinha uma espécie de consultório psicológico e a quem se tentava explicar a história clínica do colega com um menir –, também perdera a memória.

– A realidade é como um espelho – disse a voz de Michelle – através do qual minha mão passa.

Os dois druidas não reconheciam nada nem ninguém. Preparou-se para eles um caldeirão com ervas, na esperança de que eles se lembrassem inconscientemente de sua fórmula mágica, mas todas as beberagens que eles misturavam só faziam tingir o rosto das pessoas ou ocasionar pequenas explosões e, por fim, um legionário romano que servia como cobaia acabou voando para longe feito um balão de gás hélio. Um gaulês gordo achou que conseguiria curar a perda de memória com uma segunda pancada do menir: uma lampadinha acendeu-se sobre sua cabeça. Um pequeno gaulês soltou três exclamações furiosas.

– ... só Akasha que não. Mas meus quatro melhores amigos sim, e eles estão agora num mundo melhor, tenho certeza. Viver durante muito tempo no deserto muda nosso olhar.

A cura surpreendente veio com uma poção verde e opaca; formulada sob interjeições grunhidas e cabelos arrepiados, olhos girando e nuvenzinhas de vapor diante das orelhas do druida, seu efeito era reconhecível até pelo leitor não iniciado. Na imagem final, uma festa, uma fogueira e um trovador amordaçado. Até isso parecia vagamente familiar a Carl. Estava confuso. Mas o que talvez mais o desnorteasse era a secretária do druida Amnesix. Muito magra, muito bonita e muito loira, ela lhe parecia a reprodução fiel de Helen. Ele lançou um rápido olhar ao original, olhou de novo de Helen para Michelle, e havia mais alguém ali. Um ser do gênero feminino, pálido.

Com sua facilidade para fazer contatos, igualmente herdada da avó italiana, Michelle conhecera poucos minutos antes uma turista alemã que imediatamente se revelou muito sensata. A alemã usava um maiô listrado de verde e amarelo, falava um inglês tosco e trabalhava numa profissão que ela própria definiu como "mulher pra toda obra". Michelle mostrou-lhe as cartas de tarô, falou sobre a plantação de painço e sobre o clima, e a alemã reclamou da política. Não que ela tivesse alguma simpatia pelos israelenses, mas o que estava acontecendo em Munique era terrível! Claro que era compreensível o desespero dos palestinos, era possível compreender que também os judeus atacaram, e principalmente no exterior, e de que outra maneira chamariam a atenção da opinião pública? É por isso que o atentado como um todo também era consequência da política internacional, do comportamento da comunidade de Estados... mas mesmo assim! Havia pessoas inocentes envolvidas. Haveria um argumento mais cínico do que "os jogos devem continuar"? As duas mulheres derramaram algumas lágrimas. O vento trouxe um frescor. Michelle não sabia dizer quando tinha tido uma conversa tão boa assim. Era reconfortante apoiar-se no ombro da alemã, que cheirava levemente a maionese, confessar seus sentimentos e, ao mesmo tempo, olhar para o mar, atrás do qual estavam, em algum lugar, os Estados Unidos, que, como Michelle acabara de saber, também eram governados por judeus. Pelo menos do ponto de vista econômico. Essa alemã sabia de tanta coisa! Com o indicador apoiado no lábio inferior, pensativa, Michelle sugeriu consultar as cartas do tarô em relação ao conflito palestino.

Ela falava baixo, embora as duas mulheres não estivessem sendo observadas a partir da outra toalha. Carl tinha feito a Helen uma pergunta qualquer, e ela respondera nervosa e rapidamente, iniciando uma discussão acalorada sobre esse homem chamado Cetrois. Cetrois isso, Cetrois aquilo.

– Qual o interesse de vocês nesse Cetrois? – perguntou Michelle.

Ela começou a explicar para a alemã, que aliás se chamava Jutta, o sistema de tiragem das cartas, a ampliação da cruz celta. Mencionou a antiga origem egípcia do jogo, o pequeno e o grande arcano, o princípio e o princípio reverso e, no meio disso tudo, quando os vizinhos se aquietaram por um instante, repetiu a pergunta.

– Você quer um pedaço de chocolate? – respondeu Helen.

Sem lançar nem um olhar à amiga de juventude, Michelle colocou o hierofante sobre o um. Por que Helen sempre precisava deixar evidente que não levava suas capacidades espirituais em conta? Além disso, Helen sabia exatamente que Michelle não comia chocolate por princípio, pois o doce sempre se armazenava em suas coxas.

– Só estou perguntando. Cetrois isso, Cetrois aquilo.

– Não existe nenhum Cetrois – disse Helen, irritada.

E as ondas batiam na praia, as gaivotas gritavam acima de sua cabeça. A natureza maravilhosa teria acalmado e relaxado qualquer pessoa normal. Não Helen.

– Claro que Cetrois existe – disse Michelle. Ela segurou a próxima carta com o verso para cima e virou-a, solene. O mago no dois. Michelle não achou muito fácil interpretar o hierofante como situação de saída e o mago como influência. Era fácil errar aqui, caso houvesse uma confusão entre religiosidade e religião. – Eu o conheço – ela murmurou, colocando a temperança sobre o três. A temperança ao lado da magia, isso não fazia nenhum sentido. Muitas vezes o contexto só aparecia no próprio contexto. Na sequência apareceram o eremita, a estrela, o carro... e, por fim, Michelle ergueu a cabeça em meio ao silêncio desesperador que a envolveu de repente.

Helen e Carl levantaram-se num salto e a encararam. Ela não contara com tamanha atenção. Com tranquilidade, terminou de tirar as cartas. A roda da fortuna, o enamorado, o imperador...

– O quê? – berrou Helen.

– Você o conhece? – perguntou Carl.

Que tom de voz era aquele? Ela deixou passar alguns segundos antes de erguer os olhos novamente.

– Você o conhece? – perguntou Helen.

– Sim, claro – ela disse, dando de ombros para Jutta, e Jutta assentiu, compreensiva. – Mas ninguém pergunta nada para mim!

Fez um biquinho e lançou um olhar amistoso e autoconfiante para o imperador sobre o dez. Será que o imperador traria a paz à Palestina? Essa era a questão. A carta parecia confirmar essa interpretação, mas infelizmente só por meio segundo. Pois Michelle foi puxada pelo ombro. Helen. A seu lado, Carl. Gritando. Até agora, tinha sido um triunfo. Mas começou a ficar desagradável. E Michelle bem que gostaria de não ter respondido à pergunta formulada de maneira tão descortês – ou, ao menos, de ter demorado para respondê-la –, mas, se os anos na comuna lhe haviam ensinado algo, era que ser puxada pelo ombro significava o fim da comunicação amistosa. E como era mesmo aquela verdade? O inteligente sempre cede!

– O inteligente cede – disse Michelle, prendendo uma mecha rebelde de cabelo atrás da orelha, e começou a relatar, gaguejando e amedrontada por Helen, que agora estava bem na sua frente, que ela conhecia esse Cetrois, sim, claro, ela o conhecia, como não? Bem, não diretamente, mas... E de onde? Sim, de algum lugar, será que ela não conseguia se lembrar de onde? Não devia ser difícil, pois afinal ela passara os últimos anos basicamente na comuna e foi exatamente aí... não! Não, não era nenhum membro da comuna, céus, ele não foi membro da comuna... e que palhaçada era essa? Não seria melhor parar de puxá-la pelo ombro e deixá-la contar a história? Afinal, ela estava contando, e um segundo a mais ou a menos não faria muita diferença. E ela também só conseguiria contar se não fosse ameaçada, pois ela, Michelle, era do jeito que era, uma pessoa tranquila, uma pessoa tranquila consigo mesma, e se não houvesse tranquilidade nada dava certo...

Helen lhe deu um tapa. Era o primeiro tapa que Michelle recebia na vida, e nunca ficou claro se ele teve algum efeito terapêutico ou não. Quando tomamos uma aspirina e a dor de cabeça some, também nunca temos certeza sobre o que motivou a melhora. E o que se descobriu em poucos segundos foi que Michelle também não sabia quem era esse Cetrois. Nunca falara com ele nem o vira... e, não, pessoalmente muito menos. Só que ele visitou a comuna um pouco depois do massacre. Em nome de uma seguradora. Supostamente era um corretor de seguros.

– Bem, primeiro achamos que fosse jornalista, depois detetive ou algo assim. Depois, talvez, corretor de seguros. Inspetor. Embora tenham sido os outros que falaram isso, eu estava dormindo, como disse. Agora me deixem em paz.

Eles não deixaram.

– Que seguradora?

Michelle se virou, tossiu, olhou ao redor. Essas perguntas insistentes. Mais uma vez não bastava saber alguma coisa. Tudo tinha de ser exatamente justificado e confirmado, a doença ocidental. E ela não sabia nada com tanta exatidão assim.

— Só sei aquilo que os outros me contaram – ela explicou, reforçando as palavras com gestos dramáticos. Pois parecia se tratar de um evento dramático. — E eu também não tenho nada que ver com isso! Só sei que aconteceu alguns dias depois desse crime horrível. A polícia vasculhou tudo durante horas, e então veio esse homem. Porque, Ed Fowler... Ed, Eddie, você também o conheceu, afinal ele tinha um seguro nessa firma inglesa...

— Um seguro de vida? Contra roubos?

— Sim... não. Também. Ele tinha um tipo de seguro, não me pergunte qual. Nunca me interessei pelas coisas materiais, e Ed também não. Foi a família que fez isso para ele. Os pais dele são podres de ricos e eles queriam de qualquer jeito, então parece que contrataram um seguro para ele, e como eu vou saber de que tipo era? – Michelle fez uma pausa curta, uma pausa realmente *minúscula*. — De qualquer modo, todos os jornais noticiaram aquilo da mala de palha com o dinheiro. A mala dourada cheia da grana. Todos tinham visto, havia milhares de pessoas na frente da casa que tinham visto aquele Amadou terrível, quando ele pegou a mala... e você sabe como os árabes são. Ouro e joias! Ninguém mata quatro pessoas por nada. Mas era apenas uma mala de palha. Minha mala, aliás. Tivemos de fazê-la na quarta série, amarela com estrelas vermelhas, nesse estilo. Elas descolaram com o tempo. E alguém guardou notas de dinheiro lá dentro. De algum país comunista. Mas que não valiam nada.

— E quanto valiam?

— Só alguns dólares, o Ed falou.

— Mas ninguém sabia disso?

— Sim. A polícia. No início, a gente contou tudo. Por causa do choque inicial. Mas depois o Ed teve a ideia... de todo modo, começou a circular a história dos dólares. De que havia dólares lá dentro. E objetos de valor. Ouro.

– E então vocês tentaram enganar a seguradora. Poderia ter sido a Lloyd's?

– Não sei se foi a Lloyd's. Eu não tinha nada que ver com isso! Eu não podia nem estar contando isso a vocês. – Michelle arrumou as cartas na sua frente seguindo a estampa da toalha de praia. De repente, o futuro palestino parecia muito mais sombrio. Ela não queria continuar a conversa de maneira nenhuma.

– Mas você não o viu?

– Não.

– E como você sabe que ele se chamava Cetrois?

– Meu Deus, porque os outros contaram! Que conversaram com ele. Que ele se chamava assim.

– Então ele aparece por lá, bate na porta e se apresenta como Cetrois, o corretor de seguros?

– Sim... não... não, não como corretor de seguros. Mas imaginamos que fosse, afinal não somos tão idiotas assim! Quer dizer, ele se apresentou como... não sei mais como, como jornalista ou algo assim, me esqueci. Mas era evidente que ele não era jornalista. Que tinha vindo pelo dinheiro. Porque ele só perguntava sobre isso. Dinheiro, dinheiro, dinheiro! Dinheiro aqui, dinheiro ali, dinheiro em toda parte! E agora é a sua vez, por que vocês estão tão interessados *nesse* sujeito? – Michelle lutava com as lágrimas, e Jutta, que ficou o tempo todo em silêncio, apoiando-a, segurou sua mão.

39. Sem corpo não há assassinato

> "Quero dizer, claro que eu também movimento minha câmara. Mas somente quando vejo um motivo para isso."
>
> Cronenberg

Uma edificação grande e duas menores, no meio do deserto. Canisades seguira as marcas de pneus que saíam da pista até as edificações. No telhado de um dos barracões tinham sido penduradas roupas para secar. Esse celeiro gigante estava semidestruído, dunas de areia subiam pelas paredes. Uma pilha de lixo atraíra dois pássaros. Era de supor que o prédio tivesse estado num solo fértil vinte, trinta anos antes, irrigado pelo oásis ou por um poço agora seco. O fato de alguém morar aqui só podia ter dois motivos. Ou o proprietário era maluco ou contrabandistas usavam o velho celeiro como depósito. Canisades estacionou o carro. Imediatamente um velho felá veio claudicando ao seu encontro. O fator fisionômico tornava plausível a hipótese do "maluco". Meio cego, muito estrábico, um dos olhos recoberto por uma membrana branca, opaca.

– Uma tragédia, uma tragédia! – ele foi logo dizendo. – O senhor é o policial? Nenhum dinheiro do mundo pode me trazer de volta. Meus filhos! Milhares de dólares, milhares e milhares, meus filhos maravilhosos, luzes dos meus olhos, sol da minha velhice! Embalados nos meus braços, os dois, os rapazes, os príncipes. Eu lhe suplico, nenhum dinheiro do mundo.

Canisades, que não tinha a intenção de compensar nada neste mundo com dinheiro, deu um passo para trás.

– Mouhammed Bennouna? Esta propriedade é sua?

O homem assentiu, teatralmente.

– Morto e desaparecido! Dor em meu peito sincero, não minto! Outrora um jardim paradisíaco, agora um deserto fétido. Só um infiel... caído do céu... e ele bateu neles de tal maneira, tanto! Com as duas mãos. – Ele balançou uma talha imaginária sobre a cabeça. – Que ele esteja no mais terrível dos infernos... não estou praguejando. As dores. Alá está me colocando diante da prova mais dura, isso é justo. Mas meu filho de ouro, meu filho de prata, assassinados, desonrados, sumidos...

– Onde estão os mortos?

– Como continuar vivendo com esse pensamento? É o que eu me pergunto. Como a cabeça de meu filho esmigalhada para sempre... em nenhuma circunstância. A motoneta sumiu, meus filhos sumiram, as escoras da minha velhice... valor inestimável! E sem contar a dor na minha alma. – O felá caiu de joelhos diante de Canisades e agarrou-lhe as pernas. Seu bafo de álcool era insuficiente para explicar a atitude. Canisades tentou se livrar, primeiro caminhando para trás, depois insultando-o. O velho engatinhava atrás dele.

– Mostre-me os mortos. Você deu parte de dois mortos. E pare de sujar meus sapatos.

O felá continuou gemendo, e somente quando Canisades pegou a chave do carro e ameaçou voltar a Targat é que ele sossegou. Ainda se queixando, mas relativamente tranquilo e com gestos largos enquanto rodeava Canisades, relatou o que havia acontecido; ou o que ele imaginava que houvesse acontecido. Tudo indicava que ele tinha dois filhos. O mais velho, de vinte e um (luz dos meus olhos, sol da minha velhice etc.), morto com um objeto pesado (o velho dizia: uma talha); o mais jovem, de dezesseis, que tinha fugido para o deserto e também fora morto por lá. No mesmo dia.

Não havia pistas de como o velho chegara a essas suposições, pois ele não tinha assistido às mortes e – como logo ficou evidente – não havia em lugar nenhum nem corpos nem marcas dos crimes. Também o suposto criminoso, que o velho chamava teimosamente de infiel caído do céu, parecia nebuloso. Por um lado, o felá afirmou que o viu claramente (e que lutou bravamente com ele); por outro lado, ele não sabia dizer muito mais sobre essa pessoa além de que era "infiel" e "tinha caído do céu". Demorou um tempo até Canisades perceber que todo o evento não se passara a céu aberto, mas dentro do celeiro; consequentemente, o homem não caíra do céu, mas havia pulado de algum lugar para baixo, enquanto a característica da falta de fé vinha, provavelmente, do fato de ele ter sido capaz de cometer tal barbaridade. Essa era a acusação básica. A veemência do felá cambaleante, tanto física quanto emocionalmente, não permitia inferir mais nada.

Depois de Canisades ter exigido ver os mortos, pela quarta ou quinta vez, e finalmente acenar de novo com a chave do carro, o velho mudou de repente sua estratégia, fez uma cara de espanto e se mostrou subitamente surpreso com a incompetência da polícia. Quatro dias. Ele esperara quatro dias! E nada da polícia. Então vieram os ratos, o sol ardia, e claro que ele enterrou o morto! Enquanto o outro tinha se enfiado no deserto, como ele disse... onde também foi assassinado... senão teria voltado. O filho de ouro, o filho de prata, a luz de sua velhice.

– Mas um você enterrou? Me mostre o túmulo.

Lágrimas escorreram pelo rosto do velho. Ele desabou no lugar, repetiu com outras palavras o que já dissera dez vezes, e Canisades não precisou pensar muito sobre o motivo de o felá se enrolar tanto: certamente ele não apenas tinha perdido de vista o primeiro filho no deserto, como também não sabia onde enterrara o segundo. Isso ou... ele não o enterrou.

Ele falava tanto das dores que não podiam ser reparadas com dinheiro ou que mal podiam ser reparadas com dinheiro e outras bobagens que Canisades, em vez de pedir para ver os mortos, exigiu ver os documentos ou certidões de nascimento de ambos os filhos, pois suspeitou que nada disso existia.

Imbuído de grande confiança, o velho guiou Canisades até o menor dos barracões e mostrou-lhe uma série de bilhetes escritos e impressos. Canisades achou cartas esquisitas, rótulos de garrafa, receitas de culinária e uma revista com a programação da tevê. O homem era analfabeto.

Excetuando-se um corredor estreito bem no meio, a barraca estava entupida com tralhas até a altura dos joelhos e fedia mais a álcool que seu proprietário. Por fim, o felá pegou uma fotografia em uma pequena caixa e estendeu-a a Canisades: o *suq* de Tindirma e uma massa humana desordenada. Um comerciante diante de uma estrutura primitiva de madeira, com garrafas, copos, jarras e cantis pendurados. Não longe do comerciante, duas crianças pequenas. O polegar grande e negro do homem tremia sobre as três figuras, para lá e para cá. Meu filho. Meu outro filho. Mortos e desaparecidos.

As duas crianças da foto usavam roupas de menina, seus rostos também eram suaves e femininos. Apenas o velho se parecia um pouco consigo próprio.

– Certidões de nascimento – repetiu Canisades.

A mensagem da dor emocional recomeçou, mas em vez de papéis oficiais surgiu por fim um saco de palha fedido, que seria o saco de dormir dos dois garotos.

De qualquer modo, o felá tinha a seu favor o fato de receder a álcool e balbuciar algo sobre o pecado. Era improvável que um velho destilador de álcool chamasse a polícia sem motivos até sua casa. Por aqui, ninguém chamava a polícia. O desespero do velho parecia muito genuíno e seus dois filhos terem sumido parecia provável. Mas será que eles tinham de estar mortos? Será que eles existiam mesmo? Possivelmente, pensou Canisades ao olhar a foto, os meninos delicados tinham sumido ou estavam mortos havia anos, e apenas o cérebro conservado em álcool do velho anunciava de tempos em tempos a ressurreição, seu reaparecimento e novo sumiço. Korsakov em estágio final.

– Vamos dar uma olhada no celeiro? – Canisades sugeriu, para encurtar a coisa. Como era de esperar, o velho se fechou em copas. De maneira alguma ele queria mostrar o celeiro. Assim, era possível encerrar o caso sem mais. Não estava claro se houvera um crime, mas devia ter acontecido aquilo que Canisades supôs desde o primeiro instante: um dos dois garotos de ouro matou o outro e fugiu para o deserto. Não se tratava de uma grande perda. Ele não se sentia muito motivado para a ação penal.

– Sem corpo não há assassinato – ele citou o manual. – Enquanto você não souber onde enterrou seu filho, não há filho. E enquanto você não achar um corpo aqui, faça o favor de não chamar a polícia de novo. Ou vamos dar uma olhada no que você anda fazendo lá em cima no celeiro, certo?

– Mas lá, eu o enterrei lá, lá! – o velho gritou, apontando desesperado para o deserto. Em algum lugar lá, em algum lugar por perto, certamente não longe, afinal dava para procurar. Seu dedo tremia, e uma sombra passou rapidamente pela janela. Os olhos de velho estavam fracos demais para notar a sombra, e Canisades estava de costas para a janela. A sombra foi em direção do carro de Canisades, parou ao lado dele e se abaixou.

40. A invisível brigada do rei

> "Algumas pessoas – e eu mesmo sou uma delas – não gostam de *happy ends*. Nos sentimos iludidos. O normal é a infelicidade. A fatalidade não deveria constranger. A avalanche que para alguns poucos metros antes do vilarejo apreensivo não se comporta apenas de maneira não natural, mas imoral."
>
> Nabokov

Amadou se escondeu durante dois dias no Bairro do Sal, e então as retroescavadeiras chegaram. Ele ficou na rua, dormiu na praia, passou fome. Voltar a Tindirma, onde morara por último e onde matara quatro pessoas, era a coisa mais perigosa e idiota a fazer, mas ele não sabia mais que rumo tomar.

Chegou à estrada bem cedo pela manhã, caminhando rapidamente. Mas superestimara suas forças. Os pés descalços doíam, a sede o torturava a cada passo. Ao ver a uma pequena distância uma construção maior e outras menores, esgueirou-se até lá. Inicialmente o lugar parecia deserto. Ele não encontrou um poço. Tropeçando de barracão em barracão, descobriu apenas um velho felá esticado no chão, que parecia morto. Um olho branco, opaco. Mas seu peito subia e descia. Amadou não teve coragem de tocar no homem. Ao lado de sua cabeça havia um galão. Apressado, Amadou ergueu o galão, bebeu dois goles e cuspiu. Álcool puro.

Tossindo e expectorando, examinou as outras construções e o celeiro, e, como não encontrou água em lugar nenhum, por fim tentou matar a sede com o galão. Devia ser possível tomar de golinho em golinho, ele pensou. Não foi. Ardia terrivelmente.

Encontrou alguns barris, uma escada e uma talha jogada. Acima dela, uma abertura para o sótão. Enquanto se perguntava como chegaria lá em cima, ouviu um ruído ao longe.

Ao espiar pelas frestas da parede de madeira, viu um veículo saindo da estrada e se aproximando. Ele passou a apenas poucos metros de seu esconderijo e parou diante dos barracões. O motorista (terno cinza-claro, aparência bem cuidada) desceu, e logo em seguida ele o viu conversando com o felá. O velho caiu de joelhos diante do motorista, Amadou escutou a palavra *dinheiro*. O velho não parava de assediar o motorista, a conversa não saía do tema reparação e dinheiro. Por fim, eles sumiram dentro de um dos barracões. Não aconteceu nada. A porta do carro, do lado do motorista, estava aberta.

Amadou esperou um tempinho, esgueirou-se até o carro e se encolheu no assento do motorista. A chave tinha sido tirada. Tentou mexer na ignição com as unhas, mas parou porque pensou ter ouvido vozes. Pulou para o banco traseiro e enfiou na cabeça um pulôver que estava por ali. Agora as vozes tinham sumido. Por alguns minutos, Amadou ficou esperando. Em seguida ergueu a cabeça, inquieto, e começou a revistar o carro. Puxou alguns objetos que estavam sob o banco do motorista. Um arame, um lápis, uma garrafa de água. Esvaziou a garrafa de água, quebrou cuidadosamente o lápis em dois pedaços iguais, enrolou e fixou cada extremidade do arame num dos pedaços do lápis. Como teste, puxou as metades dos lápis. O som era parecido com o de uma corda de violão.

– Mas sozinho eu não posso fazer nada. E chega de tagarelar em cima de mim sobre a luz dos seus olhos, o sol da sua velhice! Acredito em você, acredito em você! E os técnicos serão informados ainda hoje, prometo. Nossa unidade especial para assuntos complexos... colegas da mais alta competência, as brigadas invisíveis do rei. Eles vão achar a cova, certamente. Eles sempre encontram tudo, e então isso será investigado, sem corpo não podemos fazer nada. E seu outro filho, isso será muito bem analisado, sim... claro que por minha mãe. Você acha que estou mentindo? Você não mente para mim e eu não minto para você, isso é um combinado... não, claro que não! Eles se chamam assim porque são *secretos*, não porque sejam invisíveis. Não dá para ser invisível! Mas você verá como eles são rápidos e tudo vai se esclarecer. E é evidente que você não deve falar sobre isso com ninguém. Agora pare de ficar se arrastando diante de mim... por Alá, por minha mãe, pelo que você quiser! Saia. Deus do céu!

Canisades entrou no carro, ligou o motor e partiu em direção à estrada, sem lançar mais nenhum olhar ao velho ajoelhado na poeira com o cérebro encharcado de álcool. O fedor terrível de álcool puro ficou mais um tempo no carro, como se suas roupas ou o carro tivessem sido impregnados durante esse breve tempo, o que não era possível. Um odor fantasma. Mas ele não se espantou demais. Um minuto depois, estava morto.

41. Um Mercedes amarelo com bancos pretos

> "Ben Trane. Don't trust him. He likes people, and you can never count on a man like that."*
>
> Robert Aldrich, *Vera Cruz*

Michelle estava na cama de seu quarto, no sexto andar do Sheraton, e soluçava. Embora o bangalô fosse mais que suficiente para três pessoas, Helen fizera questão de que ela se hospedasse no prédio principal, e Michelle, que sabia o que isso significava, bem no fundo do coração estava aliviada. A despedida da África era também a despedida de Helen, o final de uma amizade que nunca existira de verdade. Como derradeira humilhação, sua conhecida desde o jardim da infância lhe deu o dinheiro contado para o táxi até o aeroporto, e Michelle, que podia ser acusada de muitas coisas mas a quem não faltavam sensibilidade e empatia, não se iludiu com o verdadeiro motivo de Helen: ciúme. Ciúme feroz. Helen queria o homem árabe belíssimo somente para si. E que ficasse com ele. Michelle não estava mais interessada.

Enquanto ela retomava o fôlego e passava à letargia relaxada que sucede a um ataque de choro de horas, Helen e Carl se encaminhavam a Tindirma. Antes de alcançarem o deserto, discutiram sobre quem deveria entrar na comuna para obter informações. Helen conseguiu se impor. As últimas palavras de Michelle foram decisivas. As pessoas eram muito desconfiadas em relação a estranhos, principalmente de-

---

* Em inglês, "Ben Trane. Não confie nele. Ele gosta das pessoas, e não se pode contar com um homem assim". (N. da E.)

pois dos mais recentes acontecimentos, e o clima estava tão ruim que provavelmente um homem de aparência tão árabe como Carl não receberia permissão para entrar. Helen, por sua vez, já era conhecida como sua amiga, e o melhor a fazer seria ela própria ir junto, mas, eles compreendiam, aquele lugar terrível... por nada neste mundo. Além disso, seu voo estava marcado para o dia seguinte, e isto e aquilo. Ela sentia muito. Nem que a vaca tossisse.

Por fim, pediu a Helen que lhe trouxesse uma série de coisas que ela esquecera na comuna; ao sair, Helen jogou o bilhete no cesto do lixo, dizendo que conseguia guardar de memória meia dúzia de palavras.

O dia no deserto estava quente como nunca. Carl tentou fechar a janela lateral para isolar o vento quente, mas também não melhorava muito. Reflexos de luz faziam com que os camelos parecessem estar flutuando sobre lagos muito azuis.

– Há algo ali – disse Carl olhando para a esquerda, e Helen perguntou se ele queria descer.

– Não sei.

Ela deixou que o carro fosse parando sozinho.

Enquanto Carl subia as dunas com a areia até as canelas, Helen segurou o elástico na boca para refazer o rabo de cavalo. Viu a figura oscilante chegar ao ponto mais alto da duna, colocar uma das mãos sobre a testa e dar de ombros. Carl não sabia ao certo se estava vendo alguma coisa. Em algum lugar muito longe, um ponto cinza flutuava no ar, provavelmente uma pedra que parecia se movimentar devido às vibrações do calor. Ao redor, deserto sem fim. No horizonte, alguns pontos escuros, entre os quais Carl reconheceu sem dificuldade o celeiro com os barracões, onde toda a tragédia se iniciara. O impulso de voltar lá mais uma vez alternava-se com o impulso de correr de volta para o carro o mais rapidamente possível. Por um instante, Carl achou que o cinza-claro realmente se movimentava... mas então ele escutou a buzina da picape e voltou.

Na pequena rua da comuna, Helen estacionou o carro bem na frente do grande portão. Do banco do passageiro, Carl a viu atravessar o pátio interno, bater na porta e ser recebida por uma jovem de cabelos longos.

Ele ficou esperando. O calor no carro se tornou insuportável, e depois de um tempo que lhe pareceu uma eternidade ele desceu e comprou água numa venda alguns passos adiante, sem tirar os olhos do portão da comuna por um instante sequer. E continuou esperando. Por fim, ele também foi bater na porta da comuna.

Ninguém veio atendê-lo, embora bem no alto da casa uma fresta tenha se aberto e uma mulher de pele escura de cabelos curtos tenha lhe dito que ainda ia demorar. Helen pedia para avisar que ainda ia demorar. Ed estava tirando sua sesta vespertina. Eles já haviam conversado, e agora conversavam no quarto do *ouz*... E o que ele queria? Não, era impossível. Ele não podia entrar de jeito nenhum, e que por favor saísse do pátio interno, isso era propriedade particular, eles não gostavam disso, e por que o portão estava aberto? Ele devia fechá-lo ao sair.

A fresta se fechou.

Carl esperou alguns segundos e tornou a bater.

– Você pode chamar Helen por um minutinho?

A sombra da mulher atrás do vidro da janela fez um sinal de não. Nada aconteceu. Ele chamou Helen, caminhou pelo pátio. Por fim, voltou a sentar-se no Honda, procurou papel e lápis e escreveu a Helen que tentara em vão entrar e que agora iria dar uma olhada nas ruas ao redor da comuna. Deixou o bilhete no banco do motorista, observou-o de relance e, por segurança, acrescentou mais uma flecha, para mostrar em que direção tinha ido: "Na diagonal, descer a viela e passar pelo pão, laranjas e cerâmicas".

Por causa do calor, o trânsito nas ruas era calmo. Havia um cheiro de pão fresco no ar, havia um cheiro de laranjas, e o ceramista e seu auxiliar discutiam a questão olímpica. Um mendigo tinha adormecido ao lado da valeta. Um comerciante limpava restos de frutas e verduras da calçada com um esguicho, e seu rosto impassível, alegre, assumiu um ar de maldade fingida assim que dirigiu o jato de água contra uma horda de crianças barulhentas. Uma mulher grávida estava ao lado, feliz e bela como a noite. Um jovem conversava com um cachorro invisível.

Caminhando ao lado dos carros estacionados, Carl se dirigiu rua abaixo até a mesquita. De tempos em tempos, olhava para trás. Sentia um leve desconforto. Mulheres totalmente cobertas baixavam os olhos; as grades dos radiadores dos carros parados olhavam para ele feito coelhos estrábicos, insetos insensíveis, intelectuais de óculos e carnívoros burocráticos. Citroëns com detalhes de cromo reluzente, aparência de boca de peixe e suspensão hidropneumática brilhavam ao lado de ferros-velhos com pinturas muito danificadas. Lilás, amarelo-mostarda, *pink*. Carl piscou e pôs a mão na cabeça. Parado no final da fila estava um Mercedes com espelhos feito orelhas de abano, e sua roda traseira direita estacionara sobre uma latinha de refrigerante amassada. Era uma lata verde com a inscrição em branco: 7UP. Formigas fervilhavam ao redor do buraco triangular. O muezim chamou. Do lado direito soavam as peças de dominó dos homens no café. Do lado esquerdo jogava-se gamão.

– E então viramos o prato e o enxaguamos do outro lado, para depois repetir isso sete vezes.

Um vendedor alardeava esganiçadamente o preço do quilo.

– Venha! Venha ver, venha até aqui, olhe o que temos, olhe aqui, dê uma olhada, dê uma olhada, venha, venha ver, venha até aqui, olhe o que temos, não, ora essa, vamos lá, venha, sim, sim, sim, dê uma olhada, dê uma olhada.

Sem saber o que estava fazendo, Carl parou. Percebeu uma sensação estranha na cabeça e passou a mão pela barba de sete dias. Algum tempo depois, acordou de seus pensamentos, notou que havia ficado encarando uma vitrine durante vários minutos. Fixou o olhar e viu atrás do vidro alguém mexendo as mãos. Era a vitrine de um barbeiro.

Entrou no estabelecimento sem pensar muito, sentou-se numa das cadeiras acolchoadas disponíveis e pediu para fazer a barba. Uma toalha branca, úmida, bateu na sua nuca. O barbeiro era um homem pequeno e ágil, e enquanto desbastava a barba de Carl ele falava tanto que fazia jus ao clichê de sua profissão.

Carl não prestou atenção; vez ou outra pescava alguma coisa e percebeu que se tratava de um caso de polícia. Encarou seu reflexo no espelho, e seu reflexo no espelho encarou-o com uma expressão de concentração que tendia ao vazio. Um caso de polícia e suas implicações. Carl apertou os olhos e enxergou mentalmente a latinha verde de refrigerante sob a roda traseira do carro, mas ele não a via da maneira como ela estava pouco antes, e sim invertida e no estilo de uma fotografia: quadrada, reduzida e colada com suas cores reluzentes no álbum de fotos de sua memória.

O barbeiro pediu-lhe que ficasse parado. Carl segurou os braços da cadeira com as duas mãos e por fim disse ao homem que parasse um pouco de falar. Uma lata de bebida sob uma roda traseira numa foto com cantos levemente arredondados... não era uma foto. Não podia ser uma foto. Os lados superior e inferior da foto não estavam totalmente paralelos. Uma foto trapezoide com cantos arredondados e a imagem nítida de uma lata de refrigerante sob um pneu de carro. Que diabo era isso?

– E desde então ele está fugindo – o barbeiro continuou, impassível. – E se você me perguntar... cabeça para a esquerda, por favor. Se você me perguntar, ele teve ajuda, bem de lá de cima. Um transporte de presos desses não é feito numa caixa de papelão. Um amigo meu o viu no Distrito Vazio! Lá ele simplesmente atravessou a rua... logo está pronto, senhor. E eu perguntei, por que você não faz nada, meu amigo? E sabe o que ele disse? Ele disse, não tenho nada que ver com os *nasrani*. Eu disse, entendo, eu disse, mas você não se lembrou que há uma recompensa, e então ele disse, quatro *nasrani*, ele disse, nenhuma recompensa é suficiente para eu me meter com isso... mas isso não é argumento, eu disse. Agora eles têm menos quatro, então você pode pegar a recompensa porque ele está longe, e morto é morto, eu disse, e ele disse... – disse o barbeiro, e não disse mais nada. A lâmina em sua mão ficou como que paralisada acima da cadeira acolchoada, na qual ninguém mais se sentava. Uma moeda tilintava na pia, e a toalha que Carl jogou dos ombros ao sair correndo flutuou por uma fração de segundo, parecendo sem peso, antes de cair no chão perto da porta.

Carl refez todo o percurso correndo. Limpou a espuma de barbear do rosto com a manga. Passou ao lado da fila de carros parados como num fluxo de pensamentos que seguimos de trás para a frente. O carro com os espelhos de orelhas de abano ainda estava lá, ainda era um Mercedes 280 mostarda com bancos pretos. Um Ford *pink* na frente, um Ford lilás atrás. Ele circundou o carro. Depois agachou-se diante da roda traseira e observou a latinha de 7UP, em cuja abertura as formigas entravam e saíam. Era isso, então? Era a foto? Ele tentou tirar a lata de debaixo da roda, o que não foi possível. Olhou para dentro do carro, sem descobrir nada de incomum. Os bancos pareciam de couro. Nos pés do banco do passageiro havia uma maleta marrom com papéis dentro. Um carro comum com coisas comuns dentro... ele se ajoelhou de novo diante da roda traseira e observou a lata de alumínio. Puxou-a.

– O que você está fazendo aí? – Havia dois jovens atrás dele. Não eram policiais. Um deles era o comerciante, dono da loja diante da qual o Mercedes estava estacionado.

Carl fez um sinal qualquer com a mão e se pôs novamente a observar a latinha. Ele viu a trilha de formigas. Viu a rua. Viu o alumínio.

– Ei, cara. – Tom agressivo. Tom muito agressivo.

– Só estou interessado na lata aqui – Carl disse, tentando enxotar os dois como se fossem moscas.

– Você puxou a porta do carro.

– E daí?

– O carro é seu?

– O que você tem com isso? O carro é seu?

– Não, não é meu carro. Mas é seu carro?

– Sim, é meu carro! – disse Carl, nervoso. A lata se moveu um pouco. Ele entortou um lado para cima, para conseguir segurá-la melhor, e puxou-a com toda a força. Não fazia a menor ideia do sentido daquilo. As formigas caminhavam sobre seus dedos.

Atrás dele, os jovens sussurravam. Um deles disse:

– Ei, veja como fala. De que modo você está falando com a gente?

Carl balançou a mão atrás da nuca. Era para eles sumirem dali.

– Se o carro é seu, por que você não vai um pouco para a frente?

Carl sentiu um roçar nas costas, parecia um pé, pensou um pouco e disse:

– Boa ideia.

Ostensivamente, tirou o molho de chaves do bolso e se ergueu, limpou a sujeira dos joelhos e deu a volta no carro, na esperança de que os dois chatos fossem embora.

Eles realmente andaram alguns metros, mas pararam de novo e passaram a observá-lo, desconfiados. Carl se postou junto à porta do motorista, fez como se colocasse a chave na fechadura e, ao mesmo tempo, como se tivesse visto algo absolutamente interessante no fim da rua. Funcionou. De esguelha, viu que os dois continuaram a caminhar, devagar. A chave escorregou para dentro da fechadura e destravou o carro com um ruído seco.

42. Nada importante

> "Alicia: My car is outside.
> Devlin: Naturally."
> Hitchcock, *Notorius**

Ele precisou de alguns minutos para se acalmar. Depois de ele ter se sentado no banco do motorista, seu olhar recaiu sobre o espelho retrovisor direito, que mostrava, num contorno cromado, levemente trapezoide com cantos arredondados, uma lata de refrigerante amassada debaixo do pneu traseiro.

Era demais para ele. Baixou a testa sobre o volante, e a buzina do carro o assustou. Deu três, quatro inspiradas profundas e pegou a maleta sob o banco do passageiro, deixou-a escapar e tombou de novo. Toda a tensão muscular de seu corpo tinha evaporado. Ele não se sentia bem. De repente, não estava mais seguro de querer saber logo quem era. Nem tinha certeza se algum dia iria querer saber. Passaram-se alguns minutos. Pela janela lateral, observou a rua estreita, o pouco trânsito e os dois jovens, que se sentaram num café por perto e o observavam de lá. Ao lado deles, um garoto socava o ar e dizia:

– *Ouz!*

O eco atrás das casas foi fraco.

O conteúdo da maleta foi uma decepção. A pilha de papéis que escorregou de seu interior estava em branco, cerca de vinte folhas sem

---

* Em inglês, "Alicia: Meu carro está lá fora. / Devlin: Naturalmente". No Brasil, este filme de Alfred Hitchcock recebeu o nome de *Interlúdio*. (N. da E.)

pauta. Além disso, um mapa amarrotado da cidade de Targat, um estojo de óculos vazio e mais nada.

Carl circundou o carro até o porta-malas. Ali dentro havia uma bola colorida e uma chave de fenda. No porta-luvas, duas ampolas de vidro e, sob os bancos, óculos escuros, uma esferográfica de metal polido, duas tampinhas de Coca-Cola e uma lâmina de barbear sem fio. Além disso, um pequeno bloco de notas e um cardigã de lã preto com os bolsos vazios. Isso era tudo. E nada daquilo, à primeira vista, permitia chegar a qualquer conclusão sobre o proprietário do carro. E nem à segunda vista. Nove décimos das duas ampolas de vidro continham um líquido claro. Uma etiqueta pouco legível colada numa delas levava a supor que se tratava de um preparado com morfina. O bloco de notas, como a pilha de papéis, estava em branco. Carl rabiscou o bloco com a esferográfica azul. Na tampa da caneta, o nome "Szewczuk" tinha sido gravado em letra cursiva. Supostamente uma empresa.

Carl desmontou a esferográfica, desenhou outro círculo sobre o papel com a carga e encaixou-a de novo. Abriu o mapa de Targat; Tindirma aparecia no canto direito, no alto, fora da lógica da geografia. Abriu e fechou o estojo de óculos e passou os dedos sobre ele. Carl pegou uma bola de muitos gomos coloridos, para crianças... vermelho, azul, amarelo e um laranja desbotado que lembrava a ponta de um dedo, caso a pessoa estivesse no clima para fazer tal associação. A bola parecia ser preenchida com palha de madeira ou uma espuma macia. Carl apertou e amassou, na tentativa de achar um centro. Mordeu a bola e destruiu-a, deixando-a em pedacinhos. Palha de madeira, palha de madeira, mais palha de madeira. Por fim, ele pegou de novo a maleta e examinou todos os objetos, um a um, virando-os para um lado e para outro. Investigou várias vezes o porta-luvas e olhou debaixo dos quatro tapetinhos de borracha. Aos pés do banco do passageiro encontrou mais um toco minúsculo de lápis e uma lista de compras que trazia as palavras "frutas", "água", "ovos" e "carne". Olhou para o papel como se fosse um recado extraterrestre e começou a chorar.

Com um movimento ágil, jogou pela janela a palha de madeira e guardou nos bolsos tudo o mais que encontrara, trancou o Mercedes e voltou para o carro de Helen. Seu bilhete continuava lá, intocado sobre o banco do motorista. Nem sinal dela. O portão da comuna agora estava fechado com uma treliça de madeira. Carl sacudiu-a e olhou pelas frestas. Chamou Helen.

Gritando e armado com um porrete, um homem vinha descendo a rua atrás dele. De longe, ouviam-se mais gritos.

Carl sentou-se na picape, riscou seu recado antigo e escreveu a Helen que, embora ele ainda não soubesse quem era, eles provavelmente voltariam a Targat em dois carros. Pois ele tinha encontrado o seu, um Mercedes amarelo com bancos pretos, na rua exatamente abaixo, e era bem ali que ele iria esperar por ela, num café próximo. Escreveu que estava muito feliz e infeliz ao mesmo tempo, e que esperava encarecidamente que nada tivesse acontecido a ela, Helen. Em seguida, parou por um instante e riscou primeiro a palavra "encarecidamente" e depois a última frase toda, pois sentiu que ela era menos dirigida a Helen do que a si mesmo. Releu o texto. Com letras miúdas, suas linhas preenchiam todos os espaços do papel, e o bilhete estava praticamente indecifrável. Pegou o bloco de notas para passar tudo a limpo, e, ao colocar o bloco sobre o painel do carro, percebeu, sob a luz que entrava lateralmente, algumas depressões na folha de cima.

Com o toco do lápis hachurou delicadamente a região, e uma palavra se tornou visível em letras brancas, de fôrma: "CETROIS".

Mais nada. Durante um bom tempo Carl observou o papel, depois escreveu as sete letras mais uma vez ao lado. Eram idênticas. Tratava-se de sua caligrafia. Por que ele havia anotado o nome? Será que já estava à procura de Cetrois antes mesmo de perder a memória? Até então ele achava que a pessoa procurada era um amigo, uma espécie de companheiro. Pelo menos alguém que dividisse seu destino, o de ter sido perseguido por quatro idiotas de *djellaba* branco. Mas para que se escreve o nome de um companheiro ou de uma pessoa de confiança – e só esse – num bloco de notas? Para visitá-lo? Para lhe telefonar? Não imaginou nada realmente adequado, e quanto mais encarava as letras brancas mais certo ficava de que Cetrois não era seu companheiro. Pelo menos não um companheiro próximo. Provavelmente era um desconhecido. Helen parecia ter razão.

No pequeno café, com vista para o Mercedes amarelo, Carl tomou uma água gelada e esperou. Enquanto tentava lembrar-se novamente de seu primeiro despertar e da fuga do celeiro, e ao mesmo tempo, sem se dar conta, desenhava no ar complicadas figuras geométricas, notou na mesa vizinha uma mulher que o encarava. Ela lhe sorria. Será que foram os movimentos de sua mão no ar que a animaram a isso? Ou ela o conhecia? Carl baixou a vista, e quando olhou para ela novamente o sorriso permanecia. Será que se tratava da mulher da comuna que Helen mandara atrás dele? Não, com suas roupas arrumadas e de bom gosto, não parecia dali. Além disso, Carl ficou com a impressão de tê-la visto entrando no café pelo lado oposto.

Nos últimos dias ele se acostumara a acenar com a cabeça também para pessoas totalmente desconhecidas. Retribuiu o sorriso. Ela se levantou imediatamente e veio até sua mesa.

– Olá – ela disse em voz alta e clara.

– Olá – respondeu Carl.

– Você está com uma cara boa – ela disse, como se eles não se encontrassem havia tempos, e ele percebeu: ela o conhecia! Mesmo que não o conhecesse muito bem, pois antes de se sentar na cadeira vazia ela foi tomada por visível hesitação.

A necessidade de se abrir de pronto com essa mulher era imensa. O rosto dela era comum, sem atrativos, e nada indicava que pudesse ser perigosa... mas talvez fosse... Será que ele estava se enganando?

E se ela fosse uma conhecida de Adil Bassir, talvez uma mensageira mandada para lembrá-lo do ultimato? Mas não, não, isso era bobagem. Sua expressão era inofensiva demais. E como ela o teria encontrado?

Decidiu contar em silêncio até vinte e depois abrir o jogo. Se a fizesse falar, talvez pudesse concluir por conta própria (ou ela lhe diria, simplesmente) quem ele era... e quem era ela. Talvez seja minha mulher!, pensou. Mas uma mulher cujo marido sumiu há dias, que acabou de ser estuprada e cujo filho foi ameaçado de ter um dedo amputado, cumprimenta o marido de outra maneira. Não, ela era uma conhecida, Carl decidiu, possivelmente sua amante. Embora ela fosse séria e certinha demais para amante de um contraventor – e também pouco atraente. A começar pelos cachinhos da permanente. Além disso, havia algo de errado em seu olhar. O olhar dela era tão fugidio quanto o dele; ao chegar ao vinte a comunicação ainda não estava fluente, e ele pensou na possibilidade de ela também ter perdido a memória. Ela sorriu, ficou séria de novo, sorriu mais uma vez. E então ficou séria de novo. Por fim, enrubesceu.

– Não me deixe fazer isso sozinha – ela disse.

Ou ela sofria de uma doença mental.

– Fico feliz em vê-la – ele disse, esforçando-se para se manter calmo, enquanto suas pernas tremiam descontroladas sob a mesa. O impulso de fuga era quase tão intenso quanto ao acordar no sótão do celeiro. Não seria melhor ouvir seu corpo? A mulher, que percebeu a inquietação, jogou a cabeça para trás e riu de um modo artificial.

– Há um hotel aqui nas proximidades – ela disse.

Carl assentiu.

Ela enrubesceu novamente. É maluca, ele pensou, não fala coisa com coisa... Não, não, deve ser outra coisa. Algo tão simples e banal que ele não conseguia atinar. Decidiu terminar o jogo e falar com ela. Para todo o resto, já era tarde demais. Inclinou-se sobre a mesa e sussurrou:

– Sei que isso parece absurdo, mas eu não te conheço.

A expressão do rosto dela permaneceu absolutamente inalterada. Será que ela não compreendeu?

– Você é casado? – ela perguntou.

– O quê?

– Sei – ela disse, e passou as mãos pelo cabelo. – Sei que isso não é normal. O hotel está ali.

Ela se levantou e começou a andar sem olhar para trás. Carl, que com as mãos trêmulas quase não tinha conseguido jogar duas moedas sobre a mesa, seguiu-a. O garçom umedeceu os lábios com a língua.

43. Sirenes

> "Imagens de seres humanos, que medonho! O ser humano não me interessa, se posso dizer isso de maneira tão direta."
>
> Luhmann

O porteiro do hotel nem levantou a cabeça para colocar a chave com o número 7 sobre o balcão.

Subiram uma escada ordinária, passaram por um corredor ordinário e chegaram a um quarto ordinário. A mulher imediatamente abriu a blusa. Carl nunca tinha visto nada parecido. Um peito nu... mais um peito nu... ou não se lembrava.

Ele não sabia o que fazer.

– Fale árabe comigo – disse a mulher quando eles estavam deitados lado a lado.

– Por quê?

– Fale comigo, homem quente!

– O quê?

– Fale árabe!

– O que é para eu falar?

– Tanto faz.

– Não faço a mínima – Carl sussurrou em árabe.

Ela assentiu, fechou os olhos lentamente e puxou-o para cima de si. Seu rosto foi tomado por uma expressão de arrebatamento.

– Continue – ela gemeu, e Carl, percebendo que ela não entendia árabe, chamou-a de vaca idiota, de tiazinha feiosa e burra de permanente. Enquanto o quarto balançava ritmicamente para cima e para baixo, seu olhar recaiu sobre o *blazer* amarelo que ele havia jogado ao lado da cama. Pensou nos objetos dos bolsos, principalmente no mapa da cidade. Não estava concentrado na coisa. Fechou os olhos e tentou imaginar que ela era Helen. Pôs a cabeça na axila da mulher e soube: não era a primeira vez. Tinha mulher e filho, e mantivera relações com aquela mulher. Esqueceu de respirar e ficou ofegante. Finalmente os movimentos dela cessaram.

Enquanto a mulher tomava banho, ele ficou deitado de costas na cama, observando o teto. A mulher voltou batendo a porta. Escutou quando ela se secava, escutou quando se vestia. Enquanto isso, ela ficava conversando baixinho consigo mesma. Ela dizia que ele era um garanhão inclemente, um touro muito forte, um bicho. Ela falara coisas semelhantes durante todo o tempo na cama (e talvez as repetisse para não parecer volúvel diante de si mesma; ela parecia estar próximo das lágrimas). Ao se despedir, veio mais uma vez até Carl, colocou o indicador sobre os lábios dele e depois sobre os seus próprios e disse:

– Caso a gente acabe se cruzando por aí de novo. Você sabe. Não nos conhecemos.

Ela o encarou e até que um movimento de cabeça dele dissesse "sim". Depois foi embora e ele continuou deitado, encarando o teto. Notava-se estuque esfarelado nos quatro cantos do quarto. Vários círculos de umidade haviam se formado acima do frontão da janela, uns dentro dos outros. Seus contornos caligráficos não lhe diziam nada, exatamente como nada lhe dizia a maioria das outras coisas e rostos, e ele refletiu sobre o sentido secreto dessa analogia. Seus olhos se fecharam.

Depois de um tempo, escutou ruídos no quarto ao lado. Um gemido, como se duas pessoas estivessem trepando. Carl não queria ouvir e enterrou a cabeça no travesseiro. O gemido dos dois se tornou mais alto, embora, na realidade, só fosse possível ouvir a mulher. O homem tinha sido criado por sua fantasia. Podiam também ser duas mulheres se divertindo. Ou uma mulher com dois homens. Ou uma mulher sozinha. O número de possibilidades o inquietou.

Pensou que o quarto onde ele se encontrava tinha produzido ruídos iguais havia poucos minutos, e de repente ficou com a impressão de que não eram ruídos iguais, mas os mesmos, o gemido da mulher maluca que agora voltava a ele através da parede do quarto, como um eco atrasado. Como uma gravação que alguém deles tivesse feito no quarto ao lado e agora estivesse reproduzindo para ver a qualidade, um eco de sua própria paixão inexistente. Sentou-se empertigado na cama, uma orelha na parede. O ritmo do gemido se intensificou durante alguns minutos e depois diminuiu de súbito uma oitava, como uma sirene de polícia que está passando, enquanto uma segunda voz bufava no meio, ofegante e abafada. Em seguida, tudo ficou em silêncio.

Carl estava aliviado por ter escutado a voz do homem, que sem dúvida não era a sua. Durante todo o evento, só no início ele falara árabe com a mulher, baixinho. Depois tentou ficar quieto, por constrangimentos diversos. Primeiro, ele não conhecia a mulher, pelo menos estava quase certo de não conhecê-la. Segundo, estava escondendo algo dela, difícil dizer o quê. E, terceiro, embora ele ainda se lembrasse que as pessoas faziam ruídos ao transar, ele não conseguia se lembrar de quais lhe cabiam, e estava com medo de ter de ouvir a própria voz em sons desconhecidos, assustadores.

Sem querer, adormeceu. Dormitando, acreditou realmente ter ouvido uma sirene de polícia passar, pensou que estavam atrás dele... e adormeceu de novo. Alguma coisa pinicava sua cabeça por trás. Ele piscou e viu uma luz em forma de meia-lua vagando sobre sua retina. Tremeluzindo e pinicando, a meia-lua escorregou para a direita na noite. Em sonho, ele se viu tomando chá verde. Viu-se sentado a uma mesa verde, observando uma casa verde, sobre a qual tremulava uma bandeira verde. Um jipe passou na sua frente, ele se lembrou novamente de uma latinha de bebida... de repente, saltou da cama.

Arrancou as ampolas dos bolsos do *blazer*, o bloco de notas, o mapa da cidade e os outros objetos. Abriu o mapa sobre a colcha da cama, procurou com o indicador o lugar onde estava e estremeceu. O hotel estava marcado com um círculo azul. Entretanto, o círculo estava meio apagado sobre o bairro... também podia se referir à comuna, e não ao hotel. Ou a outra casa na rua. Não, certamente tratava-se da comuna! Seu coração se acelerou. Mas só por um segundo. Em seguida ele encontrou um segundo círculo, algumas ruas mais para a frente, e depois viu que várias ruas e casas estavam circundadas, no mapa todo. "Quem faz uma coisa dessas?", ele se perguntou. "Um carteiro?"

A maioria das marcações ficava em Targat. Carl contou trinta círculos azuis. Mas todos os locais nevrálgicos, ou seja, locais que tiveram alguma importância em sua vida nos últimos dias (o Sheraton, a mansão de Adil Bassir, o consultório do dr. Cockcroft etc.), não estavam marcados. O bar em que ele se encontrara com Risa não estava marcado. A oficina para cujo interior dois homens o levaram não estava marcada. Não era possível achar o bangalô de Helen. Ele pegou a caneta e fez um círculo azul na terra de ninguém do deserto, lá onde ele supunha ficar o celeiro. O azul era diferente. Foi até a janela, desatarraxou pela segunda vez a caneta e segurou a carga contra a luz. Prateada, cinco ou seis milímetros de diâmetro. Na frente uma parte mais fina, envolta por uma mola, atrás um pininho azul de plástico que não se podia puxar. Aqui também o nome meio apagado da marca, Szewczuk. Observou mais uma vez cada parte da caneta detalhadamente. Duas capas, um pedaço de plástico em forma de zigue-zague, uma parte do mecanismo de apertar, a carga, o anel e a mola. Apertou a mola entre dois dedos, ela se curvou e quicou contra o vidro da janela.

Atrás do vidro, um andar abaixo, Carl viu um grupo de homens correndo pela rua. Um retardatário os seguia, mancando. Carl pôs a ponta da carga na boca e ficou observando. Ouvia um grito ao longe, e de súbito ele gritou também... uma linha de pequenas pérolas de sangue manchou o vidro.

Ele havia arrancado com força a tampinha azul de plástico com os dentes e machucara o lábio. A carga caiu no chão. De dor, ele ficou pulando numa perna. Em seguida ergueu a carga, segurou-a diante dos olhos e tentou olhar sua extremidade escura, aberta. Girou a abertura para baixo e sacudiu. Duas cápsulas alongadas de metal caíram na sua mão. As cápsulas eram iguaizinhas. Perfeitamente cilíndricas, de um prateado fosco, e nesse primeiro olhar já se distinguiam das outras peças da caneta de tal forma que Carl não duvidou, nem por um segundo, do que tinha encontrado. Ao redor de cada cilindro via-se uma emenda discreta. No banho, ele limpou o sangue do lábio, depois se vestiu apressado e saiu correndo.

44. La chasse à l'ouz

> "Nem uma única ideia progressista começou com uma base na massa, senão não teria sido progressista."
>
> Trótski

O primeiro que ele viu na rua foi um jovem com uma foice nos ombros, seguido pelos outros. Eram cada vez mais. Carl tentou pegar o caminho para a comuna, mas logo a rua estava intransponível. Sem motivo aparente, grupos se formavam na sua frente e depois se dispersavam. Homens jovens bloqueavam a rua, corriam para lá e para cá, davam-se os braços. Se no início não havia um objetivo perceptível, um chamado distante logo conduziu a multidão para uma direção. Carl viu enxadas, pás e machados. O fluxo principal era formado por homens de sua idade. Mas também se viam alguns velhos; crianças pequenas com arcos e flechas corriam nas beiradas e eram prensadas contra as casas. Não havia nenhuma mulher na rua. Carl ficou parado, tentou dar alguns passos no sentido contrário da corrente e foi empurrado, sobraram cotoveladas e ele acabou sendo levado. No braço, segurava bem firme o *blazer* em cujo bolso interno guardara a caneta. Forçando caminho para o lado, tentou desviar por ruas estreitas, mas uma torrente sempre vinha em sua direção.

Acima dele, bem perto, uma janela se abriu e uma velha desdentada ralhou com os homens. Num segundo eles se dirigiram para lá, cuspiram, saltaram até a janela e bateram nela com os punhos e com pedaços de madeira, até que a mulher conseguiu fechar as persianas.

O fluxo da rua principal se juntou com o das ruas laterais e conduziu todos para o *suq*. Ali a direção se perdeu imediatamente. O centro da movimentação parecia ter sido alcançado e, ao mesmo tempo, parecia vazio. As pessoas andavam em círculos, feito baratas tontas. Grupos formados durante o caminho se desfaziam. Tudo isso era embalado por uma estranha falta de entusiasmo, e Carl se lembrou do filme a que assistira na noite anterior com Helen, pela tevê. Um cintilante cardume de peixes prateados muda de direção repentinamente; essas mudanças denunciam mais nitidamente a cada segundo a chegada dos tubarões. Os rostos a seu redor estão sem expressão por causa da expectativa.

Caminhando por inércia, Carl se perguntava onde as crianças e os jovens tinham ficado; descobriu-os nos telhados ao redor do *suq*, munidos de arcos e flechas. Quanto a ele, não pretendia fazer nada contra o movimento. Apenas não chamar atenção.

A inquietação foi-se tornando mais perceptível, e de repente era como se tivesse havido uma estagnação em algum lugar, que ia se irradiando para trás pela massa. Um breve instante de silêncio, depois um grito agudo e a massa irrompeu para fora do centro, batendo como ondas contra casas e muros, varrendo as vielas vizinhas. Carl se viu prensado numa escada na construção mais alta do *suq*, inteiramente esmagado por corpos.

De sua posição superior ele vislumbrava o meio do *suq* quase vazio. Alguns paus e uma sandália perdida haviam ficado para trás; junto deles um jovem magro com a perna torta e olhos arregalados, o homem mais solitário do mundo. Apoiado sobre os cotovelos, ele se arrastava pelo chão e girava a cabeça em pânico para os lados – até que seu olhar se fixou numa rua lateral. Um murmúrio perpassou a multidão. Entre as casas despontava algo parecido com um focinho gigantesco, escuro, com bigodes trêmulos.

– *Ouz! Ouz! Ouz!*

O focinho se movimentava centímetro por centímetro. Pelo denso, grosso, mandíbula inferior pendida, dois dentes caninos imensos na boca. Perninhas curtas, gorduchas, balançavam nas laterais do animal. Não se parecia com nada que Carl já tivesse visto. A cabeça triangular lembraria uma marta, caso essa marta não tivesse o tamanho de cinco toneladas. Gritos esparsos, e com olhos vermelho-sangue, o animal se balançava em direção a Carl. Durante meio segundo, pareceu fixar nele seu olhar. Em seguida disparou em direção a uma rua lateral mais distante, acompanhado pelos gritos da turba. Homens com machados para o alto seguiam imediatamente atrás. Apenas poucos instantes depois o animal reapareceu numa outra rua, correu mais uma vez pelo *suq* e começou a se movimentar feito louco em círculos, puxando uma multidão cada vez maior atrás de si. O desespero tinha se transformado numa compulsão por movimento, a compulsão por movimento em ousadia e sangue. Bem atrás, tropeçavam os velhos, os mais lentos, uma criança de muletas e alguns simpatizantes desarmados. Assim que o animal fazia uma curva inesperada, eles gritavam excitados, e quando ele engrenava a marcha a ré alguns eram pisoteados.

Um homem de torso nu se colocou frontalmente no caminho e foi atirado para o lado pela presa do animal. Outros abriam feridas nos flancos do monstro e saíam correndo, acompanhados por um mar de flechas. Depois de atravessar o *suq* apenas duas vezes, o *ouz* tinha a pele toda machucada. Os atiradores não esperavam mais o alvo passar na sua frente, continuavam atirando mesmo fora do campo de visão. As flechas batiam no chão, batiam em paredes das casas ou ficavam presas nas costas de combatentes audazes. Nas pausas, os pisoteados tentavam escapar. Ninguém se preocupava com eles.

O *ouz* finalmente foi rendido não longe da escada em que Carl estava. Ondas sucessivas de ataques batiam contra o monte de pelo que mal se mexia, e até os menores e os mais fracos faziam sua parte. O cadáver gigante desmoronou para o lado, rangendo, e esticou uma pata dianteira no ar feito uma chaminé. A perna traseira estava jogada por ali, mutilada, e no flanco estropiado do animal podiam-se ver tábuas e armações de madeira. Impassível, a multidão continuava a bater no mecanismo, e quando a parte de trás pegou fogo Carl descobriu quatro homens vestidos com roupas rituais, que fugiam da barriga aberta do fetiche. Roubada de seu verdadeiro objetivo, a multidão se lançou contra os religiosos e os surrou como compensação, até que eles conseguiram arrancar as túnicas e sumir.

Carl continuava na escada, como que paralisado, e segurava seu *blazer*. Os homens a seu redor não se moviam, e durante alguns minutos ele pôde observar enquanto os restos do *ouz* eram levados para o meio da multidão. Em chamas, os destroços se movimentavam pela praça como uma molécula imensa atacada por partículas menores, invisíveis. Os impulsos vinham de chutes e pancadas; um baderneiro pulou na nuca do cadáver, e sua camisa pegou fogo na hora. O colosso parecia a princípio rolar para um lado e para outro a esmo, mas uma gritaria cada vez mais alta, cada vez mais premente e aguda, anunciava que havia sido encontrado um objetivo para ele. Com bastões, varas e chutes, os homens empurraram a bola de fogo por um portão de madeira numa das vielas laterais.

Carl não conseguia ver o que se passava por trás do portão, mas imaginou ter visto entre as colunas de fumaça um europeu solitário que se preparava para confrontar a bola de fogo com ridículos saltos de *kung fu*. O que de nada adiantou, claro. O *ouz* foi empurrado contra o portão, que se abriu na hora. Montes de madeira e lixo no pátio interno da comuna rapidamente pegaram fogo.

Duas mulheres tentavam apagar o fogo com uma mangueira de jardim muito engraçada, muito verde. Uma outra, de *jeans* e camiseta com estampa de batique, carregava bolsas, tapetes e caixas pesadas até um Land Rover grande. Nem sinal de Helen. Em pouquíssimo tempo, as chamas alcançaram a construção principal. O Land Rover tomou impulso para atravessar o inferno e ficou parado entre os destroços. Mais um grito de euforia, que só cessou quando o vento mudou de direção e o fogo começou a lamber as casas ao lado. Duas ruas queimaram completamente.

Enquanto isso, Carl descera a escada com os joelhos trêmulos. Todos seguiam na direção do fogo, e ele avançava se apertando contra a massa, até a entrada de uma pequena rua lateral. Ali ele viu, aliviado, que o Honda azul não estava mais entre os poucos carros ainda estacionados em frente à comuna.

Mas seu alívio não durou muito. Quando olhou para baixo, descobriu que o *blazer* tinha sumido. O braço sobre o qual ele o carregara o tempo todo ainda estava dobrado, mas vazio. Primeiro ele correu de volta até a escada, depois voltou a cruzar o *suq*. Um garoto pequeno, armado com dois pedaços de madeira, carregava algo amarelo-luminoso no braço. Carl o interceptou um pouco antes da fonte. O garoto, que não tinha nem dez anos, gritou, arranhou, mordeu e, sempre agarrado ao seu butim, deu uns socos no estômago de Carl, tentando se desvencilhar. Carl arrastou-o contra a parede de uma casa. Arrancou o *blazer* e revirou os bolsos à procura da esferográfica. A esferográfica não estava lá. Não no bolso lateral direito, não no esquerdo. Rastejando, o garoto tentou fugir. Um chute em seu flanco, e ele foi derrubado. Com um pé sobre o pescoço do garoto, Carl revirou os bolsos internos do *blazer*, depois novamente os externos. Homens com porretes nas mãos circundavam os dois.

– Ele me roubou! Este moleque me roubou! – disse Carl, enquanto continuava pisando sobre o garoto, que não parava de se sacudir. De repente, seus dedos tocaram a esferográfica no bolso externo direito, que ele já tinha revirado três vezes. No mesmo instante, uma pancada atingiu seu ombro. Carl cambaleou, empurrou a massa fervorosa e saiu correndo com a esferográfica firmemente pressionada contra o peito.

Escutou gritos e chamados às suas costas, e nos chamados misturava-se às vezes uma voz bem diferente das outras. Questionadora e aguda. Ao olhar para trás, Carl reconheceu um rosto... ele não tinha certeza. Seu perseguidor também não parecia ter certeza. Eles se reconheceram nessa insegurança. Tratava-se de um dos quatro homens de *djellaba* branco, que Carl vira no dia em que despertou no sótão do celeiro. O homem tinha um rosto comum, estava usando novamente um *djellaba* branco e abria caminho pela turba com os dois braços. E ele não parecia estar sozinho. Atrás dele, o gordo se espremia entre as pessoas. E, mais atrás, o baixinho.

45. Lua e estrela

> "Pois do céu ele olha, maioral, para nós.
> Compassivo, mostra ao homem o caminho certo
> e os arabescos de suas estrelas no firmamento
> nos anunciam felicidade e fatalidade.
> Mas, ah, os homens, oprimidos pela terra e ansiosos pela morte
> não se perguntam por tais arabescos, não os leem."
>
> Pierre de Ronsard

O primeiro pensamento de Carl foi tomar o caminho até o Mercedes. Mas mesmo que conseguisse chegar até o carro, abri-lo e dar a partida no motor, ele não avançaria nem um metro nas ruas entupidas. Correu sem destino, e quando uma viela que desembocava no deserto apareceu à sua direita disparou para lá.

Para sua sorte, seus perseguidores se revelaram maus corredores. Já na segunda ou terceira duna eles pareceram ter ficado para trás.

Carl corria, e a areia quente que atravessava as tiras de sua sandália queimava-lhe os dedos. A lembrança de sua última fuga reacendeu-se e o deixou em pânico. Será que devia continuar correndo? Voltar para o carro por outro caminho? Enterrar-se novamente?

Não, ele não queria de jeito nenhum voltar para o oásis. A situação ali era muito complicada. Talvez mais tarde. O sol estava apenas dois palmos acima do horizonte, logo ficaria escuro e o deserto se tornaria seguro. Até Targat eram vinte ou trinta quilômetros. Seria possível vencê-los.

Sem ar e com fortes pontadas na lateral do corpo, ele parou. Olhou ao redor. À sua volta, o silêncio. Uma primeira estrela se acendeu e ele pensou em Helen. Ele esperava, não, ele estava certo de que ela deixara a comuna antes de a situação ter-se agravado por lá. Ela podia ter encontrado seu bilhete, no qual anunciava a descoberta do carro, e era inteligente e pragmática o suficiente para salvar a própria pele e confiar que ele faria o mesmo. Cada passo na areia se tornava mais difícil. Seu cérebro exibia imagens oníricas, de repente ele se viu num futuro feliz. Tinha uma esposa americana loira, incrivelmente linda, dois ou três filhos um tanto vagos e uma profissão interessante. Vizinhos e amigos gostavam dele, era um membro importante da comunidade, e certa vez seu vizinho foi mordido por uma cobra venenosa. Carl salvou-lhe a vida ao fazer um torniquete no braço e chupar a picada. Em seguida, quatro homens de *djellaba* branco saltaram de um helicóptero, atiraram nele e estupraram Helen.

Como um cérebro como o seu conseguia montar tais delírios? Mas ele não ficou refletindo sobre isso. A marcha o exauria e seus pensamentos não paravam de dar voltas.

Desde que o dr. Cockcroft insinuara pela primeira vez – mesmo que só de maneira irônica – que Helen podia ser sua mulher ou amante disfarçada, Carl não se livrava da esperança de que tudo se resolveria, cedo ou tarde, numa comédia de diálogos afiados. No auge da complicação da narrativa, entrariam árias de Verdi e estouros de rolhas de champanhe. Helen revelaria motivos plausíveis para esse jogo de esconde-esconde, e suas lembranças sairiam de trás de pesadas cortinas de salas de jantar, como convidados de festas-surpresa.

Quase tropeçou no cadáver. Ou na parte dele que despontava da areia. Um pé descalço, uma meia preta, uma perna de calça cinza-clara. Carl deu um passo assustado para trás e olhou em direção à estrada, de onde avistara o cinza-claro da outra vez. E dali para o outro lado. Podia de fato reconhecer o frontão do celeiro no horizonte.

Segurando a respiração, desenterrou o corpo e, com dois chutes, virou-o. Um homem de idade difícil de definir, o rosto com os olhos abertos, cobertos de areia. Como causa da morte, um arame fino cortava de maneira mais que visível o pescoço cheio de sangue seco. As extremidades do arame estavam enroladas em tocos de lápis. Um bigodinho à Menjou parecia uma borboleta empoeirada sobre o botão podre do rosto azulado.

Só podia se tratar de Cetrois! Então os quatro homens o tinham pegado. Enquanto Carl se contorcia pela escada, celeiro abaixo. Mas onde estava a motoneta?

Carl caminhou pelas dunas num círculo pequeno, depois num maior e num maior ainda. Nada de motoneta. Em vez disso, as marcas paralelas de um carro que levavam até o celeiro. Agachou-se ao lado do cadáver. Talvez fosse meu amigo, ele pensou. Talvez meu inimigo. Pegou um pouco de areia e deixou-a escorrer para dentro da boca do morto.

Em seguida, verificou os bolsos do terno cinza-claro, mas alguém parecia ter chegado antes. Nada de chave, nada de carteira, nenhum objeto pessoal. No bolso direito da calça havia apenas um chiclete velho embrulhado em papel-alumínio e uns pedacinhos de papel picado vermelho. O papel tinha sido escrito à máquina. Carl tentou, sem sucesso, montá-los rapidamente sobre a palma da mão, e depois os guardou. Mais uma vez, investigou cuidadosamente os bolsos; encontrou mais pedacinhos de papel, que também guardou.

Agachou-se ao lado do morto, olhando de tempos em tempos para o horizonte e balançando os joelhos feito uma criança pequena. Depois, tateou a esferográfica em seu bolso, desatarraxou-a e, com a boca, puxou mais uma vez o pininho de plástico azul do alto da carga. As duas cápsulas de metal rolaram para sua mão. Tinha a impressão de que era possível abri-las pela emenda. Mas sem ferramentas isso não seria possível. Carl mal conseguia segurar as pecinhas com quatro dedos, e enquanto lidava com a situação pareceu-lhe ter visto de soslaio uma movimentação no deserto. Observou o contorno alaranjado de uma duna, atrás da qual o sol se punha. Mas tudo estava parado. Levantou-se com cuidado, deu um giro de trezentos e sessenta graus e olhou novamente a sombra. Agora o contorno de luz laranja tinha sido interrompido num ponto; bem no meio da duna havia um animal do tamanho de uma marta. Ele não se mexia.

– Ah? – disse Carl, indo naquela direção. O animal deu um passo alerta para o lado. Carl imaginou ter visto algo transparente sobre sua cabeça. Avançou alguns passos bem devagar, ajoelhou-se, esticou a mão e fez com os lábios um leve ruído que imaginou comunicar algum tipo de confiança. Com a cabeça erguida e se movendo ligeiramente inclinado, o *ouz* veio trotando. Ele tinha dois caninos afiados, que ficavam à mostra sobre o lábio inferior. Mas nessa forma miniaturizada não parecia perigoso. A estrutura sobre sua cabeça revelou ser, vista mais de perto, como um pedaço de papel de bordas irregulares, atravessado pelos últimos raios de sol. Carl reconheceu letras sobre ele. Colocando a mão sob a barriga do animal, ele o ergueu delicadamente. O *ouz* não se mexeu, apenas farejou e soltou um leve ganido.

– Psss – fez Carl. – Psss.

A tira de papel tinha sido presa com um elástico na cabeça do animal, e Carl girou-o para conseguir ler o que estava escrito ali: *"A man may be born, but in order to be born he must first die, and in order to die he must first awake"**. E isso era tudo. Xingando, Carl jogou o animal no chão. Ele o mordera. Via-se a marca precisa de duas fileiras de dentes sobre sua mão, e a ferida começou a gotejar. O sangue escorreu imediatamente até o cotovelo e pingou no chão. Sem pressa, o animal se afastou, olhando para trás ao subir uma elevação da duna. E sumiu na escuridão.

A dor era intensa, como se a mordida tivesse infeccionado imediatamente. Carl estava ajoelhado na areia, e, ao se apoiar com a mão direita, percebeu que fazia tempo que não fechava o punho. Deixara cair as cápsulas de metal. A seus pés ele só via cinza sobre cinza, areia,

---

* Em inglês, "Um homem pode nascer, mas para nascer ele precisa primeiro morrer, e para morrer precisa antes despertar". (N. da E.)

pedriscos e manchas escuras de sangue, mais nada. Alisou com a mão aberta vales e depressões. Com medo de pisotear as cápsulas ainda mais profundamente na areia, não deu nenhum passo. Virou o tronco para a direita e para a esquerda. Primeiro com cuidado, depois cada vez mais desesperado, ele peneirava entre os dedos a areia que estava a seu lado, arava a superfície com os dez dedos e, sob a luz que se esvaía, mal conseguia distinguir os próprios antebraços. O sol já sumira atrás do horizonte, e uma meia-lua da espessura de uma agulha o seguia, célere. Carl permaneceu durante um bom tempo estacionado em suas pegadas. Por fim, apoiou-se com a mão intacta entre as suas sandálias e esticou o corpo para o lado. Com o pé, desenhou um círculo ao redor do centro; medida do raio: sua altura. Em seguida, levantou-se, limpou bem as mãos, os pés e as roupas e saiu do círculo com um passo largo. Alguns metros ao lado, ele se deitou para dormir.

46. A eletrificação do Bairro do Sal

> "Art thou pale for weariness
> Of climbing heaven and gazing on the earth,
> Wandering companionless
> Among the stars that have a different birth,
> And even changing, like a joyless eye
> That finds no object worth its constancy."*
>
> Shelley

Alguém sabe o que é passar a noite no deserto, sozinho? Quem está acostumado a passar suas noites numa cama, numa casa, rodeado por outras casas e pessoas, não faz ideia. E é mais difícil ainda fazer ideia de como as trevas e a escuridão da metafísica podem abalar um espírito que não reconhece em si mesmo, há dias, nada mais que uma folha em branco.

A barbárie frequentemente é citada como conceito oposto ao de civilização; na realidade, porém, uma palavra mais adequada seria solidão. O que já era silencioso e imóvel durante o dia cresceu em silêncio à noite de um modo impressionante. Deitado de costas na areia, com a mão ensanguentada, latejando, colocada sobre o peito, Carl observou acima de si massas de estrelas que antes nunca vira.

Viu o piscar de sóis distantes, que não passavam de grãos de poeira no universo, e saber que ele também estava deitado de costas sobre uma poeirinha dessas, separado apenas por alguns grãos e pedriscos, por um mínimo aglomerado de matéria, do nada eterno, etéreo, do outro lado... ele tomou consciência das aterrorizantes relações de

---

* Em inglês, "Estás pálida pela fadiga / De ascender ao paraíso e contemplar a terra / Vagueando sem companhia / Em meio a estrelas com nascimentos distintos / E sempre a mudar, como olho triste / Que não encontra objeto merecedor de sua constância?" (N. da E.)

grandeza, e elas se misturavam a seu pavor. Pavor de que alguém pudesse tê-lo seguido (ou seguiria, aos primeiros raios de sol), pavor de ter de fugir sem antes reencontrar as cápsulas, pavor de uma tempestade de areia varrer tudo para longe... e acima dele a opressão de milhares de galáxias, para as quais tudo era infinitamente indiferente.

Satélites atravessavam a noite. Um ponto maior, talvez um avião. A ideia de oitenta corpos adormecidos a bordo de um Boeing, dez quilômetros acima dele, aumentou a sensação de abandono até o desconsolo. Fez frio. Carl enterrou-se na areia, e ao longo da noite ele se enterrou cada vez mais fundo na areia. Teve sonhos inquietos, dos quais não conseguiria se lembrar mais tarde.

O círculo desenhado durante a noite revelou-se, na primeira luz da manhã, como uma espiral dupla levemente ovalada ao redor de um centro irregular. Caminhando por fora do círculo, Carl não conseguiu achar as cápsulas. Checou suas sandálias para ter certeza de não as estar carregando presas nas reentrâncias das solas, e finalmente começou a peneirar meticulosamente a areia de dentro do círculo com as mãos. Ela escorria devagar de uma mão para a outra, duas vezes, três vezes, e depois ele a jogava atrás de si, a favor do vento. Trabalhou assim durante horas, investigando a camada superior da areia diante de seus joelhos. Em seguida, escorregou um pouco para a frente e continuou. O sol ficava cada vez mais alto, e Carl, suado e sedento, continuava ajoelhado em seu pequeno vale. O desespero crescia. Por volta do meio-dia já havia esquadrinhado metade do círculo e ainda não encontrara nada. Com medo de ter jogado as cápsulas atrás de si num momento de desatenção, passou a peneirar a areia quatro ou cinco vezes com a mão antes de descartá-la. O cuidado crescente ao mesmo tempo fazia com que temesse não ter sido cuidadoso o suficiente antes, motivo pelo qual decidiu jogar a areia peneirada cinco vezes num outro montinho, para o caso de ter de checar novamente a areia menos cuidadosamente peneirada.

O sol já havia ultrapassado o zênite quando apareceu pela primeira vez um brilho metálico prateado entre os grãos de areia; suado e desesperado, Carl tentava calcular quantas horas de trabalho ainda havia pela frente, visto que precisara de mais de meio dia para essa primeira cápsula; a segunda despontou três ou quatro mãozadas de areia depois, como uma criança arteira que desiste de fugir assim que seus pequenos cúmplices são pegos pelas orelhas.

Carl devolveu as duas cápsulas para dentro da carga, fechou-a novamente com o pininho azul e pensou se não haveria um lugar mais seguro para guardá-las. Na carteira? No bolso do *blazer*? Ou seria melhor engoli-las de uma vez? Tirou seu molho de chaves, o bloco de notas e as ampolas de morfina dos bolsos laterais, colocou tudo na bermuda e prendeu apenas a esferográfica no bolso interno do *blazer*. Enquanto ainda se ocupava seriamente dessas coisas, viu de repente uma figura tremeluzente vir em sua direção através do deserto: um *djellaba* branco encardido; tratava-se deu um homem muito velho.

Vinha da direção do celeiro e de longe já berrava coisas incompreensíveis. Dessa vez não carregava nenhum tridente nas mãos, mas Carl reconheceu-o da mesma forma, e, enquanto ainda tentava avaliar as qualidades de corredor do homem e o perigo que elas poderiam representar, percebeu também que o reconhecimento não era mútuo. Balbuciando alto, o velho subiu a duna, chamou Carl de Brigada Invisível, mostrou-se altamente satisfeito de ter conseguido chegar e expressou, tossindo e ofegando, a esperança de em breve poder de novo segurar em seus braços de pai o corpo dos dois filhos.

Tendo chegado quase ao lado de Carl, ele subitamente estremeceu.

– Meu garoto de ouro! – disse, e caiu sobre o cadáver na areia. Demorou quase dez minutos para perceber o engano. Não, seu filho nunca usara um terno cinza-claro desses. Só *djellaba*. Mas onde estava a motoneta?

Carl não sabia responder a essa pergunta, e tudo o que conseguiu entender do falatório do velho – que começou em seguida e durou quase uma hora, até que Carl o deixou roncando, pacífico, ao lado do morto – foi (resumido em três frases) que o velho tinha perdido dois filhos, um assassinado e outro, sumido. Que ele ainda esperava pela ajuda de uma brigada policial altamente secreta. E importante: ele também procurava sua motoneta.

Com o *blazer* enrolado na cabeça para proteger-se do calor, Carl continuou caminhando para o oeste. A terrível sede que sentia desde que acordara chegou ao insuportável assim que ele viu as franjas das favelas no horizonte. Arrastou-se em zigue-zague, sem forças, em meio aos primeiros telhados de chapas onduladas, entrou numa loja imunda, comprou uma garrafa de um litro de água e bebeu-a em pé. Depois, uma segunda. Circundou o barracão com a terceira aberta e urinou contra a parede dos fundos enquanto perguntava em voz alta ao proprietário se naquele lugar havia um telefone. Duas ruas à frente, atrás de uma proteção de madeira, onde alguém mantinha uma espécie de café, realmente havia um antigo aparelho de baquelite preto.

Carl pediu uma ligação para o Sheraton. A voz de Helen surgiu de imediato. Helen! Ela não estava machucada, passava bem, e antes que pudesse explicar a Carl como e por que tinha conseguido sair a tempo daquele inferno ele já estava gritando ao telefone que encontrara a mina... sim, a mina, estava com ela no bolso, duas cápsulas minúsculas na carga de uma esferográfica, ele repetiu, numa esferográfica... sim, ele tinha certeza absoluta, era a mina, e ela precisava vir buscá-lo imediatamente, o extremo do Bairro do Sal na direção leste, ele repetiu, extremo do Bairro do Sal, último café caindo aos pedaços na rua do meio entre os barracões... ele a esperaria ali. Na maior rua. Quer dizer, a mais larga. No ponto mais a leste. Um tipo de cerca de madeira com telefone. Ele ouviu o próprio entusiasmo e a voz nervosa de Helen, ouviu a ordem de não sair do lugar, ela estava vindo imediatamente. Ao desligar, o dono do café chegava por trás dele com um prato de sopa requentada, que ele segurava como se fosse uma bandeja com delícias sofisticadas. Por conta da casa.

Uma mesa improvisada de caixas de frutas tinha sido montada na rua, e foi lá que Carl se sentou com a sopa. Colocou o *blazer* à sua frente e fechou os olhos. Sentia-se bem pela primeira vez desde o evento no celeiro, sentia-se do lado seguro, mesmo sabendo que aquilo que se seguiria – a entrega das cápsulas para Adil Bassir, a negociação sobre sua família, a explicação de sua identidade – talvez fosse o mais importante de tudo. Mas a incerteza acabara. A terrível incerteza.

Ele comeu e bebeu, bateu a mão nas roupas, tirou a areia dos bolsos e checou mais uma vez o bolso interno do *blazer*. Lavou as mãos debaixo da mesa com um pouco de água potável, derramou o resto sobre seus pés maltratados e olhou para a rua. Crianças cor de areia brincavam com uma bola de futebol cor de areia entre casebres cor de areia... Sujeira e figuras maltrapilhas, e ele tomou consciência do perigo que representava pedir a uma mulher branca, loira, sem conhecimento do lugar, que chegasse até ali de carro. Ao mesmo tempo, Helen já se mostrara intrépida em outras ocasiões; e agora também não havia mais nada a fazer. Observou um cachorro que girava em círculos cheirando o rabo. Uma bola de futebol caiu sobre um telhado de chapa. Em seguida, uma turma de garotos com lousas de madeira caindo aos pedaços e cadernos estropiados cruzou a rua, uma imagem como a de álbuns de poesias, um desenho rebuscado feito com bistre, mais versos sentimentais sobre a infância perdida: sol dourado, juventude dourada. Um garoto pulou nas costas de outro e apontou a direção com uma muleta. Meninas rindo baixinho, abarcando continentes e séculos. Um menino perneta pulava chorando, sem sua muleta, atrás dos outros.

– *Monsieur Bekurtz, où est-il?*[*]

O álbum de poesia se fechou quando um garoto veio correndo e gritando na direção de Carl, exigindo um *baksheesh*. O dono do café saiu e, com um pano de prato, açoitou para longe o perturbador

---

[*] Em francês, "Senhor Bekurtz, onde ele está?" (N. da E.)

da paz. Ele chamava as crianças de pivetes que incomodavam seus clientes, uns lixos, moleques molambentos da merda do Bairro do Sal. Enquanto corriam eles faziam caretas, e o dono atirou neles uma mão cheia de pedriscos.

Carl encarou o homem e perguntou:

– Como disse?

– Sim?

– O que o senhor disse?

– Que era para eles sumirem daqui.

– Não. A merda do... Bairro do Sal?

Ombros erguidos, mais uma mão cheia de pedriscos, sobrancelhas bravas.

Carl insistiu:

– Isto aqui é o Bairro do Sal?

– Meu senhor! – disse o homem, indignado, apontando para cima dos casebres de sua orgulhosa terra, e, antes ainda que ele pudesse expressar sua mágoa de outras formas, Carl já se levantara e correra até o telefone. Pediu novamente uma ligação para o Sheraton. O dono do café veio atrás dele, desconfiado, colocou-se bem na sua frente e, no meio da conversa, ergueu uma vez a mão, esfregando o polegar e o indicador. A telefonista disse:

– Vou fazer sua ligação.

O Bairro Vazio. Ele estava no Bairro Vazio.

– Atenda! – disse Carl. – Atenda.

No começo dos anos 1950, retroescavadeiras abriram pela primeira vez uma extensa vala entre os casebres de barro e os barracões com chapas de lata nas imensas favelas ao redor de Targat e separaram um pequeno pedaço ao norte do Bairro do Sal. A medida ficou conhecida como onda de limpeza um. Desde então, o Bairro do Sal e o Bairro Vazio se comportavam como dois times de futebol adversários. De algum modo, as pessoas ainda eram parte de uma só coisa, falavam a mesma língua e viviam na mesma miséria, mas graças a uma vala de muitos quilômetros entre os bairros elas passaram a valorizar o fato de pertencerem a uma miséria diferente. Os moradores do Bairro Vazio se sentiam envaidecidos e superiores porque alguns postes elétricos e até cabos de telefone tinham sido instalados nas proximidades – dos quais logo foram puxados gatos. Isso garantiu ao Bairro Vazio, logo em seguida, um avanço civilizatório que parecia quase legítimo e lhe permitiu ficar fora das ondas de limpeza de dois a quatro, enquanto a favela irmã ao sul mergulhava cada vez mais na miséria.

Depois de alguns minutos de silêncio, a voz da telefonista retornou avisando que ninguém atendia no bangalô 581d.

Carl correu para fora. Ou tentou. O dono do café segurou-o pelo braço. Ah, sim, a conta. Ele tirou algumas moedas, procurou o *blazer*, mas o *blazer* tinha sumido. Ele encarou o dono. O dono virou a palmas da mãos para cima. Dois homens suados na rua. O calor do meio-dia, pesado como chumbo, e o coro de vozes de alunos que silenciava aos poucos se espalhava sobre os telhados de chapas de lata do Bairro Vazio. Alunos berrando, alunos felizes, alunos correndo com uma peça amarela de vestuário feminino, do qual a triste Providência não fizera surgir nada além de uma esferográfica barata.

Hora após hora, até bem tarde da noite, Carl esquadrinhou a pé primeiro o Bairro Vazio e depois o Bairro do Sal. Ofereceu muito dinheiro pelo *blazer*. As pessoas achavam que ele era maluco, davam de ombros e não sabiam de nada. De Helen, a quem ele pedira para chegar sabe-se lá onde, nada – embora houvesse um braço do Bairro do Sal a leste, mas sem rua larga, sem barracão com telefone nem nada que pudesse corresponder à sua descrição. Caso Helen tivesse tentado encontrá-lo por ali, já teria desistido há tempos. Carl desabou ao lado de um monte de lixo. Dois cachorros o cheiraram, um galo cantou para ele. Ele pegou as ampolas de morfina do bolso da bermuda, segurou-as contra a luz e não teve certeza se a dose era suficiente para se suicidar.

47. Chéri

> "Segundo o homem primitivo, uma das partes mais importantes da personalidade é seu nome; dessa maneira, se sabemos o nome de uma pessoa ou de um espírito, temos determinado poder sobre aquele que carrega esse nome."
>
> Freud

Ele tropeçou ao longo de todo o porto. Sentou-se num bloco de concreto. Assistiu aos navios que partiam, um depois do outro. Minha vida, ele pensou. Um garoto parou na sua frente e deu uma cusparada no ar; ele observou a queda desse catarro com muito interesse, como se nunca tivesse estudado a gravidade com tanta precisão ou como se considerasse possível sua suspensão nesse caso. Carl chamou o garoto com um aceno e perguntou se ele ia à escola. E, se ia, onde era a escola. O garoto riu. Ele fazia gestos duros. Era surdo-mudo.

Não, a caneta tinha sido perdida para sempre. Carl sabia disso. Ele não encontraria Cetrois e, exceto por Helen, não havia ninguém em quem pudesse confiar. Enquanto caminhava, torturado, em direção ao Sheraton, pensou na possibilidade de fazer mais uma visita ao consultório do dr. Cockcroft, apesar de notoriamente não gostar dele.

Uma charrete com frutas obstruía a viela estreita. Ao lado dela, alguém oferecia sapatos. Ele escutou uma voz rouca às suas costas.

– Charly, ei!

Ele se virou. Num primeiro momento, não havia ninguém à vista.

– Pare, seu imbecil, seu bundão. Ei!

Uma mulher enfermiça estava encostada na parede de uma casa, meio escondida por uma pilastra. O rosto devastado. Seu grito fazia um contraste estranho com sua imobilidade.

– O que você disse? – Ele deu alguns passos para trás. Apenas de perto viu como ela era jovem. Dezesseis, no máximo. Marcas de sangue nos antebraços; o rosto e o pescoço recobertos por pústulas.

– Bundão.

– Antes.

– Imbecil! Seu imbecil! – Ela se afastou da parede.

– Você me chamou de Charly.

– Falei imbecil. Bundão, Charly, *chéri*, seu merda. Meu amor. Você tem algum?

Ela esticou a mão em sua direção, ele se afastou.

Pelos gestos e pelo comportamento dela, Carl não sabia dizer se estava diante de uma prostituta, de uma doente mental ou de mais uma ninfomaníaca.

– Nós nos conhecemos – ele disse, inseguro.

– Você quer uma chupetinha?

– Foi uma pergunta.

– A minha também foi uma pergunta.

– Por que você me chamou de Charly?

Ela o empurrou pelos ombros e continuou a xingá-lo.

Alguns passantes pararam e ficaram rindo. Os homens do café em frente se levantaram das cadeiras para enxergar melhor. No cruzamento, a uma pequena distância, Carl viu dois homens uniformizados. A situação era desagradável. A garota não parava de insultá-lo, de enxotá-lo, ao mesmo tempo que oferecia seus serviços.

– Não tenho dinheiro.

Ela apalpou os bolsos da calça dele e segurou seus fundilhos, sob apupos generalizados. Ele saltou para trás. Ela o puxou até a porta da próxima casa. Desceram um longo corredor até um quarto minúsculo. No chão, um colchão sem lençol. De repente, toda a vivacidade da garota parecia ter acabado. Ela estava tremendo no meio do quarto.

– Nós nos conhecemos? – Carl perguntou mais uma vez, quase certo de que eles não se conheciam.

– Você tem algum?

– Você me conhece?

– Você quer brincar de terapia?

– Você falou Charly.

– Eu também posso te chamar de Alphonse. Ou Rashid. Senhor general. Eu vou chupar você.

Ela puxou as calças dele. Ele segurou as mãos dela.

– Você está com alguma coisa! – ela gritou, na maior excitação.

– Não quero nada de você. Só quero saber se você me conhece.

Ela continuou praguejando. Seu olhar inquieto, seus gestos incompreensíveis, confusos... não, ela não o conhecia. Uma garota de rua maluca, drogada. Carl tocou a maçaneta da porta e a garota gritou:

– Fique parado, seu merda! Você não pode dar no pé agora! Se você e seu comparsa de merda não resolverem isso agora...

– Que comparsa?

– Você quer a três? Vou chamar a Titi.

– Que comparsa?

– Seu porco nojento.

Junto à porta, com a mão na maçaneta, Carl continuava a fazer perguntas em vão. Tudo o que ele ouvia era uma torrente de xingamentos. Soltou a maçaneta e fez uma última tentativa. No tom mais natural possível, perguntou:

– Quando você viu Cetrois pela última vez?

– Hã?

– Simplesmente responda.

– É pra eu mijar na sua boca? – Ela tentou introduzir um indicador entre os lábios dele.

Ele deu um salto para trás.

– Deita aí, eu vou me sentar na sua cara e mijar na sua boca.

– Quando você o viu pela última vez?
– Quem?
– Cetrois.
– Me bata. Você pode me bater. Com a força que quiser. Vou cagar no seu peito. Vou chupar seu cérebro pra fora. Faço o que você quiser.
– Então responda à minha pergunta.
– Que pergunta? – Lágrimas escorriam por seu rosto de menina transtornado. Gemendo, ela caiu de joelhos. – Me dê o bagulho. Eu sei que você está com ele.

Ele enfiou as duas mãos nos bolsos de sua bermuda e disse, pronunciando bem cada palavra:
– Você conhece Cetrois?

Ela chorava baixinho.
– Você sabe onde ele está?
– Seu insano de merda.

Por que ela simplesmente não respondia? Ou, se ela não o conhecia, por que simplesmente não dizia que não o conhecia? Ele levantou o queixo dela, puxou uma das ampolas do bolso e observou a reação da garota.
– Pergunta simples, resposta simples. Onde. Ele. Está.

Por um breve instante, ela o encarou, apática. Depois jogou-se contra ele. Seu corpo levíssimo ricocheteou contra o dele. Ele mantinha o braço erguido, segurando a ampola no alto.
– Responda.
– Me dá! – Ela pulava para tentar alcançar seu braço, xingava feito um marujo, puxava suas roupas. Por fim, tentou escalar o corpo dele, com o olhar fixo no punho erguido.
– Você vai ganhar o bagulho... mesmo que não saiba. Mas responda. Você me conhece?
– Posso cagar na sua boca.
– Você conhece Cetrois?

– Seu porco doente!

– Onde ele está? O que ele está fazendo?

Ela estava pendurada no pescoço dele, uivando feito a sirene de uma viatura dos bombeiros. E com os punhos pequenos martelava suas costas. De repente, os seios dela estavam debaixo do seu queixo, um cheiro de suor de mulher, desespero e vômito. Talvez tenha sido esse cheiro, talvez a proximidade física, talvez a naturalidade com que ela evitava qualquer tipo de comunicação que despertasse nele a sensação de que essa mulher lhe era mais próxima do que ele gostaria que fosse. No pior dos casos, tratava-se de sua amante da vida passada. Quase ao mesmo tempo e em paralelo a isso ele teve a impressão de que ela não o conhecia absolutamente. De que ela não sabia de nada. Era apenas maluca, uma prostituta com o cérebro dissolvido pelas drogas, que não o conhecia nem a um comparsa e que chamava todo cliente de Charly. E que pedia um bagulho. Será que Charly é a denominação usual por aqui para clientes de prostitutas? E foi mesmo Charly que ela disse? Será que ela não falou *chéri* desde o começo?

– Mê dá a morfina – ela berrou, caiu no chão e passou a fazer uma coreografia de auto-humilhação como uma criança de três anos.

– Você vai ganhar – ele disse, olhando para a inscrição quase ilegível da ampola. – Só responda a uma pergunta. Você me conhece?

Ela soluçava.

– Eu tenho até duas dessas. – Ele puxou a outra ampola do bolso. – Ou, se você não me conhece... você conhece meu comparsa?

– Seu porco.

– Quando você viu Cetrois pela última vez?

– Seu insano de merda! Seu sujo!

Insano. A terceira vez. Por quê? Será que, para ela, se tratava de apenas um xingamento ou tinha algum significado? Ela estava em tratamento? Ele era seu psicólogo? Ou um louco conhecido da cidade e ela, sua vítima? Mas ele podia perguntar quantas vezes quisesse, não havia respostas. Ele fez um teste e deixou uma ampola cair no chão. Cacos de vidro, um grito desesperado. A garota se ajoelhou e começou a lamber o líquido e os cacos.

– Agora você me conhece?
– Vá foder a sua mãe!
– Você conhece Cetrois?
– Me dá a outra!
– Onde ele está? O que ele está fazendo? Por que você não responde?

Ela bufava e gritava, e aos poucos ele se deu conta de que ela não sabia de nada. Ela não o conhecia, não conhecia ninguém. Simplesmente o chamou por algum nome na rua e ele caiu feito um patinho. Com um resto de piedade, jogou-lhe um dinheiro e saiu.

– Você quer saber o que Cetrois está fazendo? – ela berrou atrás dele.

Ele a viu caída no cão, tirando os cacos de vidro da língua e rindo. Fios de sangue escorriam por seus lábios.

– Você quer saber o que Cetrois está fazendo agora? Vou lhe dizer o que ele está fazendo agora. Ele está na porta e não me dá meu bagulho. Que eu paguei! Eu paguei, seu porco! Eu mijei na sua boca, seu pedaço de merda, você me fodeu cem vezes, cansei das suas brincadeirinhas porcas. É meu! É meu, é meu, é meu, é meu.

Por um instante ele saiu do ar. Seu olhar fixou o infinito. Cetrois.

No momento seguinte, ele caiu sob o peso dela. Ela se jogara sobre ele e o derrubara no chão. Eles rolaram. A segunda ampola já havia caído de sua mão fazia tempo. A garota não percebeu e mordeu a mão vazia. Ele bateu com o cotovelo no rosto dela e tentou se desvencilhar. Debaixo de suas costas, o vidro se quebrava.

Os sons que ela produzia não tinham mais nada de humano. Ao lado dele, ela esfregava a língua no chão, tentando capturar as gotas que tinham entrado nas frestas das tábuas do assoalho. Abalado, Carl foi até o corredor.

Olhar para trás: infelicidade sangrenta.

Olhar para a frente: uma porrada na cara.

Ele foi jogado para dentro do quarto e atirado contra a parede. Um corpo forte, negro. Uma cabeça maior do que ele, vestida com túnicas coloridas da África ocidental, braços feito pneus de trator. Uma mulher. Ela não tinha nenhuma semelhança com sua colega famélica, e mesmo assim dava para notar imediatamente seu parentesco profissional. A negra apertou sua garganta e gritou:

– O que ele fez pra você, querida? O que ele fez pra você? O homem mau!

Ela puxou Carl para baixo pelos cabelos e lhe deu algumas joelhadas no rosto. Ele sentiu que seu ferimento na nuca se abria e perdeu a força. A mulher simplesmente se largou sobre ele, três toneladas no mínimo. Do lado vinha a drogada, limpando o sangue da boca com as costas da mão e balançando uma perna de cadeira no ar. A perna de cadeira acertou primeiro o ombro de Carl, depois mais uma vez o ombro, depois o rosto. Ele tentou virar o corpo debaixo da negra. Sua camisa foi tirada por cima da cabeça. Gosto quente de ferro na boca, mãos ágeis em seus bolsos. Ele perdeu a consciência. Acordou novamente numa vala na rua. Precisou de quase uma hora para os dez minutos a pé que o separavam do Sheraton.

48. **A navalha de Ockham**

> "I like horses, but here I'm riding on a mule."*
>
> Gerhard Bangen

Ele não explicou nada, simplesmente passou se arrastando por Helen no bangalô, tirou a bermuda e a camisa ainda em pé e abriu a ducha no banheiro. Ficou quase vinte minutos imóvel debaixo do jato de água morna. A caminho da cama ele se secou com uma toalha, deixou-a cair no chão e desabou sobre o colchão, de atravessado.

– Você está falando sério? – perguntou Helen. – Você perdeu a mina?

– Sou Cetrois.

– Você está falando sério?

– Não. Não sei.

Ela continuou perguntando, as respostas dele vinham cansadas e sem nexo. Carl puxou a coberta sobre a cabeça e adormeceu.

Estava muito escuro quando ele acordou, e seu coração estava disparado. Ficou com a impressão de não ter dormido nem por uma hora. Mas o despertador mostrava quase meia-noite. Seu braço tateou ao redor, o outro lado da cama estava vazio. Um quadrado estreito de luz envolvia a porta do banheiro. Encontrou Helen no quarto ao lado, os cabelos loiros presos num coque, debaixo da luz forte da luminária de teto. Diante dela, sobre a mesa, o telefone e uma xícara

---

* Em inglês, "Gosto de cavalos, mas estou montando uma mula". (N. da E.)

de café fumegante. Em suas mãos, o caderno de notas, que ela fechou rapidamente quando Carl entrou. A tevê estava ligada, sem som.

Eles ficaram um tempo sentados frente a frente, em silêncio. Depois Helen desligou a tevê e perguntou novamente, em voz baixa, se ele tinha mesmo achado e voltado a perder a mina, e Carl disse:

– Não sou Cetrois.

– Como você pôde deixar o *blazer* largado?

– Não pode ser eu.

– Por que você não foi atrás dos alunos?

– Mas eu fui atrás! É que a mulher estava completamente transtornada. É impossível ela me conhecer, ela simplesmente repetiu o nome.

– Como eram as crianças?

– E ela queria a morfina de mim.

– Eu fiz uma pergunta.

– O quê?

– Como eram as crianças?

– Quem se interessa em como eram as crianças?

Ele continuou falando e repetiu suas últimas frases, e, sem que percebesse de imediato e sem que pudesse explicar por quê, Helen tinha mudado totalmente seu tom de voz. Ela o interrompia o tempo todo, restava pouco da tranquilidade e serenidade dos últimos dias. Tendo em vista os acontecimentos recentes, de um lado isso era compreensível. De outro, Carl tinha uma sensação indefinível de que deveria haver outros motivos para essa mudança na voz. Suas perguntas vinham rápido e eram incisivas, quase um interrogatório, e ela estava exclusivamente interessada em saber como ele tinha achado a mina e em que circunstâncias a perdera novamente, enquanto Carl teimava em voltar à história da prostituta. Por alguma razão, ele pensara que a questão sobre sua identidade era tão importante para Helen quanto para ele, mas parecia não ser o caso. Quantos alunos? Vestidos como? Por que ele não esperou no Bairro do Sal? Bairro Vazio, que Bairro Vazio? Onda de limpeza? E que cápsulas? Duas cápsulas com uma emenda no meio? Numa esferográfica com a marca Szewczuk? Ele tinha certeza disso? Szewczuk? E o que era esse Mercedes amarelo?

– Isso não me interessa – disse Carl, exausto. – Estou interessado em saber quem sou. Essas cápsulas não me interessam, minha suposta família não me interessa, só me interessa saber *quem eu sou*.

– E eu me interesso em saber como um objeto do qual dependem sua vida, sua identidade e todo o resto pôde ser roubado por um bando de crianças.

Helen parecia nervosa. Ela começou a falar alto, Carl também, e depois de alguns minutos falando sobre coisas distintas Helen sugeriu que separassem os dois temas, o de sua identidade e o da mina. Embora ela considerasse o da mina muito mais importante... mas fazer o quê? Por ela, então, que começassem com a identidade.

Carl não respondeu.

– Sua pequena prostituta – disse Helen. – Comece.

– Comece você.

Helen se afastou balançando a cabeça, e Carl, que sabia que se comportava como criança, mordiscou os lábios.

Seus contornos estavam refletidos na tela escura da tevê. Depois de um tempo, a sombra de Carl pegou a mão da sombra de Helen, mas ela tirou a mão.

– Comece.

– Mas eu já falei tudo! Só que não é possível ser isso. Afinal, Cetrois foi de motoneta para o deserto. Eu não sou Cetrois. A garota está enganada.

– Ou os quatro homens estão enganados.

– Como assim? E você nem viu a garota.

Carl descreveu minuciosamente mais uma vez seu encontro com a drogada, esforçando-se por reproduzir sua loucura de maneira muito plástica. Helen interrompeu-o:

– Ela queria morfina de você. E você a tinha. Foi por acaso?
Sem resposta.
– Você disse a ela que tinha algo, ou ela perguntou?
– Ela perguntou.
– E ela perguntou sobre o quê?
– Sobre... o bagulho. Se eu tinha o bagulho. E então eu tirei as ampolas e ela as quis. E ela falou *morfina*.
– Você não falou *morfina*?
– Não.
– E estava escrito de maneira legível que eram ampolas de morfina?
– Não. Estava escrito, mas era quase ilegível.
– Ela não leu isso.
– Não. Mas o que mais poderia ser?
– Cocaína. Produto de beleza. Soro fisiológico.
– Ela adivinhou. Tem traquejo com drogas.
– Vou fazer um resumo rápido: essa garota que te chamou de Charly na rua quer um bagulho de você. E você, por acaso, está com o bagulho. Em seguida, ela diz *morfina* e, por acaso, é morfina. Você não está falando sério quando diz que ela não te conhece, está?
– Eu...
– E o fato de ela ter ficado o tempo todo xingando e tentando te bater, em vez de responder às suas perguntas, embora você tivesse prometido dar as ampolas para ela, caso ela respondesse. Por que ela fez isso?
– Porque é louca.
– É uma possibilidade. A outra é que a pergunta é louca. Quer dizer, você não para de perguntar qual é o seu nome, como você se chama. Você não vai encontrar muitas pessoas que respondam à pergunta "Qual é o meu nome?" simplesmente dizendo "Você se chama Fulano". E depois você ainda pergunta por Cetrois. Você pergunta cem vezes se ela conhece Cetrois e onde ele está e onde ela o viu pela última

vez. Eu também iria te chamar de insano de merda. Não? O que você diria?... Você conhece Helen? Responda. Você conhece Helen? Helen Gliese? Quando você viu Helen pela última vez? Onde ela está? O que ela está fazendo? Responda, carinha.

Já fazia tempo que Carl enterrara a cabeça entre seus braços cruzados, e não voltou à tona nem quando disse, gemendo:

— Mas os quatro homens no celeiro. Eu ouvi claramente. Eu ouvi claramente quando eles disseram "Cetrois está no deserto", "Cetrois foi com a motoneta para o deserto". Eles estavam longe. Mas eu entendi cada palavra.

— Então diga de novo exatamente o que eles falaram.

— Já te disse. Que Cetrois tinha ido para o deserto, que eles tinham encontrado muito dinheiro... e que eles tinham amassado a cabeça de alguém com um macaco de carro.

— Alguém?

— Sim.

— Eles disseram que tinham amassado a cabeça de *alguém*?

— De um sujeito.

— De um sujeito?

— Sim.

— E não falaram também por que amassaram a cabeça do sujeito?

— Não. Ou talvez sim. Quando o quarto chegou, eles falaram que esse sujeito estava no celeiro. E quiseram saber dele para onde Cetrois tinha ido. Mas ele não lhes disse... e então usaram o macaco de carro.

Helen se levantou, começou a abrir portas de armários e gavetas na cozinha, enquanto continuava fazendo perguntas a Carl. Perguntou sobre o velho felá e como ele estava vestido, perguntou por seus dois filhos e pela cor da mala de palha e a posição da janela no sótão do celeiro. Perguntou a forma e o tamanho do buraco no chão, o tipo de talha. A altura acima do chão, o número de roldanas, o comprimento das correntes. O peso da escada.

Ela voltou com papel e lápis, estendeu-os para Carl e disse:

– Desenhe o contorno. O celeiro e os barracões... e exatamente a janela do alto. E a entrada. Onde você estava deitado quando acordou... sim. Aqui? Você estava deitado aqui com a cabeça para cá? E aqui então fica o buraco na parede de madeira, onde você olhou para cá?

Helen girou o desenho em noventa graus, pegou a caneta da mão de Carl e rabiscou um boneco no lugar em que Carl fizera uma cruz, indicando onde ele acordara com a arma de madeira nas costas. Ela observou o desenho por um tempo e acrescentou os pontos cardeais.

– E os quatro homens estavam aqui?

Ela desenhou quatro bonecos ao lado do celeiro. Um deles segurava um risco de lápis na mão como um macaco de carro, outro estava mais afastado, dentro de um jipe.

– O jipe veio de lá, certo? Da direção de Tindirma. E eles estavam atrás de você, então você provavelmente estava vindo de Tindirma. Tanto faz. Mas em algum lugar entre aqui e o oásis, eles encontraram uma mala de dinheiro ou o dinheiro solto, que os reteve por um tempo, de maneira que não vêm direto atrás de você, mas com algum intervalo.

– Sim, e daí?

– Um segundo.

– Isso não muda em nada o fato de eu não poder ser Cetrois.

– Acho que entendi. – Helen olhou o desenho por mais um tempo. Depois olhou para Carl. – Você estava usando *djellaba*, não é? Sobre seu terno xadrez. Que você tirou durante a fuga. Por acaso ele era branco?

Ele assentiu.

– Os quatro homens estavam usando *djellaba* branco. O velho felá estava usando *djellaba* branco encardido, o morto sob a talha também. E deixe eu adivinhar: o sujeito sobre a motoneta não estava vestido diferente.

– Isso é especulação. Mas onde quer que você queira chegar, não funciona...

– Um segundo. Bem, você escapa de seus perseguidores no celeiro. Você está lá, eles estão aqui, e agora a questão é: o que eles estão vendo? Bem de longe, eles veem que alguém de *djellaba* branco entra correndo no celeiro e logo em seguida sai uma motoneta dali. Cabelos pretos, *djellaba* branco, a aparência de irmão deles. E eles pensam que é você, Cetrois.

– Não funciona.

– Eu ainda não terminei.

– Não funciona porque eles amassaram a minha cabeça. E se eles amassaram a minha cabeça, então também sabem que eu não podia estar na motoneta.

– E como você sabe que eles amassaram a sua cabeça?

– Isso é uma piada?

– Eles falaram que amassaram a cabeça de um sujeito.

– Sim, de um sujeito! Mas não de Cetrois.

– É disso que estou falando.

Cara de incompreensão.

– Não sei se você se esqueceu – disse Helen –, mas você não era o único de cabeça amassada nesse celeiro.

Ela desenhou um boneco no buraco quadrado do chão.

– Mas esse fui eu quem amassou! Com a talha!

– Como você sabe disso? Você disse cerca de seis metros. O buraco estava quatro ou cinco metros acima do chão, e a talha mais uns dois metros acima do buraco. E a corrente passa por diversas roldanas. Isso faz um barulhão, não é? Ou foi silencioso? Não. E com que rapidez a talha começou a se movimentar quando você bateu nela com a escada?

– Assim. – Carl baixou a mão espalmada. – Primeiro devagar, depois entrou num ritmo e depois assim.

– E você acha que alguém fica parado ouvindo o barulhão de uma talha vindo em sua direção, esperando até ter a cabeça amassada? – Helen desenhou anéis de corrente no buraco e sobre a cabeça redondinha do boneco. – Ele está olhando para cima. Se alguém está ali, vai olhar para cima. Se você me perguntar, há apenas três possibilidades para ele não olhar para cima. Primeiro, o sujeito é surdo. Possível, mas improvável. Segundo, está dormindo. Mas, pelo barulho que você fez antes, também é improvável. E, terceira possibilidade, ele já está morto. Inconsciente ou morto. E porque alguém já bateu na cabeça dele antes com um macaco de carro.

Carl coçou a parte de trás da cabeça.

– E olhe sua ferida. Você sabe o que é um macaco? Se alguém bater com um na sua cabeça, ela vai se tornar uma geleia. Você está com a pele rasgada, o macaco nem ralou em você.

Ela virou o papel e desenhou mais um boneco sobre uma motoneta bem longe de celeiro e escreveu "Cetrois" com pontos de exclamação em cima.

Carl não disse nada.

– Então, se você me perguntar, é muito lógico – disse Helen. – Claro que não tenho certeza. Mas quando há várias possibilidades temos de preferir a mais simples. Primeiro, não acredito que você tenha entendido mal os homens. E, segundo, não acredito que você tenha entendido mal a garota. Eu apostaria em três núcleos.

Ela desenhou círculos ao redor dos grupos, sobre o papel.

– Você é um núcleo. Seus perseguidores são o segundo, e a família do felá é o terceiro. Um velho com dois filhos. Até aqui tudo bem? E vou supor que no momento em questão apenas os dois filhos estavam no celeiro. Talvez o velho também, mas com certeza os filhos. O filho da talha e o filho da motoneta. E agora entra você. Você está fugindo desses homens, e então você dá de cara com algo que se parece com um rifle, dentro de algo que se parece com uma destilaria clandestina.

Imagino que a recepção não tenha sido das mais calorosas. Você está nervoso porque os perseguidores estão no seu pé, os filhos estão nervosos porque trabalham de maneira clandestina, e você fica agitando essa arma que, como você mesmo disse, parece de verdade mesmo se vista de perto. Dentro do celeiro é escuro ou é claro? É escuro. Ou seja, você está com um AK-47, e, seja lá o que você disser para eles, eles sabem que a coisa vai feder. Talvez você peça ajuda, talvez você até os ameace. E talvez eles também vejam seus perseguidores se aproximando, que eles acham serem seus cúmplices, e profilaticamente te dão uma porrada por trás. Com um ferimento leve, eles levam você até o sótão... ou talvez você tenha subido por conta própria e eles só conseguem apanhá-lo lá, e é então que fazem o serviço, tanto faz. E agora eles entram em pânico de verdade. Depois de terem destruído a cabeça de um, há mais três chegando. Então o filho número um pega a motoneta e sai em disparada para o deserto. Talvez vá buscar ajuda, ou talvez queira apenas fugir. Tanto faz. E quando seus perseguidores chegam no celeiro, somente o filho número dois está lá. Eles lhe perguntam para onde foi Cetrois e ele não responde, porque não sabe de nada. E então eles amassam a cabeça dele com o macaco de carro, como logo depois anunciam orgulhosos ao quarto. Enquanto isso você está deitado lá em cima, inconsciente, e o sujeito da motoneta está praticamente salvando sua vida. Pois é atrás dele que eles saem correndo. Parece que conseguem agarrá-lo em algum lugar aqui atrás, percebem que é a pessoa errada, voltam e procuram por você. Mas nesse meio-tempo Monsieur Cetrois já deu no pé, e o resumo da ópera para o velho felá é o seguinte: um filho assassinado, o outro sumido. Todo o mistério esclarecido.

Helen tomou o último gole de café e foi à cozinha passar mais um.

Confuso, Carl observou o desenho que Helen tinha coberto tão cuidadosamente com setas e marcas de xis.

– E a arma de madeira? Por que estou correndo com uma arma de madeira pelo deserto?

– Eu acho que você poderia perguntar isso a si mesmo.

Carl tentou repassar tudo mais uma vez. Contou os bonecos desenhados, pegou a caneta na mão e leu a inscrição: SHERATON. A segurança e a determinação com que Helen tinha rejeitado todas as suas objeções deixava-o magoado e perdido. Era tão difícil imaginar o todo numa sequência temporal! Como Helen conseguia juntar tão facilmente todas as peças desse quebra-cabeça? E será que ela conseguia de verdade? Ele se sentiu obrigado a encontrar um erro. Apontando para o boneco que o representava, ele disse:

– Quando estive com Adil Bassir, ele falou de dois homens. – Ele evitou o termo *arraia-miúda*. – Dois homens, eu e meu comparsa.

– Ele não esteve lá, necessariamente.

– Não... mas até agora imaginei que Cetrois era meu comparsa. Se eu sou Cetrois, quem é meu comparsa?

– Isso é importante, nesta altura do campeonato? – Helen abriu o pote de café e procurou a colher que servia de medida. – Ou será que podemos nos dedicar brevemente à pergunta sobre se eram mesmo os *alunos* que roubaram seu *blazer*?

– Não sei o que te dá tanta segurança.

– E qual a aparência deles.

– Esqueça as crianças por um tempo! Por que você encasquetou com essas crianças? Não vai dar mesmo para achá-las de novo.

– Eu sei por que encasquetei com elas. Porque, pelo que sei, não há escolas nessas favelas.

– E como você chegou a essa conclusão? – perguntou Carl, sem ligar para a objeção de Helen. Ele ergueu o desenho e agitou-o no ar.

– A descrição das pessoas também bate. Na comuna. Fowler e os outros descreveram um homem bem parecido com você. Terno xadrez, magro, trinta anos e um metro e setenta e cinco. Aparência árabe. Embora isso fosse tudo o que eles soubessem. Mais nada. Ou você não disse o que estava querendo lá na comuna, ou eles não entenderam. Devem ter achado que você era jornalista, mas depois você ficou perguntando apenas sobre objetos de valor, sobre uma mala de dinheiro, e assim por diante, e então eles concluíram que você era do seguro... que eles estavam em vias de enganar em grande estilo. Cetrois, agente de seguros. Ou um jornalista muito incompetente. Algo nesse sentido.

49. Pensamentos lúgubres

> "Alert! Alert! Look well at the rainbow. The fish will rise very soon. Chico is in the house. Visit him. The sky is blue. Place notice in the tree. The tree is green and brown."*
>
> E. Howard Hunt

Tarde da noite, ele voltou para a cama. Helen cobriu-o, ficou sentada mais um tempo na beirada da cama, observando-o de um jeito que ele não teria gostado nadinha – caso ele não estivesse de olhos fechados.

Depois de tudo o que houvera, ele passou a noite – a última noite – de maneira pacífica. Bem cedo, teve de se levantar. Alguém agarrou-o pelo colarinho e o puxou até o outro quarto. Com uma voz que não tinha o tom de interrogatório nem se mostrva nervosa, mas que era apenas fria e cortante, Helen perguntou:

– O que é isto? O que. É. Isto.

Carl estava a seu lado, vestindo uma cueca de elástico frouxo. Diante deles, doze pedacinhos de papel montados em três triângulos. Ele os reconheceu imediatamente. Um décimo terceiro pedacinho estava mais longe. Suas beiradas estavam levemente chamuscadas, mas o material era o mesmo dos outros e trazia a mesma estampa averme-

---

* Em inglês, "Alerta! Alerta! Olhe bem para o arco-íris. Os peixes se erguerão muito em breve. Chico está na casa. Visite-o. O céu está azul. Repare na árvore. A árvore é verde e marrom". Mensagem composta pelo serviço secreto americano, transmitida pela Rádio Swann durante a invasão da Baía dos Porcos, em Cuba, em 1961, para confundir a resistência castrista. (N. da E.)

lhada. Três vezes documento de identidade. Três vezes "Investigador especial do Comitê dos Bons Costumes".

Curvando-se sobre a mesa, Carl perguntou a si mesmo:

– O que é isto?

– Estava na sua bermuda. Eu ia mandá-la à lavanderia hoje. E agora não minta para mim.

Carl esfregou os punhos fechados sobre o peito e, sem entender o motivo de Helen estar tão nervosa, começou a falar do cadáver que encontrara no deserto, que estava com aqueles documentos. Ou os pedacinhos. Um cadáver de terno cinza-claro e com um pedaço de arame em volta do pescoço, no qual ele tropeçou sem querer... era dali que isso tinha vindo. Dos bolsos.

– E o que é isto? – Helen apontou para três campos preenchidos à máquina.

Carl leu e levou um susto: Adolphe Aun... Bertrand Bédeux... Didier Dequat.

– A, B, D! – disse Helen, bem alto. – *Un, deux, quat!*

– Merda.

– Sim, merda, Monsieur Cetrois. E agora não me venha com lorotas sobre onde você os achou. Não me conte mais nenhuma lorota! A história do cadáver você pode enfiar onde quiser. Você já brincou o suficiente de esquecidinho, e agora, por favor: Não. Minta. Para. Mim.

Carl pegou o pedacinho chamuscado sobre o qual estava escrito "Nom:", devolveu-o à mesa depois de observá-lo por um instante e repetiu a história da descoberta do cadáver. Um pedaço de arame. Duas metades de lápis... e um bigodinho à Menjou. O morto tinha um bigodinho à Menjou.

– Merda – disse Helen. – Você só fala merda.

– Você não pensa mesmo isso, não é?

– O quê?

– Que eu fiquei encenando a perda de memória.

– Acredito naquilo em que o doutor Cockcroft acredita.

– E como você sabe em que o doutor Cockcroft acredita?

– Você que me contou, meu caro. Será que você começou mesmo a sofrer de perda de memória? Me diga de onde vieram essas coisas e não me fale de cadáver. Você tinha isso o tempo todo? E quem é você? Você estava com isso o tempo todo, não é? Você sabia o tempo todo quem era e...

– Posso mostrar o cadáver.

– Não.

– Mas eu posso...

– Não, não pode! Você está achando que eu vou agora com você até o deserto procurar um morto com bigodinho à Menjou...? Acabou. A excursão até o Bairro do Sal foi o suficiente para mim. Naquele momento imaginei que algo estava errado. Que você é um impostor. Não faça essa cara de indignação. E caso você realmente não consiga imaginar como vejo as coisas, posso lhe dizer com todas as letras.

– Helen.

– Então quais são os fatos? Os fatos são... não, me escute. Os fatos são: resgato um homem num posto de gasolina no meio do deserto que afirma ter perdido a memória. E eu acredito nele. Cuido dele. Não ligo para o fato de ele não querer chamar a polícia, não querer ir ao hospital, e um médico especialista afirma que uma amnésia dessas não existe.

– *Possivelmente* não existe.

– Possivelmente uma ova. Mas é bom você começar com a possibilidade. Eu quero falar sobre isso agora. Ou seja, eu cuido desse homem. Cuido de um homem cuja identidade é completamente nebulosa, que afirma não possuir nada além daquilo que carrega no corpo, mais o canto chamuscado de um documento, cujo restante decisivo foi queimado por uns *hippies* quaisquer. Qual a possibilidade disso? E, mal chegou aqui, ele é sequestrado por esse megagângster. Um abridor de cartas fura sua mão e mesmo sob as dores mais excruciantes ele não revela ter perdido a memória nem conta que tem um comparsa chamado Cetrois. Ou acredita ter. Durante dias procuramos, desesperados, por esse Cetrois, e depois descobrimos que é ele mesmo. Qual a possibilidade disso? E mal descobrimos isso, nosso homem carrega três identidades no bolso. Três ridículas identidades falsificadas, que combinam superbem com sua quarta identidade de araque queimada pelos *hippies*. E de onde elas apareceram? De um cadáver no deserto, um cadáver com, abre aspas, bigodinho à Menjou, fecha aspas, no qual ele casualmente tropeçou no meio do deserto... e isso foi ontem, sem ter dado nenhuma importância a essas identidades, nem contar o fato para mim. O homem que abre seu coraçãozinho lotado todas as noites para mim... disso ele se esqueceu. Eu as encontro sem querer no seu bolso. Qual a possibilidade disso?

– Não é muito possível, mas...

– E, por fim, nosso bom homem ainda está à procura de uma mina. Que mina? Não sabe. Mas por um lance de sorte ele a encontra subitamente – ou afirma tê-la encontrado – numa esferográfica, numa, aspas, esferográfica descartável, e essa merda de esferográfica, que é a merda de solução de todos os seus problemas de merda, é roubada facilmente no Bairro Vazio por um, aspas, aluno, enquanto ele me manda ir de carro ao Bairro do Sal. Sua carteira ainda está aí, o dinheiro que eu te dei está aí, a segunda chave do bangalô está aí, tudo está aí. Só o *blazer* com a esferográfica sumiu. Qual é a possibilidade disso? Coloque-se no meu lugar. Qual é a possibilidade? Você está achando que sou idiota?

A voz de Helen não tinha mais nada de arrastado ou lamuriento. Ela pronunciou as últimas frases num *staccato* que parecia uma salva de tiros.

Confuso, Carl a encarou. Será que ela estava tão segura de sua posição quanto afirmava, ou apenas o estava testando? Ele não sabia. E se ela tivesse razão? Seria possível que todo o quadro que Helen havia montado, sem estar presente em nenhum dos eventos, estivesse certo? Será que ele era um simulador que não tinha consciência de sua simulação, assim como o dr. Cockcroft aventara? Era isso que esses pedacinhos de papel faziam concluir?

Por alguns segundos ele achou que fosse enlouquecer. Tentou puxar pela memória, relembrando tudo o que tinha descoberto sobre sua vida nos últimos dias e, refletindo, fazer disso um todo coerente, mas não conseguiu. Não se tratava mais de pensar, mas de submergir na neblina. Como Helen, vislumbrando as partes isoladas, conseguia reconhecer tão claramente aquilo que ela imaginava reconhecer, ou seja, uma imagem cheia de contradições e improbabilidades?

A ameaça de perder a confiança da única pessoa que lhe era próxima deixou-o em pânico. Ele gemeu. Ficou em silêncio.

– Se isso era tudo o que você tinha a dizer, então OK – ele escutou. – Então acabou. Ajudei você em tudo o que pude, mas não vou dar proteção a um impostor. E se você quiser me dizer que identidades são essas e como você as conseguiu e, principalmente, quem você é e onde está a mina, então diga agora. Diga para mim. É a última chance. Quem é você? E que merda de mina é essa?

Carl elaborava tudo isso internamente, mas em vão. Helen limpou os pedacinhos de papel com um movimento do braço.

– OK, então – ela anunciou sem muito entusiasmo. – Vou até a praia. Pode esperar até sua roupa chegar da lavanderia do hotel, mas quando eu voltar quero que você tenha sumido daqui.

Pegou o biquíni e duas tolhas do banheiro, foi até o telefone e pediu uma ligação para os Estados Unidos. Encolhido na cadeira, Carl tentava revolver o cérebro violentamente. Meio enevoados, surgiram os contornos de outro detalhe não esclarecido. A arma de madeira. Uma arma falsa, documentos falsos. A névoa começou a doer fisicamente. Ele sabia que sem Helen estava perdido. Escutou-a falar com a mãe e desistiu de tentar encontrar argumentos, tentou apenas imaginar o que poderia dizer para que ela se acalmasse. Falara a verdade sobre tudo, e a verdade era improvável. Ele mesmo sabia disso.

– É totalmente improvável – ele recomeçou. – Mas eu queria te perguntar uma coisa. Se eu realmente quisesse ter enganado você, se eu realmente soubesse o tempo todo desses documentos no meu bolso e quisesse mentir sobre sua origem – será que eu teria inventado algo tão, mas tão inacreditável quanto um cadáver com um bigodinho à Menjou? Com um arame em volta do pescoço? Será que eu não poderia ter inventado algo muito mais provável?

A resposta de Helen foi imediata:

– Por exemplo?

Ela tirou a mão do bocal do telefone, que tinha coberto por alguns segundos, e continuou conversando.

– Não, ninguém, mamãe – ela disse. – Sim, tudo bem. Então eu não teria experimentado hoje de manhã – ela concluiu.

Carl tentou imaginar o que a mãe de Helen estaria falando do outro lado do oceano. Em seguida, voltou a pensar na arma de madeira. Ele a virava e revirava mentalmente.

– Sim... sim. Não apareceu e não vai aparecer mais. Certeza absoluta. Falei com a empresa, vão mandar um novo. Claro que três seria bem melhor... três é sempre melhor que um, sim... imediatamente, onde mais? Vou à praia agora... assim como em todo lugar... sim. Carthage é bom. Lembranças a ele – ela disse e desligou.

– Quem é Carthage? – perguntou Carl.

Helen não respondeu.

– Quem é Carthage?

– Meu cachorro. E lembre-se: quando eu voltar, o bangalô deve estar vazio.

Colocou a bolsa de praia no ombro e saiu.

Carl pegou os pedacinhos de papel do chão, arrumou-os novamente, com os dedos trêmulos, e viu o que já vira antes: documentos ridículos de um ridículo "Comitê dos Bons Costumes". Tirou-os da mesa mais uma vez, foi até o terraço e observou uma Helen já minúscula sumindo entre os pinheiros. O mar batia na praia em ondas pequenas. Mal Helen sumiu, um homem apareceu no caminho e ficou parado entre as árvores. Ele estava muito longe, mas Carl teve a nítida impressão de que ele o encarava. Um, dois minutos, o homem se virou e voltou para a praia.

Carl desabou sobre a espreguiçadeira. Sentia um cansaço pesadíssimo. Algo incompreensível havia exaurido profundamente suas forças. Os pensamentos não mais voavam por sua cabeça, eles apenas tropeçavam nela, indefesos. Por medo de Helen se zangar ainda mais caso ele não seguisse sua ordem, ele fez um esforço para se erguer da cadeira, dirigiu-se ao segundo terraço mais abaixo e pulou a balaustrada. Encosta abaixo, procurou um lugar adequado para dormir e se largou no chão protegido por um ramo de giesta. A luz era pontilhada. Ele estava deitado de bruços. Depois, virou-se e se deitou de costas. De tempos em tempos acordava assustado, como se um pensamento o tivesse tocado, mas a letargia era mais poderosa. Não se sentia capaz de tomar uma decisão. Seu olhar vagou até as copas em movimento das árvores, entre as quais o céu da noite aparecia feito um vidro cor de violeta, e ele desejou estar morto.

50. Contrazoom

> "Sobre os deuses, é-me impossível saber se eles existem ou não, nem como se apresentam. As forças que me impedem de sabê-lo são muitas; a pergunta é confusa e a vida humana, curta demais."
>
> Protágoras

Hordas infinitas de cabras desajeitadas, de madeira, em cujo interior trabalhavam cupins vestidos de religiosos, pastavam em seus sonhos. Com um movimento de mão, como se tivesse de espantar os fantasmas, ele se sentou à luz da manhã.

Depois de refletir por quinze minutos ou até mais, subiu até o bangalô. Vinte ou trinta passos sob o terraço, veio a hesitação. Ajoelhou-se atrás de uma árvore e chorou. E esperou. Por fim, bateu na porta. Encostou o rosto no olho mágico, do lado de fora, bateu mais uma vez e depois deu a volta na casa e olhou pelas janelas, uma a uma. As persianas do quarto não estavam abaixadas. A cama estava vazia. A mala de Helen não estava mais sobre a cômoda.

Com a cópia da chave que ainda carregava no bolso, Carl abriu a porta. Chamou Helen. Foi de quarto em quarto. Tudo estava vazio. Sobre a mesinha de cabeceira havia um formulário do hotel em branco. Apenas a máquina brilhante e cromada com a inscrição em polonês que eles tinham carregado juntos da oficina permanecia sobre a bancada. E um cesto com frutas.

Esse era o segundo pior momento de Carl depois do desespero que ele sentiu ao acordar pela primeira vez no celeiro e perceber que sua memória não lhe voltava. E ele não sabia nem se Helen deixara tão apressadamente o bangalô por sua causa. Eles não discutiram planos de viagem.

A chave principal tinha sido devolvida na portaria, como um funcionário do hotel comunicou com a máxima amabilidade, e o bangalô estava pago por mais dois dias. Não havia informações sobre a executiva americana saída apressadamente. Que executiva? Hoje pela manhã? Não, o porteiro da noite não estava mais no hotel.

Carl sentou-se no terraço do bangalô, comeu uma maçã e olhou sobre os pinheiros em direção ao mar. Abriu a geladeira. O congelador. Leu mais uma vez a inscrição gravada no aparelho com os dados técnicos. Pela segunda vez tirou os pedacinhos de papel do lixo, mas não os juntou novamente. Sacudiu a colcha. Levantou os travesseiros. Debaixo de um deles encontrou um pulôver, que aproximou do rosto e através do qual respirou durante alguns minutos, antes de vesti-lo. Olhou sob a cama.

Ali encontrou restos de lápis apontados e um elástico rosa com alguns fios longos, loiros, enroscados.

No banheiro achou um frasco vazio de xampu, e o tempo todo ele parava diante da máquina cromada, brilhante. Por que Helen a confundira com uma mina? Será que ela realmente confundira? Ele checou a tomada de dois furos na lateral e olhou em volta à procura de um cabo que pudesse improvisar. O cabo da luminária da mesinha de cabeceira estava bem fixado. A tevê tinha um cabo duplo. Entretanto, a tomada não era compatível com a máquina.

Resignado, afundou no sofá e começou a mudar os canais com o pé. Nada, nada, filme.

Now you listen to me. I'll only say this once. We are not sick men.[*]

Mordeu o restinho da maçã, mastigou e cuspiu na tevê.

Sob o pedaço de fruta úmida, a figura de Helen brilhava na tela. Carl fechou os olhos por um instante e, quando os reabriu, não era

---

* Em inglês, "Agora escute aqui. Vou dizer apenas uma vez. Não somos doentes". (N. da E.)

Helen. Não era sequer uma mulher. Era Bruce Lee. Com uma leveza acrobática, ele atravessou um quadrado claro num quarto escuro e, usando o canto da mão, golpeou a garganta de um homem mau, reconhecido por sua risada. Assim como Helen havia feito. Igualzinho.

Tossindo e cuspindo outros restos de maçã e balançando a cabeça, Carl passou pelos dois terraços e chegou à praia. Alguns europeus pálidos tomavam sol. Um golpe de vento levantou suas toalhas.

Carl sentou-se num lugar protegido do vento, sobre pedras pretas de lava que marcavam o limite natural de um dos lados da praia, e ficou observando as ondas, que exerciam sua atividade atemporal.

Abaixo dele, em diagonal, havia duas berberes de túnica azul. Uma garota jovem, talvez de doze anos, e uma velha com um rosto que parecia uma máscara mortuária, os olhos como buracos. A velha segurava nas mãos um pedaço de madeira fina, pintada de preto. Ela pressionou a cabeça da garota contra seu peito, prendeu o indicador e o dedo médio sobre um olho e empurrou a madeirinha acima das pálpebras da garota. Piscando, a menina abriu o olho, agora com uma larga moldura preta.

Quanto mais pensava a respeito, menos Carl conseguia encontrar algo de injusto nas censuras de Helen. Ela seguira a própria lógica, e segundo a lógica Helen tinha razão. Tudo o que se passara em sua curta e rememorável vida era improvável. Uma quantidade assustadora de improbabilidades. Além disso, sua família, seu comparsa, a arma de madeira... a máquina polonesa. Nada fazia sentido. Tentou relembrar as palavras dos homens da oficina e percebeu um olhar tímido da garota de moldura preta nos olhos. A velha estava ocupada aplicando hena numa das mãos da garota, e Carl imaginou o que levaria uma empresa americana de cosméticos a enviar uma funcionária a um país no qual uma pasta preta e uma vermelha já eram mais que suficientes. Helen teria de se esforçar muito se quisesse vender algo aqui... e, de repente, ele percebeu o que estava errado na lista dela. Ele estremeceu. A lista de telefonemas de Helen. Que ela organizara enquanto ele estava na praia, enquanto Michelle folheava suas revistas e lia as cartas para a turista alemã. Eram entre dez e onze quando Helen subiu ao bangalô. Ela não se ausentou durante muito tempo, talvez quinze minutos. E, nesse intervalo, ela disse ter ligado para amigos em Paris, Londres, Sevilha, Marselha, Nova York e Montreal, pedindo que eles checassem o nome Cetrois nas listas telefônicas... os nomes Cetrois, Cetroix, Sitrois, Setrois. Por que ele só seu deu conta disso agora?

Um navio apareceu no horizonte, atrás do qual, bem longe, ficavam os Estados Unidos. O fuso horário de Nova York era de seis ou sete horas de diferença, o que significava que Helen ligara para lá entre três e cinco da manhã. Isso não era impossível. Mas seria *provável*? E que tipo de amigos eram esses? Talvez fossem uns malucos que não se importassem em ser acordados no meio da noite para checar suas listas telefônicas em busca de uma série de nomes franceses inexistentes. Mas Helen não parecia ser alguém que convivesse com malucos em sua vida burguesa. Depois que esse pensamento se enraizou na cabeça de Carl, ele se deu conta de uma avalanche de coisas mal explicadas.

O fato de Helen revistar suas coisas ainda era o de menos, afinal ele também tinha revistado as coisas dela. Mas para que ela carregava algemas para mãos e pés e aquilo que parecia um cassetete e realmente devia ser? Como ele pôde acreditar que ela usava aquilo para fins sexuais? E onde uma funcionária de uma empresa americana de cosméticos aprendia a esmagar a garganta de homens adultos, no melhor estilo de Bruce Lee? Será que isso tudo não era mais compatível com uma formação de policial? Quanto mais Carl pensava no assunto, menos dúvidas lhe restavam. Helen, que o acompanhou dia após dia, que quase o espionou – por que ela não deu nem a menor das pistas sobre sua atividade profissional? Sua mala com amostras tinha caído no mar por acidente, ao desembarcar. Numa confusão na escada. Um menino a arrancara de sua mão.

– Você é paranoico – ele escutou a voz de Helen bem no fundo da mente e se lembrou, ao mesmo tempo, do estranho interesse escancarado que, no final, ela demonstrou sobre a mina, exclusivamente sobre a mina. Ele tinha certeza. Imaginava Helen com um uniforme qualquer, entrando pela porta e prendendo algemas em suas mãos e pés... mas infelizmente havia algo que contradizia toda essa especulação. A circunstância do primeiro encontro deles. Ele simplesmente cruzou seu caminho no posto de gasolina. Ela não teria como saber que ele apareceria lá. E foi ele quem falou com ela, e não o contrário.

Exausto, sentou-se diante da tevê. E assim ficou até as notícias da madrugada, sem se mexer. Lembrou-se novamente do rosto barbado do dr. Cockcroft. Não tivera exatamente as mesmas dúvidas em relação ao médico? Não levantara uma miríade de objeções contra ele e, no fim, achou que o sujeito podia ser qualquer coisa, até mesmo um charlatão, menos aquilo que realmente era? Possivelmente ele era mesmo paranoico. Pensou alguns minutos a respeito, depois se levantou e abriu todas as gavetas da cozinha. Na gaveta dos talheres encontrou uma faca longa, uma pequena chave de fenda e uma lanterna. Munido desses objetos, saiu para a noite e desceu a rua sinuosa até um bangalô próximo, construído no mesmo estilo.

Não havia luz acesa por lá, assim como nos dias anteriores, de acordo com sua lembrança. As persianas estavam fechadas, a casa supostamente não estava sendo usada. Ele iluminou a frente e o jardim, assegurou-se de que não era observado e, em seguida, arrombou a caixa de correio usando a faca e a chave de fenda. Encontrou um comunicado do hotel ao hóspede seguinte, embalado num plástico, além de propagandas de restaurantes e escolas de mergulho, as mesmas da caixa de correio de Helen. Encontrou de tudo. Menos o folheto de uma clínica de psicologia.

Enquanto ainda olhava fixamente para os papéis em sua mão, de súbito o jardim se iluminou totalmente. Do outro lado da rua, alguns passos morro acima, a luz do primeiro andar tinha sido acesa. Duas sombras esguias se aproximavam uma da outra atrás de uma cortina florida. Carl pensou por um instante, saiu caminhando até lá com o bolo de malas-diretas na mão e apertou a campainha. Depois de um tempo, abriu-se uma fresta na porta. Ouvia-se uma música suave.

– O senhor checou sua caixa de correio nos últimos dias?

– O quê?

– O senhor deu uma olhada em sua caixa de correio nos últimos dias?

A porta se abriu mais um pouco. Um homem jovem e depois outro, mais jovem ainda, olharam espantados para ele. Ambos usavam roupão branco, e os cabelos de um estavam molhados. Eles seguiam com os olhos os movimentos das mãos de Carl, principalmente aquela que segurava a faca. Escutaram com muita atenção e responderam com a mesma seriedade. Sim, moravam lá fazia um tempo, quase meio ano, e esvaziavam regularmente a caixa de correio. Um deles era jornalista, correspondente de um órgão de imprensa de Paris... e até agora eles não tinham enfrentado problemas com a entrega de correspondência. Eles precisavam desse serviço por motivos profissionais. Não receberam nenhuma propaganda de uma clínica de psicologia? Não, com certeza não. Isso teria lhes chamado a atenção. Mas poderiam dar mais uma checada, se isso era importante para... – como era mesmo seu nome?

Carl esperou junto à porta, de cabeça baixa. Um deles desapareceu dentro da casa, enquanto o outro ficou parado lá, ajeitando o tempo todo seu roupão que insistia em se abrir. Então eles eram vizinhos... interessante. E uma clínica de psicologia, sério? Fazia parte do Sheraton? Para turistas? Não, ele não conseguia imaginar algo assim, perdão. Não que fosse preconceito, ele próprio já estivera duas vezes em tratamento, em Nova Jersey, embora apenas por curiosidade e não por algum problema em si. Mas o fato de existir algo parecido aqui o espantava um pouco. Psicologia na África, isso não era como tentar vender geladeiras para esquimós?

Tenso, Carl voltou o olhar para a escuridão da casa.

O outro voltou até a porta com uma pilha de propagandas e cartas abertas, e confirmou que, infelizmente, não recebera o panfleto.

– Mas o senhor recebeu um, foi isso? E agora está precisando de acompanhamento psicológico? Não?

Os dois homens começaram a rir simultaneamente de um modo muito peculiar, e Carl, que não sabia se eles estavam simplesmente querendo ser simpáticos ou se estavam rindo da sua cara, despediu-se deles.

Jogou num arbusto qualquer a chave de fenda, a faca e os papéis que ainda segurava nas mãos e depois percorreu a esmo as vielas, morro acima. Ninguém tinha recebido o panfleto, ou seja, não havia panfletos. Apenas um fora entregue no bangalô de Helen. Na caixa de correio do único bangalô dessa cidade no qual morava alguém que tinha problemas *de verdade*.

Carl teve dificuldade em achar novamente a rua do consultório. Reconheceu a porta da casa que tentara abrir em vão com a própria chave, depois da consulta com o dr. Cockcroft.

Não havia luz nas janelas. A porta estava aberta. Primeiro Carl tocou a campainha, depois tateou o interruptor no corredor. Mas a luz não funcionava em nenhum dos quartos. Revistou a casa inteira com uma lanterna. Todos os móveis tinham sumido. Ficou absolutamente surpreso. No andar de cima restava apenas a mesa de três pernas. Os dois livros também tinham desaparecido.

Abriu a janela com um ruído indefinível de desespero. Apoiou os cotovelos no peitoril e olhou para a noite. As estrelas. As pessoas, as casas, o consultório. O dr. Cockcroft, Helen, a máquina polonesa. O cadáver no deserto. Voltou ao quarto e sentou-se no chão, de costas para a parede. Como antes, teve a sensação de que poderia recuperar alguma lembrança, mas sempre que tentava juntar os fios eles se enrolavam imediatamente em suas mãos e uma lufada de vento atravessava seus pensamentos não apenas dissolvendo todas as conexões, mas também lançando os fios para lugares diáfanos. Restava nada mais que uma escuridão debilitante, e refletir sobre isso era tão agradável quanto bater a cabeça contra a parede.

Vivenciara mais coisas estranhíssimas nos poucos dias dos quais conseguia se lembrar do que algumas pessoas em setenta anos. E agora corria o risco de perder mais uma vez essa nova vida. Helen sumira, o dr. Cockcroft sumira, um consultório médico talvez nunca tivesse existido. A caneta roubada, o ultimato de Bassir expirado... e possivelmente alguém estava cortando os dedos de seu filho ou estuprando sua mulher.

Era difícil encontrar palavras para suas emoções. Muito mais para seu estado. Ele não sabia nem se sentia alguma coisa. Virou-se e bateu a cabeça contra a parede. Meio anestesiado, voltou à janela e olhou para fora. Havia sombras escuras em esquinas escuras. Uma das sombras o observava. Pelo menos era isso que imaginava. Tanto fazia. Ou sua paranoia ou seu perseguidor não tinham sumido. Apontou o facho de luz da lanterna para seu próprio rosto. Que ele fosse visto. Que eles vissem que podiam vê-lo. Que percebessem que ele não se importava. Que viessem.

51. Marechal Mellow

> "Dois vietcongues foram interrogados durante um voo para Saigon. O primeiro se recusou a responder às perguntas e foi lançado do avião a três mil pés de altura. O segundo respondeu às perguntas imediatamente e também foi lançado."
>
> William Blum

Mas ninguém veio; tomado pelo cansaço, Carl finalmente se deitou no chão e tentou dormir. Não conseguiu. Um ronco baixinho o impediu. Fechou a janela, mas o ruído continuava a atravessar o teto e as paredes feito uma batida de coração, roubando o que lhe restava de nervos. Por fim ele se levantou, desceu até a rua e olhou ao redor. Deu alguns passos em direção ao Sheraton, mas depois, seguindo um súbito impulso, foi atrás do ruído. Ele o levou até um prédio atrás do consultório do dr. Cockcroft. Sobre a entrada havia um painel publicitário de néon defeituoso. As paredes da entrada à direita e à esquerda estavam repletas de cartazes. Jimi Hendrix, Castles Made of Sand... Africa Unite. E em diagonal, por cima de tudo isso, centenas de reproduções de uma imagem recém-impressa de um rosto quadrado com um queixo incrivelmente largo, ao redor do qual orbitavam três cabeças menores e diversos instrumentos musicais, como um discreto redemoinho de pensamentos.

"Marshal Mellow and His Skillet Lickers – Life!"

Enquanto Carl lia o inglês duvidoso, o ritmo pulsante emudeceu. Aplausos abafados ecoaram do interior do prédio. Dois beduínos com baseado na mão passaram por ele e, em seguida, todos os passageiros de um ônibus que apareceu do nada se apertaram histéricos na direção da entrada, levando Carl junto. Por um instante ele tentou se soltar da onda de corpos, mas desistiu depois de passar pela bilheteria e ser lançado numa parede espessa de neblina de gelo seco.

Pouco a pouco foi possível reconhecer os contornos de um grande salão, preenchido por uma mistura equilibrada, incomum para a região, de árabes, americanos, turistas, baderneiros, homens e mulheres. Havia até algumas mulheres locais. Um único holofote, de facho estreito, atravessava a neblina desde o teto para destacar, no centro do palco, um homem de rosto quadrado com um queixo incrivelmente largo usando um uniforme de almirante de frota americano (se Carl não estivesse enganado) que batia com o indicador no microfone e começava a discursar com uma voz muito suave. Ele falava sem mexer o corpo e até mesmo parte do rosto. Suas mãos envolviam o microfone, os maxilares estavam tensionados. Apenas seus lábios se movimentavam, como num desenho animado mal sincronizado. Enquanto um suave som *country* americano preenchia o salão, Carl pediu uma água no bar e inspirou uma grande lufada de ar aromatizada com THC. Às suas costas, escutou palmas esparsas e gritos agudos e, ao mesmo tempo, a voz melíflua contínua de Marshal Mellow, que falava sobre o controle dos impulsos, crianças de quatro anos, adiamento da satisfação e caráter, a Guerra da Coreia, morte e assassinato e o teste Marshmallow. Durante muito tempo não se sabia se a fala era um tipo de propaganda ou se estava introduzindo um número musical. Por um lado, as palavras pareciam obscuras e desconexas, por outro elas levavam à euforia os primeiros *hippies* da plateia. Um jovem que escalara o palco pelos lados foi lançado de volta pelo baterista por cima das cabeças do público, até a terceira ou quarta fila. Mulheres gritavam.

O baixista, o guitarrista, o tecladista do sintetizador e o baterista também usavam uniforme (nível hierárquico mais baixo), e o aspecto quadrado e musculoso dos homens fazia supor que se tratava realmente de membros das forças armadas. Evidente que nessa época os militares americanos não eram recepcionados no exterior ou nem mesmo no próprio país – e muito menos por essa comunidade *hippie* nada homogênea – com chuva de papel picado e algumas palmas hesitantes. Carl pensou se não era exatamente o contrário: será que suas fisionomias quadradas os levaram à ideia de usar esses figurinos, que deviam ser encarados ironicamente?

A bateria fez uma firula e imediatamente todo o salão foi para a frente, levando Carl junto. Duas mulheres estavam bem diante das bases dos microfones e se voltaram como bonecas de brinquedo. De repente, Carl sentiu que sua camiseta foi puxada para cima por trás. Dois braços passaram ao longo do seu tronco e, como ele havia encarado durante um tempo longo demais as duas beldades, seu primeiro pensamento foi: atrás de mim tem uma mulher bonita. Mas a movimentação das mãos em revista logo evidenciou que ele estava enganado. Tentou se virar no meio da confusão. Uma sombra negra abaixou-se atrás dele, tateando sem constrangimento as pernas de sua calça. Carl bateu naquela cabeça com os dois punhos, e lentamente emergiu da escuridão um jovem magro. Três cicatrizes brilhantes, verticais, cobriam seu rosto da testa ao queixo.

– Eu preciso checar se você não tem uma Claymore na calça, cara. Fique frio... mas parece que ninguém ainda vendeu uma para você.

Risa, vulgo Khach-Khach. Ele deu um tapa nos ombros de Carl, abriu um sorriso ainda mais largo do que antes e parecia estar feliz de verdade. Por causa da confusão a seu redor, Carl não entendia todas as palavras. Marshal Mellow tinha se afastado um passo do microfone e olhava para seus colegas músicos.

– Você quer que eu te pague algo, terrorista de fim de semana? O que você está fazendo... pela coisa toda? Escute, eu te vendo uma por duas... mas primeiro a canção... a canção... ah, cara. Geeshie. Mellow é... mas Geeshie... veio especialmente com o barco.

Ele girou Carl pelos quadris em direção ao palco. Fazia um segundo que o silêncio pairava no salão. Mellow estava com uma guimba no canto da boca e lutava uma espécie de *tai chi chuan* com a haste do microfone. Os americanos da plateia gritavam obscenidades; em parte amedrontados, em parte excitados, os árabes participavam dos gritos de animação na língua estrangeira. Um solo de baixo entrou rasgando e o salão explodiu. Diante de Carl, alguém desabou no chão, com as mãos pressionando os ouvidos. Carl foi empurrado para a frente e para os lados. Seu copo escorregou-lhe da mão. Dois negros com calças boca de sino coloridas e blusas de batique esgrimiam usando os cotovelos. Um ritmo psicodélico, arrastado, ribombava das caixas acústicas, o ritmo mais arrastado que Carl já ouvira na vida, a trilha sonora ideal para um dinossauro hipnotizado se arrastando entre o pessoal do paz e amor, campos com borboletas e paisagens com suaves elevações. Um céu de luzes de holofotes branco e brilhante abria-se sobre o evento, e exatamente nesse instante a voz em falsete de Marshal Mellow desceu esvoaçando, nua e sem penas e chilreando, um pequeno pássaro pré-histórico que se agarrou no pescoço do dinossauro e foi por ele sacudido. Carl se perguntou se alguém havia colocado algo em sua água.

Não conseguia acompanhar a letra, tampouco a melodia ou a alegria da massa. A altura terrível do som não lhe causava senão medo, e ele tentou achar um jeito de sair daquele lugar. Sentiu a mão de Risa sobre seu ombro e a afastou com um movimento brusco. De repente, pareceu que o salão tinha sido sacudido. Uma garota de tranças castanhas, finas, havia escalado o palco ou fora jogada lá em cima. Usava uma saia longa e uma camiseta verde justinha, e claramente estava sem sutiã. Gritos de animação: "Geeshie, Geeshie!"

Marshal Mellow tinha parado de cantar. A garota foi até a beirada do palco e durante um minuto ficou olhando por sobre as cabeças do público. Então levantou a camiseta até o pescoço, abaixou-a novamente e saiu do palco. O salão explodiu. O baixo esganiçou. Carl estava preocupado em sair dali.

Um homem estava deitado no chão do corredor escuro que dava para a saída. Quando Carl tentou passar por cima dele, suas mãos agarraram o tornozelo de Carl.

– Solte.
– O que você está procurando?
– Solte o meu sapato.
– Você quer ver a Geeshie? Fique na fila. Sou o empresário.

Usando o pé livre, Carl se soltou. Em seguida, disparou pelo corredor e subiu uma escada de dois degraus. Abriu a porta e se viu diante do depósito de bebidas.

Nesse meio-tempo, o suposto empresário tinha conseguido se levantar e fechou a passagem de Carl, esticando os braços.

– O que você está procurando?
– A saída. Cai fora.
– Você não está procurando a saída. Você está procurando você mesmo.
– O que você quer?
– O que *você* quer?
– Eu só quero sair daqui.
– Todos queremos isso.

Como se tivesse sido empurrado por uma rajada de vento, o empresário planou até o chão e, ainda durante a queda, agarrou-se à perna de Carl. Carl passou sobre ele como uma tesoura e nesse instante notou que havia fios de linha escura soltos nos ombros e no peito da jaqueta do homem, como se fosse o casaco de um uniforme com as insígnias arrancadas.

– Vocês não são do exército de verdade, são?
– Venha aqui, meu guerreiro bonitão. Sou o homem que, como você sabe, é o seu pai.

De repente, uma porta diante de Carl se abriu. Era a saída. A porta se fechou novamente. Carl foi mancando até lá, carregando o homem atrás de si, e tateou no escuro à procura da maçaneta. Não havia maçaneta. Martelou a porta com os punhos.

– O que é isso? Por que está fechada?

– Está fechada porque está fechada – explicou o empresário, com ar solene.

Nos fundos, o ruído emudeceu e ouvia-se apenas a voz abafada de Marshal Mellow.

– Terrível – disse Carl, enquanto tentava se soltar.

– Palavras de ouro – confirmou o empresário. – O cantor mais idiota, surdo, que o mundo já viu. E, em alemão, eu sou sábio – *weise*. Geoffrey Weise. As músicas são minhas. Me faça uma pergunta, amigo da verdade.

– Por que esta porta está fechada?

– Minha mão está tremendo. Merda, minha mão está tremendo. – O homem olhou decepcionado para seu cotovelo.

– Por que a porta está fechada?

– A porta está fechada porque a porta está fechada. E agora a porta está aberta. Reflita a respeito.

Realmente, no mesmo instante alguém abriu ambas as folhas da porta e Carl saiu correndo para a rua, ainda com o empresário grudado nele.

– Enquanto você não tomar ácido não vai saber quem você é.

– Também não sei nada sobre isso. Solte.

– Você toma ácido?

– Não.

– É disso que estou falando. Chupe isso, *chéri*. Chupe, chupe.

Com movimentos trêmulos desajeitados, como se quisesse imitar um filme didático sobre epilépticos, o homem cambaleou pela rua e, ao mesmo tempo, tentou pegar algo de seu bolso. Isso finalmente deu a Carl a oportunidade de fugir.

– Você estava procurando a saída, cara, e você a encontrou – Geoffrey Weise berrou às suas costas. – Sacou como isso é simbólico?

Carl ficou parado no cruzamento seguinte, ofegando e com os joelhos trêmulos. Olhou ao redor e não sabia para onde ir, quando novamente alguém o pegou pelos ombros, por trás. Ou não pegou, mas massageou suavemente seus ombros.

– Ei, ei, ei – disse o sorridente Risa, segurando um molho de chaves diante do rosto. – Você sabe dirigir, terrorista de fim de semana? Preciso de alguém que me leve para Tindirma. Dez dólares ou uma mina do cacete. Ou as duas coisas. OK?

52. Tuaregue

> "Nada no canto da cigarra revela que ela vai morrer."
>
> Bashô

Primeiro Carl recusou a oferta, mas depois se lembrou do Mercedes amarelo que tinha deixado para trás em Tindirma – e pegou as chaves.

Risa dormiu quase a viagem inteira pelo deserto com a cabeça apoiada na janela do passageiro. À luz dos faróis, iam aparecendo o Bairro do Sal, a estrada, os camelos de tijolo, o posto de gasolina, Tindirma.

Nas ruas ao redor da comuna havia ruínas de incêndio. Famílias dormiam nas ruas junto de seus móveis. Carl encontrou o carro intacto, à exceção de alguns flocos de cinzas no para-brisa, e Risa, que tentava em vão convidá-lo para ir a um bordel como forma de agradecimento, passou-lhe mais dez dólares – além dos primeiros dez – e disse:

– Caso você mude de ideia. A vida é curta.

A vida é curta. A frase, que não era mais que uma fórmula pronta, não saiu da cabeça de Carl. Não tirou nem uma vez o pé do acelerador durante a viagem de volta. Ele voou. O posto de gasolina, os camelos de tijolo, a estrada, o Bairro do Sal. Um ou dois quilômetros antes do *suq* e já enxergando o Sheraton, que se erguia sobre o mar de casas a distância, ele entrou numa rua arenosa, cheia de pedras. O Mercedes levantava atrás de si uma nuvem de poeira de um metro de altura que brilhava maravilhosamente à luz da manhã. E sob a poeira ficaram as pequenas oficinas dos artesãos, as bancas de frutas, o *suq*, a sauna da Ville Nouvelle e um conversível branco com quatro homens estacionado entre a sauna e o monumento aos soldados. Um carro especialmente bonito – um Alfa Spider com bancos vermelhos de couro.

O motorista do Spider tinha depositado um prato de papelão com carne sobre o console atrás do volante e usava os dez dedos para comer. Ele era baixo, magro e anguloso. Seus movimentos tinham algo de colérico, mesmo numa atividade tão inofensiva quanto se alimentar. Com ambas as mãos ele empurrava pedaços úmidos de carne para dentro da boca. Quando uma nuvem de poeira o envolveu, ele parou de repente – com as bochechas cheias como uma vaca incomodada enquanto pastava – e cuspiu parte da comida no tacômetro. Quando a visão clareou um pouco, ele se virou nervoso para os outros passageiros do carro.

Ao lado dele estava sentado um negro forte com a cabeça raspada quase no zero e que limpava um pouco de molho do joelho, xingando. Atrás do negro, no banco de trás, um homem igualmente forte, mas de pele clara, que ergueu um braço ao ver o Mercedes, e ao lado do de pele clara um grisalho um pouco mais velho, que não parecia menos nervoso, mas um pouco mais decidido que os outros, carregando uma pistola. Adil Bassir.

É difícil saber por que estacionaram ali, o que estavam esperando e o que exatamente queriam. Talvez fosse apenas um daqueles acasos que os romances não devem utilizar exageradamente e que na vida real contribuíram para a invenção do termo "destino".

Um segundo mais tarde, o prato de papelão saiu voando pela janela e o Spider pegou a estrada com o motor V6 uivando, manobrou com um *drift* lateral diante de uma parede de tijolos de barro e saiu em disparada atrás da nuvem de poeira.

O Alfa Spider podia chegar a mais de duzentos quilômetros por hora, mas nas vielas estreitas, nas estradas salpicadas de buracos e com a densa nuvem de fumaça à sua frente, não passava de sessenta. A distância até o Mercedes amarelo aumentou e diminuiu novamente, pedestres espirravam para os lados, e, quando a nuvem de poeira subitamente se desfez entre os barracões das periferias, o Mercedes também tinha sumido.

O motorista enterrou o pé no freio, voltou a toda de marcha a ré até o último cruzamento e virou a frente do carro num tranco de noventa graus, mais noventa graus, duzentos e setenta graus: quatro homens perdidos num carro esportivo italiano cheio de restos de comida.

Duas crianças estavam montadas sobre uma pequena pilha de pneus. Bassir escondeu a arma entre os joelhos e gritou:

– Por onde ele foi?

As crianças arregalaram os olhos. Talvez tivessem oito e nove anos. Seus pés e dentes eram pretos, as roupas, rasgadas. No rosto do menor havia moscas nos cantos da boca, sob as narinas, sobre os olhos e a testa. O maior segurava uma bola de massa que parecia pão integral que tinha sido mastigado e retirado da boca. A pele de seus braços brilhava infantilmente limpa e da cor de chocolate, mas as mãos de ambas as crianças estavam avermelhadas por eczemas, como se elas as lavassem regularmente em ácido. Dos pátios vinha o cheiro de um curtume.

– O Mercedes amarelo! – berrou Bassir, apontando para a nuvem de poeira desaparecida. – Para onde?

Sem resposta.

– Julius – disse Bassir, passando a pistola para o de pele clara. O sujeito saltou do carro e já estava diante das crianças.

– Para onde? – ele também perguntou.

Olhos cor de carvão encaravam o cano da arma.

– O Mercedes amarelo!

Ele encostou a arma na orelha do menor. O garoto balbuciou algo incompreensível. Uma mosca saiu voando do canto de seu olho, sentou-se no cano da pistola e ficou caminhando nervosa por ali.

Julius repetiu a pergunta duas vezes, depois puxou o braço do garoto para cima e atirou nele, mirando o ângulo formado pelo cotovelo. A criança tombou imediatamente, sem fazer barulho, e ficou mexendo as pernas deitada no chão. A outra estava boquiaberta.

– Para onde?

O grande engoliu em seco, mas também não deu nenhuma resposta.

– Acho que ele não te entende – disse o negro do banco do passageiro. – São tuaregues de merda.

Ele fez uma pergunta em *tamahaq* à criança. Imediatamente o bracinho trêmulo se ergueu e apontou para um caminho lateral, às costas dos homens. Ali um barraco colava no outro, e atrás do último brilhava, sob a luz do sol, a carroceria no formato de caixa de um Mercedes 280 SE estacionado.

53. As cinco colunas

> "Quando um coelho, uma cabra ou outro animal passam diante de alguém que está orando, a oração continua válida. Os estudiosos concordam que apenas três seres invalidam a oração: uma mulher adulta, um cachorro preto e um burro."
>
> Abdul-Aziz Ibn Baz

Carl, que não comia algo decente fazia uma eternidade, viu o pequeno *suq* à direita, tateou o dinheiro no bolso e estacionou o carro. Caminhou alguns metros na frente das primeiras barracas e parou diante de pães frescos, quando ouviu uma gritaria atrás de si. Um tiro foi disparado. Sobre a cabeça dos visitantes da feira ele viu o crânio quase careca de um negro enorme, que vinha em sua direção movimentando os braços como um nadador de cem metros no estilo livre. Uma Uzi apontada para o alto nas mãos do baixinho e um sorriso no rosto do grisalho. Na hora Carl soube quem eram, e não precisou pensar muito para saber o que queriam com ele. O tempo do ultimato tinha transcorrido. Refugiou-se numa massa de gente, na esperança de que isso os impedisse de atirar. Realmente eles não atiraram, mas as pessoas se dispersaram. Todos correram para as casas. Por um momento, Carl ficou sozinho com seus perseguidores na rua. Saiu correndo por uma rua estreita e viu tarde demais que ela não tinha saída. Uma porta se fechou diante de seu nariz. No mesmo instante, um segundo tiro foi disparado.

Carl se jogou no chão, de bruços. Uma parede bem à frente espirrou barro em seu rosto. Tiros de metralhadora saraivavam sobre sua cabeça. Protegeu-a com os braços e virou o rosto, observando seus perseguidores por baixo da axila.

Instantâneo do momento: a rua fora do eixo horizontal. O próprio corpo a partir do vão da axila para baixo. Havia um sapato perdido na imagem, que não era seu. Na entrada do beco, o corpo do baixinho estava pendurado no ar, os joelhos dobrados pouco acima do chão, a Uzi sem peso sobre as mãos estendidas para o alto, a fotografia famosa da Guerra Civil Espanhola. Ao lado, Adil Bassir estatelando-se contra a parede, com o movimento desajeitado de uma marionete. O lado direito de seu rosto expressava uma mistura de relaxamento e surpresa, o lado esquerdo era lançado para longe na condição de carne moída. Não se via o negro. O perseguidor que mais conseguira se aproximar de Carl, Julius, estava deitado dois metros atrás dele na areia, a mão sem vida parecendo esticada na direção de Carl. Em sua boca, uma bolha de sangue vermelho-cereja.

Sem combinar com a imagem, a trilha sonora continuava: salvas de metralhadoras, tiros de uma arma de pequeno calibre, gritos. Uma nove milímetros. Sotaque americano carregado. Dois uniformizados ergueram Carl e o arrastaram até um jipe Wagoneer verde. Ou ele correu atrás deles, era difícil saber direito. Voltou a si enquanto observava a padronagem xadrez moldada num tapetinho de borracha entre seus pés. Esse tapetinho estava entre o banco do motorista e o banco traseiro do jipe. Sobre a padronagem: areia, bolinhas de papel, cabelos e um chiclete grudado. E seus próprios pés.

Areia e bolinhas de papel saltavam e balançavam no ritmo no jipe. A mão de alguém segurava sua nuca e o impedia de erguer a cabeça. A mão era de um dos uniformizados, um homem de pele amarronzada, quase cor de azeitona, e estatura de um armário. Ele disse a Carl algumas frases em árabe, árabe clássico, com um leve sotaque sírio. O outro uniformizado, que tinha falado inglês americano, estava no banco do passageiro e parecia ser o chefe. Quatro estrelas na ombreira: isso era mesmo do exército? Não seria um dos músicos de Marshal Mellow? O baixista?

O motorista era o único que Carl não conseguia ver. Pelo meio dos bancos percebeu apenas que ele não usava uniforme, mas calças listradas. A mão, feminina e com luvas, estava pousada sobre o câmbio. O pulso sem pelos... Carl imaginou, por um segundo, tratar-se de Helen, que teria vindo salvá-lo.

O indivíduo sentado ao lado do motorista berrou. O sírio apertou a cabeça de Carl ainda mais para baixo, o jipe se inclinava nas curvas.

– Tudo certo?
– Você está com ele?
– Você está machucado?
– Você está com ele?
– Estou com ele.
– Tudo certo com você?
– Sim, e com vocês?
– *Yep*.
– Alguém atrás de nós?
– Todos mortos.
– Eu perguntei: alguém atrás de nós?
– Não.
– Certeza?
– Acertei todos.
– O senhor está ferido?
– Quem, eu? – Carl perguntou.
– Está ferido?
– Não.
– Lá na frente, à direita.
– Quem é o senhor?
– Vamos passar uma ponte, depois da ponte novamente à direita.
– Quem é o senhor?
– Ande mais devagar.
– Para onde estamos indo?

Carl tentou erguer a cabeça. O sírio apertou-lhe a nuca com mais força ainda e recitou um ditado com o tema segurança. Carl se conformou, embora não estivesse muito claro por que ele era o único abaixado no carro. Motorista e passageiro, ele conseguia reconhecer isso pelos bancos, estavam empertigados, e também o sírio, com metade do corpo sobre ele, não estava escondido. Supostamente sua vida era mais importante que a deles.

Apenas agora, minutos após seu salvamento, ele sentiu o alívio formigando em seus ossos e percebeu como o medo de morrer, agora superado, parecia ter dissolvido seu corpo. Com um soluço histérico e num tom que pareceu lamurioso demais até para si próprio, ele agradeceu a seus salvadores. Eles não se manifestaram.

– Ali à esquerda?
– Sim, ali à esquerda, eu diria.
– E aquela rua larga ali?
– Está errado, acho.
– Você acha?
– Noventa por cento.
– Então vou entrar à esquerda.
– Lá está a sinagoga.
– É outra sinagoga.
– E se eu simplesmente entrar à direita?
– Não.
– Você disse não?
– Eu também diria.
– O que você diria?
– O senhor quer me dizer quem o senhor é?
– Fique calmo. – Isso veio da frente.

Quando Carl tentou novamente erguer a cabeça, o sírio girou-lhe o braço nas costas. Ele se defendeu e levou um tapa nas costelas, depois sentiu que suas mãos estavam sendo presas com algemas atrás das costas.

– Ele está criando caso?
– Um segundo.
– Você consegue?
– Claro que sim.
– Se ele estiver criando caso, a injeção está lá atrás, no porta-malas.
– Ela quebrou naquela hora. Não faz mal, ele não está criando caso.
– Ele não pode gritar.
– Ele não está gritando.
– Se ele gritar, tape a boca dele.
– O que é isso? – perguntou Carl.

O sírio pressionou um lenço amarrotado sobre seu rosto e estava tentando enfiá-lo em sua boca. Carl girava a cabeça de um lado para outro.

– Não estou falando nada – ele disse entredentes.
– Calmo, fique calmo – murmurou o motorista com uma voz que pareceu a Carl levemente conhecida.

Ele pensou um pouco e disse, dirigindo-se ao banco do motorista:
– Eu conheço você.
– Seria engraçado se não conhecesse. Afinal, não era uma amnésia retrógrada. E agora fique calmo.
– É o senhor? Por que o senhor está fazendo isso? O que o senhor quer?
– Sossegue.
– O que o senhor quer de mim?
– O que o senhor quer de mim? – imitou o passageiro, fazendo uma voz ridícula.
– Fique calmo, eu disse.
– Eu não sei o que está acontecendo!
– OK – disse o dr. Cockcroft. – Tape a boca dele.
– Não consigo enfiar isso lá dentro. Ele cerra os dentes.
– Não é para ele ficar se mexendo.
– Mas eu não consigo enfiar.

– Então deixa pra lá enquanto ele ficar quieto. O senhor ficou quieto? Ou quer continuar falando como uma matraca?

O dr. Cockcroft fez alguns movimentos com o volante e a cabeça de Carl sacolejou vigorosamente.

Ele ficou em silêncio e se concentrou nos ruídos do lado de fora.

Apesar do calor, todas as janelas estavam fechadas. Barulho abafado de trânsito da rua principal, música em movimento, gritos de um vendedor de água, cascos de cavalos. Ao pararem num cruzamento, balbúrdia de vozes e um reforço na pressão do sírio em sua nuca.

Em algum momento o sírio perguntou quanto tempo ainda ia demorar, e o passageiro murmurou algo. Carl viu a parte de baixo de seu queixo anguloso e agora estava completamente seguro de que se tratava do baixista.

– Mais ou menos – disse o sírio.

– Cerca de uma hora para sair da cidade. Depois quase mais duas. E quando o caminho até a mina acabar, talvez precisemos da noite inteira.

– Logo será hora do *maghreb*.

Ninguém retrucou nada em relação a isso, e o sírio completou:

– Então precisaremos dar uma paradinha.

Eles passaram em silêncio por algumas ruas. Em seguida, o sírio novamente:

– Quando o sol tiver se posto. Teremos de dar uma paradinha.

– Acho que você está com um parafuso solto. – O baixista. – Cuide de fazer seu trabalho.

– Não dá.

– O que não dá?

– Vou precisar descer.

– O quê?

– Se eu não puder rezar, vou descer.

– Então reze.

– Vocês têm de parar.

– Você está louco, cara? No meio da cidade, com um refém que não está nem com a boca tapada, só para que o piradão possa rezar?

– Posso colocar alguma coisa na boca dele.

– Faça o favor de rezar no carro.

– Isso não é permitido.

– Claro que é permitido. Agora cale a boca.

– Ah – disse o sírio com uma autoconfiança claramente forçada. – Então é assim. É para eu calar a boca. – Ele remexeu o bolso e esticou o braço para a frente. – Então vou descer agora. Os cem e os vinte. Pare.

– Guarde a merda do seu dinheiro, você não pode pular fora agora.

– Ah, se eu posso!

– Você pode rezar no banco traseiro. Comece sua ladainha, fique curvado e não encha.

– Não funciona. Mesmo que eu quisesse. Você não está vendo para onde estamos indo?

– Exatamente para onde queremos ir.

– Estamos indo para o oeste. E Meca fica...

– Deus do céu, para oeste! Então reze para oeste – suspirou o baixista. – Afinal, a Terra é redonda.

– Não sou obrigado a ficar ouvindo isso. – Pausa nervosa. – Que falta de respeito.

– O que é falta de respeito? A Terra ser redonda?

– Pare.

– Continue em frente.

Durante a discussão, Carl sentiu a pressão na nuca sumir. Ergueu cuidadosamente a cabeça e olhou para fora. As casas da Ville Nouvelle. O baixista se virou, gritando, e deu-lhe uma coronhada na cabeça.

– Faça. O. Seu. Trabalho.

– Então parem. Se eu não puder rezar, vou descer.

– Você quer mais dinheiro?

– Toda essa limitação de vocês.

– O quê?

– Eu disse: toda essa limitação de vocês.

– Não entendi.

– Seu jeito judaico de dar valor ao dinheiro! Vocês pensam que o dinheiro compra tudo! Dinheiro, dinheiro, dinheiro.

– Você pode trabalhar de graça para a gente.

– Nunca topei com um soldado americano que fosse diferente. Vocês só se importam com a cobiça. Vocês não rezam, não conhecem as cinco colunas, a salvação da alma de vocês está...

– Cinco colunas, não fale bobagem.

– Trata-se de um dever sagrado, e o dever sagrado...

– Mas não em toda e qualquer situação, certo? – o dr. Cockcroft entrou na conversa. – Afinal, ninguém reza na guerra quando um tanque israelense está vindo para cima de vocês, não é?

– Embora isso explicasse algumas coisas – murmurou o baixista.

– Eu nunca pulei uma reza, desde os meus vinte anos. E nós não estamos em guerra.

– Há controvérsias.

– A guerra de vocês, talvez. Sou apenas empregado. Vocês me pagam, mas eu não tenho nada que ver com o peixe.

– Uau, ele não tem nada que ver com o peixe! – O baixista se dirigiu ao dr. Cockcroft com uma animação artificial. – Nós empregamos o cara que eles chamam de "pau de arara" e ele não tem nada que ver com o peixe! A salvação da alma dele não tem nada que ver com o peixe.

– Vou descer no próximo semáforo.

– Acabaram-se os semáforos.

– Vou descer assim mesmo. Pare.

Durante um tempo não aconteceu nada, depois o sírio abriu a porta do seu lado. Carl escutou o ruído do carro trafegando pela rua. Começou um tumulto, suas roupas estavam sendo puxadas e ele aproveitou a situação para erguer novamente a cabeça e olhar em volta.

Eles estavam andando no Bulevar da Revolução de Maio, de seis faixas, que liga o Ministério do Comércio ao aeroporto civil. Estavam na altura de um ponto de ônibus, e por uma fração de segundo Carl olhou nos olhos de uma mulher que esperava por ali e observava o trânsito. Permanente no cabelo, roupa de bom gosto e um rosto comum, sem atrativos. A mulher de Tindirma. Ele acenou para ela com a cabeça, desesperado. Ela fez de conta que não o viu.

O baixista, do banco do passageiro, batia em Carl e no sírio com o cabo da pistola. O dr. Cockcroft acelerou. O sírio fechou a porta.

– Sou um homem de fé e um bom muçulmano...

– Mesmo um homem de fé e um bom muçulmano deve poder pular a oração uma vez. Em duas horas você pode recuperar isso.

– Isso é contra as regras.

– E sequestrar e torturar pessoas também não é contra as regras?

– Vocês também estão metidos nisso.

– Em que nós também estamos metidos? Que lógica de merda é essa?

– Sim, isso é compatível com a religião de vocês?

– Sou ateu.

– Você disse que era judeu.

– Disse que minha mãe era judia. Mas a crença dela em Deus era tão forte quanto a crença na superioridade do pinto ariano. E agora me explique como você consegue fazer seu trabalho e ao mesmo tempo acreditar que uma oração esquecida, ordinária, vai fazer seu Alá virar as costas para você. Você acredita que algum dia estará frente a frente com seu Criador, dizendo: "Ei, sou o cara que eles chamavam de pau de arara, mas o que eu fazia era perdoável, porque um judeu ateu e um psiquiatra barbudo de merda faziam o mesmo!"?

– Vocês, americanos, não conseguem entender. A oração é sagrada. Para vocês, nada é sagrado.

– A questão não é o que é sagrado para nós – disse o dr. Cockcroft.
– A questão é se você ainda está do nosso lado.

Durante um bom tempo Carl não ouviu mais nada, e só podia imaginar o que estava sendo negociado por meio dos olhares acima dele. Por fim, a voz do médico:

– E se eu fizer uma mudança rápida de direção? Podemos combinar assim? Poderíamos virar lá na frente. Então andamos por alguns minutos na alameda na direção leste e você já pode ir começando a orar. Depois voltamos. Isso é suficiente? Parar aqui no meio de Targat é que não dá.

Vinte segundos para retomar a compostura. Então:

– Preciso de tranquilidade absoluta.

– Sim, tranquilidade, sem problema! – berrou o baixista, e Carl viu, entre os bancos, que o dr. Cockcroft tocava o antebraço do baixista com a ponta dos dedos.

Em seguida, um silêncio prolongado. O jipe virou à direita. E mais uma vez à direita. Carl prestou atenção nos novos ruídos. Trânsito mais pesado. Barulho de construções. Motocicletas buzinando.

Depois de alguns minutos a voz do baixista, contida com esforço:

– O que está acontecendo? Você começa devagar ou já acabou? Não dá para ir mais a leste.

– O sol ainda está brilhando.

– O quê?

O sírio tamborilou contra a janela lateral.

– Um facho vermelho.

– Você está com um parafuso solto? O combinado era a gente mudar de direção. Agora que mudamos, faça o favor de rezar!

– Apenas quando o sol tiver se posto.

– Ei, ei, ei, ei! Você disse que estava na hora da merda da oração da noite.

– Falei *logo*. Que logo estaria na hora. Quando o sol tiver se posto.

– O sol se pôs, cara!

– O facho vermelho tem de ter sumido.

– E aqueles ali? Olhe lá! O que eles estão fazendo? – O baixista se virou, nervoso.

– Esses não são *jafaritas*.

O tom do baixista, que até o momento era uma mistura de ameaça e histeria, passou para incredulidade total.

– Você sabe para onde estamos indo? Você acha que estamos fazendo um passeio? Se continuarmos mais cinco minutos nessa direção, estaremos no leste de Targat.

– Qual é o problema? Estou segurando ele abaixado.

– Cockcroft, vire a porra do carro.

– Não posso virar aqui.

Carl escutou o cacarejar de um galo.

– Ore!

– Não seja ridículo. – O sírio estava se sentindo mais à vontade. – Não dá para rezar enquanto houver um facho vermelho no céu. É *haram*.

– *Haram*!

A voz do dr. Cockcroft, também não mais tão calma:

– E por que é *haram*? Aqueles lá estão podendo.

– É assim.

– Mas por que é assim? Está no Alcorão?

– Não sei.

– Você não sabe se está no Alcorão?

– Sei que é assim. Isso basta.

– E de onde você sabe?

– De onde, de onde! Sei porque sei. Ao nascer do sol também é *haram*, ao pôr do sol e quando o sol está a pino – *haram*.

– Em outras palavras: não está no Alcorão e você também não sabe de onde vem.

– Não preciso saber de onde vem. Meu pai rezava assim, o pai do meu pai rezava assim, o pai do pai do meu pai rezava assim. O Islã não é uma igreja como a de vocês, onde alguém diz o que fazer.

– Qual parte do "somos ateus" você não entendeu?

– Ateus ou cristãos, é a mesma coisa. Nada é sagrado para vocês. E minha obrigação sagrada exige...

– Obrigação sagrada! Você nem leu o Alcorão. Você sabe ler, ao menos? Sol nasce, sol se põe, *haram* – o que é que você sabe?

– Se eles estão rezando lá fora – o dr. Cockcroft tentou contemporizar –, parece se tratar de uma questão de interpretação. E neste estado de emergência, nesta situação quase militar e na qual estamos nos dirigindo ao ponto de apoio das tropas do leste de Targat, estou certo de que uma exceção...

– Questão de interpretação, exato. – A voz do sírio se tornava cada vez mais calma, mais educada, e percebia-se que ele estava tentando falar seu limitado inglês de um modo que soasse indiferente. – Há essa e outras escolas. E o *jafarita* espera até que o facho vermelho tenha desaparecido do céu.

– E por quê?

– Que pergunta idiota. Só os *nasrani* fazem essas perguntas idiotas. Não se trata de por quê. Trata-se de coisas mais elevadas que o porquê. Por que Deus permite a maldade? Por que as nuvens planam no céu? Por que os Estados Unidos não são campeões mundiais de futebol?... por quê, por quê, por quê!

– Se você não souber agorinha – disse o dr. Cockcroft –, vou voltar já.

– Eu sei – disse Carl. Ele encarava o tapetinho de borracha entre seus pés. O silêncio no carro não o incentivava nem a falar nem a ficar calado, então continuou a falar. – É por causa das religiões naturais. No sudoeste asiático, de onde isso vem. A oração dos crentes não pode de maneira nenhuma ser confundida com uma adoração ao sol.

O sírio deu um aperto de reconhecimento na nuca de seu boneco de ventríloquo.

– Exatamente esse é o motivo. – E, posando de importante, ainda acrescentou: – E mais cem outros motivos.

O baixista gemeu. O dr. Cockcroft continuou andando devagar. Logo em seguida, Carl notou que o sírio tirava as sandálias dos pés. A cabeça de Carl foi puxada para baixo e empurrada entre o banco do passageiro e os joelhos do sírio. Em seguida a mão do sírio sumiu, não sem antes uma pressão mais forte ter passado o recado de que qualquer outro movimento era indesejável. Carl sentiu um breve solavanco sobre si, e depois noventa quilos suados se curvaram sobre ele, na direção de Meca.

Sob os movimentos rítmicos, o tronco de Carl se moveu lentamente para o lado. Sua boca chegou perto da maçaneta da porta. Ele esticou o queixo.

Depois de duas ou três tentativas em vão, com o trinco de plástico entre os dentes, ele conseguiu puxá-lo com os lábios. Esperou até a oração terminar e o sírio se erguer novamente. O carro fez uma curva fechada à esquerda, e Carl abriu a porta e se jogou do carro com a ajuda da força centrífuga. Dois punhos tentaram inutilmente segurá-lo. Dando chutes violentos e se arrastando no chão, Carl atravessou a rua diante de uma mula que balia , conseguiu se erguer apesar das algemas e saiu correndo a esmo. Na direção errada. Bem na sua frente, um muro de dois metros e meio, casas à direita e à esquerda. Atrás dele já vinham os perseguidores: freios guinchando, duas portas de carro, pelo menos dois pares de coturnos que pisoteavam a areia. Eles já estavam perto demais. Carl não tinha tempo para pensar em uma alternativa. Diante do muro havia uma carcaça de carro queimada, os eixos sustentados por tijolos. Com as mãos atrás das costas, saiu correndo até lá, usou o porta-malas e o teto como trampolim e bateu com o quadril contra o canto superior do muro. Por um momento, sua vida esteve em suspenso, e então seu tronco se inclinou lentamente para baixo e ele despencou de cabeça sobre um grande monte de tâmaras.

Comerciantes deram um pulo. Mulheres envoltas em véus – uma praça de mercado – em meio a uma tenda cinza, gigante. Carl se remexeu em meio às frutas e olhou para cima: ninguém estava pulando atrás dele. Virou-se de costas, levou as algemas até o quadril e depois até debaixo dos joelhos. Por fim, empurrou-as sob os pés. Mais um olhar para cima: ninguém. E, em volta dele, gritaria. Uma velha estava puxando as roupas dele; ela segurava uma tâmara amassada e ralhava. Ele a empurrou para o lado e saiu correndo. Logo em seguida a gritaria duplicou. Comerciantes e mulheres do mercado com vestes pretas, esvoaçantes, vinham em sua direção e, nesse momento, Carl notou uma porta no muro, a poucos passos de distância – dela saíam três homens sorridentes. O dr. Cockcroft à frente.

Sem refletir, Carl se jogou entre duas bancas de verduras e derrubou os sacos coloridos. Bateu contra duas metades de uma carcaça de cordeiro, pulou sobre um monte de abóboras verdes e tropeçou numa construção de cordas e varas. Uma barraca imensa desabou sobre ele. Barulho ensurdecedor. Uma massa coberta por um grosso pano cinza se movimentava a seu redor. Ainda ouvia as mulheres gritando, mas não podia mais vê-las. E assim que conseguiu se desvencilhar do pano da barraca, a primeira coisa que viu foi uma pistola engatilhada.

A pistola estava na mão de um policial de bigode. Ao lado, ainda meio coberto pelo pano da barraca, um segundo policial com os restos de um narguilé na mão, atrás as mulheres do mercado, atrás o sírio, o baixista e o dr. Cockcroft. Carl estava tão arrebatado por sua sorte que lançou um olhar de comiseração a seus perseguidores.

O sírio sussurrou algo no ouvido do baixista, o baixista sussurrou algo no ouvido do dr. Cockcroft e o dr. Cockcroft puxou sua carteira do bolso e jogou-a para o policial.

Enquanto os bravos guardiões da ordem ainda checavam seu conteúdo, Carl já se sentia puxado pelas algemas, em meio à multidão excitada, de volta para o jipe.

Livro Cinco: A noite

54. A cadeira de palhinha

> "Os povos pastores enterram seus mortos como os helenos, exceto os nasamões; esses os enterram sentados. E prestam muita atenção no momento de a vida expirar, aprumando o morto e não deixando que morra de costas. Suas casas são feitas com caules de asfódelos trançados com junco e podem ser carregadas. São esses os usos e costumes desses povos."
>
> Heródoto

Uma mordaça na boca, um saco plástico enfiado meio solto sobre a cabeça e as mãos novamente algemadas às costas. Além disso, os pés amarrados com o cinto do baixista. Carl tinha a impressão de que a viagem seria interminável. Exceto por algumas ordens bruscas em relação ao trajeto, ninguém falava nada. Os ruídos da cidade sumiam aos poucos, logo o único barulho era o do jipe. Pedrinhas batiam contra o chão do veículo. Carl não tinha certeza se estavam passando pelo deserto. Em algum momento, uma curva fechada para a esquerda e em seguida um aclive íngreme. Mais curvas. O carro freou.

Mãos fortes arrancaram Carl para a noite. Ele foi deitado no chão e preso em algum lugar com uma corda longa em volta do pescoço. No para-choque, como conseguiu vislumbrar sob a borda do saco plástico. Gritou ao receber a mordaça e sentiu que duas, quatro, seis mãos o tateavam, puxavam suas roupas, revistavam seus bolsos. Elas lhe tiraram os sapatos e as meias. Abriram sua calça e tocaram entre suas pernas. Ele se debatia. O saco plástico escorregou da cabeça. Calçaram seus sapatos novamente. Em seguida escutou os três homens se afastarem. O vento soprava pedaços de palavras. Por fim, eles voltaram. O dr. Cockcroft iluminou o rosto de Carl com uma lanterna, checou o barbante que fixava a mordaça e depois entrou no jipe com os outros. Supostamente para dormir.

Carl não dormiu. O pano amassado dentro de sua boca transformou-se durante a noite numa bolota gigante, gosmenta. Seu maxilar estava machucado. Fazia tempo que não sentia mais as mãos e os pés amarrados.

Sentiu-se aliviado ao ver o baixista sair do carro à primeira luz do dia que estava nascendo.

O dr. Cockcroft fez uns movimentos de ginástica. Agachamentos, polichinelos, flexões de braço. O baixista reclamou das condições de trabalho. O sírio pressionou a testa contra o chão e saudou o Misericordioso. Depois de cada um dos três homens ter comido uma maçã, eles soltaram Carl do para-choque, tiraram as algemas de seus pés e o puxaram morro acima com uma longa corda, até o próximo vale – e em direção à mina de ouro. Quase pelo mesmo caminho que ele percorrera na semana anterior com Helen.

Já de noite, ao enxergar as formações montanhosas que se destacavam do céu estrelado como triângulos negros, Carl teve a impressão de saber para onde o tinham levado. Mas reprimia esse pensamento e durante um bom tempo, enquanto se aproximavam no pequeno platô sobre a montanha seguinte, no qual havia um moinho de vento, alguns barris e o casebre de Hakim III, ele achou possível que tudo não passasse de acaso. Convencera-se profundamente de que não havia nada a ser procurado nessa mina.

Vinte metros abaixo da entrada da galeria e do casebre, eles o deitaram de bruços atrás de uma rocha, amarraram seus pés com uma corda e a prenderam em seu pescoço e o deixaram lá.

A mordaça na boca parecia continuar inchando. Ele fazia força para respirar pelo nariz, sacudia a cabeça e gemia. O sol atravessou a crista da montanha. Vozes pareciam vir do alto, mas ele não conseguia virar a cabeça até lá. Seguiu-se um longo tempo de silêncio. O baixista então desceu a montanha, checou se o preso continuava no mesmo lugar e sumiu de novo. Por fim, os homens voltaram, soltaram a corda nas costas de Carl e tiraram a mordaça de sua boca. Supostamente ele podia gritar quanto quisesse. Não gritou. Mas também quase não teria sido capaz.

O sírio encheu uma lâmpada de carbureto com uma garrafa de água potável; o restinho do líquido ele jogou sobre o rosto de Carl.

Cockcroft, a quem Carl em pensamento já não chamava de doutor fazia muito tempo, disse algumas palavras numa língua que Carl não conhecia e o baixista respondeu. Em seguida, eles o levaram para cima até a entrada da galeria e o puxaram através da montanha por um corredor. Esse corredor tinha uma marca de carvão: uma palma de mão, mais quatro dedos. Seguiu-se a marca de uma palma de mão com indicador e anular, e uma mão direita sem polegar. Nem sinal de Hakim e sua arma.

O facho da lâmpada recaiu sobre uma porta de metal enferrujado instalada num canto, da qual Carl não se lembrava. O sírio abriu-a com um forte empurrão. Atrás, um salão médio. Picaretas e pás, barras de ferro e cordas, grandes caixas de madeira com a inscrição "Retornar para Daimler Benz s.a., fábrica em Düsseldorf". Pedras batidas, poeira, cordas com nós. O quartinho de ferramentas de um mineiro.

No centro do salão uma cadeira, cujo assento era feito de palhinha. Ali Carl foi instalado e imobilizado. E não apenas o imobilizaram, eles o amarraram. Levaram nisso quase uma hora, até que o sírio e o baixista pareceram estar satisfeitos com o resultado. Os cotovelos de Carl tinham sido atados atrás do encosto da cadeira, pés e pernas fixadas nas pernas da frente da cadeira e vários metros de corda enrolados ao redor de seu tronco. Começando por trás, um barbante envolvia seu pescoço. Até as coxas estavam presas com cordas. Por fim, o sírio tirou as algemas e amarrou as mãos próximas do assento com um barbante dolorosamente fino. Carl conseguia apenas virar a cabeça um pouco e mover os dedos da mão. Suava de medo. Cockcroft e o baixista deixaram a sala em silêncio; fecharam a porta atrás de si.

O sírio acendeu um cigarro, sorrindo. Carl estava prestes a perder a consciência. O sírio também deixou a sala.

A lâmpada de carbureto ardia na sua frente. Não se ouvia nada. Carl puxou suas amarras. O suor pingava de seu queixo. Quando os homens voltaram, o sírio carregava uma caixa de metal cinza do tamanho de um rádio antigo, que colocou no chão diante de Carl. O baixista balançava descontraído uma bolsa que parecia uma sacola de compras, da qual retirou um emaranhado de cabos azuis e amarelos. Por um instante ele os ergueu, como uma representação esquemática da composição de nervos e veias do ser humano, e entregou-os a Cockcroft.

– Por que as pessoas sempre deixam isso neste estado? – Cockcroft perguntou, enquanto tentava desenrolar os cabos e testava os eletrodos presos neles umedecendo-os com saliva. – Só porque as coisas não são de ninguém em particular. A natureza humana, motivo pelo qual o comunismo vai fracassar.

Passou o cabo sem nós para o sírio, que o conectou em sua caixa cinza, e em seguida eles começaram a brigar sobre os lugares do corpo onde os eletrodos deviam ser presos. O baixista e o sírio concordavam que o genital era o lugar preferido, entretanto com aquele estilo de imobilização era quase impossível prender os eletrodos ali. As cordas na região dos quadris não permitiam nem mesmo a abertura da calça. Seria preciso soltar Carl novamente para prender os eletrodos.

– Então vai a cabeça – disse o sírio.

– Cabeça não tem erro – concordou o baixista.

Cockcroft levantou objeções. Embora seus conhecimentos de terapia de eletrochoques se limitassem a um artigo consultado na noite anterior numa revista russa de psicologia, como ele deixou transparecer, o médico afirmou que, segundo essa leitura, os choques no cérebro podiam ser uma bênção no caso de diversas doenças, principalmente epilepsia, depressão e paranoia depressiva, mas nunca no caso de distúrbios de memória. Pelo contrário, eles poderiam levar a mais danos na memória, e o intuito ali não era nem danificar a memória nem fazer uma terapia, mas encontrar a verdade. A existência ou não de distúrbios e sua extensão deveriam ser objeto de investigação.

Os outros não tinham muito como argumentar, e depois de terem concordado em limitar o cabeamento nas extremidades do pescoço acendeu-se uma nova discussão sobre se a corrente elétrica precisava passar pelo coração.

Como se estivesse sonhando, Carl observava a polêmica de grandes palavras e argumentos fracos que se desenrolava diante de seus olhos. As frases que Cockcroft e o baixista proferiam, mas principalmente as intervenções do sírio, davam-lhe uma impressão crescente de irrealidade, a impressão de que haviam decorado e ensaiado tudo aquilo antes. E o fato de nenhum dos atores ter olhado nem uma vez sequer nos olhos do público durante toda a performance aumentou ainda mais a sensação de um teatro escolar.

O sírio defendia veementemente a combinação mão esquerda e pé direito, exatamente porque dessa maneira a corrente elétrica passaria pelo coração. O baixista apontou para a região de sua virilha e explicou que com os pés direito e esquerdo a corrente passaria pelo genital, o que lhe agradava, enquanto Cockcroft se impôs, por fim, com: mão direita, pé direito. E de modo nenhum pelo coração.

Nesse meio-tempo, o sírio tinha retirado mais um objeto de sua sacola, um objeto brilhante, preto, semicircular com duas corcovas, parecido com os pedais de uma máquina de costura – o que provavelmente também era. Com um cabo espiralado, ligou essa caixinha preta à caixona cinza. Uma lâmpada de controle se acendeu.

– Então estamos prontos? – perguntou Cockcroft.

55. A caixinha preta

> "Luke Skywalker: Your thoughts betray you, Father. I feel the good in you, the conflict.
> Darth Vader: There is no conflict."*
>
> *The Return of the Jedi*

– Vamos fazer umas perguntas agora – disse o duvidoso psiquiatra, que se sentara sobre uma caixa comprida da Daimler Benz S.A., bem na frente de Carl. A caixinha preta estava a seus pés. Mais atrás, no canto mais escuro do lugar, o baixista fumava... um ponto luminoso. Em diagonal na frente de Carl, sentado no chão entre os cabos, estava o sírio.

– Perguntas muito simples. Responda apenas com "sim" ou "não" ou frases claras. Não responda com perguntas. Todas essas perguntas já lhe foram feitas uma vez. A maioria, pelo menos. E temos motivos para supor que as respostas que recebemos até agora não estão intimamente ligadas à verdade dos fatos. Por isso perguntaremos de novo. E eu começo com a mais simples de todas: qual o seu nome?

– Não sei.

– Não mesmo? Se não consegue responder a uma pergunta relativamente simples como essa, será que sabe o que o espera? – Cockcroft tinha se curvado ligeiramente para a frente. Havia migalhas de tabaco em sua barba. – Vou repetir minha pergunta. Qual o seu nome?

---

* Em inglês, "Luke Skywalker: Seus pensamentos o traem, pai. Sinto o bem em você, o conflito. Darth Vader: Não há nenhum conflito". No Brasil o filme recebeu o nome de *O retorno de Jedi*. (N. da E.)

– Não sei.

– Essa é sua resposta definitiva?

– O senhor sabe que eu não sei.

– Não especule sobre meu conhecimento. Sei mais do que você imagina. Responda.

– Se o senhor fosse médico, saberia mesmo.

– Sou médico. Você se lembra do *meu* nome?

– Cockcroft.

– Doutor Cockcroft.

– Mas o senhor não é doutor.

– Aí você se engana. Só que a pergunta não é essa. A pergunta é: quem é *você*?

– O senhor sabe?

– O que lhe falei sobre responder com perguntas?

– Mas o senhor sabe, não? O senhor sabe quem eu sou? Ou o que eu fiz? Por que o senhor simplesmente não diz?

– Porque você não respondeu à pergunta. E esta é sua última chance de fazer isso. – Cockcroft ergueu o pé, deixou-o pairando alguns centímetros acima da caixinha e repetiu com o mesmíssimo tom de voz do começo: – Qual o seu nome?

– Eu não sei! – berrou Carl.

O pé permaneceu um tempo no ar, indeciso, depois baixou. O corpo de Carl retesou-se em pânico. Sua cabeça jogou-se para trás, ele expirava em soquinhos pelo nariz e inspirava pelos dentes de trás.

Na expectativa do choque, ele contraíra todos os músculos. A dor não veio e seus olhos se encheram de água. O baixista, que se aproximara, observou satisfeito a reação de Carl, o sírio apertou os olhos e Cockcroft franziu a testa. Ele desligou e ligou novamente a caixa cinza e tocou novamente no comando. Carl se tensionou com um ligeiro atraso. De novo, nada de dor. Cockcroft encarou os outros, esperou alguns segundos e fez três movimentos rápidos, irregulares, com o pé. Carl tentou, da melhor maneira possível, gemer e se contorcer no ritmo. Cockcroft balançou a cabeça. Com alguns chutes rápidos ele afastou a caixinha preta de seu campo de visão. Por um breve instante tudo permaneceu calmo. Depois, manipulações nervosas no comando.

– O sujeito não sente absolutamente nada – disse Cockcroft.

Os homens checaram o cabeamento, balançaram a caixa cinza e viraram-na de ponta-cabeça. Puxaram os eletrodos da pele de Carl e os encostaram nos próprios antebraços, os umedeceram com saliva e voltaram a fixá-los. Checaram centímetro por centímetro do cabo com as mãos. O sírio soltou a extensão e limpou as partes de metal. Sacudiram os contatos, desparafusaram e voltaram a parafusar o comando do pé e o apertaram várias vezes. Depois de torturantes minutos, finalmente descobriram um parafuso de regulagem no lado de trás da caixa cinza. Aliviado, o sírio girou o potenciômetro bem para a direita com a chave de fenda e o baixista disse:

– Então estamos prontos?

Eles se voltaram novamente para o prisioneiro. Cockcroft fechou o circuito elétrico e Carl voou com a cadeira contra a parede.

Todas as veias, todos os vasos pareciam ter sido bombeados com um líquido explosivo, disparado silenciosamente.

– Espantoso, já que ele não consegue se mexer – disse o sírio. Ele remontou a cadeira juntamente com o baixista e verificou as amarras.

Em seguida, eles discutiram se deviam voltar o potenciômetro ou tornar a cadeira mais pesada, com pedras. Carl ficou o tempo todo lutando para respirar e voltou a si com a impressão de que um tijolo havia batido em sua garganta.

A próxima coisa de que se deu conta foi um pedaço de rocha sobre seu colo. Uma lâmpada-piloto piscante. Um sorriso emoldurado por uma barba.

– Chegamos à parte mais excitante da noite – disse Cockcroft.

56. Energia

> "Our story deals with psychoanalysis, the method by which modern science treats the emotional problems of the sane. The analyst seeks only to induce the patient to talk about his hidden problems, to open the locked doors of his mind. Once the complexes that have been disturbing the patient are uncovered and interpreted, the illness and confusion disappear [...] and the devils of unreason are driven from de human soul."*
>
> Hitchcock, Spellbound

Ele falou sobre tudo o que sabia e também sobre o que não sabia. E continuava sem saber aquilo que queriam saber dele. Perguntaram como ele se chamava e onde morava. Mas não queriam saber como ele se chamava e onde morava, só queriam saber se ele estava disposto a confessar que era um impostor, por isso ele confessou. E então eles repetiram suas perguntas, como ele se chamava, e ele disse que não sabia, e eles lhe deram choques elétricos. Disse que seu documento trazia o nome Cetrois, e eles lhe deram choques elétricos. Disse que possivelmente se chamava Adolphe Aun ou Bertrand Bédeux, e eles disseram que ele não se chamava Adolphe Aun nem Bertrand Bédeux, muito menos Cetrois, e lhe deram choques elétricos. Ele disse que não sabia como se chamava e disse que sabia. Inventou nomes e histórias, e depois de ter recebido suficientes choques elétricos inventou

---

* Em inglês, "Nossa história lida com a psicanálise, o método pelo qual a ciência moderna trata os problemas emocionais das pessoas sãs. O analista busca apenas induzir o paciente a falar de seus poblemas, a abrir as portas de sua mente. Quando os complexos que perturbavam o paciente são expostos e interpretados, a doença e a confusão desaparecem [...] e os demônios da irracionalidade são afastados da alma humana". No Brasil o filme recebeu o nome de *Quando fala o coração*. (N. da E.)

outros nomes e outras histórias e lhes pediu que parassem com isso e, nos intervalos, gritava tudo o que sabia a seu respeito, na esperança de que eles reconhecessem sua boa vontade, toda a sua vida começando do celeiro até agora, e eles lhe davam choques elétricos. Disseram que não era isso que queriam saber e repetiram a pergunta um, e a pergunta um era a pergunta sobre o nome, e ele disse que seu nome era Carl Gross. E eles lhe deram choques elétricos.

Perguntaram o que um carro e um barco tinham em comum e lhe deram choques elétricos. Perguntaram o que ele fazia em Tindirma e se ele se lembrava dos tiranos de Agrigento e o fizeram contar de mil para trás, de treze em treze. E lhe deram choques elétricos. Queriam saber se ele tinha descido no deserto e com quem se encontrara. E lhe deram choques elétricos. Perguntaram quem era Adil Bassir ("Adil quem?") e que relação tinha com ele. Confessou. Perguntaram por seu comparsa. Perguntaram seu nome. E lhe deram choques elétricos. Perguntaram como ele encontrara o Mercedes em Tindirma com sua amnésia e lhe deram choques elétricos. Uma lata de refrigerante? Um barbeiro? Uma esferográfica? Perguntaram detalhes, mostraram contradições ou afirmavam ter mostrado contradições e lhe deram choques elétricos.

Pareciam estar seguros de que ele sabia o que queriam dele, ou tentavam passar a impressão de ter essa certeza, para lhe dar a sensação de que não desistiriam de interrogá-lo antes de ele dizer tudo. Como se quisessem que ele descrevesse de viva voz o mais importante, como se temessem influenciá-lo. Quase como se eles mesmos não soubessem o que era o mais importante. Mas ele já havia dito e repetido dezenas de vezes tudo o que conseguia lembrar; não sabia mais o que dizer e perguntou-lhes o que queriam. E eles lhe deram choques elétricos.

O que eles queriam? Evidentemente o mesmo que quisera Adil Bassir. Aquele que eles haviam baleado. A mina. Mas que mina?

Se eles estavam à procura da mina da montanha, por que o interrogavam? Eles não a tinham encontrado? E se eram aquelas duas coisas na carga da esferográfica, por que o trouxeram para cá? Não fazia sentido. Ele se fechou, passou a responder mecanicamente, imagens apareceram em sua mente. Uma imagem que se repetia sempre era ele caindo de um prédio e batendo com um forte estrondo. Nada antes e nada depois, nenhuma história, apenas a queda e a batida. Outra imagem era o velho com sua arma. Olhando pela alça e pela massa da mira, ele vinha pela porta de metal e atirava. A cabeça de Cockcroft se despedaçava como um melão barbudo, e então era a vez do baixista e do sírio. E eles lhe deram choques elétricos. Não eram sequer devaneios. Carl não tentava evitá-los, não conseguia evitá-los. Alguém em sua cabeça estalava os dedos e em seguida a porta se abria em silêncio e Hakim das Montanhas fazia justiça. O que haviam feito com ele? Será que o tiraram de combate? Subornaram? Será que Hakim era da turma deles?

Não conseguiu refletir a respeito. Sentia dores, e quando não tinha dores a expectativa da dor vagava por seu corpo e apagava os pensamentos. Sentia que sua vida dependia desses pensamentos, da capacidade de se concentrar e tirar conclusões lógicas sobre o que eles haviam feito com o velho mineiro, que era o único que ainda podia salvá-lo, e depois ele ficava com a impressão de que sua vida não dependia disso e que o velho era um sistema completamente independente de seu pensamento. E, de repente, ele entendeu. Entendeu de que se tratava. Não se tratava da mina. Também não se tratava de ouro. Não havia ouro por aqui. Mas outra coisa. Algo escondido. Algo que eles não conseguiam encontrar. Ergueu o olhar com dificuldade, encarou Cockcroft com firmeza e disse:

– Eu o levo até lá.

– O quê?

– Não aguento mais. Chega. – Carl tentou soar autoconfiante e, como sabia que seus gestos podiam traí-lo, deixou a cabeça rolar para um lado e para o outro sobre o peito. – Se você me soltar, eu o levo lá.

— Lá onde?

— Fica bem nas profundezas da montanha. Não sei descrever. Um corredor com apenas um dedo. Sei onde fica. Levo você lá.

Passaram-se longos segundos e veio a próximo choque elétrico. A cabeça de Carl girou.

Então também não era isso. Mas então que diabo eles queriam aqui?

— Posso fazer uma pergunta?

— Não — disse Cockcroft, pisando no comando. — E você também não pode perguntar se pode fazer perguntas.

— Por que aqui? — gritou Carl. — Por que você está me interrogando justamente aqui?

— Que raio de pergunta é essa? — Cockcroft encarou-o com a testa franzida. — Você queria ser torturado em praça pública? Não quero pôr sua inteligência de aluno médio à prova, mas isso que estamos fazendo aqui não é compatível com as leis deste país. Com as do nosso também não.

E assim a coisa continuou. Questionado pelo motivo de ter estado no Bairro do Sal, ele respondeu que preferia os Klinks aos Beatles, questionado sobre seu chefe, respondeu que preferia os Beatles a Marshal Mellow, e questionado sobre seu verdadeiro nome respondeu que as penas que eles receberiam dariam para fazer um colchão. E eles lhe deram choques elétricos.

A dor não tinha fim. Não era comparável com uma dor de dente, que concentra a alma do ser humano num ponto. Era antes um flutuar para lá e para cá, um espetáculo teatral que acontecia em parte no seu corpo e em parte no rosto dos espectadores. Os dedos que estalavam, as pernas amortecidas, golpes de machado na garganta, paredes pulsantes, de pedra, móveis. Carl sentia o músculo cardíaco que inchava o peito. Nos intervalos, as dores de cabeça pareciam não se concentrar apenas na cabeça, mas também no restante do corpo e no ambiente que o rodeava. Desfaleceu por um tempo mais longo e acordou. O segundo anterior ao desfalecimento foi o mais agradável que ele vivenciara em muito tempo, os minutos que se seguiram eram como um quarto matinal na penumbra, no qual pairavam restos de um pesadelo. Deitado na roupa de cama suada, o sol ofuscante batendo contra a persiana do bangalô de Helen, os gritos de albatrozes e a noção que pouco a pouco refluía ao corpo, de que ele não tinha acordado do pesadelo. Tentou se lembrar de suas reações fisiológicas antes do desmaio para voltar àquele estado, e observou a si mesmo como algo distinto. Mas Cockcroft e o sírio o observavam para impedir exatamente isso. Reduziram a corrente elétrica e não permitiram que ele escapasse uma segunda vez.

– ... conversar um pouco.
– Como pessoas razoáveis, civilizadas.
– Nada além disso.
– Está aqui.
– Escolares.
– Sério.
– Seu nome.
– E psicologia, de verdade. Seis semestres.
Fragmentos de frases sem sentido.

Durante vários minutos nada havia acontecido. Parecia uma pausa. Muita fumaça de cigarros, três pontos brilhantes. Cockcroft falava. Carl tentou alternar do corpo para o espírito. Partes de pensamentos. Pensou em Helen, ela havia partido sem deixar sequer um bilhete. Pensou no mar e no incêndio em Tindirma. Na picape de Helen. Ela havia partido de verdade ou também tinha sido sequestrada? Será que eles lhe dariam um gole de água? E fazia algum sentido cooperar, ou qualquer tentativa de resposta só prolongava ainda mais o doloroso processo? Em pensamento, ele se viu deitado em lençóis de seda, e de repente ele sabia por que eles estavam aqui.

Era tão simples que chegava a doer: porque ele não tinha imaginado seus perseguidores nos últimos dias. Eles o tinham seguido.

Cockcroft não falou exatamente isso? Precisavam de um lugar isolado onde poderiam interrogá-lo em paz. E como haviam passado o tempo todo no seu rastro – e, consequentemente, também no rastro de seu passeio com Helen –, eles tinham topado com a mina. Ideal para seus objetivos. Deve ter sido fácil subornar Hakim ou tirá-lo do caminho.

– Ou ele nem estava aqui! – Carl disse em voz alta, sem querer, e ficou pensando se essa hipótese era válida. Mas não conseguia pensar em argumentos contrários, consequentemente tratava-se da esferográfica. Não da mina da montanha, mas da esferográfica. E das duas coisas. Os trecos de metal.

– Os trecos – ele falou alto.

Cockcroft observou-o com a cabeça inclinada.

– Os trecos, os dois trecos encapsulados – disse Carl. – Estão comigo.

Mal proferiu as palavras, teve cem por cento de certeza de que tinha acertado. Os trecos encapsulados, era disso que se tratava, e eles o interrogavam aqui porque tinham encontrado o lugar por acaso durante a perseguição. Ele teria aberto um sorriso de alegria e confiança caso não tivesse lembrado que os trecos encapsulados, que perdera, não podiam ajudá-lo em nada. E não se deu conta de que não era possível perseguir ninguém nessa árida região montanhosa sem ser percebido.

57. A Stasi

> "A tale told by an idiot, full of sound and fury, signifying nothing."*
>
> Shakespeare, *Macbeth*

– Os trecos encapsulados – disse Cockcroft e riu com desdém. – Você está com os trecos encapsulados. É possível que estejamos precisando de uma pausa?

Ele fez um sinal ao sírio e ao baixista e ambos saíram do lugar. Podiam-se ouvir suas risadas no corredor.

Cockcroft curvou-se em direção ao preso. Deu uma última tragada no cigarro e soprou suavemente a fumaça para cima. Com uma expressão inapelavelmente desolada e as pernas cruzadas, ele se sentou diante de Carl. Um de seus pés estava ao lado da caixinha preta, o outro balançava no ar, enquanto Carl ocupava-se totalmente em imaginar um lugar aceitável para as cápsulas. Ele não queria dar a impressão de precisar pensar muito a respeito e falou de supetão:

– Eu os dei para Adil Bassir.

– Não sei o que você quer dizer com "trecos encapsulados" – disse Cockcroft –, mas, enquanto conversamos educadamente aqui, gostaria de chamar sua atenção para um pequeno fato que me parece importante e que você deve desconhecer. E não estou me referindo ao fato de que o senhor Adil Bassir e seus três capangas provavel-

---

* Em inglês, "Uma história contada por um idiota, cheia de som e fúria, sem significado". (N. da E.)

mente não estariam atrás do senhor, completamente equipados e a toda velocidade, caso o senhor tivesse lhes dado de antemão os assim chamados "trecos encapsulados" ou sabe-se lá o quê. Não, estou me referindo ao fato de que falei por duas horas ontem com o professor Martinez, um mestre absoluto na área. O mestre. Não é muito fácil fazer interurbanos por aqui, e eles custam uma pequena fortuna, mas o professor Martinez está totalmente de acordo comigo, para me expressar de maneira serena. Não se pode falar de amnésia global. Para simular uma amnésia total, seus conhecimentos não dão nem para o gasto, por mais que eu sinta dizê-lo. E quando meus dois colegas voltarem daqui a pouco, vamos demonstrar isso ao senhor com métodos um pouco mais dolorosos. O senhor já pode se preparar para um novo líder no jogo. Pois eu sou muito sensível para o que virá. Mas agora certamente ainda temos um tempinho a sós, e se o senhor quiser me contar alguma coisa antes disso... não? Tudo bem, então não. É que ficaria bem para o meu arquivo pessoal. Mas a decisão é sua. Esperemos pela volta do pessoal técnico. Em silêncio, se o senhor quiser. Ou será que devo lhe contar uma piada?

– Isso faz parte da tortura?

– Estabelecimento da verdade. O senhor está ótimo.

Cockcroft apoiou ambas as mãos atrás de si, sobre a caixa, olhou de um jeito estranho para o preso e disse, por fim:

– A CIA.

Carl fechou os olhos.

– A CIA, a KGB e a Stasi estão competindo. Stasi é a abreviação de Staatssicherheit, caso o senhor não saiba. O serviço secreto alemão. Não sabia? Ah, não fala comigo. Tanto faz. Então, a CIA, a KGB e a Stasi estão fazendo uma competição. Numa caverna, há um esqueleto pré-histórico, e quem conseguir determinar com maior precisão a idade do esqueleto será o vencedor imortal. O homem da CIA é o primeiro a entrar. Depois de algumas horas, ele sai e diz que o esqueleto tem cerca de seis mil anos. Os jurados ficam espantados. "Isso é muito bom, como o senhor chegou a esse número?" O americano diz: "Substâncias químicas". O próximo é o homem da KGB. Depois de dez horas, ele sai e diz: "O esqueleto tem seis mil e cem anos". Os jurados dizem: "Maravilhoso, o senhor chegou mais perto! Como o senhor fez isso?" O russo responde: "Método do carbono". O homem da Stasi é o último da fila. Ele fica dois dias na caverna. Totalmente exausto, ele sai: "Seis mil, cento e vinte e quatro anos!" Os jurados ficam boquiabertos. "Trata-se da idade exata, como o senhor soube?" O homem da Stasi dá de ombros: "Ele me disse". O senhor não acha engraçado? Eu acho. Ou uma outra piada, dessa o senhor vai gostar com certeza. Um militar de alta patente israelense está procurando uma secretária.

– Não quero escutar.

– E como você vai se recusar? Ele está procurando uma secretária.

– Não quero escutar.

– E pergunta à primeira candidata: "Quantos toques a senhorita consegue por minuto?"

Carl fechou os olhos, virou a cabeça para lá e para cá e fez: "Lalalará".

Nesse meio-tempo, o baixista e o sírio tinham voltado. O baixista estava com um pote plástico na mão. Desajeitado, ele o abriu e tirou de lá um sanduíche, que entregou a Cockcroft. Cockcroft deu uma mordida e disse de boca cheia:

– Eu conto essa piada há muitos anos, e é uma das melhores que conheço. Perdão.

Ele limpou algumas migalhas da calça de Carl.

– Todos a quem eu já a contei até riram muito, e não será diferente agora. Escute com bastante atenção e, no fim, ria como prova de sua maturidade emocional. Bem, ele está procurando uma secretária.

Duas ou três frases depois, Carl não sabia mais se estava consciente ou se sonhava. Entre suas pálpebras coladas, percebeu uma movimentação. A maçaneta baixou devagar e a porta se abriu um pouco. Ou será que ela estivera aberta durante todo o tempo? Não, ela fora aberta havia pouco. E ela continuou a se abrir, milímetro por milímetro. Carl desviou dela seu olhar e encarou Cockcroft.

Cockcroft e o baixista estavam sentados de costas para a porta. O sírio tinha se aboletado sobre a caixa cinza, olhava para os pés, que brincavam com os cabos azuis e amarelos, e então uma voz feminina arrastada, em um tom *blasé*, perguntou:

– *Sorry to interrupt. Can you tell me where to find the tourist information?*[*]

---

[*] Em inglês, "Desculpe a interrupção, mas onde fica o posto de informações turísticas?" (N. da E.)

58. O Sistema Vanderbilt

> "Há muitas áreas não utilizadas no cérebro humano, o que indica que nossa evolução está baseada num plano de longo prazo cuja concretização demorará muito para acontecer."
>
> Ulla Berkéwicz

A cruz celta não funcionou. E pelo simples motivo de que a mesinha de armar no encosto do banco da frente era muito pequena. Apenas seis cartas cabiam ali, se fossem dispostas como num quadrado. Ainda enquanto Michelle superava a fase inicial do voo engolindo com muita concentração, fechando os olhos e recuperando diversas lembranças de infância, ela teve a ideia de espalhar as cartas mais ao fundo do 727, no chão. Mas não fazia nem quinze minutos que a aeronave estava no ar quando executivos de terno, turistas em calças confortáveis e mães com crianças pequenas começaram a bloquear o corredor do banheiro. Caso tivesse aberto sua cruz lá, ela teria de desculpar-se com todas essas pessoas, explicar o que estava fazendo, responder a perguntas de iniciantes e aguentar interesse ou falta de compreensão. Ed Fowler teria tirado isso de letra. E se Ed estivesse com ela Michelle teria se sentido forte o suficiente para tirar de letra também. Mas, em alguns dias – e este era um desses dias –, olhar para o rosto de um estranho já a deixava inquieta.

Com a palma da mão limpou a mesinha à sua frente. Ignorou o homem gordo, bufante, à esquerda, e não olhou nem uma vez através da janela para as nuvens brancas, sob as quais um abismo abria sua bocarra. Entretanto, não baixou a cortina, para não perturbar o fluxo de energia. Concentrou-se totalmente na mesinha. Duas vezes três cartas, não havia mais lugar. No máximo daria para fazer a cruz pequena, mas Michelle não tinha boas experiências com sistemas pequenos de abertura de cartas. Sistemas pequenos – problemas pequenos. Grandes questões iniciais necessitavam de mais de quatro cartas, senão facilmente o resultado se tornava esquemático. Na comuna, todas as decisões importantes foram tomadas com uma ampliação da cruz celta com treze cartas, algo que era impossível de improvisar aqui, mesmo se Michelle usasse os braços da poltrona, suas coxas e o pequeno espaço livre do assento entre suas pernas. Levantou a mesinha frouxa e abaixou-a novamente. Umas cartas menorzinhas, uma espécie de tarô de férias, ela pensou, teriam sido úteis aqui. Talvez do tamanho de caixas de fósforos, reduções fotocopiadas de suas gravuras. Com um pouco de talento comercial provavelmente seria possível transformar isso num sucesso de vendas e enriquecer. Estações de trem e ônibus, navios, aeroportos ou lojas *duty-free* seriam ótimos pontos de venda, em todos os lugares onde havia pouco espaço. Ou fornecer diretamente às empresas de aviação! Nesse caso, as cartas seriam entregues aos passageiros iniciados já no embarque, juntamente com revistas, frutas e paninhos umedecidos. As comissárias de bordo poderiam explicar a cruz celta aos não iniciados logo após sua coreografia do comportamento-em-caso-de-emergência, com a mesma animação. Michelle fechou os olhos e se viu num uniforme azul-claro, fazendo movimentos. Quando o carrinho com comidas e bebidas sacolejou a seu lado, ela pediu um café. O vizinho gordo pegou dois uísques, entornou-os de uma só vez, lançou um olhar para Michelle e recomeçou a cochilar roncando. Um fio de saliva balançava de sua boca levemente aberta.

    A necessidade de saber algo sobre o futuro se tornava cada vez maior para Michelle. E se ela fizesse a cruz pequena? Olhou ao redor. A maioria dos passageiros estava ocupada com seus jornais e livros. No fundo, uma comissária juntava os copinhos plásticos vazios num saco de lixo. Nesse momento, Michelle teve uma inspiração.

Esticou as costas, ajeitou os cabelos e acordou às sacudidas o vizinho, que já estava quase apoiando a cabeça nela. Será que ele tinha algo contra ela usar sua mesinha? O homem olhou para ela espantado. O fio de saliva grudou no queixo. Em seguida, impaciente, ele grunhiu algo e se jogou para o outro lado.

Quando teve certeza de que ele estava dormindo, Michelle dispôs cuidadosamente seis cartas sobre a mesinha dele e mais seis sobre a própria. Depois, refletiu um pouco e colocou mais uma carta sobre o braço da poltrona entre os assentos. Suas pálpebras tremeram um pouquinho. Como interpretar essa nova configuração?

Nas duas cartas bem à esquerda era fácil reconhecer as camadas profundas, o passado remoto, acima o princípio masculino, não, o feminino, abaixo o pai. O próximo par, a infância e a juventude, a própria perspectiva e a do outro, o ambiente e a própria personalidade, esperanças e desejo, desenvolvimento futuro, físico e mental. E a carta solitária sobre o braço da poltrona? Só poderia ser a ligação nevrálgica de tudo, o estado atual do eu, da conexão... a pergunta inicial.

Durante um bom tempo, Michelle ficou segurando no colo o monte com as cartas restantes. Pressionou as costas firmemente contra a poltrona e deixou a sequência agir sobre si mesma, como um artista que se afasta um passo de sua obra. Era bonita. Mas será que cumpriria sua função? Ela decidiu que a primeira coisa a fazer, como uma espécie de checagem de funcionamento, era perguntar sobre o Boeing 727.

Exceto por um pequeno desequilíbrio nas cartas do lado direito, o resultado foi muito tranquilizador. O avião era da empresa Boeing e tinha sido desenvolvido e construído de acordo com todas as diretrizes da indústria aeronáutica e com o emprego das mais refinadas técnicas de engenharia, já acumulava um número considerável de horas de voo sem quaisquer problemas, quase tantas quantas ainda tinha a voar; e no meio, quase como um piloto, colocado sobre o braço da poltrona entre os bancos: o imperador. Não havia um prognóstico mais favorável para uma viagem intercontinental. O desequilíbrio do lado direito indicava no máximo a necessidade de uma pequena manutenção num futuro distante, talvez um parafuso solto numa área não tão importante da aeronave. Talvez na fuselagem... ou, ainda mais provavelmente, um conserto de ordem estética na cabine de passageiros. Quem sabe um encosto danificado. "Não há motivo para inquietação", Michelle disse aos outros passageiros com a força de seu pensamento. Ela olhou ao redor. A maioria tinha adormecido ou estava mergulhada em seus jornais.

Em seguida, ela abriu as cartas para Helen. Recolocou o enforcado no baralho, mas ele não apareceu. O esquema voltou a trazer bons resultados. Equipada com os melhores meios, Helen Gliese desenvolveu, já no início da juventude, um caráter ambivalente. A face de seu cinismo capaz de ferir apareceu entre o louco e o diabo. Dureza, frieza, decisão. Características que, irritantemente, nunca afastavam os homens, mas pareciam atraí-los.

Michelle procurou indícios de um novo companheiro com raízes árabes, mas, para seu alívio, não conseguiu encontrá-lo em lugar nenhum. Não que estivesse pondo olho gordo num namorado para Helen, mas esse relacionamento não estava sob uma boa conjunção astral. Isso era claramente perceptível. Sobre o braço da poltrona, novamente a sacerdotisa, e Michelle mal ousou olhar para o lado direito: todas as cartas estavam de ponta-cabeça.

O gordo acordou resmungando, deu uma olhada na bagunça sobre sua mesinha e embarcou no sono de novo. Michelle abriu as cartas para si própria, em seguida para Edgar Fowler. Depois para sua mãe, para seu falecido pai. Para Sharon, para Jimi, Janis e, por fim, quando se encontrava no meio do oceano Atlântico, também para Richard Nixon. Tudo o que apareceu foi assustadoramente certeiro, mais certeiro do que o usual da cruz céltica. Por causa disso, Michelle ficou tão eufórica que quase acordou seu vizinho pela segunda vez. Ela necessitava urgentemente de alguém para conversar. Imaginou o pessoal da mídia vindo em sua direção. Imaginou-se dando entrevistas. Revistas especializadas dos Estados Unidos a disputavam. Um homem jovem, de olhos negros como carvão, cabelos macios e castanhos caindo sobre a testa, óculos sem aro, o gravador numa tira de couro sobre seu ombro musculoso, no rosto uma expressão de dolorosa empatia. Como na maioria das outras entrevistas que Michelle havia dado, também a primeira pergunta dele foi sobre o grande sofrimento que marcara sua vida para sempre, naquela época no Saara. Mas, com os olhos fechados e balançando a cabeça, Michelle dava a entender que não estava com vontade ou não era capaz de falar sobre o assunto. Mesmo depois de tanto tempo. A ferida era profunda.

– Então, Miss Vanderbilt, vamos à pergunta que todos os nossos leitores gostariam de fazer. Como a senhora chegou, ou, em outros termos, quais foram as circunstâncias que a levaram ao descobrimento do sistema sêxtuplo, sistema esse que fez com que os conhecedores quase que varressem do mapa a cruz celta com suas fragilidades na interpretação das congruências?

Ela pensou longamente a respeito, dirigiu o olhar para as saídas de ar-condicionado acima de si e, por fim, corrigiu o simpático jovem. Mesmo que hoje em dia quase todos falem de sistema sêxtuplo, o nome certo é sistema 727. Embora muitos se refiram a ele como sistema Vanderbilt ou, mais simplesmente, sistema V, ela própria, como sua descobridora, preferia aquele nome, pois se tratava do nome original. Mesmo que a divisão de cartas fosse, em realidade, 6-1-6. Mas 7-2-7 lembrava o avião como lugar do descobrimento e também o sistema de distribuição de cartas com um extra, ou seja, um extra das forças superiores, de alturas expressivas, falando simbolicamente, que agiam e pensavam em sinergia... E um arrepio gelado atravessou as costas de Michelle quando ela lembrou subitamente que 616 também era a besta no *Codex Ephraemi*. Na Bíblia, ele era citado erroneamente como 666, mas escritos mais antigos e palimpsestos mostravam o número original, ocultado aos não iniciados e transformado pelos poderosos no seis, comparativamente mais inofensivo. Ela ficou zonza. Lá estava ele novamente, o numinoso, que do nada surgia das profundezas de seu caminho e se revelava a quem tivesse um mínimo de abertura para esses fenômenos. Michelle ainda não tinha se desconectado totalmente da resposta a essa primeira pergunta da entrevista quando a comissária começou a servir a refeição.

Repugnantes tigelinhas de plástico, embaladas com plástico, servidas em bandejas plásticas. O gordo fazia observações tão obscenas ao comer que Michelle não prestou atenção. Minutos mais tarde ele adormeceu de novo, e ela flagrou um parafuso solto à direita embaixo de seu assento. Sorriu. Não estava nem um pouco espantada.

Ela observou o sol com seus oito braços amarelos e vermelhos tremulantes, e mais tarde ofereceu-se ao gordo para ler gratuitamente suas cartas. Ele despertara fazia um tempo e, sem ter modificado em nada sua posição de dormir, observava com os olhos entreabertos a movimentação sobre ambas as mesinhas.

– O que é isso? – ele resmungou, e Michelle lhe explicou com a serenidade de uma pessoa que tinha cinco de suas cartas favoritas em seu próprio futuro. Ele levantou as mãos imediatamente, num sinal de defesa.

– Entendo – disse Michelle. – A maioria das pessoas tem medo de saber algo sobre si. Porque elas têm medo de não estar à altura dos fatos. É profundo demais para elas.

– O quê?

– A vida – disse Michelle. – O passado. O futuro. A relação.

– A senhora se interessa pela minha vida? Então a senhora se interessa mais do que eu.

Michelle achou essa última frase tétrica e incompreensível, e não a entendeu de pronto. O homem continuou:

— Meu futuro eu já conheço. A senhora não precisa falar nada a respeito dele. Meu futuro é como meu passado, e meu passado é um monte de merda. A senhora está vendo isto aqui? — Ele puxou a gola da camisa para baixo e mostrou uns arranhões fininhos no pescoço e mais para baixo.

— O senhor estava de férias? — Michelle perguntou por cautela.

— Férias! Devo contar o que me aconteceu entre esse bando de pretos? — e, ignorando os movimentos de negação da cabeça de Michelle, ele começou a contar a história de sua estada na África.

Michelle tentou manter seus gestos sob controle. Se no início as descrições do homem ainda eram razoavelmente coerentes e animadas, logo se tornaram repugnantes, quase criminosas. Foi somente por educação que ela não interrompeu várias vezes seu relato.

— Então, o quarto mais barato — ele disse, descrevendo em minúcias seu quarto e seu hotel, a privada entupida, a comida ruim, as férias na praia, o clima e as noites nos bares, suas muitas noites e seus muitos bares e, por um motivo que escapava a Michelle, sempre as mulheres nesses bares. Mas isso não tinha nenhuma importância, ele mesmo disse, e ele era somente um mecânico de automóveis de Iowa e seus antepassados tinham vindo da Polônia, sim, Polônia, e ele era um homem de bem — mão no coração –, "bem" era seu segundo nome. Embora não ganhasse muito, e essas tinham sido suas primeiras férias de verdade, mas sem dúvida as últimas nessa Europa decepcionante.

— África — disse Michelle.

— África — disse o gordo. — É tudo igual. — Um mal-entendido. Pois por que um homem viria até aqui? Porque alguém lhe contou que aqui, e ele apontou para o chão da aeronave, o Velho e o Novo Mundo se encontravam. As mulheres, bonitas; os costumes, liberais; as festas, bizarras. E, o principal, como esse médico neurologista austríaco descobriu, era o – e ele falou uma palavra que Michelle nunca tinha ouvido antes, e que terminava em "ismo". Ela ficou com vontade de perguntar, mas hesitou e na frase seguinte achou que tinha ouvido errado, pois o gordo passou do "ismo" diretamente à constatação de que não era possível falar de repressão por ali. Tinha sido uma suruba só, sem graça e... *pou!*

Treze cartas voaram ao mesmo tempo como um bando de pássaros enxotados. O primeiro impulso de Michelle foi agarrá-las, antes de esticar as mãos procurando um apoio mais sólido, e, enquanto seu corpo era sacudido no assento, ela estava menos assustada pelo tranco do avião, de cuja manutenção ela estava convencida, do que pelo fato de ter abraçado o homem gordo e suado com ambos os braços e estar soluçando a plenos pulmões.

– Uma turbulenciazinha de nada – avisou o piloto bêbado pelo alto-falante. – Estamos sobrevoando uma área agitadinha.

– Agitadinha – disse o gordo, como se não tivesse se dado conta de que uma mulher jovem, muito atraente, estava pendurada em seu pescoço como a uma boia salva-vidas. Ele a ajudou a recolher as cartas, ela se desculpou, e sem que se notasse nenhuma mudança em sua voz ele continuou com sua história. Rios de dinheiro, ele disse, isso tinha consumido rios de dinheiro, e mesmo as mulheres africanas nos bares, mesmo as menorzinhas, mesmo as mais pretas... ela sabia o que ele estava querendo dizer. Em vez disso, fedor, insetos, calor. E a questão principal, como sempre, o dinheiro. Pois o que era mais caro que uma mulher? Michelle não sabia. Duas mulheres, exato. E então o súbito e inesperado.

Ele tossiu meio latindo, segurou um guardanapo na frente da boca e observou o muco amarelo escuro como uma criança observa seu brinquedo.

– Estou gostando de escutar sua história – disse Michelle, que ainda não estava bem certa do que se tratava na realidade; mas a ocupação do homem com seu muco era mais nojenta do que qualquer coisa que ele pudesse contar.

Ele fungou de maneira muito barulhenta, enfiou o lenço na fresta entre os dois assentos e apertou-o para o fundo com a palma da mão.

De qualquer modo, ele disse, de repente esse homem veio para cima dele. Um homem que parecia um nativo. Ou meio a meio. Mas vestido de um modo ridículo, quase como um palhaço. E pediu que ele o acompanhasse até sua casa.

– Não o que a senhora está pensando! – ele disse, aproximando bastante a cabeça do rosto incrédulo de Michelle.

Na verdade, o homem só estava procurando um intérprete. Por causa disso, ele tinha caminhado entre os banhistas deitados na praia, perguntando quem entendia polonês. E, mesmo sem saber polonês assim tão bem, ele se manifestou. Afinal, seus avós tinham sido poloneses. E não se deve negar a herança. E ele sabia, quando criança. Certamente isso diz algo sobre línguas e talento para línguas. De todo modo, aprendera na prática, como toda a família – e agora ele perdeu o fio da meada.

– O homem – disse Michelle – o homem e sua casa.

Isso, o homem e sua casa. E a bermuda cor-de-rosa. Eles entraram na casa, e havia uma máquina no meio do cômodo. Uma máquina reluzente, que ele, mesmo sem entender polonês, reconheceu na hora como uma máquina de café expresso. Imensa, como as das cantinas. Ou dos bares. Letras polonesas. Ou seja, nada de especial. Só caro. E agora o mais misterioso.

A palavra "misterioso" teve em Michelle o efeito que era de se esperar, e ela tentou se sentar na diagonal e cruzar uma perna sobre a outra, o que mal era possível mesmo com a mesinha fechada. O gordo se levantou porque achou que Michelle quisesse ir ao banheiro, e eles precisaram de um tempo para esclarecer esse mal-entendido.

– E então – disse o gordo – ele sumiu de repente. Quer dizer, o homem. Ele só queria saber que tipo de máquina estava em sua casa. Depois, deixou o bangalô sem dar nenhuma explicação, apressado e sem dizer tchau – e só.

– Isso é maluco – disse Michelle, desapontada. Ela não imaginava por que o homem estava lhe contando aquilo.

Ele fez silêncio por um tempo. Depois, riu.

– E agora, naturalmente, a senhora quer saber o que eu fiz – ele disse, e Michelle, que gostaria de pensar mais um pouco sobre se queria realmente saber ou não, sentiu uma espécie de paralisia mental. Ela arregalou os olhos e assentiu.

– Afinal, ainda sou o filho da minha mãe – disse o gordo. Como se isso não fosse uma ironia do destino. Então ele voltou à praia, de onde era possível observar a casa. Que ainda estava com a porta aberta. Até a noite. E, como o homem não voltava, ele alugou um carrinho de mão, transportou a máquina e arranjou uns trocados, correto ou não. Deu oitenta dólares, um décimo do valor, no máximo, porque era seu último dia, ela compreendia. E dali até a zona portuária, e bingo. Duas negras e uma branca.

Michele não entendera, e ele repetiu: duas supernegras e uma branca. A branca apenas como álibi. Mas ela precisava desculpar isso, sendo homem não é possível lutar contras as próprias preferências. No seu caso, negra como um briquete feito de carvão. Negra como a cor do inferno. Ou bem ao contrário. E, para resumir a ladainha, elas tentaram assassiná-lo. Ele puxou novamente o colarinho para baixo e passou o dedão sobre a garganta.

Acordado numa vala de rua sem bagagens, sem dinheiro, sem roupa, sem passaporte e sem passagem aérea. Metade do dia no consulado americano. E esse era seu passado. E o futuro seria igualzinho, pois elas eram desse jeito. As mulheres. Sempre. Seu azar. A vida inteira. E ele podia muito bem ser infeliz mesmo sem a leitura das cartas.

Ele fungou, tossiu forte mais uma vez, mediu com os olhos a pele moreno-escura, quase negra, de Michelle, queimada pelo sol, e de repente sorriu para ela de maneira tão desagradável, tão intrusiva, que parecia consequência do processo natural de um homem na sua idade, não raro com excesso de peso e queda de cabelo. Parecia ao mesmo tempo incrivelmente infantil e inocente, de modo que Michelle achou que ele não tinha consciência da expressão de seu rosto ou, pelo menos, da incongruência entre seu rosto inchado e envelhecido e suas intenções juvenis.

Mas ela não desviou o olhar. Ao contrário, fixou-o nele. Como um aparelho de medição de altíssima precisão, ela registrou o florescimento de seu sorriso, passando por sua estagnação e por seu retrocesso inseguro e levemente trêmulo, até seu desaparecimento. Michelle observou como o homem grande, forte, se desviou dela, sentindo-se inseguro pela autoconfiança que ela demonstrou, para tentar mais uma vez o sorriso que deveria ser atraente – e todo o processo, o homem absolutamente transparente com sua falta de jeito animalesca, fez com que Michelle se lembrasse tanto do *bull terrier* de sua infância, que encontrara debaixo da árvore de Natal em troca de um canarinho morto (babando durante o sono, com uma fita azul ao redor da barriga e uma guia de couro claro), que ela sentiu brotar dentro de si uma propensão a reagir de maneira mais aberta às confidências do gordo, que certamente se seguiriam até o final do voo, assim como o pôr do sol, sim, uma propensão de ouvi-las com uma surpreendente amabilidade. Seu presente de casamento foi uma cama de bronzeamento artificial. A união, longa e feliz.

59. Operação Alcachofra

> "Numa guerra dessas, é cristão e obra do amor estrangular, roubar, queimar os inimigos, sem receio, e fazer tudo o que seja prejudicial até que eles sejam superados. Talvez o estrangulamento e o roubo não pareçam uma obra do amor, por isso o néscio acredita que não sejam obra cristã nem adequada a um cristão: mas, na verdade, também são obra do amor."
>
> Lutero

– Brincadeirinha – disse Helen. De *short* branco, blusa branca, chapéu branco, tênis branco sem cadarço e bolsa grande de juta a tiracolo, ela entrou na sala. Por cima do ombro de Cockcroft, ela lançou um breve olhar a Carl e depois tirou da bolsa um par de luvas verdes de borracha, um jornal árabe grosso e um alicate, que deu ao sírio.

O sírio abriu o jornal, tirou o caderno de esportes e espalhou o resto com cuidado no chão.

– Como vai você? – perguntou Helen, tirando ainda uma garrafa preta de plástico. – Está com sede?

Ela girou a tampa, cheirou a boca da garrafa e entregou-a a Cockcroft, que também a cheirou. Em seguida, os três – Helen, Cockcroft e o sírio – foram atrás da porta. Embora a porta não fechasse totalmente, Carl não conseguia entender nem uma palavra da conversa. Ao voltarem, Cockcroft fez um sinal para o sírio. Ele arrancou os resultados nada animadores da *Primera División*, colocou o caderno de esportes na cintura e se postou atrás da cadeira. Fazendo das mãos uma prensa, agarrou a cabeça de Carl. De frente, o baixista pegou Carl pelo queixo, e Helen colocou a garrafa preta entre seus lábios, enquanto tampava o nariz dele.

– Abra a boca. Abra a boca. Não tem gosto bom, mas não é veneno.

Realmente não era bom. E realmente não era veneno. Algo extremamente medicinal. Amargo. Gosto de sabonete.

Depois de terem lhe ministrado grande parte do conteúdo da garrafa, eles o soltaram e se afastaram rapidamente. Carl vomitou um jato de líquido amarelado e, enquanto ainda engolia em seco e tossia, eles soltaram suas amarras. Sem forças, escorregou ao chão. Eles o mandaram se despir, mas seus braços vermelhos e azuis já não obedeciam. Curvaram-se sobre ele e tiraram suas roupas. Em seguida, arrastaram-no até o jornal espalhado e tentaram colocá-lo de cócoras. Mas ele sempre caía. Por fim, o sírio levantou-o pelos cabelos. Eles balançaram juntos para um lado e para outro.

Helen limpou alguns respingos em sua blusa. Cockcroft esmagava um maço vazio de cigarros. O baixista arregaçava as mangas.

– Quer que eu assuma agora?
– Quanto tempo leva?
– O que está escrito na embalagem?
– Você já está sentindo alguma coisa?
– Nada.
– Me passe a garrafa.
– Você já está sentindo alguma coisa?
– Quando ele foi pela última vez?
– Não fez nada.
– E antes?
– No dia anterior. Depois disso, não mais. Se vocês tomaram conta.
– E agora olhe isso. Olhe isso. Uau!

Enquanto Carl espalhava o conteúdo de seu intestino sobre os calcanhares e o jornal, o sírio o balançava pelos cabelos como se estivesse querendo esvaziar uma bolsa.

Um pouco mais tarde, a mão o soltou e ele caiu, flácido, para o lado. A testa ficou ferida. Ele não se mexia mais. Pontinhos pretos se movimentavam diante de seus olhos. Formigas. Ele escutou um ruído e viu, sobre as antenas dos insetos, o baixista colocando as luvas. Carl tinha se segurado durante muito tempo, mas começou a chorar.

O baixista começou a revirar as fezes com um canivete. Agachado diante do jornal, ambos os braços pendendo entre os joelhos, ele cortava com a lâmina pequenas fatias da linguiça de fezes e as passava sobre o papel ao lado, assim como se prepara um lanche.

Cockcroft, Helen e o sírio estavam atrás dele com os braços cruzados diante do peito, como companheiros de brincadeiras. O fato de eles estarem mexendo com algo que tinha acabado de sair quente e fedorento de seu corpo dava-lhe uma tristeza estranha. Havia algo de simbólico nesse fato, algo terrível, a suspeita negra de que eles também poderiam tirar outras partes de seu corpo e se apropriar delas. Carl desviou o olhar novamente para as formigas.

Depois de o baixista ter espalhado as fezes sobre todo o jornal como se fosse um pão com Nutella, ele anunciou com a expressão e o tom de voz de um garotinho de oito anos:

– Não tem nada aqui – e três pares de olhos azuis e um par negro se dirigiram ao homem que estava deitado no chão, nu e com o nariz escorrendo.

Helen empurrou com os pés as roupas até Carl, e depois de ele ter se vestido mais ou menos sozinho eles o amarraram novamente à cadeira.

– Então outra vez com o dois – disse Cockcroft. E para Helen: – O homem é seu.

60. A lenda do inabalável

> "There has been a good deal of discussion of interrogation experts vs. subject-matter experts. Such facts as are available suggest that the latter have a slight advantage. But for counterintelligence purposes the debate is academic."*
>
> Manuais KUBARK

A linha fina mas muito reta e composta de pontos pretos fervilhava à direita da cadeira de Carl até a parte de trás do espaço, onde ele não conseguia mais segui-la com os olhos. Do outro lado, carregada com pequenos grãozinhos cor de laranja, ela passava debaixo da porta de metal e ganhava a liberdade.

Enquanto Carl ainda pensava sobre o destino das formigas, Helen sentou-se à sua frente. Os outros tinham saído. Ela tirou um cigarro do maço mas não o acendeu, e começou a falar e a gesticular de seu jeito mole e que parecia ter um efeito anestésico, com o cigarro numa das mãos e o isqueiro na outra. Ela cruzou as pernas e Carl puxou suas amarras, como se tivesse dor. Realmente eles não o tinham amarrado com tanta força quanto da primeira vez, e sua mão direita, que ele mal conseguia sentir (ele não ousava olhar para ela), escorregava milímetro por milímetro para fora da corda. Ele disse:

---

* Em inglês, "Tem-se discutido bastante a questão dos especialistas em interrogatório *versus* especialistas no tema. Os fatos sugerem que os últimos estão em ligeira vantagem. No que diz respeito à contrainteligência, porém, esse debate é acadêmico". Os manuais Kubark continham as técnicas de interrogatório utilizadas pelas forças militares e pelo serviço secreto americano no século XX. Ficaram conhecidos como Manuais de Tortura. (N. da E.)

– Você sabe que eu não sei de nada.

E Helen:

– Eu não sei de nada.

Como para mostrar que não queria ser interrompida, ela aproximou a caixinha preta com o pé e ergueu-a até o colo, onde ficou a balançá-la sobre o *short* branco e as coxas nuas.

– Bem, por onde começamos? Você pode estar se perguntando: para que tanto empenho por causa de uma bobagem dessas? Pois não é bobagem, quer você saiba disso ou não. De todo modo, não para nós. Qualquer estudante conhece a construção, e o todo não é tão refinado que algumas cabeças inteligentes não possam montá-lo. Aliás, refinado o suficiente para não conseguirmos fazer um bom negócio de exportação com isso. Ou não querermos. Sem falar que outras porcarias também foram transportadas na rota. – Helen ergueu o cigarro e o isqueiro, mas deixou os braços penderem no mesmo instante. – Você não é o primeiro que está tentando. Você é apenas o primeiro que nós prendemos. Pois, como você talvez saiba, em nosso joguinho aqui não importa se você diz a verdade. Isso não depende de você. O que depende de você é somente o momento em que você decidir dizer a verdade. Você pode ficar um tempo se torturando, você pode prolongar isso, mas não pode evitar. Se você tiver uma formação decente para comportamento em situações de interrogatório – infelizmente, temos de partir desse pressuposto –, isso não é novidade para você. Você sabe que consegue suportar por um tempo a violência bruta com força de vontade, autossugestão e firulas parecidas. Partindo do pressuposto de que você é bom. Talvez um, dois dias. Talvez até três, tudo pode acontecer. Carthage – Helen apontou com o polegar para trás – diz que conhece alguém que segurou por cinco dias. Mas eu não acredito. São lendas do soldado valente, que, torrado pelas brasas, não trai sua brigada, sua pátria, sua família, e a quem depois se erguem monumentos nos quais ele está olhando para o céu com seus olhos de mármore, satisfeito de ainda ter os quatro membros. Mas trata-se de lendas, ou os especialistas em interrogatórios eram inaptos. Pelo menos nesse ponto, posso tranquilizá-lo totalmente.

Helen colocou o cigarro entre os lábios, acendeu-o e soprou a fumaça contra o teto irregular pelos talhos de cinzel.

– E eu consigo facilitar ainda mais sua decisão. Vou contar o que sabemos. Para que você não pense que tem de esconder alguma coisa ou alguém. Ou que teria de esconder. Porque, o que sabemos? Sabíamos que a entrega seria feita em Tindirma. E também mais ou menos quando. Sabíamos quem iria entregar, mas não quem iria receber. O hotel tinha uma reserva em nome de Herrlichkoffer. Herrlichkoffer, isso é alemão e significa "mala maravilhosa". Isso te diz alguma coisa? Não? Até acredito. Bem, encontramos esse mala maravilhoso no aeroporto de Targat e o perdemos lá. O sujeito não apareceu no hotel. E poderíamos ter atacado antes, mas não sabíamos se ele estava com a coisa. Não sabíamos nem mesmo ao certo o que era e de que forma seria transportada. Sabíamos apenas de onde vinha, de que laboratório de pesquisa. E então precisamos de quase vinte e quatro horas para reencontrar o homem. Mas até esse momento não parecia ter acontecido nada. Ele ficava sentado no café, dia e noite, feito bobo. Fizemos um cara se sentar na frente dele com um radiotransmissor no ouvido, e ele avisou: nada. Ou ele era cego ou nosso homem tinha levantado suspeita. E então aconteceu o massacre. Na comuna. Depois cometemos um erro minúsculo. E o que foi? Um grupo de comunistas e *hippies* e cabeludos, politicamente confuso, quatro mortos, uma porção de dinheiro desaparecido... claro, pensamos, estamos atrás do homem errado. Então, para dentro da comuna. Mas nosso pessoal não conseguiu. Eles se fecharam completamente, contra a imprensa e todo o resto. E luto. E quando descobriram que havia uma antiga colega de escola minha lá, eles me chamaram. Na época, eu estava na Espanha. Mas depois que fiz uma visita à comuna e Michelle me explicou mais uma vez que dinheiro não estava em jogo, que devia ter sido na realidade apenas um árabe maluco com problemas sexuais, esse Amadou ao quadrado, então já tínhamos perdido completamente o fio da meada. Herrlichkoffer se dissolvera no ar e o potencial criminoso desses *hippies* não teria sido suficiente para contrabandear uma barrinha de chocolate pela alfândega da Suíça. Então, nada feito. Eu também já estava em casa, em pensamento, fazia tempo – e então esse árabe cruza o meu caminho. No posto de gasolina no meio do deserto. Ensanguentado, confuso, procurando ajuda e claramente fugindo de algo. Dei carona para você por intuição. Pensei: quem sabe. Porque seu blá-blá-blá sobre perda de memória era bobagem pura. Minha primeira avaliação foi: ele está se fazendo de coitado. Árabe em busca de mulher branca. Bem, foi isso que eu informei na primeira noite. Mas eu não tinha certeza. E quando Bassir pegou você... a maior catástrofe. Algumas pessoas por aqui quase perderam o emprego. Cem homens a seu redor, e eles simplesmente metem você num porta-malas. Nunca vi tantos panacas de uma só vez. Um bando de amadores. Toda a nossa equipe. Afinal, não tínhamos nem vinte e quatro horas para montar tudo e chegar ao deserto. Nem consegui um avião, tive de vir de navio da Espanha. Dois outros ficaram presos em Nova York. E sem falar no que nosso aluno de Torá conseguiu aprontar! O bilhete sobre o consultório... quase morri quando tirei da caixa de correio. Preços promocionais! E foi assim o tempo todo. Acho que você não faz ideia do que significa montar um batalhão em agosto. Dois de nós não sabem nem francês. No início, não tínhamos um tradutor do árabe, ele veio de avião da Bélgica e está agora de molho no hotel, com gastroenterite. Nosso operador de rádio tem deficiência auditiva, vem de Iowa e ficou as primeiras quarenta e oito horas achando que estava na Líbia. Dois quase morreram de sede enquanto procuravam a mina. E Herrlichkoffer já estava morto antes de conseguirmos ligá-lo ao esquema. Um pequeno contratempo. E assim por diante. E o fato de Bassir ter tirado você de cena, como eu disse. Um rebuliço inacreditável. Mas, se você continua se jogando nos braços dessa brigada de tapados é porque tem noção de que não é a estrela mais brilhante do universo.

Helen bateu as cinzas de seu cigarro e sorriu. Era o mesmo sorriso burocrático do terraço do bangalô, quando ela se virou para Carl depois de seus exercícios de ginástica e ele percebeu pela primeira vez que a amava.

– Acredite, eu rezei todos os dias, céus, como eu rezei, por favor, que ele seja exatamente tão idiota como parece. Ninguém contava com isso. Três vezes – ela ergueu três dedos tautológicos no ar –, por três vezes recebi orientações para encerrar tudo e partir para a caixa cinza. Por três vezes e somente com muito esforço eu consegui manter as coisas no jeito. Ele ainda vai nos levar lá, foi o que eu sempre disse.

Carl puxou suas amarras. Sentiu um estalido e um rangido em sua mão direita e fechou os olhos.

– E se você está pensando que acabou, se você está pensando que vamos deixar barato, com um pouco de papo-furado e psicologia e alguns choquinhos bestas... você está pensando isso? Você está pensando que construímos apenas uma bela encenação, com cavernas grandes, aparelhos inofensivos e uma modelo loira de anúncio de cigarros, que fica enchendo seu saco com conversa mole? Eu garanto, não é isso. E agora vou te fazer mais algumas perguntas. E você pode dar uma de difícil novamente, como uma diva de cinema. A decisão é sua. Mas depois...

Com um grito de dor, Carl puxou o ombro direito para cima. E a mão estava livre.

61. Um pouco de estocástica

> "O que temos contra a guerra? O fato de que os homens, que vão ter de morrer um dia, sejam mortos por ela?"
>
> Santo Agostinho

A fumaça tinha nublado o ar como um vidro opaco. Helen recostou-se.

– Ora, o que é isso? – ela perguntou, dando uma tossidinha. – Vamos amarrar de novo.

Prendeu a mão novamente e fez com que Carl contasse a história mais uma vez desde o início. Tudo o que ela já sabia. E tudo o que ele já havia contado – em companhia dos choques elétricos – a Cockcroft, ao sírio e ao baixista. Com todos os detalhes. Quando terminou, ela disse:

– E agora tudo outra vez de trás para a frente, tim-tim por tim-tim.

– Você agora faz parte do time dos psicólogos?

– Do momento que você encontrou a prostituta até o momento em que eu te deixei sozinho na frente da comuna.

– Se vocês ainda não sabem se eu tenho amnésia ou não...

– Você não tem. Comece.

– Então por que você está testando?

– Não estou testando nada. Comece.

Carl franziu a testa e, depois de um tempo, Helen disse:

– Já te falei: você não é a estrela mais brilhante do universo. Não dá para testar amnésia com isso. Só construções mentirosas mal-ajambradas. Então. A sua prostituta.

Ele encarou Helen. Olhou os joelhos dela, olhou os próprios joelhos, voltou a olhar para o rosto dela.

Ela apontou para a alavanca e Carl contou a coisa toda mais uma vez, de trás para a frente. A prostituta que o chamou de Cetrois, a morfina, a ida à zona portuária. Antes o Bairro do Sal, que na verdade era o Bairro Vazio. O pequeno café. Diante do pequeno café os estudantes e o *blazer* amarelo roubado por eles. O telefonema. O dono do lugar com o prato de sopa mais que cozida. Antes disso o deserto, o velho felá, o corpo com o arame em volta do pescoço. A pergunta sobre a motoneta e os pedacinhos de papel nos bolsos. A fuga, os perseguidores de *djellaba* branco. Tindirma. A confusão. O incêndio na comuna, iniciado pelo animal do tamanho de um caminhão. Carl contou do pânico em massa e de onde assistiu a isso tudo, falou do hotel caindo aos pedaços e (com todos os detalhes) da mulher no hotel. Da lata verde de refrigerante e do Mercedes amarelo e dos objetos ali dentro. Da bola, da caneta e do bloco onde estava escrito *Cetrois*. E, bem no final, do bilhete que ele deixou no banco da picape de Helen.

Helen escutou tudo, e quando ele terminou e olhou para o alto, como um aluno aplicado depois da prova oral, ela quis escutar tudo de novo desde o começo. E depois mais uma vez, de trás para a frente. O fato de ela não ter erguido a voz nem usado a caixinha preta deu a Carl um sopro de esperança. Teve a impressão de que acreditariam nele caso conseguisse alinhar do mesmo modo os detalhes dos fatos, numa sequência direta ou inversa.

O único comentário que Helen se permitiu foi um sorriso desdenhoso no ponto dos estudantes risonhos, alegres, e quanto mais Carl tropeçava sobre esses adjetivos, mais improvável se tornava, até para ele, ter conseguido perder o *blazer* com as cápsulas. Pois ele não duvidava mais que o xis da questão eram essas cápsulas. Começou a incluir palavras esclarecedoras em suas frases, e quando discorria sobre o *blazer* amarelo pela quinta ou sexta vez, com a língua para fora, ele acrescentou mais um detalhe, que deixara de fora até então: o *ouz*. Como o animal tinha aparecido de repente sobre a duna, ao cair da noite, e o mordera, com a coroa de papel sobre a cabeça, e como ele quase tinha perdido pela primeira vez as cápsulas na areia, nas circunstâncias mais ridículas possíveis... como se a improbabilidade desse fato pudesse explicar a improbabilidade da perda futura. Uma lei matemática, um acaso engraçado. Implorou que ela visse a marca da mordida em sua mão, e Helen se levantou. Com as mãos cruzadas atrás da nuca, deu uma volta pela cadeira de Carl.

– Quem formou você? – ela perguntou de maneira quase inaudível, quando estava às suas costas, e – Isso é tudo que você quer me contar? – depois de ter se sentado novamente no lugar em que estava a caixa de madeira. – Orgulho nacional, idealismo, dogma religioso, todas as firulas com as quais o intelectualmente menos favorecido preenche sua imagem de mundo e que é sabidamente tão difícil de descartar na idade adulta... não sei o que te guia. Mas você deveria refletir mais uma vez. Se eu disse que lhe faria essas perguntas mais *uma vez*, então essa é minha intenção. E se eu disse ainda que era um *detalhe*, então não quer dizer que não seja importante para nós. É muito importante para nós.

– Mais importante que uma vida humana? – Carl se empertigou.

– Você está se referindo a si mesmo? Nada é mais importante que uma vida humana. – Helen tocou com o indicador o pulôver manchado de Carl. – Mesmo em se tratando da vida de um impostor. Da vida de um contrabandista. De um idiota e criminoso profissional. Nenhuma vida tem um preço, toda vida é única e deve ser protegida. Dizem os juristas. O problema é que não somos juristas. Não estamos no ponto em que não podemos comparar a vida com outros bens ou outras vidas. Somos mais parecidos com o departamento de estatística, e departamento de estatística significa: há talvez uma probabilidade de um por cento de as coisas serem como você diz. De você não saber quem é. De você por acaso ter estado no lugar errado na hora errada, e isso por várias vezes. Estudantes, corpos com fios de arame no deserto e documentos no bolso e sei lá mais o quê. Tudo é possível. Mas também há a possibilidade de noventa e nove por cento de não ser assim. Mas bobagem. De um homem aqui ter apontado o dedo para uma coisa que não lhe pertence. E que também não a tenha perdido, mas passado para a frente. Noventa e nove por cento de chance de estarmos assegurando a paz mundial aqui. Noventa e nove por cento de que nossa pequena investigação sirva a um convívio sem armas nucleares. Noventa e nove por cento para a manutenção do Estado de Israel, para crianças felizes, vacas pastando e todo o resto dessa merda. Noventa e nove por cento de que não se trata aqui de uma vida humana, mas de milhões delas. Noventa e nove por cento para a causa do Esclarecimento e do Iluminismo e apenas um por cento de que nosso interrogatório represente um retorno à Idade Média. Sinceramente – disse Helen, erguendo com dois dedos, suavemente, o queixo de Carl e olhando em seus olhos. – Cem para um. Ou um milhão para um. O que devemos fazer agora? Qual sua opinião? Posso te dar uma dica. Tradicionalmente, o departamento de estatística age sem emoção.

– Você me conhece. Você conviveu comigo.

– Mas nem você se conhece. Diga você.

– Mas por que eu teria de te contar tudo aquilo que já te contei?

– Porque você é idiota? – disse Helen. – Porque você, até o último instante, não tinha a mínima ideia de quem estava naquele carro no qual você estava entrando? Porque você pensou que a mulher loira, mascando chiclete, iria ajudá-lo mais uma vez? Nós nem sabemos se essas cápsulas realmente existem. Ou em que forma...

– Você sabe – disse Carl. – Você sabe que eu não sei de nada.

– Eu saberei quando tivermos terminado com isto aqui. Quando tivermos terminado e experimentado todos os nossos belos equipamentos, então eu saberei. Então vou acreditar em você e vou me desculpar – com a probabilidade de um por cento. Mas você também pode acreditar em mim: quando tivermos terminado com isto aqui, você terá dito tudo o que sabe. Pois, por mais que eu sinta muito, nós somos os bonzinhos nessa questão. E você não é. Sabendo disso ou não. Mas você meteu suas mãos nisso, e você está com algo que nos pertence. Que nós descobrimos. Nossos cientistas. E por isso somos os bonzinhos: nós construímos a bomba e fizemos coisas terríveis com ela. Mas também aprendemos. Somos um sistema capaz de aprender. Hiroshima encurtou a guerra, sobre Nagasaki há controvérsias – mas isso não vai acontecer uma terceira vez. Vamos evitar que exista uma terceira vez. A bomba em nossas mãos não passa de um princípio ético. A mesma bomba, nas mãos de vocês, significa irmos ao encontro de uma catástrofe, e comparada a ela o passado não foi mais que uma leve dor de cabeça. E por que estou dizendo tudo isso? Não estou dizendo porque acho que você seja receptivo a motivos racionais. Se você fosse receptivo a motivos racionais, você não estaria aqui. Digo isso porque quero esclarecer nossa situação.

Ela abriu o primeiro botão de sua blusa, com dois dedos limpou o suor de seu esterno e acendeu outro cigarro.

62. Na base mais profunda

> "Eles chegaram ao rio de pus, ao rio de sangue; para eles, esse seria o lugar do fracasso, onde fica o coração de Xibalba. Eles nem foram aqueles que o atravessaram, apenas o venceram sobre as costas da zarabatana."
>
> *Popol Vuh*

A cabra havia desaparecido, o final solto da corrente estava na margem. As sombras das formações rochosas, das quais Carl ainda se lembrava, flutuavam na luz. Com as calças arregaçadas, o sírio puxou-o atrás de si até o meio do charco de lama. Ele pegou a corrente e prendeu-a com um cadeado ao redor do pescoço.

– É longa demais – disse alguém, e o sírio empurrou a nuca de Carl para baixo, até que o rosto tocasse a água, abriu o cadeado e deu outra volta na corrente. Cockcroft, Helen, o baixista e a lâmpada de carbureto assistiam da margem.

Eles o encorajavam a falar. Ele ficou em silêncio.

Cockcroft se agachou, olhou longamente nos olhos de Carl e disse:
– Nenhuma ideia é tão grande que valha a pena morrer por ela. Até agora, fomos abertos em relação ao senhor e continuarei sendo aberto com o senhor. Desespero existencial, esse é o objetivo primordial de nossa atitude. Levá-lo a um estado de desespero existencial. E há várias teorias a respeito. Até há pouco, nós nos orientávamos pela suposição chamada como seu autor, Hanns Scharff, segundo a qual um desespero muito profundo não é benéfico para se descobrir a verdade ou facilita a fabulação. Mas essa suposição não se provou verdadeira e hoje a chamamos de idiotice. Outros autores – autores sérios – afirmam, por sua vez, que são exatamente os travados, e aqui

principalmente os travados anais, que confrontados com um excesso de desespero se tornam ainda mais travados e, por fim, ficam completamente petrificados. Mas isso também foi refutado. O estado atual da ciência é considerar o desespero profundo, existencial, como o caminho de preferência para... – E assim por diante.

Carl já tinha perdido o fio da meada fazia tempo. Era tudo papo-furado, a centésima vez que mostravam suas ferramentas. Ele tateou a corrente que tinha sido presa a uma barra de ferro, por sua vez fixada nas pedras, e fechou os olhos.

– Até amanhã – alguém disse. Helen. E essa parece ter sido a palavra final. Pois, juntamente com vozes e passos, a luz foi se afastando, trêmula, e Carl ficou sozinho na escuridão. Escorregando pela água até os joelhos, ele procurou uma posição estável. O comprimento da corrente entre a superfície da água e o pescoço não chegava a quinze centímetros. Era tão curta que ele não conseguia se apoiar nos braços esticados, e se se apoiasse nos cotovelos a água lhe chegava ao queixo. Tentou ficar calmo. Gritou.

Apoiou-se do lado esquerdo até a musculatura ficar toda retesada, depois se apoiou do lado direito até a musculatura ficar toda retesada. Em seguida, balançou para um lado e para outro, até as forças desaparecerem. As forças desapareceram rápido e ele sabia que não aguentaria uma hora inteira. Mas depois de uma hora ele ainda estava vivo e se balançando para um lado e para outro.

Se no começo ainda suportava ficar cinco ou dez minutos antes de trocar o cotovelo, os intervalos foram se tornando cada vez mais curtos. Como uma pessoa que carrega uma valise pesada pela cidade, passando-a de uma mão para a outra, e por fim não consegue mais segurá-la. Tentou apoiar o ombro na barra de metal, tentou fazer um travesseiro de lama. Tensionou a musculatura abdominal, tensionou a musculatura dorsal e, quando percebeu o fim dessa história, tentou se afogar. De costas, afundou no silêncio quente, borbulhante. A lama.

A respiração presa. A obsidiana sobre as pálpebras fechadas. Ele viu o deserto. Viu uma nuvem amarela. Viu uma bandeira verde. Um gole de um caldo fedido surgiu de repente em sua boca, e tossindo e com engulhos ele se ergueu novamente. Puxou a corrente. Puxou a barra. Lado direito, lado esquerdo. Submergir. Como qualquer atividade exaustiva, monótona, ele não se concentrava no que estava fazendo, mas em como estava fazendo. Começou a fazer discursos para si próprio e não se livrou da impressão de estar dando uma palestra para centenas de estudantes, em pé diante de um pedestal, sobre a sobrevivência em buracos de lama quando o destino (ou seu representante humano) tivesse colocado alguém lá impiedosamente.

Era assim que se apoiava, ele dizia, e não assim. Os membros A, B e C deviam ser colocados em tais ângulos, a fim de se chegar a um máximo de resistência com um mínimo de exaustão. Depois, em intervalos reduzidos logaritmicamente, deviam seguir-se balanços, que agiriam, por sua vez, nos apoios adaptados... e assim por diante. Até o último aluno tinha aberto seu caderno e fazia anotações. Eles tinham se embrenhado nos assuntos mais específicos da fisiologia, mas as palestras do professor sobre o apoio ideal eram tão arrebatadoras que mesmo os outros docentes as assistiam. A duração da palestra também era incomum. Ela durava horas e dias, semanas e meses, e isso durante muitos semestres, e sempre havia uma jovem mascando chiclete sentada na última fila, loira, peituda e com um gestual curioso.

Em seu momento mais lúcido, Carl se resignava com a morte, e foi apenas esse pensamento que o lembrou que ele não estava sozinho na escuridão. Eles sabiam – deviam saber – que uma pessoa em sua situação se afogaria num curto período de tempo, levando consigo tudo o que sabia. Então, havia alguém por ali que o observava, espionava e mantinha sua mão protetora sobre ele, no escuro. Um dos quatro. Carl tinha escutado suas vozes e passos se afastarem, viu a luz se apagar, mas não prestou atenção se eram mesmo passos de quatro pessoas.

Permaneceu imóvel, e o outro lado também prendeu a respiração. Mas tinha certeza absoluta. Atrás da pedra tumular da noite, cachos loiros.

Ele já havia conversado em voz alta consigo mesmo algumas vezes, e agora ergueu a voz. Falou com seus familiares, queixou-se de seu triste destino, despediu-se do pai e da mãe e caiu num choro teatral. Borbulhas dramáticas sob a água. Bateu braços e pernas, parou de bater braços e pernas, ergueu a cabeça em silêncio. Respirou. Custou-lhe uma força inacreditável não gemer, não fungar e não se mexer. Escutou o chapinhar e o eco do chapinhar e o eco do eco. E mais nada. Não apareceu ninguém. Ele repetiu a experiência mais algumas vezes e esqueceu que era uma experiência. Agora ele realmente estava falando com seu pai e seu pai colocou a mão em sua nuca e o conduziu por um corredor em declive, longo, azulejado, que cheirava a cloro. Uma toalha felpuda branca estava dobrada sobre o sistema de aquecimento. Duas garotas de maiô azul estavam na área do trampolim e o olhavam com a maior indiferença possível. Uma era do oitavo ano e o amor da sua vida. Ele cuspiu água ao redor, retomou brevemente a consciência e gritou e ofegou dizendo que sabia o que eles queriam saber. Ele sempre soube, as cápsulas da esferográfica não tinham sido roubadas dele, ele as carregava num dente oco, eles não precisavam esperar até amanhã.

– Boa noite! – disse o eco, com a voz monocórdia.

63. Na base mais profunda

> "E observa a oração em ambas as extremidades do dia e em certas horas da noite, porque as boas ações anulam as más. Nisto há mensagem para os que recordam."
>
> Sura 11, 114

No dia seguinte, ele ainda estava vivo. Ele não sabia como tinha conseguido, não sabia se devia se alegrar por isso, mas não sentiu alívio quando ouviu os passos de várias pessoas. Exceto pela sede e pela dor, não sentia mais nada. Um pedaço de matéria fecal boiava em algum lugar a seu lado na água. Seu rosto estava espirrado de lama e inchado. Se estava correto o que uma voz oculta atrás de uma luz havia afirmado, que o haviam deixado a sós apenas por uma noite, então sua sensação da passagem do tempo havia ficado cinco ou seis vezes mais lenta.

Sob as luzes ele viu três pares de sapatos. Sapatos marrons, sapatos marrons, sapatos de mulher. Ninguém de calças arregaçadas.

– Carthage infelizmente levou a alavanca. Mas nós temos isto aqui.

Cockcroft ajoelhou-se na margem. A mão de Helen segurava um alicate de corte. Uma ovelha gigante, pacífica, passeava pelo lugar e mordiscava as costas de Carl.

– Xô – ele disse.

– E agora o senhor se lembra do que queria dizer? Não? É que estamos levantando acampamento daqui e poderia demorar anos ou décadas para um ser humano pisar novamente nesta caverna. Abra seu coração: o senhor quer nos dar algo para a viagem? Não? O senhor está achando isso engraçado? Lamentável. Muito lamentável.

Cockcroft falou, Helen falou e depois Cockcroft falou de novo. Mas Carl só se sentia apto a responder a mais perguntas debaixo d'água. Uma vez eles lhe disseram que iam deixá-lo sozinho. Depois disseram que lhe dariam mais uma chance. Helen colocou o alicate a seu lado sobre a rocha. Ele tomou um pouco de caldo barrento. Os fantasmas estavam lá e o observavam, imóveis.

– Pense. – Helen curvou-se para a frente e espirrou água com o indicador em sua direção.

– Vou morrer – ele disse.

– Você não vai morrer. Você conhece a história do rato que é jogado num barril? Isso pode se estender por vários dias.

– Estou cagando pro rato. Merda. Rato de merda. – Ele tentou espirrar água também, mas não conseguiu superar os três metros que o separavam de Helen.

– Você devia ser ao menos inteligente o bastante para aproveitar essa última conversa e soltar uma observação que não fosse absolutamente vazia.

Ele pensou e disse:

– Acho você o fim da picada.

Os fantasmas se ergueram. Os raios de luz das lâmpadas que balançavam produziam sombras pelo espaço. Passos. Cabras. Escuridão. Ele ficou esperando.

Ele tinha notado precisamente onde o alicate de corte tinha ficado. Talvez a três metros e meio ou quatro metros de seu braço esticado, numa rocha plana na margem.

Para tirar a calça, ele teve de submergir várias vezes. Com as duas mãos passou-a pelas coxas. Sua mão esquerda, que tinha sido mordida pelo *ouz*, doía bem mais que a direita, perfurada com o abridor de cartas por Bassir. Lama colava seus olhos. Ele torcia para ser lama.

Arrancou o pulôver pela cabeça e amarrou um braço com uma perna da calça. Era uma empreitada difícil, o que podia se dever ao fato de sua mente estar funcionando com a reserva da bateria ou de sua capacidade de imaginação espacial ter sido prejudicada mais uma vez pela escuridão, mas ele precisou de uma eternidade para perceber que o pulôver tinha ficado preso na corrente e que era inútil para seus objetivos. Desamarrou a calça novamente e começou a puxar o pulôver. Tentou rasgá-lo pelo comprimento, mas não conseguia segurá-lo com os dedos. Nuvens de neblina dançavam diante de seus olhos. Ele gritou, e alguma falha na codificação sinestésica transformou seu grito em cores. Ele sabia que não tinha mais muito tempo. Então, deixou o pulôver ser pulôver e tentou apenas com a calça.

Fechou uma das pernas da calça com um nó, encheu-a com algumas mãos de lama e testou o peso. Em seguida, mediu o comprimento. Calculou: cerca de trinta centímetros de corrente, mais meia largura de ombro, mais um braço esticado, mais o comprimento da calça, que talvez fosse de um metro e cinquenta. Isso dava, no máximo, três metros. Não seria suficiente.

Girou a calça pela perna como um laço, jogou-a para a frente e ouviu o outro lado dela bater na água. A mesma coisa na segunda e na terceira tentativas. Ele não chegava nem até a margem. Será que o problema estava na técnica de lançamento? Apoiado no cotovelo esquerdo, numa posição semideitada, pegava impulso, e a calça batia em algum momento atrás de seu ombro direito na água e perdia a direção, ficando mais molhada. Uma vez ele lançou o peso contra a própria cabeça. Cada lançamento custava energia.

A partir da quarta tentativa, ele dobrou o pano cuidadosamente em duas tripas sobre o ombro direito e, em seguida, tentou lançar o peso da perna fechada com o nó não como uma lança, mas como um peso – isso era arriscado. Pois com uma mesma mão ele tinha tanto de atirar o peso para longe quanto segurar a segunda perna da calça, escorregadia. Não conseguir reter seu final significava morte certa.

Ele se concentrou longamente e empurrou o braço contra a escuridão. Imediatamente ouviu-se um barulho na margem, algo molhado caindo sobre a rocha. Ele puxou o laço de volta e jogou-o outras cinco ou seis vezes em direções levemente diferentes, atingindo sempre a rocha na margem. Mas não mais que isso. Ele se deitou na água, esticando a corrente, e acreditou que conseguiria se livrar da tragédia se agisse de maneira sistemática. A série de ruídos de batidas na margem se compôs em sua cabeça como um mapa salvador que ele devia agora trabalhar, quadro por quadro, para em algum momento acertar com precisão o alicate de corte. Esses pensamentos deram lugar à noção de que o alicate de corte estava bem longe de seu raio de alcance. Depois, ele voltou a acreditar que tinha perdido a orientação no escuro. Virou-se em círculo feito um ponteiro de minutos e lançou a calça em todas as direções, só para constatar que em três quartos dos casos ela não alcançava a margem.

Dessa maneira, a direção que ele inicialmente imaginava ser a correta era difícil de reconhecer. A margem na qual Helen tinha estado, falado com ele e largado o alicate de corte era a que se encontrava menos longe.

Ele continuou tentando, mas o ruído de uma perna de calça cheia de areia caindo sobre uma ferramenta de aço não acontecia. De tempos em tempos ele puxava a corrente em seu pescoço, como para produzir num passe de mágica um som metálico. Falava consigo mesmo, e de repente a névoa se dissipou e ele enxergou árvores escuras ao redor do charco. As árvores esticavam seus galhos sem folhas em direção a um céu cinzento, flocos de neve caíam. O charco congelou. Ele saiu dali com sapatos especiais para escorregar no gelo. Sua mãe lhe pediu cuidado, uma jovem de olhos castanhos. E então veio o cachorro. O animal pulou sobre ele feito uma grande luva de lã. A árvore de Natal se acendeu, pegou fogo e caiu. Um médico examinava sua garganta com um palito de madeira. O palito ficava de presente depois da consulta. Como agradecimento, havia bombons num vidro, o professor exigia uma decomposição em números primos e na beirada da floresta tropical viviam macacos falantes que caçavam humanos, os empalhavam e exibiam em museus. Ele se recordou da imagem da estátua da liberdade na praia, acima dela, no céu, um fio balançando sobre a lente da câmera, saudações ondulantes do reino dos mortos. Quarenta e oito horas sem sono.

Carl voltou a si porque bebeu água. Tossiu, cuspiu muco e começou uma tarefa estranha. Seu cotovelo foi para trás com força, o punho fechado, depois com os dedos esticados para a frente, no final um movimento de pá para cima. Sem parar. Dois, três... dezessete.

Viu novamente o melro que tinha se perdido em seu quarto noturno, e um homem com um relógio de pulso dourado abriu a janela e deixou-o sair. O cheiro de bolo queimado. Um jovem que enfiou o cigarro ao contrário na boca e, entretido na conversa, acendeu o filtro. O avô que lavava o carro, congelado para sempre em cores esmaecidas, somente a água da mangueira continuava a jorrar sobre o capô, prateada, durante toda a eternidade.

Ele recolheu mecanicamente a calça encharcada. Perguntou-se o que eles tinham feito com Hakim das Montanhas. Tremendo de frio, tentou tirar o pulôver da corrente de ferro e vesti-lo. Depois de muitas tentativas malsucedidas, finalmente conseguiu colocar os braços no trapo molhado e puxá-lo pela cabeça.

Os ruídos emudeceram por um instante, e um pensamento se arrastava com um pé pesado em sua direção: se era possível colocar esse pedaço de pano sobre a cabeça, não seria possível continuar a puxá-lo para baixo e tirá-lo pelos pés? Ele não teve coragem de responder à pergunta no escuro. Sua capacidade de pensamento espacial estava exaurida.

Ele se via como um personagem de desenho animado com um peso gigante preso ao pescoço, com a forma e o tamanho de um globo terrestre. Para esse lado não dava. Mas e para o outro? Por quantas das duas a quatro aberturas que um pulôver continha, segundo sua opinião, o pedaço de carne surdo, inchado, que era ele mesmo, precisava passar até que pudesse dispor do pano? Ele não sabia. Sua única alternativa era experimentar.

Deitado na água, empurrou um braço para cima, ao longo do pescoço. Isso foi fácil. Mas o segundo braço apresentou problemas. Ficou entalado na gola, pouco antes do cotovelo. O pulôver não rasgava, mas também não era elástico. Carl tentou se soltar novamente, mas agora ele não ia para a frente nem para trás. Preso em sua camisa de força, ele caiu na lama, se debatendo feito um peixe fora da água. Lutava para respirar. Mergulhava. E, de repente, o outro cotovelo passou voando por seu rosto. Cuspindo, ele deu um jeito de se erguer. Os dois braços estavam presos sobre sua cabeça, e os antebraços dançavam um balé desesperado, como se ele tentasse fazer uma pantomima de coelho. Carl bufava. Ele caiu. O pulôver escorregou sobre seu peito e prendeu-lhe a respiração. Num último ato de força, ainda embaixo da água, puxou a peça de roupa até o quadril. E o resto foi simples. Ficou um minuto deitado com o pulôver na mão, tentando relaxar.

Em seguida, procurou sua calça, para amarrá-la no pulôver, mas a calça tinha desaparecido. Carl arrastou-se três, quatro vezes sobre os cotovelos ao redor da barra de ferro sem encontrar a calça, e quando finalmente a achou não estava mais pesada; o nó tinha se desfeito.

Deu um novo nó e descobriu que seu instrumento de lançamento tinha ficado curto. Soltou o nó e o refez mais perto da barra, mas ainda estava curto demais. Gemendo, tateou de uma ponta a outra e o mistério só aumentava. Parecia estar faltando um pedaço da calça, e no meio havia um pano molenga pendurado. Será que, ao ficar se movimentando sobre a calça, a teria rasgado?

Procurando por nós pequenos e grandes ou por pernas de calças que passaram despercebidos, ele deslizou as mãos pelo tecido pedaço por pedaço. Mas não conseguiu tatear mais nada. Achou que tinha perdido a razão. Batucou sobre seus olhos cegos. E somente quando apertou o tecido sobre o rosto e o lambeu é que ele percebeu o que havia muito já não conseguia perceber com as mãos anestesiadas – não se tratava de um tecido de calça, mas de algo de tricô. Ele passara o tempo todo investigando seu pulôver.

– Agora, na sequência – ele disse a meia-voz para si mesmo, e como o som de sua voz o acalmasse, passando a impressão de uma razão superior que parecia claramente menos prejudicada que a sua própria, ele continuou a autoconversa. – Primeiro vamos colocar o pulôver aqui – ele disse, e colocou o pulôver sobre os ombros. Em seguida, tateou ao redor. Ele ainda não tinha encontrado a calça e disse: – Sem problema. Sem nenhum problema. Se ela não está aqui, então está aqui. Ou aqui. Ou aqui.

Deitou-se de bruços e se esticou o máximo possível, tensionou a corrente e passou a chapinhar com as mãos à frente. Mergulhou e fez movimentos de natação.

– Nada de entrar em pânico agora – disse. Esticou uma perna para a frente, e com o pé feito um gancho passou em revista mais uma vez toda a área ao redor da barra de ferro.

Realmente, um pedaço de tecido se enroscou em seu tornozelo e imediatamente ele se assegurou de que o pulôver ainda estava sobre o ombro. Sim, estava.

– Perfeito – ele disse –, tudo perfeito. – Ele amarrou o pulôver a uma das pernas da calça.

Em seguida, mediu o comprimento do instrumento de lançamento e ficou decepcionado. Não chegava nem a uma vez e meia a distância entre seus braços abertos. A amarração consumia tecido demais. Mas ele também não tinha coragem de fazer o nó de um modo mais econômico. Se os pedaços se desgrudassem um do outro e um deles voasse longe, ele estaria perdido.

Antes da primeira tentativa de lançamento, fez uma pausa curta, solene. Em seguida, concentração e a técnica de arremesso já consagrada: o tecido molhado bateu sobre a rocha com o habitual som abafado.

Mas ele perdera totalmente a orientação. A próxima tentativa de arremesso foi feita noventa graus mais à direita: o mesmo som abafado, molhado. A terceira tentativa foi um engano, ele tinha esquecido de girar mais um pouco. Mais um som molhado... e, dessa vez, misturado a um leve tilintar metálico. Estarrecido, ele manteve o braço do lançamento esticado no escuro por alguns segundos antes de ter coragem de puxar o laço de volta. Devagar, mais devagar ainda. Escutou o metal arranhando a pedra. Um centímetro, dois, cinco. E então o ruído do laço perdeu seu componente metálico.

Colocou mais um pouco de lama como lastro na calça e lançou-a novamente. Dessa vez ele não acertou o alicate de corte. Mas isso não era problema. Suas dores tinham emudecido. Substâncias transmissoras especiais, retidas pelo corpo até o último minuto, tinham sido secretadas em seu cérebro.

Com força e confiança renovadas, Carl lançou o peso na escuridão e, no último momento, sentiu que o braço do pulôver, que ele devia estar segurando, escorregava por seus dedos dobrados. Um instante de silêncio. Em seguida, ele escutou na margem distante uma torrente de roupas molhadas, acompanhada por um último tilintar sarcástico.

Dessa vez Carl não precisou nem de dez segundos para se certificar de que a calça e o pulôver estavam totalmente fora de seu alcance, impossíveis de ser recuperados com as mãos ou com os pés, numa distância rochosa infinita e escura, muito mais distante que a margem, mais distante que sua própria vida.

Carl sentiu que até aquele momento se achava imortal. Enrolou a corrente ao redor do pescoço. Apertou o rosto contra a lama. Bateu a testa contra a barra de metal. Emergiu novamente com um grito. Gritou o nome que tinha estado o tempo todo na ponta de sua língua. Agora ele ecoava das paredes contra o nada.

64. Aéroport de la Liberté

> "Na verdade, os cabelos loiros dão inteligência. Visto que eles irradiam pouco para o olho, permanecem no cérebro com seus sucos nutritivos, dão a inteligência ao cérebro. Os de cabelos castanhos e de olhos castanhos e os de cabelos pretos e de olhos pretos remetem para os olhos e os cabelos aquilo que os loiros remetem para o cérebro."
>
> Rudolf Steiner

Arranjaram-lhe uma passagem para as onze horas. Os outros já tinham partido na noite anterior. Helen fez suas malas, pegou um táxi e chegou ao aeroporto ao norte de Targat por volta das oito. Lá ela descobriu que o voo tinha sido cancelado por causa de problemas técnicos. Teve de abrir mão de duas aeronaves da Air France que não estavam lotadas e que partiriam pouco depois para a Espanha e o sul da França porque, como carregava a arma na bagagem, estava condicionada à sua empresa americana de aviação.

Depois de algum tempo (e do protesto de outros viajantes sem tanta sorte), ela finalmente foi transferida para o voo noturno. Agora ainda tinha doze horas de tempo. Colocou a bagagem num guarda-volumes e foi ao andar superior do aeroporto, onde encontrou um café bonito, com uma aparência europeia exótica. Leu o *Herald Tribune* e um jornal em francês que alguém tinha esquecido sobre a mesa. O fato de não topar com nada conhecido ao folhear os diários tranquilizou-a.

A xícara na qual seu café foi servido era de porcelana branca com uma borda estampada de pequenas foices azuis, intercaladas com estrelas. Era o mesmo serviço que se encontrava no armário da cozinha do bangalô 581d, o mesmo serviço que ela colocara alguns dias sobre a mesinha de café da manhã. Dois jogos. Ela olhou para o vazio durante um tempo e se perguntou como seria sua vida dali a trinta ou quarenta anos. Sua vida, sua felicidade e provavelmente sua lembrança do tempo de agora, sua lembrança do país pequeno, pré-moderno, violento, sujo, no norte da África, que ela esperava estar deixando para sempre dentro de poucas horas.

A probabilidade de o homem sem nome ainda estar vivo era próxima de zero. Ele não passara uma boa impressão durante sua última visita. Mais trinta e seis horas tinham se passado desde então, e não era preciso ser pessimista para prever que a superfície da água tinha se fechado para sempre acima dele.

O alto-falante do aeroporto chamou Mr. e Ms. Wells para o balcão de *check-in* da Air France. Helen olhou pela janela panorâmica e descobriu, em meio à confusão das casas árabes brancas, azuis e cor de areia ao redor do aeroporto, um néon que chamou sua atenção.

Checou o relógio, chamou o garçom e pagou. Em seguida, foi até o guarda-volumes. Olhou em volta. Discretamente, pegou dois objetos pesados de sua mala e, ainda dentro do guarda-volumes, colocou-os numa sacola plástica. Deixou o prédio do aeroporto com a sacola plástica, atravessou a rua e ficou diante da casa com o néon. Tratava-se de uma locadora de automóveis.

O carro mais barato para alugar era um R4 cor de areia com câmbio meio estranho, a manopla era em L e no painel. O motor morreu algumas vezes antes de Helen conseguir se safar do trânsito pesado e chegar à estrada para Tindirma. Ela pisou fundo. A visão dos dois camelos se beijando oprimiu-a como a visão de uma caixa com lembranças de juventude.

O que exatamente tinha em mente – caso tivesse algo em mente – era um mistério até para si mesma. A missão fora concluída. Nada decisivo tinha sido descoberto, mas pelo menos ficou assegurado, com alguma probabilidade, que os projetos não foram entregues. Depois dos relatos das muitas complicações, a central decidira-se naquela noite por um regresso, e o *problema*, como a questão passou a se chamar, fora entregue às montanhas em si. Libertar o homem não era possível.

Então, o que mais havia para fazer? Ela estacionou o carro no lugar conhecido, subiu e atravessou a crista e viu, do outro lado da montanha, a entrada da galeria, o moinho e os barris. Não viu o casebre. Apenas uma mancha muito escura. Enquanto caminhava pelo vale, um leve cheiro de queimado veio em sua direção.

Tirou a arma da sacola, balançou-a e o tambor saiu. Segurou o dedo no gatilho, olhou através do cano, empurrou o tambor de volta, colocou a arma e a lanterna no cinto e subiu com cuidado o pequeno platô de pedras.

As vigas de madeira carbonizada do casebre tinham formado uma elevação. Do meio saía uma fumaça fraca. Helen olhou ao redor. A única explicação que lhe veio à mente foi que Cockcroft e Carthage tinham tentado eliminar rastros. Eles foram os últimos a estar no lugar. Mas isso não lhe pareceu muito provável. Engatilhou a arma.

Era um final de tarde nublado e abafado, e ela se sentia um pouco tensa pelo anoitecer. Embora o horário para descer a minas escuras como breu fosse indiferente – de dia, ao entardecer ou à noite –, a ideia de que um manto estaria se estendendo sobre a terra enquanto ela dava voltas no escuro debaixo dela e de que ao retornar ela não voltaria a ver a luz, mas uma noite sem estrelas, uma noite como aquela sob a terra mais profunda, inquietava-a de tal maneira que uma pessoa muito mais limitada que Helen começaria a se perguntar se sentimentos de vergonha e de culpa não estariam brincando de esconde-esconde em inocentes paisagens e efeitos de luz.

– Bobagem – disse a si mesma ao descer a galeria, seguindo o facho de luz artificial. De vez em quando iluminava as paredes laterais para estudar as marcações das palmas das mãos com fuligem, e seu nervosismo foi diminuindo a cada passo. Ainda antes da entrada da caverna mais profunda, chamou por Carl. Sem resposta. Só escuridão e silêncio e o cheiro salobro da água parada.

Quase a primeira coisa que apareceu no campo de visão da lanterna foram roupas enlameadas, amarradas umas às outras, que estavam sobre a rocha em cima do alicate de corte, rodeadas por um círculo de umidade. Helen soube imediatamente o que tinha sido tentado aqui – e permanecido na tentativa.

Ficou junto à margem por quase um minuto diante da água, segurando a respiração. Chamou por ele mais uma vez. Escutou o eco indolente de sua voz e um tremor percorreu-lhe as costas. Mas não foi o pensamento do que poderia se esconder sob a superfície de água, lisa como um espelho, que arrepiou os pelos de sua nuca, e sim o som da própria voz. Mais exatamente, a lembrança da repulsa em relação à própria voz, que estranhamente permanecia desde sua juventude. A estranheza, a insegurança e a breve reflexão: quanto tempo se passou. Como já fui tão jovem. E como nada disso tem sentido.

Ela não sabia por que estava se sentindo tão abalada justo nesse momento. Mas passou rápido.

Ficou longos minutos sentada dentro do carro sem girar a chave na ignição. Fumou dois cigarros e observou uma mosca no para-brisa. Em seguida, ligou o motor e acendeu o farol alto.

65. Os acontecimentos seguintes

> "Ah, a inescrutabilidade do previsível!"
> Calvin Scott

Se assim se desejasse, a crônica dos acontecimentos infelizes poderia ser interrompida neste ponto, sem maiores dramas de consciência. Não haveria muito mais que aquilo que já foi relatado.

No Sheraton, uma chave foi dada como perdida. No Bairro Vazio, um homem ficou rico ao conseguir vender uma máquina de café *espresso*, adquirida a preço camarada, por dez vezes seu valor. Uma mulher jovem de pele clara (tipo normando) e seu filho de três anos foram encontrados nas montanhas com um talho no pescoço. Achou-se um amuleto em forma de diabinho na garganta do menino. O crime nunca foi esclarecido.

Nem Spasski nem Moleskine ganharam o Prêmio Nobel. Sua fama perdeu o brilho, mesmo que a extensão de seus artigos na Wikipedia não leve a crer nisso. O Estado único africano não foi criado.

O general de polícia de Targat viu-se obrigado a trocar seus três funcionários meio árabes, meio europeus – Canisades, Polidório e Karimi – por outros menos bem formados. O corpo de Canisades foi encontrado numa terra de ninguém no deserto, nas proximidades de uma destilaria de aguardente abandonada, com um fio de arame em volta do pescoço. Ele se dirigira para lá a fim de investigar o desaparecimento de dois filhos de um felá, evento relacionado injustamente por alguém com o assassinato múltiplo numa comuna do interior.

Um velho destilador de aguardente, que não tinha filhos, não tinha álibi e, a bem da verdade, não tinha motivos, foi enforcado pela morte de Canisades.

Amadou Amadou passou a levar a vida no sul; na estrada para Nouakchott, ele vendeu um carro com o banco do motorista manchado de sangue para alguns nômades e foi visto pela última vez na região de Dimja, onde se perdeu seu rastro.

Karimi se desligou do emprego em 1973, depois de ter sido arrancado da retroescavadeira e quase apedrejado por moradores indignados durante a quinta onda de "limpeza" no Bairro do Sal. Ele se tratou por quase três anos num hospital francês, especializado em acidentes da coluna vertebral. Em seguida, voltou à costa numa cadeira de rodas, mais misantropo do que antes. Recusou um cargo no Ministério do Interior. Durante quase um ano, enquanto sua pensão não saía, para finalmente se dedicar à pintura, ele fez um bico servindo as bebidas no bar do irmão, onde afugentava os clientes.

Chegara à pintura mais ou menos por acaso numa de suas excursões pela zona portuária. Em uma vitrine, ele descobriu uma caixa de desenho com tubos de zinco, que estavam dispostos em volta de um pincel de pelos de marta parecendo linguiças estufadas, coloridas – para turistas e com o preço absolutamente fora de propósito. Fazendo referência a seus antigos contatos, ele negociou o preço até baixá-lo a um oitavo do original, e desde então passou a se dedicar ao realismo fantástico.

Chegou a vender alguns quadros, participou de pequenas exposições e, em 1977, também teve a honra de integrar uma exposição coletiva no Jeu de Paume em Paris. O catálogo da exposição é difícil de encontrar, mas os interessados ainda deparam com um quadro assinado com inspiração por Q. Karimi '78 na delegacia de polícia em Targat. Ele decora o saguão de entrada há trinta anos, velando-o com uma reunião considerável de belos rostos femininos, crânios tétricos e fantasmagóricas árvores desfolhadas, sobre as quais morcegos voam em círculos. O artista morreu em 1979 de pneumonia.

Polidório, como nos lembramos, partiu por fim numa manhã de sábado de 1972 com seu Mercedes em direção a Tindirma e desde então era tido como desaparecido. Durante algum tempo, uma foto sua ficou pendurada em todos os lugares de Targat e Tindirma, depois só em Tindirma e, finalmente, só na delegacia de polícia local. Em 1983 foi declarado morto, e essa declaração não foi refutada até hoje.

Heather Gliese me escreveu numa carta que sua mãe levara uma vida feliz e realizada e que morrera como um passarinho, durante o sono, a poucos dias de seu aniversário de setenta e sete anos. Ela estava forte e bem de saúde. Deixara quatro netos, sua biblioteca reunia oito mil livros em diversas línguas, e um pesadelo recorrente, que a inquietou na sua meia-idade, chegando até a provocar um tipo de insônia desagradável durante certa época, desapareceu por conta própria nos últimos tempos, sem a ajuda de um terapeuta.

Assim, bem que se poderia ir encerrando o livro com alguns acordes harmônicos. Mais um breve panorama do país, talvez, uma câmera registrando o contorno irregular das montanhas *kangeeri* – "dourado", na língua dos fulas – antes do anoitecer, os vales mergulhados em emanações rosa e lilases, desfiladeiros cheios de sombras púrpura, alguns morcegos, um animal híbrido perfeito. Ry Cooder toca violão. Um moinho de vento entra no quadro pela esquerda.

Mas, se não se teme nada e se tem boa disposição, também é possível lançar um olhar retrospectivo para um personagem não secundário desta história, um homem cujo destino desconcertante nos fez segurar a respiração por um tempo, um homem que não entrou na roda do destino por acidente nem de caso pensado, e sim única e exclusivamente por uma conclusão lógica errada; pela crença na inocência de um culpado. Um olhar para um homem com amnésia.

Queremos fazer isso? Um olhar rápido para o assistente de câmera, um dar de ombros rápido de ambos os lados, e a câmera já está dando *zoom* na abertura da galeria da mina, que era apenas um ponto minúsculo no flanco da montanha do lado oposto. Agora esse ponto aumenta rapidamente até tomar toda a tela, nos conduzindo às maiores profundezas da montanha por meio da combinação entre um movimento de câmera aceleradíssimo e uma complicada técnica de efeitos especiais.

Se dispuséssemos de um aparelho para visualização no escuro, poderíamos reconhecer as sombras verdes de um charco lamacento e uma figura humana. A imagem percorrendo o contorno do charco mostraria de todos os lados um tronco humano tensionado, um homem que lutava havia horas, desesperado, com a sede , o sono e a morte. Em seguida, um corte rápido para o rosto desprovido de qualquer esperança. Com a conhecida mistura entre voyeurismo e empatia, poderíamos apresentar o sofrimento desse ser humano, poderíamos ficar olhando para ele até sua morte definitiva ou sua salvação, ainda não confirmada, das circunstâncias até agora conhecidas.

Mas poderíamos também admitir que não dispomos de tal aparelho de visualização. E, mesmo que dispuséssemos, de que nos adiantaria a verdade? Está escuro na caverna, tão escuro que nem um fiapo de um restinho de luz, que pudesse ser ampliado com algum recurso técnico, chega às profundezas dessa montanha. Estamos envolvidos numa escuridão total, que recobre tudo, que é impenetrável, de modo que temos de pedir ao leitor para imaginar sozinho, munido de sua fantasia, o que se segue.

66. Belas recordações

> "The ball I threw while playing in the park / Has not yet reached the ground."*
>
> Dylan Thomas

Carl se apoiou no cotovelo esquerdo. Apoiou-se no cotovelo direito. Lembrou-se de como certa vez saíra nadando pelo oceano cinzento afora, bem cedinho de manhã. Devia ter sido o Atlântico ou outro mar grande. E a seu redor havia uma neblina amarela, que se tornara mais densa sobre a água, nada além de neblina amarela, a margem já desaparecera fazia tempo. Ele realmente não tinha perdido a orientação, mas um medo abstrato, sem nome, o dominara repentinamente. Sozinho no mar e sem nada em que se segurar a seu redor e nada abaixo de si senão água sem fundo, num mundo sem formas, envolto num algodão amarelo, ele acreditou ter sentido a morte. Ainda escutava as gaivotas chilreando no cais, mas e se elas tivessem voado de lá? Nadou de volta, e, depois de ter nadado o dobro do que imaginava ser necessário para chegar à praia, escutou os gritos das gaivotas atrás de si. Apavorado, mudou novamente de direção. Seu corpo se resfriou, os músculos enfraqueceram e ele se deu conta de que o mais inteligente a fazer seria ficar no lugar e esperar até que o sol dissolvesse a névoa, para iniciar o caminho de volta com o resto de força que lhe sobrara. Em seu pânico, porém, ele não se sentia capaz disso. Continuou a na-

---

* Em inglês, "A bola que joguei enquanto brincava no parque / Ainda não chegou ao chão". (N. da E.)

dar na direção escolhida, e quando achou que estava perdido a neblina se levantou e ele viu que tinha nadado o tempo todo em paralelo ao cais, que podia ser alcançado com uma pedrada.

Agora, numa cova de lama nas profundezas da montanha, enterrado sob rochas de quilômetros de espessura, essa lembrança pareceu-lhe uma das mais animadoras de sua vida. Desejou outra vez morrer no grande mar, sob a luz amarela do céu indiferente, engolido pela clara água salgada. Um chuvisco bateu em seu rosto, postes de telégrafo passaram feito um raio, as duas mãos agarraram o volante.

Uma lufada de areia atingira seu para-brisa. Enrolou um pano na cabeça e abriu a porta. Um jato de areia entrou no carro, e ele fechou a porta novamente.

A todo instante recobrava a consciência, e nesses momentos enxergava as sombras da margem. Durante alguns minutos, pensou seriamente no que se devia observar para saber se alguém estava morto ou vivo, e notou que um homem estava sentado a seu lado.

– Está quente aqui – ele disse, e Carl, que não estava a fim de conversar com espíritos, ficou em silêncio. Observou uma casa verde do outro lado da rua, sobre a qual tremulava uma bandeira verde.

– Está quente aqui – repetiu o outro.

– É – disse Carl de má vontade, submergiu e bateu com a cabeça na barra de ferro. Quase não doía mais.

– O que foi?

– O quê?

– Qual o seu nome?

– Como?

Carl olhou ao redor, amedrontado. Mas não havia ninguém, apenas uma garotinha que colocava um chá de menta sobre a mesinha à sua frente. Ele quase queimou a boca. Com a mão, ficou abanando o chá quente e depois perguntou:

– Como o *senhor* se chama?

– O senhor primeiro – disse o espírito.
– O senhor começou.
– O quê?
– Foi o senhor quem começou.
– Tudo bem – disse Lundgren, imitando o movimento de mão que o outro fizera. – Herrlichkoffer.
– Como?
– Herrlichkoffer. Não fale tão alto. Ou Lundgren. Para o senhor, Herrlichkoffer.
– Para mim, Herrlichkoffer.
– Sim! E agora o senhor escreva o seu nome aqui... aqui... aqui.

O espírito empurrou um bloquinho sobre a mesa. Tratava-se de uma experiência? Ou será que eles realmente queriam saber seu nome? Começou a escrever, mas depois de desenhar sete letras de fôrma o outro já se levantara e corria rua abaixo.

– Seu bloco – Carl gritou às costas do homem, mas ele não escutou. E ele não apenas esquecera o bloco e a esferográfica, mas também não pagara o chá. A menina perguntou a Carl se ele assumia a conta.

Ele colocou dinheiro sobre a mesa, ela puxou as moedas do tampo para sua mão pequenina e suja, e no fim da rua parou um Chevrolet, do qual saíram quatro homens de *djellaba* branco. Por acaso, ele os viu... e a cena seguinte foi: ele correndo. Correu dos homens até seu carro, viu que o Mercedes estava travado por outros carros estacionados, viu um *djellaba* branco sobre o banco do motorista e abriu a porta. Vestiu de qualquer jeito o *djellaba* e tentou sumir entre a multidão. A gritaria. Os homens. O deserto. Ele quase tropeçou em um garotinho que estava deitado de bruços na areia diante dele. O garoto ergueu a mão, sem forças. Seu rosto estava inchado, a pele descamava na testa. Ele usava uma jaqueta azul de uniforme com galões dourados e segurava um rifle no braço. Não tinha calças. Num dos tornozelos havia uma meia azul-clara pendurada. Sob o nariz, um ponto de exclamação desenhado com sangue.

– A-a – o menino disse, quase inaudível.

– O que disse? – Carl se virou para seus perseguidores. Depois olhou de novo para o garoto.

– A-a.

– O que disse?

O garoto baixou a cabeça, soluçou com os olhos fechados e abriu a boca com um som de clique.

– Á-água – ele gemeu. Ele chorou.

– Não tenho água – disse Carl, tirando-lhe a arma das mãos e apontando-a sobre seus ombros para trás. – Tindirma. Ali.

Ele correu. Durante a corrida, jogou a cordinha da arma sobre a cabeça e procurou a trava de segurança. A arma não tinha trava de segurança. Era de madeira.

67. O rei da África

> "Não criamos o céu e a terra e tudo quanto existe entre eles por mero passatempo. E, se quiséssemos diversão, tê-la-íamos encontrado entre as coisas próximas de nós, se fizéssemos (tais coisas)."
>
> Sura 21, 16-17

Sua cabeça martelava ritmicamente contra a barra de metal, e de repente ele teve a vaga impressão de sentir a barra ceder.

– Às armas, cidadãos – ele murmurou, puxando sem forças sua corrente e caindo de lado. Ergueu-se, empurrou o metal para a frente e para trás com as duas mãos e não sabia se era apenas a carne amolecida de suas mãos que estava se mexendo ou também a barra de metal no chão.

Como crianças que sentem um dente de leite mole na boca e depois disso ficam tocando, apertando e empurrando o dente com a língua até que não só o dente fique amortecido, mas também a língua e toda a cavidade bucal, e elas não consigam mais dizer, nem com a maior das boas vontades, se o dente de leite já estava mole, Carl puxava e empurrava o metal. Jogou seu corpo contra a barra, balançou-a de um lado para outro e continuou nesse movimento pendular enfadonho sob dores excruciantes, até que suas forças acabaram de vez. Não ousou checar minuciosamente o resultado de seus esforços, mas, quando finalmente aprumou o tronco de novo, conseguiu puxar a barra do chão rochoso sem dificuldade.

Foi de quatro batendo na água até a margem, chocou a testa contra uma pedra e ficou soluçando na escuridão por um bom tempo.

Foi fácil encontrar o caminho estreito para fora da caverna de lama: era só dar a volta numa pedra grande e ali começava a subida. À direita e à esquerda ele tateava paredes de pedra recobertas de marcas de cinzel; o caminho mal tinha a largura de seus ombros. A corrente com a barra de ferro se arrastava atrás dele. O barulho emudecia de tempos em tempos, quando ele parava para esticar o braço no escuro. A necessidade de se abandonar e dormir naquele lugar, naquele instante, era incrivelmente grande, mas ainda maior era seu desejo de deixar a escuridão para trás o mais rápido possível. Como esperado, as paredes logo se distanciaram. Ele reconheceu isso pelo eco.

Se bem se lembrava, ele se encontrava agora num corredor da altura de um homem, do qual saíam diversos caminhos. Quantos caminhos eram e qual o certo, isso ele não sabia. Sem pensar muito, entrou no primeiro à direita, que também logo começou a subir. Curvas longas e sinuosas atravessavam a rocha. Depois apareceu um trecho curto, plano, e novamente uma subida. Carl sentiu que a pele amolecida pela água começava a sangrar. Por duas ou três vezes tentou endireitar o corpo, mas o medo de abismos invisíveis fazia com que imediatamente voltasse a andar de quatro. Também lhe faltava força para andar. De repente, uma barreira de pedriscos fechava o caminho. Tateou ao redor. Sua mão esquerda tocou em algo visgoso, fedido. Tentou passar por cima dos pedriscos, mas eles iam até o teto. Uma suspeita terrível recaiu sobre ele.

– Eles não fizeram isso! – ele se exasperou. – Eles não precisavam ter feito isso! – De um modo terrivelmente lento e inseguro, ele escorregou e deslizou e rolou o caminho todo até a caverna da altura de um homem, e pegou novamente a direita.

O próximo caminho descia íngreme e o caminho subsequente, também. Avançou apenas alguns metros, até que a inclinação o convenceu de que estava errado.

O próximo caminho levava para cima.

– Este é o certo, deve ser – ele disse, e foi prosseguindo mão após mão. Por alguns segundos, o sono o venceu. O caminho não tinha fim.

Para cima, depois uma parte plana, novamente para cima. Então, uma barreira de pedriscos fechou seu caminho.

Ele escutou seu próprio grito, parecido com o de uma criança de dois anos, e depois de ter se acalmado um pouco tentou descobrir o que era a coisa visgosa – se era algo vivo ou, possivelmente, algo que pudesse ser comido ou bebido. Mas depois de um dia e meio no buraco de lama seus sentidos tinham se desligado. Ele não conseguiu reconhecer nada, e o fato de pensar nessas coisas deixava claro que sua definitiva derrocada física e mental estava prestes a acontecer.

De volta à caverna, ele marcou com uma pedra o beco sem saída que já havia subido duas vezes. Em seguida, pensou em quantos caminhos partiam da caverna. Eram três? Ou quatro? Não sabia. Não conseguia se lembrar. Para ter certeza, deu mais uma volta penosa no sentido anti-horário. Um que descia... mais um que descia... em seguida, a pedra de marcação. Então, eram apenas três caminhos! Um sem saída, um que terminava num monte de pedriscos e um que levava à liberdade. Que deveria levar. Mas qual? O da direita? O da esquerda? Seu pensamento lógico foi recoberto por uma escuridão total. Um lugar com três saídas, que foi visto iluminado, pode ser arquivado na memória com segurança. Três caminhos que, tateados numa caverna escura como a noite mais profunda, não passam de um pesadelo. Ele tinha a impressão de que o caminho que não ficava bem ao lado daquele marcado devia ser o certo. Mas depois teve novamente a impressão de que todos os caminhos estavam um ao lado do outro. Escutou sua própria respiração ofegante. Sua intuição exigia uma virada drástica à esquerda, porque até agora ele sempre tinha virado à direita, mas a mesma intuição lhe dizia que seu pensamento espacial estava tão prejudicado que nem mesmo a intuição era confiável, e ele se virou mais uma vez à direita.

O caminho ao qual ele chegou desse modo descia por dez a quinze metros, depois de tornava plano e se abria como uma encruzilhada.

Ambos os braços laterais, como Carl descobriu, eram longos e inúteis. Ele fez marcações na entrada dos caminhos e continuou engatinhando. Suas últimas esperanças desapareceram. Na lama ele ao menos conseguia lutar contra inimigos concretos, a água e o metal. Aqui ele lutava contra o nada. Escuridão abafada, quente, cheia de braços, que o enredava. Que já o tinha enredado.

À direita e à esquerda dividiam-se novos caminhos. Não encontrou pedras com as quais pudesse marcá-los e não os investigou. Em algum momento, entrou num caminho que lhe parecia um pouco mais largo que os outros. Nos cantos havia pedriscos e pedras, e ele tentou em vão levar alguns na boca. Haveria muitas oportunidades para usá-los. Encruzilhadas se seguiam umas às outras, à direita e à esquerda, para cima e para baixo, e depois de certo tempo ele sucumbiu e ficou deitado. O rosto sobre a rocha gelada. Sem ajuda, nunca sairia desse labirinto. Esperava simplesmente adormecer e apagar, para conseguir morrer em paz, mas o caráter definitivo da morte não o deixava dormir. Talvez ainda percorrer esse corredor largo até o fim. Sobre mãos, cotovelos e joelhos esfolados, arrastou-se por uma curva longa e sinuosa – e então clareou.

Era uma luz totalmente irreal, incorpórea, do além. Não se mantinha sobre nenhum objeto, nadava como névoa diante de seus olhos. Virou a cabeça para um lado e para outro, mas a névoa iluminada não virou junto. No meio da névoa, um ponto. Fixou o olhar e esse ponto se tornou mais nítido. Com suas últimas forças, arrastou-se por mais vinte, trinta metros até lá, quando se certificou de que o brilho não parava de aumentar e só poderia ser uma reflexão múltipla da saída longínqua. Em seguida ele sucumbiu de novo.

Num único sonho, que se repetia infinitamente, ele se viu tomando água de um cantil que Helen tinha lhe oferecido.

Ao abrir os olhos, ele estava deitado numa escuridão total. O ponto de luz desaparecera. Ele piscou, girou a cabeça. O ponto continuava desaparecido. Mas ele não entrou em pânico. O sol se pôs lá fora, ele disse a si mesmo, o mundo todo está escuro. E adormeceu mais uma vez. Sua cabeça ardia em febre. A boca, seca e dura como madeira. Quando finalmente sentiu a consciência voltar, ficou um bom tempo sem coragem de piscar. Sentia-se mal por causa da fome e da sede e das dores e do nervosismo. Mas o brilho da luz estava lá novamente e estava mais nítido que antes.

Enquanto se arrastava até ali, surgiram os primeiros contornos. Depois de duas curvas, o terreno rochoso sobre o qual ele se movimentava se tornou visível. Cambaleando, Carl ficou de pé. A barra de ferro batia em seus joelhos alternadamente. O ar melhorou, as rochas tinham forma e cor e, finalmente, ele vislumbrou a uma distância não tão grande um pedaço do céu emoldurado por partes de pedras.

Com o braço cheio de lama e sangue seco, protegeu os olhos contra a luz ofuscante. Parou sobre o estreito platô de pedra com o casebre do mineiro. Sua respiração parecia a de um passarinho pequeno. O moinho de vento girava. O dia acabara de nascer.

Durante longos minutos, Carl ficou simplesmente em pé, olhando para o reconfortante mundo sem gente, um mundo de cumes violeta, de vales mergulhados em névoa rosa e lilás, de desfiladeiros cheios de sombras purpúreas. Um morcego passou em alta velocidade por seu ombro e atravessou a galeria atrás dele. Nesse momento, ele achou ter ouvido leves batidas. O ruído era tão baixinho que ele não estava certo se ele vinha da direção do casebre de madeira ou de sua têmpora esquerda.

No mesmo instante, as perguntas vitais retornaram: como consigo água potável? Atendimento médico? E principalmente: como saio daqui?

A porta do casebre se abriu com um estrondo, bateu contra um pedaço de madeira e se fechou novamente. Alguém estava furioso em seu interior. A porta se abriu mais uma vez e Hakim das Montanhas veio pulando para fora, pelado exceto por uma cueca rasgada, que balançava ao redor de seus joelhos. Sua aparência era terrível. Seus pés estavam amarrados com um fio de cânhamo. Excrementos haviam secado e grudado em suas coxas. Ao redor dos punhos ele tinha algemas grossas, e a ligação entre elas estava esgarçada. Desajeitado, ele saltava para a manhã, a cueca caída até o tornozelo. Debaixo do braço, a Winchester. Ele encarou Carl. E gritou.

– Nós nos conhecemos – disse Carl, erguendo as mãos ensanguentadas para acalmá-lo.

– Sem dúvida – retrucou Hakim, engatilhando a arma. – Americanos de merda!

– Não sou um deles! Não faço parte!

– Claro que não – e eu sou o rei da África.

– Não fiz nada pra você!

– Você não fez nada pra mim! Não, somente sua mulher, o monte fedido de merda de camelo! – berrou o velho, que mirou e enfiou uma bala entre os olhos de Carl.

Para recobrar o equilíbrio, ele saltou mais duas vezes no lugar e depois foi pulando de volta até o casebre, onde soltou as amarras dos pés. Por volta do meio-dia, guardou sua meia dúzia de pertences, arrastou o corpo de Carl até o casebre, encharcou tudo com gasolina e jogou um palito de fósforo aceso. Em seguida, desceu com sua trouxinha até a planície, Hakim III, o último dos grandes mineiros no maciço *kangeeri*.

68. A madrassa do Bairro do Sal

> "Tremblez, tyrans, et vous perfides
> L'oppobre de tous les partis,
> Tremblez! Vos projets parricides
> Vont enfin recevoir leur prix!
> Tout est soldat pour vous combattre,
> S'ils tombent, nos jeunes héros,
> La terre en produit de nouveaux,
> Contre vous tout prêts à se battre!"*
>
> *A Marselhesa*

Com os braços esticados para os lados como um crucificado, um galão de plástico azul numa das mãos e uma chave de fenda enferrujada na outra, Jean Bekurtz estava sobre o telhado do prédio da escola olhando na direção leste, esperando pelo pôr do sol.

Jean era filho de uma família de funcionários públicos franceses. Lutara na Indochina quando jovem e – como sua mãe confidenciou ao médico da família – não saiu ileso de lá.

Depois da dispensa pelo general Navarres, Jean ficou mais um tempo pelo Extremo Oriente e começou uma irrequieta vida nômade, que o levou a muitos lugares do mundo, não apenas de volta à França. Por volta de 1960, finalmente, ele se fixou na costa norte da África, um primeiro emissário da geração que achava que sua principal tarefa era questionar o estilo de vida dos pais.

---

* Trecho do hino nacional da França: "Estremeçam, tiranos! E vocês pérfidos, / Injúria de todos os partidos, / Tremei! Seus projetos parricidas / Vão enfim receber seu preço! / Somos todos soldados para combatê-los, / Se nossos jovens heróis caem, / A França outros produz / Contra vocês, totalmente prontos para combatê-los!" (N. da E.)

Com um lucro modesto, vendia aos turistas sandálias de couro, bonés, óleos bronzeadores, toalhas de praia, chaveiros, camisetas, bijuterias caseiras, óculos de sol e, às vezes, uns baseados. Não era uma vida excessivamente realizada, mas é provável que Jean continuasse por muito tempo do mesmo modo se não tivesse topado na praia de Targat por acaso, certo dia, com o carismático Edgar Fowler III. Os dois quase caíram um nos braços do outro e se reconheceram imediatamente. À esquerda, Sidarta; à direita, Feltrinelli, irmãos em espírito, e na cabeça de Jean as primeiras semanas de sua amizade ficaram – por bons motivos – como uma lembrança muito colorida e, ao mesmo tempo, nebulosa. Eles dividiram um quartinho minúsculo com vista para o mar (lembrança de Jean) ou vista para as montanhas de lixo (lembrança de Fowler), gostavam de filmes italianos sobre a exploração sexual da mulher pela sociedade, brincavam com uma caixa de química para crianças e só liam escritores obscuros, até que finamente tiveram a ideia de fundar uma comuna no deserto (e o como e o porquê desse empreendimento também continuam sem explicação), que deveria se autofinanciar com o cultivo de verduras.

Fowler forneceu as diretrizes ideológicas gerais do projeto e recrutou, num piscar de olhos, uma quantidade significativa de mulheres jovens atraentes, enquanto Jean se ocupava principalmente com a ideia da agricultura.

Como criança de cidade grande, ele não tinha a menor noção daquilo que, nessa época, ainda se chamava de milagre da vida, mas seu entusiasmo era contagiante. Descalço e com um regador amarelo de plástico na mão, ele era visto dançando pelas manhãs ao redor de brotos verde-azulados de painço, que irrompiam do chão duro do deserto, e dando palestras sobre a sensação incomparável de trabalhar a terra com o suor do rosto e dividir solidariamente um salário justo com companheiros dessa vivência. Foi o entusiasmo transbordante e às vezes confuso de Jean que uniu a comuna em seu início, e também foi Jean quem primeiro perdeu o interesse nas verduras.

O sol insuportável sobre os rochedos da espada, que os fulas chamam de *kaafaahi*, e a areia ainda mais insuportável! A atividade limitada de plantar sementes que simplesmente não queriam crescer e que tinham de ser regadas com água transportada com um esforço infinito! Isso não correspondia às suas expectativas de uma vida selvagem.

Aconteceram as primeiras rusgas com os outros oito membros da comuna, e depois de poucas semanas Jean foi o primeiro entre os adultos, entre aspas, a ser excomungado – devido a diferenças ideológicas e depois de discussões intermináveis sobre o exercício livre da sexualidade, a seu ver nada livre – pessoalmente por seu amigo Edgar Fowler. O ano era 1966.

De volta a Targat, o velho comércio com as bugigangas se arrastava. Jean tinha concorrência, subitamente uma dúzia de cabeludos passaram a morar na praia. Foi obrigado a mudar para o ópio; três quartos de seu lucro agora eram embolsados pela polícia. Não tinha mais condições de alugar um quarto. Ele decaiu. Segundo Dien Bien Phu, esse foi o ano mais terrível. Ele brincava com o pensamento de voltar para a França quando, um belo dia, um americano pobre veio até ele e tentou trocar seu rango do dia por uma prancha de surfe.

Jean nunca tinha visto nada parecido com essa prancha. A forma bem pensada, o branco ofuscante. Na noite do mesmo dia, saiu mar afora remando com as mãos, deitado de bruços na prancha. Ficou animado com a nova perspectiva, a liberdade, a meditação das ondas. Fechou os olhos e, quando os abriu novamente e viu nuvens pretas no horizonte, não se preocupou. Quando o vento mudou de direção e se transformou em tempestade, não se preocupou. Quando o oceano armou as ondas e elas o varreram da prancha, ele achou isso incrivelmente engraçado durante alguns segundos. Em seguida, começou sua batalha pela sobrevivência. De imediato ele tinha perdido a orientação. Debaixo da água, girava sobre as pedras e em meio à espuma estrepitosa; estava sem ar. Por fim, um vagalhão atirou-o na praia.

Em seu cérebro completamente noiado, ele exagerou o perigo que enfrentara, e quando ainda estava deitado na praia, tossindo e expectorando, e assistia enquanto a água cuspia, voltava a engolir e tornava a cuspir sua prancha, o momento se tornou uma epifania em seu interior na forma de uma bola de radiante claridade. Não se tratava mais de uma luta contra pérfidos comedores de arroz, não se tratava mais de uma intriga armada por uma tola comuna de verduras, tratava-se da violência onipresente da onipresente natureza violenta, um momento muito decisivo. O mar lhe mostrara do que era capaz, e ele, Jean Bekurtz, mostrara ao mar que podia aceitar isso. A crista estreita, a grande luz. A frase escrita em diagonal no céu: "Muda tua vida". E ele mudou.

Sempre que a maré subia, ele remava mar afora. Precisou de cerca de duas semanas até conseguir ficar em pé pela primeira vez sobre a prancha e descer uma onda por alguns metros, e nos anos seguintes quem tirasse férias na praia de Targat podia vê-lo, com sol ou com chuva, sobre uma prancha no mar: os braços bem junto à lateral do corpo, cruzados nas costas ou diante do peito. Vez ou outra ele também cantava. Jean tinha parado de fumar e ficou com as ideias tão claras que *claras* não é a palavra certa. Pele bronzeada recobria seus músculos treinados, água salgada e sol descoloriam os cabelos.

Isso durou quase três anos, sem que ele tivesse um momento sequer de dúvida. Era o primeiro surfista que o lugar chegou a ver, e ainda deve ser possível achar a imagem desse jovem cabeludo, apolíneo e delicado em dúzias de livros de fotos americanos e europeus desse tempo, na água rasa, treinando equilíbrio com um garoto de dez anos – que às vezes está soluçando, outras está assustado, de olhos arregalados, agitado ou apenas aterrorizado. *Targat 1969*.

Mas, tão abruptamente como começou, essa vida logo terminou. Um espanhol esmaecido com duas malas pesadas baixou na pensão em que Jean se hospedava. Esse espanhol tinha reservado uma passagem de navio e estava fraco demais para carregar a própria bagagem. Seu maxilar inferior tinha sido consumido pelo câncer, tumores cresciam no pescoço e seu hálito parecia de outro mundo. Como ele confidenciou a Jean, queria voltar à pátria para morrer, já era tarde demais para tratamentos médicos.

Sorrindo, Jean colocou as malas debaixo de um braço, a prancha de surfe no outro e carregou tudo até o porto. Sentados e fumando entre as bagagens no píer, enquanto o navio ganhava tamanho no horizonte, esse espanhol contou sua vida a Jean. Ele falava muito baixo e com muita polidez, de um modo um pouco desconexo e com a boca entreaberta, como se tentasse não expirar demais neste lado do Além.

Durante oito anos ele ocupara o cargo de professor no Distrito do Sal, o único professor dali. Embora *cargo* fosse um exagero. A administração central não se preocupava, o trabalho era feito de maneira quase voluntária. Com visível esforço, ele relatou diversos episódios de sua vida como docente. Secou o suor do rosto e dos tumores, mostrou com o braço esticado o tamanho das crianças e acrescentou trivialidades sobre olhos curiosos, almas intactas e sonoras risadas infantis. A bem da verdade, o essencial de todo o seu relato estava nas risadas infantis sonoras como sinos. Como ele as formava, como ele lhes dera esperanças. Como elas o chamavam de senhor Fulano de Tal e enobreciam com suas risadas as piadas que ele lhes contava! Essa gratidão nos olhos emoldurados pela sujeira. Agora, sua formação permaneceria incompleta para sempre.

Ele imitou os rostos pequenos, tristes, na hora da despedida, tossiu um pouco de sangue sobre o píer, e Jean não precisou fazer força para entender a real mensagem por trás da mensagem. Gente como ele e o espanhol se farejavam mutuamente a dez milhas de distância e com vento contrário. Ele pediu ao moribundo que descrevesse a localização da escola e outros fatos afins, deu tchaus encorajadores em direção ao navio, e dois dias mais tarde o Distrito do Sal contava com um novo professor.

Jean Bekurtz não tinha formação pedagógica, assim como seu antecessor, mas todos aprenderam a ler, escrever e fazer contas.

A sala de aula era um cômodo com paredes de estuque sem janelas. A luz vinha do telhado semirrecoberto com esteiras. Mesas e cadeiras eram do início da época colonial. Em algumas ainda se viam lemas da guerra do Khan. Quando apareciam muitos alunos para as aulas, eles se sentavam em galões trazidos de casa ou se apoiavam com uma perna na parede de trás. A parede da frente estava adornada fazia pouco por uma lousa gigante no formato de uma prancha de surfe pintada de preto, serrada nas duas extremidades.

E o espanhol não tinha exagerado. Não era possível calcular o número de alunos. Mesmo nos feriados apareciam adoráveis jovens malcuidados e dóceis para serem entretidos, e Jean colocava-os no colo e lhes dava aulas de recuperação de história da Grécia. Quando tinha um pouco de dinheiro, comprava para os melhores água congelada ou um chocolate, ou algo que encantasse os pequenos corações. Nos intervalos, eles brincavam com uma velha bola de futebol, e, quando um dos pequenos escurinhos driblava Monsieur Bekurtz, ele estalava de castigo um beijo molhado na testa do menino, que ele erguera rapidamente e que não parava de espernear.

– Vocês estão me deixando louco! – o professor dizia, e risadas infantis sonoras como sinos lhe respondiam. Mas, em geral, eles tinham aula de verdade.

A lenda de que o saber está entre os não privilegiados se confirmou apenas em parte. Como em todo lugar, havia um inteligente e meio, cinco medianos e um restante indefinível de encantadora simploriedade. Alguns dos mais velhos e os mais tolos frequentavam as aulas apenas porque eram fracos demais para trabalhar, porque eram chutados nas ruas como cachorros e porque na distante escola muçulmana não havia espaço para a ralé.

Não havia livros didáticos. Quando Jean perdia a vontade de ler e fazer contas, ele reproduzia com dificuldade o parco conhecimento de sua própria infância, lia trechos de romances baratos ou desenhava gráficos de revistas na lousa. Num prospecto de uma indústria leiteira franco-belga, ele encontrou o esquema de uma vaca. Completou-o de cabeça com quatro estômagos com funções improváveis e fez a apologia da observação da natureza. Um estorninho morto, que apareceu pela manhã na porta do prédio da escola, foi seccionado com um canivete e teve o perfil de sua asa comparado à asa de um Boeing. O esquema de um motor Otto, encontrado numa revista de esportes a motor, fantasticamente complicado, passou semanas acompanhando as crianças como um grosseiro desenho de giz e todas as suas minúcias foram democraticamente interpretadas. Dessa maneira, ao sabor da atmosfera do dia, setenta crianças animadas se transformavam por semanas em veterinários, pilotos ou mecânicos de automóveis. O fato de que nenhuma delas teria, algum dia, a chance de realmente seguir essas profissões era um pensamento que Jean afastava de si nas noites longas e solitárias. Ele acordava pela manhã com dor de cabeça e tinha dificuldade em defender seu idealismo ardente, disforme, contra os espíritos da noite. Com os anos, ele se tornou sentimental.

Durante a alvorada, quando subia ao telhado e batia o sino improvisado da escola, quando via os amados seres se aproximando de todas as direções, quando eles entravam em sua casa, conversando e dando risadinhas, cantando e acenando, tristes e felizes, ele sabia que todo o esforço era vão. Como se a religião que professavam não passasse de um conto de fadas, a trajetória deles nas montanhas de lixo, desde seu nascimento, era tão predestinada quanto inescapável, e a esperança colorida e alegre em relação à educação e à liberdade que Jean tentava plantar em suas pequenas almas tinha um brilho tão opaco quanto inconstante, era débil e quase se extinguia no mundo nebuloso da superstição e do patriarcado. Mas ela brilhava! E Jean, que tinha começado e largado muitas coisas em sua vida, permaneceu fiel a sua determinação. Ele era professor no Bairro do Sal e continuou sendo, ano após ano.

A escola começava ao nascer do sol, tanto no inverno quanto no verão. A primeira aula era dedicada ao alfabeto latino, um hábito que Jean adquiriu do espanhol. I de iluminismo, H de humanismo. Havia poucas palavras com Z. Jean escrevia na lousa e as crianças escreviam com giz nas tábuas de madeira que pertenciam ao ativo fixo da escola. As tábuas pareciam ter sido lixadas e eram limpadas com trapos depois das aulas.

No início de 1972, quando Jean lecionava havia dois anos no Bairro do Sal, aconteceu uma pequena revolução no setor da escrita. Abderrahman, filho do vendedor de água, tirou um lápis sabe-se lá de onde e, para se gabar, escreveu num pedacinho de papel. Khalid Samadi, que era o padeiro do lugar e, por isso, muito mais que um vendedor de água, também comprou para o filho Tarik, por muito dinheiro, um toco de lápis e um caderninho com metade das páginas em branco. Poucas semanas depois, só os mais miseráveis entre os miseráveis escreviam sobre madeira.

O melhor modo de conseguir um instrumento de escrita era empreender uma caminhada de quatro horas até a cidade e achacar os turistas na costa. *"Pour l'école, pour l'école"** era um argumento que comovia muito mais os enigmáticos europeus que um *"J'ai faim"*** sussurrado num fio de voz e com a barriga vazia. Todos encaravam o risco de se perder na cidade de milhões de habitantes, de ser preso ou sequestrado por soldados ou outras corjas, ou de não voltar nunca mais por qualquer outro motivo. Atrás do porto havia caixas com verduras amassadas. Com um pouco de sorte se achava trabalho por

---

* Em francês, "Para a escola, para a escola". (N. da E.)
** Em francês, "Estou com fome". (N. da E.)

uma hora na Ville Nouvelle, e no sudoeste o perigo de ser jogado sobre caçambas de caminhões, fechadas com telas, era maior. Uma em cada três excursões terminava em tragédia. Como insetos que se dirigem à fonte de luz, as crianças ultrapassavam a barreira do lixo em direção à riqueza.

Um dos quatro Mohammed escrevia com um bambu apontado, que mergulhava numa tinta feita em casa com restos de café. Rassul tinha uma caneta hidrográfica, em cuja extremidade superior ele vivia cuspindo, para que algum líquido esverdeado escorresse embaixo. Mas o rei dos alfabetizados era Aiyub.

Aiyub estava entre os leprosos e sua inteligência era mediana. Não conhecia a família e vivia num buraco na terra coberto com papelão. Era fraco demais para caminhar até a cidade; uma mina arrancara a parte inferior de sua perna esquerda. Ele foi o último a ainda escrever na madeira, até que, com uma careta, puxou uma esferográfica das profundezas de seu *djellaba*. A caneta era de metal polido e seu brilho era tão suave, fosco e nobre que possivelmente se tratava de prata! Não, com certeza era prata! Pois havia algumas letras esquisitas sobre a presilha, uma palavra impronunciável, que deixou até o professor espantado. Nunca ninguém havia visto um material para escrever como esse. Podia-se fazer com que a ponta da caneta ficasse para fora e, ao se tocar num mecanismo, o botão de pressão da extremidade superior saltava para cima. Se alguém segurasse essa caneta na nuca de um colega e ao mesmo tempo tocasse no mecanismo de pressão, era possível dar-lhe um pequeno e divertido beliscão.

Aiyub cuidava da caneta como de um tesouro. Ele a segurava entre as duas mãos quando ia dormir, durante quatro semanas, quando acabou morrendo de disenteria, e seu melhor amigo, Buhum, herdou o valioso bem. Buhum não sabia ler nem escrever; ele trocou a caneta com Chaid por uma foto de Johan Cruyff e um bombom de menta. Chaid perdeu a caneta para Driss, porque apostou que Hitler era francês. O maior desejo de Driss era ver uma garota fazer xixi. Por isso a caneta acabou com Hossam, que tinha uma irmã.

Hossam era burro como uma ostra debiloide e desmontou o mecanismo. Ele esticou a mola de metal, perdeu uma parte do botão de pressão na areia e picou o olho da irmã com o corpo oco da caneta. Gritando, a mãe arrancou-lhe o objeto diabólico das mãos e colocou o filho de castigo na frente da porta. No dia seguinte, Hossam estava escrevendo na madeira de novo. Peças soltas da caneta foram encontradas muito mais tarde na areia sob o barraco de chapa ondulada. Em algum momento, a irmãzinha de Hossam desenterrou a mina e usou-a como coluna vertebral numa boneca mole de grama, de maneira que ela pôde ficar sentada, essa sua boneca preferida.

Essa irmãzinha atendia pelo nome de Samaya. Samaya tinha sete ou oito anos de idade e era de uma beleza inigualável. Um tuaregue idoso, tão velho que tinha sido embalado pelo último rei do império Massina, disse que olhar para Samaya era compreender a criação de Alá. Todas as manhãs, ela era a primeira a chegar à escola. Samaya tinha apenas um pouco mais de juízo que o irmão, mas a bondade angelical do coração que conquista a vida eterna. Ela não pensava nada de mau, sua pureza era imaculada. Quando a quinta onda de limpeza chegou ao Bairro do Sal, Samaya se soltou da mão de sua mãe durante a fuga e voltou correndo até o barraco, onde sua boneca preferida tinha ficado esquecida. Juntamente com a boneca, ela foi enterrada sob uma das paredes que desabava. Uma escavadeira avançava em marcha a ré sobre a casa. Ela ergueu sua pá como um religioso ergue a Arca da Aliança, mostrou-a aos infiéis e empurrou todo o entulho morro acima.

Agradecimentos

O autor agradece a Karin e Christian Herrndorf, Lars Hubrich, Marek Hahn, Tex Rubinowitz, Christian Ankowitsch, Ulrich Tittel, Angelika Arendt, Daniel Akdemir, Uwe Heldt, Ulrike Sterblich, Ulrike Richter, Angelika Maisch, Kurt Scheel, Philipp Albers, Christoph Albers, Calvin Scott, Simone e Christian Will, Oliver Schweinoch, Aleks Scholz, Holm Friebe, Jens Friebe, Cornelius Reiber, Angela Leinen, Ira Strübel, Murmel Clausen, Max Hiller, Heather Gliese, Jan Bölsche, Ulrika Rinke, Karsten Täuber, Wolfgang Weber, Corinna Stegemann, Gerrit Pohl, Andreas Reithmeier, Thomas Bieling, Maik Novotny, Pia Potkowik, Leonid Leonow, Natascha Podgornik, Nikolaus Heveker, Christoph Virchow, Robert Koall, Marius Fränzel, Ines Kuth, Abdul Fattah, Jochen Reinecke, Natalie Balkow, Jörg Meyerhoff, Julia Schulte-Ontrop, Joachim Göb, Katharina Fischer, Utta Raifer, Felix Müller, Andrea van Baal, Stese Wagner, Steffi Roßdeutscher, Markus Kempken, Sophia Siebert, Michael Lentz, Per Leo, Jochen Schmidt, Klaus Cäsar Zehrer, Bettina Andrae, Kai Schreiber, Caroline Härdter, Lukas Imhof, Sascha Lobo, Meike Stoverock, Maren Stümke, Chris Stelzl, Ebbesand Flutwasser, Sebastian Steller, Jana Mohr, Henning Ernst Müller, Hermann Bräuer, Sonja Schlöndorf, Sabine Louwen, Isabel Bogdan, Michaela Gruber, Astrid Fischer, Christoph Pargfrieder, Martina Kink, Christoph Schulte-Richtering, Andreas Hutzler, Susann

Pasztor, Volker Jahr, Astrid Köppe, Markus Honsig, Bruno Michalke, Jens Kloppmann, Anna Sophie von Gayl e, principalmente, Carola Wimmer, Kathrin Passig e Marcus Gärtner, sem os quais este livro não teria sido escrito.

Este livro, composto com tipografia Dante e
diagramado pela Alaúde Editorial Limitada,
foi impresso em papel Norbrite sessenta e
seis gramas pela Editora Gráfica Bernardi no
quinquagésimo oitavo ano da publicação de
O americano tranquilo, de Graham Greene.
São Paulo, junho de dois mil e treze.